테스 2

Tess of the D'Urbervilles

세계문학전집 206

테스 2

Tess of the D'Urbervilles

토머스 하디

정종화 옮김

민음사

차례

1권 차례

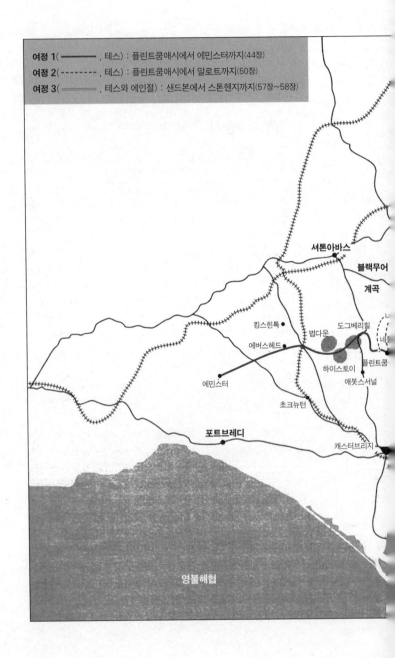

여정 1(————, 테스) : 플린트쿰애시에서 에민스터까지(44장)
여정 2(- - - - - - -, 테스) : 플린트쿰애시에서 말로트까지(50장)
여정 3(═══════, 테스와 에인절) : 샌드본에서 스톤헨지까지(57장~58장)

셔튼아바스

블랙무어
계곡

킹스힌톡
밥다운
도그베리힐
너틀
에버스헤드
하이스토이
플린트쿰
에민스터
애봇스서널
초크뉴턴
포트브레디
캐스터브리지

영불해협

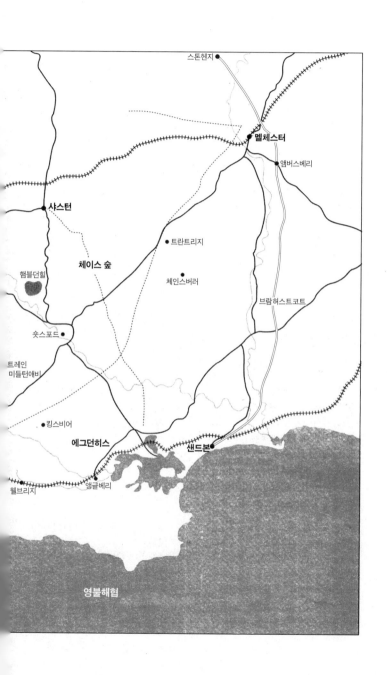

스톤헨지

멜체스터

앰버스베리

샤스턴

트란트리지

체이스 숲

햄블던힐

체인스버러

브람허스트코트

숏스포드

트레인
미들턴애비

킹스비어

에그던히스

샌드본

웰브리지

앵글베리

영불해협

5부
여자는 대가를 치른다

35장

그녀의 이야기가 끝났다. 강조할 부분은 강조하고 설명이 필요한 부분에는 설명도 첨가되었다. 테스의 목소리는 처음 이야기를 시작했을 때보다 높게 오르지 않았다. 변명도 없었으며 울지도 않았다.

그러나 이야기가 진행되는 동안 모든 사물의 외형적 모습이 변하고 있었다. 화상 위에 깔려 있는 불은 작은 악령처럼 보였으며, 그녀의 처지에 조금도 관심이 없는 듯이 악마 같은 웃음을 지어 보였다. 난로 가리개마저도 빈둥거리며 웃고 있었다. 물병에서 반사되는 빛도 오직 자신의 색채에만 관심이 쏠린 것 같았다. 그녀 주변의 모든 사물이 그녀가 처한 사태와 아무 관계가 없음을 무섭게 강조하고 있었다. 그가 그녀에게 키스를 퍼붓던 이후에 변한 것은 아무것도 없었다. 적어도 사물의 실체에는 변화가 없었다. 그러나 사물의 본질은 변해 있었다.

그녀가 이야기를 끝내자 조금 전에 들었던 사랑의 밀어가

환청처럼 머리 한구석으로 사라지면서, 지극히 맹목적이고 어리석었던 시절에 듣던 메아리처럼 계속해서 들려왔다.

클레어는 의미 없이 난롯불을 뒤적거렸다. 상황에 대한 이해가 아직 마음속 깊이 전달되지 못한 것 같았다. 타다 남은 불씨를 휘젓던 그가 자리에서 일어났다. 그녀의 고백이 그제야 무서운 힘으로 그에게 전달된 것 같았다. 그의 얼굴이 일그러졌다. 그는 힘들게 생각을 정리하느라고 자리에서 일어나 이따금씩 마루 위에서 무거운 걸음을 옮겼다. 그는 도무지 생각을 차분하게 정리할 수 없는 듯했다. 종작없는 동작이 그것을 말해 주었다. 그가 마침내 입을 열었을 때, 그녀에게 들린 그의 목소리는 그의 여러 가지 목소리 중에서도 가장 어울리지 않고 특색이 없었다.

"테스!"

"네."

"이 이야기를 믿어야 되나요? 자기의 태도를 보면 사실로 받아들여야 할 것 같아요. 아, 자기는 정신이 나간 건 아니겠지! 아니, 정신이 나간 사람인 게 분명해! 하지만 정신 나간 사람이 아니야. 나의 아내, 나의 테스, 상상할 수 있는 게 자기에게는 그렇게 없어요?"

"난 정신이 나가지 않았어요." 테스가 말했다.

"그런데도……." 그가 멍한 상태로 되돌아가면서 초점 없는 눈으로 그녀를 바라보았다. "왜 미리 말하지 않았어요? 아, 그래요. 말을 하려고 했지, 어떤 점에서는. 그걸 내가 막았어요. 기억나요!"

그의 이러한 말들은 내면이 깊이 마비되어 있는 동안 표면에서만 의미 없이 재잘거리는 어투에 불과했다. 그가 돌아서서 의자 앞으로 다가가 몸을 굽혔다. 테스는 그가 서 있는 방 한 가운데로 가서 눈물이 마른 눈으로 그를 응시하였다. 그녀는 그의 발아래 그대로 무릎을 꿇었다. 그리고 몸을 마루 위로 엎드렸다.

"우리 사랑의 이름으로 용서해 주세요." 그녀는 입이 마른 채 이렇게 속삭였다. "같은 일로 난 자기를 용서했어요."

그가 아무 대답을 하지 않자 그녀가 다시 말했다. "자기가 용서받은 것처럼 날 용서해 주세요. 에인절, 난 자길 용서했잖아요."

"자기가, 그래요, 자기는 용서를 했지요."

"그러나 자기는 날 용서하지 않겠다고요?"

"아, 테스, 이런 경우에는 용서가 해당되지 않아요. 지난날의 자기는 지금의 자기와는 다른 사람이었어요. 맙소사! 어떻게 괴상망측한 속임수에 용서란 말이 해당될 수 있어요?"

그는 하던 말을 멈추고 자신이 한 말의 의미를 곰곰이 생각했다. 그러다가 갑자기 소름끼치는 웃음을 터뜨렸다. 지옥에서 나 듣는 부자연스럽고 요괴스러운 웃음이었다.

"그러지 마세요, 그러지 마세요! 그 웃음소리는 날 죽이는 소리예요. 그 소리요!" 그녀가 비명을 질렀다. "불쌍히 생각해 주세요. 제발 불쌍히 생각해 주세요!"

그는 대답을 하지 않았다. 그녀는 병이라도 난 듯 핼쑥해진 얼굴로 자리에서 일어났다.

"에인절, 에인절, 그 웃음이 무슨 뜻이죠?" 그녀가 크게 소리쳤다. "알고 있어요? 그게 나에게 어떻게 느껴지는지 말이에요."

그가 고개를 젓자 테스가 계속 말했다.

"난 자기를 행복하게 하겠다고 희망하고, 갈망하고, 기도했어요. 그렇게 할 수 있는 것이 얼마나 큰 기쁨이고, 그렇게 하지 못하면 얼마나 가치 없는 아내일까 생각했어요. 에인절, 나는 그렇게 느끼고 있었어요."

"알아요."

"에인절, 난 자기가 날 사랑한다고 생각했어요. 나를요, 바로 나 자신을요! 자기가 사랑하는 사람이 나라면, 어떻게 날 바라보고 그런 말을 할 수 있나요? 무서워요! 자기를 사랑하기 시작한 이상 난 자기를 영원히 사랑해요. 무슨 변화가 생기든 무슨 굴욕스러운 일이 닥치든지요. 자기는 자기 자신이니까요. 난 그 이상은 바라지 않아요. 그런데도 나의 남편인 자기는 어떻게 나에 대한 사랑을 그렇게 멈출 수 있어요?"

"다시 말하지만 내가 사랑한 여자는 자기가 아니에요."

"그러면 누구죠?"

"자기 모습을 한 다른 여자예요."

그녀는 그의 말에서 전에 두려워했던 예감이 실제로 맞아떨어지고 있음을 깨달았다. 그는 그녀를 사기꾼으로 보고 있었다. 순수한 사람의 탈을 쓴 죄인으로 보고 있는 것이다. 그 사실을 깨닫는 순간 공포가 그녀의 창백한 얼굴에 떠올랐다. 두 뺨은 늘어지고 입은 작은 구멍처럼 둥그렇게 열렸다. 그가 그녀를 어떻게 바라보는지를 깨닫자 그녀는 죽음이 다가온 것 같은 기분에 몸을 비틀거렸다. 그녀가 쓰러질 것 같다고 생각했는지 그가 그녀 앞으로 다가왔다.

"앉아요, 앉아요." 그가 부드러운 목소리로 말했다. "자기 지금 몸이 아파요. 당연하지요."

그녀가 앉았다. 그녀는 자신이 어디 있는지조차 의식하지 못했다. 그녀의 얼굴에는 긴장된 표정이 떠올랐고 그녀의 눈빛은 소름 끼칠 만큼 무서웠다.

"그럼 난 이제 자기 사람이 아니군요. 그런가요, 에인절?" 그녀가 절망감에 젖어 물었다. "그가 사랑한 사람은 내가 아니라 나를 닮은 다른 여자였다고, 그가 말하네."

이런 모습이 떠오르자 그녀는 자신이 학대받은 사람처럼 불쌍하게 느껴졌다. 자신의 입장을 좀 더 깊이 생각하는 사이 두 눈에 눈물이 고였다. 그녀는 몸을 돌려 자신의 처지를 불쌍하게 생각하며 울음을 터뜨렸다.

클레어는 이 변화에 안심이 되었다. 지난날의 사건이 그녀에게 미치는 영향이 그녀의 고백이 가져오는 쓰라림보다 그에게 덜 괴로운 일로 받아들여졌기 때문이었다. 그는 인내심을 갖고 냉정하게 그녀의 울음이 그치기를 기다렸다. 슬픔의 격정이 사라지고 눈물의 급류가 잦아져서 흐느낌만 간간이 새어 나올 때까지 그는 기다렸다.

"에인절." 그녀가 평소 때의 자연스러운 목소리로 갑자기 그를 불렀다. 공포에 사로잡힌 미친 듯한 메마른 목소리는 이제 사라지고 없었다. "에인절, 자기하고 함께 살기에는 내가 너무 나쁜 여자인가요?"

"우리가 장차 어떻게 해야 할지 제대로 생각할 수 없어요."

"에인절, 함께 살게 해 달라고 매달리지는 않을게요. 나에게는 그럴 권리가 없으니까요. 어머니와 여동생들에게 내가 결혼했다는 편지도 쓰지 않을게요. 쓰겠다는 약속은 했지만요. 우리가 임시 숙소에 있는 동안 재단해서 만들려던 반짇고리도 그만 만들게요."

"그럴래요?"

"자기가 명령을 내릴 때까지 아무것도 하지 않을게요. 자기가 날 떠난대도 따라가지 않을게요. 자기가 나에게 다시는 말을 하지 않더라도 왜 그러냐고 이유를 묻지 않을게요. 자기가 그래도 좋다고 허락할 때까지요."

"무슨 일을 하라고 명령을 하면요?"

"난 자기의 비천한 노예처럼, 설사 그것이 죽는 일이라도 복종하겠어요."

"아주 착한 사람 같군요. 그런데 현재의 자기 희생 정신과 과거의 자기 보호 본능 사이에는 조화가 빠져 있는 것같이 보이네요."

이것은 그가 처음으로 쏟아 낸 적대적인 말이었다. 그러나 테스에게 의도적으로 빈정거리는 말을 쏟아 붓는 것은 개나 고양이에게 그런 말을 퍼붓는 것과 같았다. 그 말 속에 담겨 있는 묘한 의미는 충분히 이해되지 않은 채 스쳐 지나갔다. 그녀가 그 말을 알아들었을 때는 그냥 그가 화났다는 뜻으로만 들릴 뿐이었다. 그녀는 아무 말도 하지 않았다. 그가 그녀에 대한 애정을 마음속에서 억누르려고 애쓰고 있는 사실을 그녀로서는 알 수가 없었다. 그의 뺨에 눈물이 한 방울 천천히 흘러내리는 것을 그녀는 보지 못했다. 눈물 방울은 너무나 커서 피부의 털구멍을 현미경의 대물렌즈처럼 확대해 반사했다. 그러는 한편 그녀의 고백이 그의 인생과 그의 우주에 가져온 무서운 총체적인 변화에 대한 재검토의 필요성이 압박해 왔다. 그는 자신이 처해 있는 새로운 상황 속에서 나아갈 길을 절망적으로 찾아보려 하였다. 이 상황에 대처하여 어떤 행동을 취해야만 했다. 그러나 그것이 무엇인가?

"테스." 그는 최선을 다해 부드러운 목소리로 말했다. "나 지금 이 방에 그냥 있을 수 없어요. 조금 나가서 걸을게요."

그가 조용히 방을 나갔다. 저녁 식사를 위해 따라 둔 와인 두 잔은 — 한 잔은 그녀를 위해, 그리고 또 한 잔은 자신을 위해 — 입도 대지 않은 채 그냥 남아 있었다. 이것이 그들의 사랑의 향연이 멈춰 선 지점이었다. 두서너 시간 전 티타임 간식 때만 해도 두 사람은 사랑의 변덕스러운 장난으로 한 잔에 차를 따라 서로 나눠 마시기도 했다.

그가 뒤로 문을 닫는 소리는 열 때만큼 조용했으나 망연자실해 있던 테스에게 정신이 번쩍 들게 하였다. 그는 벌써 나가고 없었다. 그녀는 그냥 방 안에 남아 있을 수가 없었다. 다시 그 방으로 돌아오지 않을 듯이 촛불을 끄고는 급히 외투를 몸에 둘렀다. 그러고는 문을 열고 그의 뒤를 따랐다. 비가 그친 다음이라 밤하늘은 이제 깨끗이 개어 있었다.

그녀는 금세 그의 뒤에 다가섰다. 목적지가 없이 걷는 클레어의 걸음이 느렸기 때문이었다. 옅은 잿빛을 띤 그녀의 곁에서 그는 화가 나고 위협적이고 접근이 어려운 사람으로 보였다. 그녀에게는 잠시나마 자랑스러웠던 보석들의 감촉이 이제는 자신을 비웃는 것처럼 느껴졌다. 그녀의 발소리를 듣고 그가 몸을 돌렸으나 그녀를 보고도 별다른 반응을 보이지 않은 채 다섯 개의 열린 아치가 서 있는 집 앞의 큰 다리를 계속 건너갔다.

 길 위에 나 있는 소와 말의 발자국에 빗물이 고여 있었다. 비는 발자국에 난 조그마한 웅덩이에 고일 만큼 내렸으나 그 자국을 씻어 낼 만큼은 세게 내리지 않았다. 그녀가 지나가는 동안 작은 웅덩이에 별들이 비쳤다가 사라졌다. 그녀는 별들을 그 빗물 속에서 보지 않았다면 머리 위에서 별들이 빛난다는 사실, 그렇게 하찮은 물체 속에 우주의 가장 거대한 진리가 들어 있다는 사실을 알 수 없었을 것이다.

 그들이 오늘 찾아온 곳은 톨보트헤이즈 농장이 위치한 곳과 같은 계곡에 있었으나 강에서 아래쪽으로 5, 6킬로미터 떨어져 있는 지점이었다. 지대가 열려 있어 그녀는 그의 모습을 놓치지 않고 쉽게 따라갈 수 있었다. 그들의 숙소와 거리가 멀어지자 길은 목초지 사이를 구불거리며 뻗어 갔다. 그녀는 목초지를 따라 클레어의 뒤를 밟았으나 그에게 가까이 가거나 그의 시선을 끌려는 시도는 하지 않았다. 그냥 말없이 막연한 생각으로만 그를 따라갔다.

 종작없는 걸음을 내딛던 그가 마침내 그녀와 나란히 서게 되었다. 그러나 그는 여전히 아무 말도 하지 않았다. 정직함이 우롱되었을 때 느끼는 쓰라림은 흔히 그 사실을 알았을 때 충격적으로 오는 것이지만, 지금 클레어에게는 그 충격의 잔인함이 말로 표현할 수 없이 강렬하게 다가왔다. 바깥 공기는 충동적으로 행동하는 그의 버릇을 앗아 갔다. 그녀는 그가 자신을 아무런 후광이 없는 상태에서 아무런 장식이 없는 맨 얼굴의 모습으로 보고 있으며, 시간이 그 순간에는 풍자적 찬미가를 자신에게 불러 주고 있다는 사실을 알고 있었다.

보라, 그대 얼굴이 맨 모습으로 드러나면 그대를 사랑한 사
람은 그대를 미워할 것이니,

그대 운명이 지는 순간 그대는 아름다운 모습이 아닐지니,

그대 목숨은 낙엽처럼 지고 비처럼 흩날릴 것이니,

그대 머리의 베일은 슬픔이 되고 왕관은 고통이 되리니.*

그는 생각에 골몰했다. 그녀가 곁에 와 있다는 사실도 생각
의 중압감을 풀어 주거나 그 중압감의 긴장을 다른 쪽으로 돌
려놓을 만큼 강하지는 않았다. 그녀가 이제 그에게는 하찮은
존재로 되고 만 것이 분명했다. 그녀는 클레어에게 뭐라고 말
을 걸 수도 없었다.

"내가 무슨 짓을 했나요? 내가 무슨 짓을 했어요? 자기에
대한 사랑을 방해하거나 부정하는 말을 한 일은 없어요. 내가
그 일을 계획적으로 저질렀다고 생각해요? 자기가 화가 나 있
는 것은 자기의 마음속에서예요, 에인절. 내 마음속에서는 아
니에요. 아, 내 마음속에서는 아니에요. 난 자기가 생각하는 것
처럼 남을 속이는 그런 여자가 아니에요!"

"흠, 그래요. 속임수를 쓰는 사람이 아니지요. 내 아내는 말
이에요. 그러나 이제 전과 같은 사람은 아니오. 같은 사람이
아니지. 자기를 힐책하지 말아요. 그러지 않겠다고 맹세했거든.
힐책하는 일을 피하기 위해서는 무슨 짓이든 다 할 거예요."

그녀는 마음이 산란해진 상태에서 계속 애원을 했다. 그러
는 와중에 그녀는 침묵 속에 덮어 두는 편이 더 나았을 법한

---

* 「칼리돈의 아탈란타」의 일부.

말들을 하고 말았다.

"에인절, 에인절, 난 어린애였어요. 그 일이 일어났을 때 난 어린애였어요! 난 남자가 무엇인지도 몰랐어요."

"자기는 죄를 짓기보다 당한 거지. 그건 나도 인정해요."

"그럼 용서해 주지 않겠어요?"

"용서해요. 그러나 용서가 전부는 아니지."

"날 사랑해요?"

이 질문에 대해서 그는 아무 대답도 하지 않았다.

"오, 에인절! 우리 어머니 말로는 이런 일이 가끔 일어난대요. 내 경우보다 더 심한 사례를 몇 개나 알고 있는데 남편들이 그렇게 기분 나빠하지 않았고 나중에는 극복했대요."

"그만해요, 테스. 말하지 말아요. 계층이 다르면 풍습도 다른 법이군. 자기는 사회적 관습의 상호 관계에 대해 배운 것이 없는 무식한 농사꾼 여자라는 말을 하마터면 내 입에서 내뱉을 뻔했어요. 자기는 지금 무슨 말을 하고 있는지 몰라요."

"난 사회적 지위 때문에 농사꾼 여자이지, 천성 때문에는 아니에요."

그녀는 충동적으로 화가 나서 말을 했지만 화는 금세 사라졌다.

"그래서 더 나빠요. 자기 집안의 족보를 캐낸 신부가 입을 닫고 있었으면 더 좋을 뻔했다는 생각이 들어요. 자기 집안의 몰락과 자기 의지력의 부족을 연관시키지 않을 수 없네요. 노쇠한 가문은 노쇠하고 허약한 의지, 노쇠하고 허약한 행동을 의미해요. 도대체 자기는 왜 가문의 역사를 나한테 알려 자기를 더 경멸하는 계기를 만들었는지 모르겠어요! 난 자기를 막 솟아난 자연의 아이로 생각했는데, 사실은 쇠락한 귀족의 철 늦은 묘목이네요!"

"그런 점에서는 우리만큼 쇠퇴한 가문이 많이 있어요. 레티의 집안도 한때 대지주였고, 낙농업자 빌레트 집안도 그랬어요. 지금은 마차꾼인 데비하우스 집안도 옛날 드 베이유 가문이었어요. 나 같은 사람은 사방에서 볼 수 있어요. 우리 고장의 특색이지요. 그건 내가 어쩔 수는 없는 거예요."

"그렇다면 그건 이 고장이 그만큼 더 나쁘다는 뜻이지요."

그녀는 이러한 비난을 단순하게 뭉뚱그려 받아들이고 하나하나 세부적인 것에는 신경을 쓰지 않았다. 그는 그녀를 지금까지 사랑했던 것처럼 사랑하지 않는 것이 분명했고, 그녀는 그 사실 외에 다른 일에는 신경을 쓰지 못했다.

두 사람은 다시 말없이 걸었다. 나중에 알려진 바로는, 그날 밤 의사를 만나러 가던 웰브리지의 주민 한 사람이 목초지에서 두 연인을 만났는데, 그들은 아무 대화도 없이 장례식 행렬에 선 사람들처럼 앞뒤로 나란히 서서 아주 느린 걸음으로 걸어가더라고 했다. 그 사람이 두 사람의 얼굴을 쳐다보았을 때 표정은 근심에 차 있었으며 몹시 슬퍼 보였다고 했다. 그는 나중에 집으로 돌아오다가 다시 그 들판에서 그들 곁을 지나쳤는데, 여전히 느릿느릿 걷고 있었으며, 좀 전과 똑같이 시간이 늦고 밤이 음산한 데에는 관심이 없어 보였다고 했다. 그가 그날 밤의 그 이상한 만남에 특별히 신경을 쓰지 않았다가 시간이 오래 지난 뒤에야 기억해 낸 것은 그때는 자신의 일에 정신이 빠져 있었고 집에 아픈 사람이 있었기 때문이었다고 한다.

그 사람이 오가는 사이에 테스는 남편에게 이렇게 말했다.

"일생 동안 내가 자기에게 많은 고통을 끼치는 원인이 될 수는 없어요. 강물이 저 아래 있어요. 거기서 날 끝장낼 수 있어요. 두렵지 않아요."

"난 내가 저지른 다른 실수에 살인까지 덧붙이고 싶지는 않아요." 그가 말했다.

"내가 스스로 그랬다는 것을 보여 줄 징표를 남길게요. 내가 저지른 일이 부끄러워 그랬다고요. 그러면 사람들은 자기를 비난하지 않을 거예요."

"그런 억지소리는 하지 말아요. 그런 소리는 듣고 싶지 않아요. 그런 생각을 하는 것은 어리석은 짓이에요. 그건 비극이라기보다는 오히려 조롱거리밖에 되지 않아요. 자기는 이 불행의 본질을 조금도 이해 못해요. 만약 그것이 밖으로 알려진다면 세상 사람 열에 아홉은 농담이라고 생각할 거요. 제발 부탁이니 집으로 돌아가서 잠이나 자도록 해요."

"그럴게요." 그녀가 공손하게 대답했다.

그들은 물방앗간 뒤에 있는 유명한 시토 수도회의 대수도원 유적지로 가는 길 쪽으로 돌아갔다. 물방앗간은 과거 몇 세기 동안 수도원에 속했던 부속 시설이었으나 아직 돌아가고 있었다. 교의(敎義)는 덧없는 것이어서 대수도원이 허물어졌어도 식량은 영원히 필요 불가결한 것이기 때문이었다. 그러나 사람들은 일시적인 것을 섬기는 일이 영원한 것을 섬기는 일보다 더 오래 지속되는 예를 끊임없이 본 것이었다. 그들은 둘러가는 길로 접어들었고 그들의 위치는 집과 별로 떨어져 있지 않았다. 그가 시키는 대로 따르기 위해서는 강의 본류를 지나가는 큰 석조 다리를 건너서 몇 미터만 더 길을 따라가면 되었다. 그녀가 집으로 돌아왔을 때 모든 것이 나갈 때 두고 간 그대로 남아 있었다. 난롯불도 그대로 타고 있었다. 그녀는 아래층에서 오래 머무르지 않고 짐이 있는 그녀의 방으로 갔다. 거기서 그녀는 침대 끝에 앉아 멍하게 주변을 둘러보고는 곧 옷을 벗기 시작했다. 촛불을 침대 쪽으로 끌어당기자 불빛이 하얗게 줄무늬가 진 무명천의 침대 덮개를 비쳤다. 덮개 아래에 무엇인가 매달려 있는 것이 보였다. 그녀는 그것이 무엇인지를 확인하기 위해 촛불을 들어 올렸다. 겨우살이 가지였다. 에인절이 거기에 달아 두었다는 걸 그녀는 금세 알아차렸다. 포장을 해서 가져오기가 힘들었던 이상한 물건이 바로 그것이었다. 그는 그 속에 무엇이 들어 있는지는 설명하지 않고 그 물건의 목적이 무엇인지 곧 알 것이라고만 했었다. 그는 아주 들뜬 기분으로 그것을 거기에 매달아 두었다. 그 겨우살이가 이제 얼마나 바보처럼 보이고 때늦은 느낌을 주는가.

무서워할 것도 없고 희망을 걸 것도 없으며, 그의 노여움이 누그러들 것이라는 약속도 없어 그녀는 무기력하게 자리에 누웠다. 슬픔이 생각을 멈추면 잠이 기회를 노린다. 잠을 쫓는 행복한 기분을 수없이 경험한 적도 있었으나 지금은 오히려 잠을 환영할 기분에 젖었다. 자리에 누운 지 몇 분 지나지 않아 외로운 테스는 한때는 자신의 선조들의 신방이었을지도 모르는 침실에서 그 방의 향기로운 정적에 둘러싸여 자신의 존재를 잊어버렸다.

그날 밤 늦게 클레어도 발길을 집으로 돌렸다. 그는 조용히 응접실로 들어가 촛불을 켰다. 그러고는 미리 할 일을 다 정해 둔 사람처럼 말 털로 만든 낡은 소파 위에 자신의 담요를 깔아 대충 잠을 잘 수 있는 간이침대를 만들었다. 그는 눕기 전에 구두를 벗고 2층으로 조용히 올라가서는 테스가 자고 있는 방 밖에서 귀를 기울였다. 그녀의 고른 숨소리가 깊이 잠든 사실을 말해 주었다.

"감사합니다!" 클레어가 혼잣말로 중얼거렸다. 그러면서도 그녀가 인생의 무거운 짐을 자신의 어깨로 넘긴 다음 — 그것이 전적으로 그런 것은 아닐지 모르지만 거의 사실에 가까운 일임에는 틀림없는 상황이었다 — 지금은 아무 걱정 없이 깊은 잠에 빠진다는 사실이 그의 마음을 아프게 하였다.

그는 층계를 내려가기 위해 몸을 돌렸다. 그러다가 다시 엉거주춤한 상태에서 몸을 돌려 문과 마주했다. 거기서 그는 방으로 들어가는 입구 바로 위에 더버빌 가문의 부인 한 사람의 초상화를 보았다. 촛불 속에 비친 그녀의 모습은 불쾌한 것 이상이었다. 간악한 의도가 그녀의 모습에 숨어 있는 것 같았다. 남성들에 대한 복수심으로 가득한 것 같아 보였다. 초상화에 나타난 캐롤라인 시대의 상의는 위쪽이 낮게 파여 있어 테스가 목걸이를 보여 주기 위해 목 부분을 접었을 때와 같았다. 그는 다시 한 번 테스와 초상화의 여인 사이에 있는 닮은 점을 보고 고통스러운 감정을 느꼈다.

머뭇거림은 그것으로 충분했다. 그는 돌아서서 층계를 내려갔다.

그의 태도는 침착하고 냉정했다. 그의 꼭 다문 작은 입은 자제력을 나타냈고, 그의 얼굴에는 그녀의 고백 이후 떠오른 무섭도록 메마른 표정이 아직도 남아 있었다. 그 표정은 더 이상 정열의 노예가 아니었으나, 그렇다고 그 정열에서 완전히 해방되었다 할 만큼 큰 변화가 있는 표정도 아니었다. 그는 단지 인간 경험의 가슴 아픈 돌발 상황, 사물의 우발성을 생각하고 있었을 뿐이었다. 테스를 흠모해 온 한 시간 전까지만 해도 긴 시간 동안 그에게는 그녀만큼 순수하고 감미롭고 티 없는 사람이 없는 것 같아 보였다. 그러나

조금만 모자라면 온 세상이 이토록 달라지는 것인가!*

그의 정직하고 싱싱한 얼굴에 그녀의 마음이 그대로 나타나 있지 않다는 그의 생각은 잘못된 판단이었다. 그러나 그의 틀린 생각을 바로잡아 줄 수 있는 변호인이 테스에게는 없었다. 바라보고 있을 때는 말하는 것과 다른 것이 없는 저 눈이 외형적인 세계 뒤에 숨은, 조화되지 않고 대조적인 또 하나의 세계를 볼 수 있는가? 그는 다시 혼자 생각했다.

그는 응접실의 긴 의자에 누운 뒤 불을 껐다. 밤이 방 안으로 스며 들어와 무관심하고 비정하게 제자리를 잡았다. 그의 행복한 마음을 이미 삼켜 버린 밤은 그 행복을 무심하게 씹어 소화를 시키고 있었다. 그러면서 밤은 수많은 사람의 행복도 흔들림 없고 표정 하나 바뀌는 일 없이 삼킬 준비를 하고 있었다.

---

* 영국 시인 로버트 브라우닝(1812~1889)의 시 「노변에서」의 한 구절.

36장

　범죄와 연관이라도 된 듯 잿빛으로 은밀하게 찾아온 새벽의 여명 속에서 클레어는 자리에서 일어났다. 난롯불은 꺼져 있었고, 저녁상이 차려진 채 그대로 놓여 있는 식탁에는 입도 대지 않은 두 개의 와인 잔에 이제는 김이 빠지고 희멀겋게 변한 와인이 가득 부어져 있었다. 그리고 그녀의 빈자리와 자신의 자리도 그대로 있었다. 방 안의 다른 가구들이 이제 어떻게 되는 거냐고 질문하는 듯한 표정을 짓고 있었다. 2층에서는 아무 소리도 나지 않았다. 그러나 몇 분 지나지 않아 문을 두드리는 소리가 났다. 그는 그들이 이곳에 머무는 동안 시중을 들기로 되어 있는 이웃 농가의 부인이 오기로 한 것을 기억했다.

　지금 이런 순간에 집에 제삼자가 끼어드는 것은 대단히 거북한 일이었다. 그는 이미 옷을 입고 있어서 창문만 연 채로 그날 아침에는 자기들끼리 꾸려 갈 수 있다고 알렸다. 그녀가 우유 통을 들고 있는 것을 보고 문가에 두고 가라고 일렀다.

그녀가 돌아가자 그는 집 뒤채에서 땔감을 찾아다가 재빨리 난로에 불을 지폈다. 찬장에는 달걀과 버터와 빵이 넉넉히 준비되어 있었다. 클레어는 곧 아침 식사 상을 차렸다. 낙농장에서의 경험이 집안일을 쉽게 처리하는 데 도움이 되었다. 난로에 넣은 땔감에 불을 붙이자 연기가 바깥 굴뚝에서 연꽃 머리를 한 기둥처럼 솟아올랐다. 집 근처를 지나던 마을 사람들은 연기가 솟아오르는 것을 보고는 신혼부부를 떠올리며 그들의 행복을 부러워하였다.

에인절은 방을 한 번 둘러보고는 층계 아래로 가서 정중한 목소리로 외쳤다.

"아침 식사가 준비되었어요!"

그는 현관문을 열고 몇 발자국 밖으로 걸어 나가서 아침 공기를 마셨다. 잠시 뒤에 다시 집 안으로 들어왔다. 그녀가 벌써 응접실로 내려와 기계적으로 아침상을 매만지고 있었다. 그녀는 이미 옷을 다 차려입고 있었다. 그녀를 부른 지 이삼 분밖에 되지 않은 것을 생각하면 그가 부르기 전에 벌써 옷을 다 차려입고 있었거나 적어도 거의 치장을 끝내던 중이었음이 확실했다. 그녀는 머리칼을 머리 뒤로 크고 동그랗게 틀어 올리고, 새 드레스를 입고 있었다. 푸르스름한 모직 천으로 만든 옷으로 목 언저리에는 하얀 주름 장식이 달려 있었다. 그녀의 손과 얼굴이 차가워 보였다. 옷을 입은 채 불기 없는 방에서 오랫동안 그냥 앉아 있었던 것이 틀림없는 것 같았다. 그녀를 부른 그의 목소리가 두드러지게 예의를 갖춘 어조여서 그녀는 잠시 새로운 희망에 젖었다. 그러나 그를 바라보는 순간 그 희망은 사라지고 말았다.

사실대로 말해서 두 사람은 전날의 불꽃이 다 타 버린 다음에 남은 재에 불과했다. 전날 밤의 강렬한 슬픔에 무거운 중압감이 대치되어 있었다. 어떤 무엇도 두 사람에게 전날의 열정이 되살아 나도록 불을 지필 수는 없었다.

그는 부드럽게 말을 하였고, 그녀는 감정을 감추며 조심스럽게 대꾸를 하였다. 그러다가 마침내 테스는 그에게로 다가가 마치 자신의 모습은 다른 사람의 눈에 또렷한 형체로 보인다는 사실을 의식하지 못하는 사람처럼 날카롭게 윤곽이 그려진 그의 얼굴을 쳐다보았다.

"에인절." 그녀가 그를 불렀다. 그러고는 한때 자신의 연인이었던 남자가 실제로 거기 있는 것을 믿을 수 없다는 듯이 그의 손가락을 미풍처럼 가볍게 만지면서 그의 대답을 기다렸다. 그녀의 눈에서는 광채가 났다. 눈물 자국이 반쯤 말라 반짝거리는 창백한 뺨은 전과 다름없이 토실토실했다. 언제나 성숙하게 붉은 입술은 오늘따라 두 뺨만큼이나 창백했다. 아직 심장은 살아서 고동치고 있었으나 정신적 슬픔에서 오는 긴장으로 맥박이 너무 간헐적으로 뛰어, 조그마한 긴장이 한 번만 더 가해지면 정말 병이라도 나서 그녀 특유의 눈빛은 흐려지고 입술도 엷어질 것이 분명했다.

그녀는 말할 수 없이 순수해 보였다. 자연이 엄청남 속임수를 써서 테스의 얼굴에 이런 순수의 봉인을 붙여 두어 그는 넋 나간 사람처럼 그녀를 바라보았다.

"테스, 모두가 사실이 아니라고 말해 주어요! 아니지, 사실이 아니지!"

"사실이에요."

"전부가?"

"전부가요."

그는 간청하는 눈으로 그녀를 바라보았다. 거짓말이라고 해도 그 거짓말을 그대로 받아들여 진실을 부정하고 싶었다.

"그 사람은 살아 있어요?" 에인절이 물었다.

"아기는 죽었어요."

"그 남자는?"

"그는 살아 있어요."

마지막 절망의 빛이 클레어의 얼굴 위를 스치고 지나갔다.

"그 사람은 영국에 있나요?"

"네."

그는 의미 없는 걸음을 몇 발자국 떼어 놓았다.

"내 입장은 이래요." 그가 갑자기 입을 열었다. "나는 생각했어요 ─ 누구라도 그렇게 생각했겠지만 ─ 사회적 위치와 재산과 세상에 대한 지식을 두루 갖춘 아내를 얻는 야심을 포기하면 핑크빛 뺨을 가진 아내를 얻는 만큼이나 확실하게 시골의 순수성을 갖춘 아내를 얻을 수 있으리라고 생각했어요. 그러나 그렇다고 해도 난 자기를 비난할 사람이 아니에요. 그러지 않겠어요."

테스는 그의 말을 너무나 잘 이해하고 있어 나머지는 들을 필요도 없었다. 고통은 바로 거기에 있었다. 그녀는 그가 그녀 때문에 모든 것을 다 잃었다는 사실을 깨달았다.

"에인절, 만약 자기가 빠져나갈 수 있는 마지막 길이 있다는 사실을 내가 몰랐다면 자기와 결혼하는 일은 없었을 거예요. 물론 자기가 그러질 않기를 바랐지만……." 그녀의 목소리가 쉰 소리로 변하고 있었다.

"마지막 길?"

"날 버리는 거죠. 날 버릴 수 있잖아요?"

"어떻게?"

"이혼을 하는 거죠."

"맙소사, 어떻게 그렇게 단순할 수가 있소! 내가 어떻게 자기와 이혼을 한다는 거죠!"

"안 돼요? 이제 다 말을 했는데도요? 내 고백이 이유가 될 텐데요."

"오, 테스, 자기는 너무나 어려요. 미숙해요. 철이 없어요. 자기가 어떤 사람인지 감을 잡을 수가 없어요. 자기는 법을 잘 몰라요. 이해를 못한다니까요!"

"아니, 이혼을 못한다는 거예요?"

"그래요. 할 수 없어요."

처절한 마음과 뒤섞인 부끄러움이 그녀의 얼굴에 언뜻 떠올랐다.

"내 생각엔, 내 생각으로는." 그녀가 속삭였다. "오, 이제 내가 자기 눈에 얼마나 나쁜 여자로 보일지 알겠어요. 믿어 주세요. 정말로 믿어 주세요. 자기가 이혼을 할 수 없다고 생각할지는 몰랐어요! 자기가 그러길 바라지는 않았지만, 자기가 마음만 먹으면, 날 조금도 사랑하지 않는다면, 날 버릴 수 있을 거라는 사실을 의심하지 않았어요!"

"자기가 틀렸어요." 그가 말했다.

"오, 그럼 내가 했어야 하는데, 지난밤에요! 용기가 없었어요. 내가 늘 이렇다니까!"

"무슨 용기가요?"

그녀가 대답하지 않자 그가 그녀의 손을 잡았다.

"뭘 하겠다고 생각했어요?" 그가 다시 물었다.

"나 자신을 끝내는 것이요."

"언제요?"

그녀는 그의 심문에 몸을 뒤틀었다. "어젯밤에요." 그녀가 대답했다.

"어디서요?"

"자기의 겨우살이 아래서요."

"이런! 어떻게?" 그가 근엄한 목소리로 물었다.

"화내지 않겠다면 말할게요!" 그녀가 움츠러들며 말했다. "내 상자를 묶은 노끈으로요. 그러나 할 수 없었어요. 마지막을요! 자기의 이름에 나쁜 소문이 따라다니는 것이 두려웠어요."

그녀로부터 자발적으로 나온 것이 아니라 강제로 받아 낸 이 고백으로 그는 몹시 놀랐다. 그는 계속 그녀의 손을 잡고 있었다. 그녀의 얼굴에서 시선을 아래로 깔면서 그가 말했다. "자, 내 말 잘 들어요. 앞으로 절대로 그런 무서운 일을 생각해서는 안 돼요! 어떻게 그런 생각을 해요! 그런 짓을 다시는 하지 않겠다고 남편인 나에게 약속해요."

"약속할 마음은 준비되었어요. 그런 일이 얼마나 나쁜 짓인지를 알았으니까요."

"나쁜 짓이라고? 그런 생각은 말로 표현할 수도 없을 만큼 자기에게 어울리지 않아요."

"하지만 에인절." 그녀가 침착하고 냉담한 표정으로 그를 보면서 눈을 크게 뜨고는 간청하듯 말했다. "나는 전적으로 자기를 생각해서 그런 거였어요. 이혼 때문에 자기가 겪어야 할 나쁜 소문에서 자기를 해방시키기 위해서였어요. 날 위해서는 꿈도 꿀 수 없는 짓이었어요. 그러나 결국 내 손으로 그런 짓을 하는 것은 나에게는 과분한 일이었어요. 선수를 쳐야 할 사람은 자기였어요. 피해를 입은 내 남편이 먼저 시작했어야 했다고요. 그럴 수만 있다면, 자기가 직접 이혼 절차를 밟을 수만 있다면, 난 자기를 더 사랑할 수 있을 것 같아요. 달리 길이 없으니까요. 난 너무나 가치 없는 여자라는 생각뿐이에요. 너무나 자기에게 방해만 되고 있잖아요!"

"그만해요!"

"자기가 하지 말라니까 하지 않을게요. 자기가 바라는 바에 거스르는 짓은 아무것도 하지 않겠어요."

그는 이것이 사실임을 잘 알았다. 전날 밤의 절망 이후 그녀의 거동은 정지 상태에 머물러 있었다. 따라서 더 이상 무모한 짓을 할지 모른다는 걱정은 할 필요가 없었다.

아침 식탁에서 테스는 바쁘게 식사 준비를 하였고 그녀의 바쁜 몸놀림은 별 탈 없이 지나갔다. 두 사람이 같은 쪽으로 나란히 앉았기 때문에 서로 시선이 마주치는 일은 없었다. 처음에는 음식을 먹고 차를 마시는 소리가 거북하게 들렸으나 그것은 어쩔 수 없는 일이었다. 그들이 먹는 양은 그렇게 많지 않았다. 아침 식사가 끝나자 그는 자리에서 일어났다. 그는 점심에 맞춰 돌아올 시간을 말하고 이곳으로 온 목적대로 일을 배우기 위해 기계적으로 물방앗간으로 갔다.

그가 집을 나가자 테스는 창가에 가 섰다. 금세 방앗간 건물로 통하는 커다란 돌다리를 건너는 그의 모습이 그녀의 시야에 들어왔다. 그는 다리 뒤로 내려가 저만큼 뻗어 있는 철길을 건넜다. 그리고 그의 모습은 사라졌다. 그녀는 한숨 한 번 쉬지 않고 식탁을 치우고 방을 정리하기 시작했다.

일하는 여자가 왔다. 처음에는 그녀가 있는 것이 긴장되었으나 나중에는 마음이 편안해졌다. 12시 30분에 테스는 그녀를 혼자 부엌에 두고 응접실로 돌아와 다리 뒤에서 에인절의 모습이 나타나기를 기다렸다.

1시쯤 되었을 때 그의 모습이 보였다. 거리는 400미터나 떨어져 있었으나 그녀는 얼굴을 붉혔다. 그가 집 안으로 들어서자마자 식사를 할 수 있게 그녀는 부엌으로 달려갔다. 먼저 그는 전날 두 사람이 함께 손을 씻었던 방으로 들어갔다. 그가 응접실로 들어오자 마치 그가 손으로 직접 당긴 것처럼 음식 접시에 덮여 있던 테이블보가 벗겨졌다.

"시간에 잘 맞추었군요."

"그래요, 자기가 다리를 건너오는 것을 봤거든요." 그녀가 말했다.

식사 시간에는 아침에 수도원 제분소에서 그가 한 일상적인 일에 관해 이야기를 했다. 밀가루를 체로 치는 방식과 구식 제분기가 현대식 개량된 방법을 배우려는 그에게는 별로 도움이 되지 않을 것 같아 걱정이라는 이야기도 하였다. 그는 또 구식 제분기 중 어떤 것은 지금은 폐허 더미가 되어 있는 이웃 수도원 건물의 수도사들을 위해 밀가루를 빻던 시절부터 사용된 것 같다는 이야기도 했다. 그는 한 시간 뒤에 다시 집을 나갔다가 어두워질 무렵에 돌아와서는 신문을 읽으면서 저녁 시간을 보냈다. 그에게 방해가 될 것이 두려워 테스는 일하는 노파가 돌아가자 부엌으로 가서 한 시간 이상 바쁘게 일을 하였다.

클레어의 모습이 문 앞에 나타났다.

"이렇게 일하지 말아요." 그가 말했다. "자기는 하인이 아니에요. 자기는 내 아내요."

그녀가 다소 밝아진 표정으로 눈을 들었다. "그렇게 생각해도 되겠어요, 정말로요?" 그녀가 애처로운 목소리로 중얼거렸다. "이름만으로 그렇겠죠! 좋아요, 그 이상은 바라지 않아요."

"그렇게 생각해도 되냐고요, 테스? 자기는 내 아내요. 무슨 뜻으로 그런 걸 묻는 건가요?"

"나도 모르겠어요." 그녀가 급히 말했다. 목소리에 눈물이 어려 있었다. "내 생각에는, 내가 존경할 만한 여자가 아니니까, 내 말은…… 오래전부터 나는 존경할 만한 여자가 못 된다는 거예요. 그리고 그런 이유 때문에 자기와 결혼을 원하지 않았던 거예요. 단지 자기가 강요했을 따름이에요!"

그녀가 흐느끼면서 등을 뒤로 돌렸다. 그러는 그녀의 모습은 에인절 클레어를 제외하고는 어떤 남자의 마음도 돌려놓을 만큼 애처로웠다. 품성이 한없이 부드럽고 다정다감한 클레어였지만 그의 마음속 깊은 곳에는 부드러운 옥토 속에 들어 있는 철광처럼 논리라는 단단한 매장물이 숨어 있어 그것을 스쳐 지나가는 것은 모조리 그 끝이 뒤집어지게 마련이었다. 바로 그것이 교회를 받아들이는 것을 막았고 또 이번에는 테스를 받아들이는 것을 막고 있는 것이었다. 더구나 그의 애정 자체가 불이기보다는 빛이어서 이성이 관계된 일에서는 믿지 않으면 따르는 일이 없었다. 이런 점에서 그는 지성으로는 경멸하면서 감각적으로는 매혹되는 감수성 강한 사람들과 대조를 이루었다. 그는 그녀의 흐느낌이 끝나기를 기다렸다.

"영국의 여성들이 반쯤이라도 자기만큼 존경스러웠으면 좋겠어요." 여자 전반에 대해 씁쓸한 마음이 치솟는 것을 느끼면서 그가 말했다. "그것은 존경스러우냐 아니냐의 문제가 아니고 원칙의 문제지요."

그는 이런 문제와 그와 유사한 문제들을 그녀에게 이야기하며 시간을 보냈다. 일단 꿈이 외형에 의하여 조롱된 것을 알고 났을 때 직선적인 마음을 끊임없이 좌절시키는 반감의 파도가 아직도 그의 마음을 흔들었다. 그럼에도 불구하고 그 반감의 파도 아래에는 동정심이라는 역류가 흐르고 있어 세상일에 능숙한 여자라면 그것으로 그를 정복할 수도 있었다. 그러나 테스는 그 점을 이용하지 않았다. 그녀는 모든 것을 자신에게 주어진 응분의 벌이라고 생각하고 입을 열지 않았다. 그를 향한 확고부동한 그녀의 헌신적 사랑은 거의 애처로울 지경이었다. 그녀는 성격적으로 급한 성미를 지녔지만 그가 무슨 말을 해도 불쾌하게 받아들이지 않았다. 그녀는 자신의 '유익'을 구하지 않았으며 화를 내지도 않았고, 그녀를 다루는 그의 태도를 악하게 생각하지 않았다.* 지금의 그녀는 자기 본위적 현대 세계로 돌아온 사도의 사랑 그 자체일 수도 있었다.

이날 저녁과 밤과 또 아침은 전날의 밤과 저녁과 아침과 똑같이 지나갔다. 전에 단 한 번 자유스럽고 독립적이었던 테스는 그에게 적극적인 방법을 시도했다. 그가 식사를 끝내고 막 방앗간으로 나가려는 세 번째 날이었다. 그가 식탁에서 일어

---

* 「고린도 전서」 13장 4~5절 참조.

나면서 "다녀올게요."라고 말하자 그녀는 그 말을 받아 똑같이 "다녀오세요."라고 대답했다. 그러면서 그의 앞으로 입술을 내밀었다. 그러나 그는 그녀의 뜻에 응하지 않았다. 그는 황급히 몸을 옆으로 돌리면서 말했다.

"제시간에 맞춰 돌아올게요."

테스는 한 대 얻어 맞은 사람처럼 자신 속으로 움츠러들었다. 전에는 그가 그녀의 반대에도 불구하고 그녀의 입술에 입술을 밀착시키려고 얼마나 애를 썼던가. 그녀의 입과 숨결에 그녀가 늘 먹는 버터와 우유와 꿀 맛이 들어 있다고, 그래서 그의 자양분을 거기서 얻어 낸다고, 그 밖에도 그와 유사한 사랑의 속삭임을 얼마나 자주 즐겁게 속삭였던가. 그러나 이제 그는 그런 사랑의 유희를 원하지 않았다. 그녀가 갑자기 움츠러드는 것을 보고 그가 부드러운 목소리로 말했다.

"알다시피 나는 우리가 앞으로 어떻게 해야 할지 생각해 봐야겠어요. 섣불리 헤어져서 각자에게 돌아오는 스캔들을 피하기 위해서라도, 잠시 동안 함께 사는 것은 불가피해요. 그러나 그것은 형식적인 것에 불과하다는 것을 자기는 알아 두어야 해요."

"네." 그녀가 정신 나간 사람처럼 대답했다.

그는 밖으로 나갔다가 방앗간으로 가는 도중에 우뚝 걸음을 멈추었다. 그리고 그녀에게 좀 더 친절하게 대하고 한 번쯤은 키스를 해 줄걸 그랬다고 잠시 아쉬워했다.

두 사람은 이렇게 절망적인 날을 하루 이틀 더 보냈다. 한집에 살기는 하였으나 두 사람 사이의 거리는 연인이었던 시절보다 훨씬 멀었다. 스스로도 밝힌 것처럼 장차의 계획을 생각하느라 다른 모든 활동이 완전히 마비된 것이 분명했다. 너무나 유연해 보이는 그가 가슴속으로 어떤 결심을 품었을지를 생각하면 그녀는 겁이 났다. 시종일관하는 그의 태도가 너무나 잔인하게 여겨졌다. 이제 그녀는 용서를 기대하지 않았다. 그가 방앗간으로 일을 간 사이 그녀는 여러 차례 그를 떠나는 생각을 하였다. 그러나 그것은 그를 도와주기보다 밖으로 알려지면 그를 곤경에 빠뜨리고 욕되게 할지 모른다는 두려운 마음을 일으켰다.

한편 클레어는 진심으로 깊은 생각에 빠져 있었다. 그의 생각은 끝날 줄을 몰랐다. 생각 때문에 병이 날 지경이었고, 생각 속에 잠식되어 있고, 생각 때문에 몸이 수척해졌다. 전에 생각하던 가슴 설레고 변화무쌍한 가정생활의 꿈은 모조리 사라지고 말았다. 그는 걸으면서 혼잣말로 중얼거렸다. "어떻게 해야 하나, 어떻게 해야 하나!" 그녀는 그가 하는 말을 우연히 듣게 되었다. 그것은 그녀가 두 사람의 장래 문제에 관해 지금까지 지켜 오던 침묵을 깨는 계기가 되었다.

"내 생각으로는 자기가 나하고 함께 있는 날이 얼마 남지 않은 것 같아요. 그렇죠, 에인절?" 그녀가 물었다. 그녀의 얼굴에 애써 떠오른 침착한 표정이 얼마나 기계적인지가 양쪽으로 움푹 파인 입 가장자리에 잘 나타나 있었다.

"함께 살 수가 없어요." 그가 말했다. "나를 경멸하지 않고는, 그리고 더 심한 것은 자기를 멸시하지 않고는요. 물론 내 말은 다른 사람들과 똑같이 자기와 살 수가 없어요. 지금으로는 내 생각이 어떻든 난 자기를 경멸하지 않아요. 솔직하게 말할게요. 그렇지 않으면 자기가 내 난처한 입장을 이해 못할지도 모르니까요. 그 남자가 엄연히 살아 있는데 우리가 어떻게 함께 살 수 있겠어요? 자연 속에서는 그 사람이 자기 남편이고 나는 아니니까. 그 사람이 죽었다면 문제가 다를 수 있겠지만……. 그것만이 난관의 전부는 아니지요. 또다른 한편으로도 문제가 있어요. 우리 두 사람 말고 다른 사람들의 장래에 관한 문제예요. 다가올 뒷날을 생각하고, 우리 사이에 태어날 아이들에게 과거의 이야기가 알려진다고 생각해 보아요. 과거는 알려지게 마련이니까요. 지상에는 먼 곳이 없으며 그곳에서 누군가가 이곳으로 오고 또 다른 곳에서 그곳으로 가기도 해요. 우리의 피와 살이 섞인 불쌍한 아이들이 조롱감이 되면서 자라고, 나이가 들면서 점차 그 비웃음이 더 강해지는 걸 느낀다고 생각해 보아요. 그 아이들에게는 얼마나 무서운 이야기예요! 그들이 지고 가야 할 엄청난 짐이 되겠지요! 이러한 돌발 상황을 생각하고도 함께 있자고 양심적으로 말할 수 있어요? 미지의 다른 세상으로 날아가는 것보다는 현재의 아픔을 참는 게 낫다*고 생각하지 않아요?"

그녀의 눈꺼풀이 고통으로 무겁게 눌려 전처럼 아래로 향하고 있었다.

"함께 있자고 할 수 없어요." 그녀가 말을 이었다. "그렇게 말할 수 없어요. 그런 문제까지는 생각해 보지 못했어요."

여자로서 테스의 바람은 솔직히 말해서 끈질기게 희망적이었다. 함께 오래 살다 보면 그의 판단과는 반대로 냉정함이 무너지고 가정적 친밀감이 살아날 수 있으리라는 은밀한 꿈이

---

* 셰익스피어의 「햄릿」 3막 1장에서 인용한 구절.

그녀의 마음속에 도사리고 있었던 것이다. 그녀는 일상적인 의미에서 때 묻지 않은 사람이었지만 그렇다고 모자라는 사람도 아니었다. 남녀가 함께 있으면 본능적으로 무슨 일이 일어나는지를 그녀가 모른다면 그것은 여성으로서 결함이 있는 것이나 다를 바가 없다. 그녀는 이런 상황이 실패로 끝난다면 달리 방법이 없다는 사실도 잘 알았다. 다분히 작전에 가까운 성격을 띠고 있어 그런 일에 희망을 거는 것이 잘못된 것이라고 스스로에게 타이르기도 하였으나 그렇다고 막상 그런 희망을 쉽게 지워 버릴 수도 없었다. 그러나 그의 마지막 뜻이 이제 분명해졌고 그녀가 말한 대로 그것은 예상하지 않았던 새로운 생각이었다. 그녀는 진심으로 그렇게까지는 예상하지 못했다. 태어날지도 모르는 후손이 자기를 비웃으리라는, 그가 말한 분명한 상황은 본질적으로 인간적이고 정직한 사람의 가슴에 어쩔 수 없는 확신을 심어 주었다. 상황에 따라서는 충만한 인생을 살아가는 것보다 오히려 그것이 어떤 형태의 인생이든 살아가는 것 자체로부터 해방되는 것이 낫다는 사실을 그녀는 경험을 통하여 이미 터득한 바 있다. 고통에 의하여 미리 예지를 받은 사람들처럼, 술리 프루돔*의 말을 빌려 "너희들 태어날지어다."라는 형벌의 선고가, 특히 태어날지 모르는 그녀 자신의 후손들에게 주어지는 그러한 엄벌이 들리는 것 같았다.

그러나 자연은 여우처럼 교활하여 지금까지 테스는 클레어를 향한 사랑에 눈이 현혹되어 있었으며, 그 사랑이 활력을 받아 아기를 갖는 결과를 낳고 자신에게만 주어진 불행이라고 슬

* 1839년~1907년. 프랑스의 시인.

퍼했던 것이 다른 사람에게도 가해질 수 있다는 사실을 잊고 있었다.

그녀는 그런 이유 때문에 그의 논지의 공세에서 버틸 수가 없었다. 그러나 극도로 민감한 사람들이 자기와 싸우듯이 하나의 해답이 클레어의 머릿속에 떠올랐다. 그는 그 해답이 두려울 지경이었다. 그것은 그녀의 보기 드문 육체적 특성에 근거를 둔 것이었다. 그녀는 그 특성을 유용하게 활용할 수도 있었다. 또 그녀는 이렇게 말할 수도 있었을 것이다. "오스트레일리아의 오지에서나 텍사스의 평원에서는 누가 나의 불행을 알고 걱정할 것이며, 누가 나를, 또 자기를 비난하겠어요?" 그러나 그녀는 대다수의 여자들과 똑같이 그 일시적인 느낌을 불가피한 것으로 받아들였다. 그녀가 이 점에 대해서는 옳았을지도 모른다. 여성의 직관적인 마음은 자신의 쓰라림은 물론 남편의 쓰라린 마음도 알기 때문이었다. 설사 이러한 가상의 비난이 제삼자를 통하여 남편이나 그의 아이들에게 전해지지 않더라도 자신의 까다로운 뇌를 통하여 사고의 귀에 전해질 수 있는 것이었다.

두 사람 사이의 관계에 이상이 생긴 지 사흘째 되는 날이었다. 좀 더 동물적인 면이 있었으면 보다 더 고상한 사람이 되었을 수 있으리라는 역설을 시험해 볼 수도 있었다. 그러나 작가는 그렇게 주장하지는 않는다. 클레어의 사랑은 흠이 될 만큼 정신적이었으며 실천이 불가능할 정도로 공상적이었다는 사실은 분명했다. 이런 점 때문에 때로는 육체의 존재가 육체의 부재보다 미약한 호소력을 행사할 수도 있다. 후자가 실체의 결점을 편리하게 제거하는 이상적 존재를 창조하기 때문이다. 그녀는 자신의 존재가 기대했던 만큼 강력하게 자신의 뜻을 받쳐 주지 않는다는 사실을 깨달았다. 그녀가 그의 욕구를 자극했던 사람과는 다른 사람이라는 비유적 표현은 틀린 말이 아니었다.

"자기가 한 말을 생각해 봤어요." 집게손가락으로 식탁보 위를 문지르고, 두 사람을 비웃고 있는 반지를 낀 다른 손으로는 이마를 받친 채, 그녀가 그에게 말했다. "전부 다 맞는 말이에요. 틀림없어요. 나를 두고 떠나세요."

"그렇지만 자기는 어떻게 하고요?"

"난 집으로 가죠."

클레어는 그 점을 생각해 보지 못했다.

"그래요?" 그가 물었다.

"그래요. 우린 헤어져야 해요. 이 문제를 깨끗이 정리해야 해요. 자기는 나에게 말한 적이 있어요. 내가 남자들의 판단을 흐리게 해서 마음을 빼앗는다고요. 내가 계속 자기 눈앞에 있으면 자기는 자신의 이성과 바람과는 반대로 계획을 바꾸게 될지도 몰라요. 그랬다간 나중에 자기의 후회나 내 슬픔을 더 감당할 수 없을 거예요."

"집으로 가길 진심으로 원해요?" 그가 물었다.

"자기를 떠나고 싶어요. 그리고 집으로 가고 싶고요."

"그럼 그렇게 합시다."

그녀는 얼굴을 들어 그를 바라보지 않았지만 흠칫 놀랐다. 제안과 계약 사이에 차이가 있음을 그녀가 너무 빨리 깨달은 것이다.

"이렇게 되리라는 생각에 두려웠어요." 그녀가 중얼거렸다.

그녀의 얼굴은 온화했으나 딱딱하게 굳어 있었다. "에인절, 난 불평하지 않아요. 난, 난 이게 최상의 방법이라고 생각해요. 자기가 한 말이 나에게 확신을 주었어요. 그래요, 우리가 함께 있으면 자기 말고는 누구도 날 비난할 사람이 없겠지만, 그래도 언젠가는, 아주 여러 해가 지난 다음에, 자기는 그냥 일상적인 일 때문에 나에게 화가 날 거예요. 그래서 내 지나간 일을 알고 있는 자기는 생각 없이 그런 말을 입 밖에 낼 거예요. 그 말을 다른 사람이 듣고, 아마 우리 아이들도 듣겠죠. 아, 지금 날 아프게 하는 것이 그때는 날 고문하고 죽일 거예요. 떠날게요, 내일 바로요."

"나도 여기 있지 않겠어요. 내 쪽에서 먼저 말을 하려고 한 것은 아니었는데……. 각자의 길을 가는 것이 좋을 거라 생각했어요. 잠시 동안만이라도. 적어도 일어난 일에 대해 보다 현명한 판단을 하고 당신에게 편지를 쓸 때까지만이라도."

테스는 잠시 남편을 훔쳐보았다. 그는 하얗게 질려 있고 몸을 떨고 있었다. 그러나 그녀는 전과 같이 자신이 결혼한 이 유순한 사람이 내면 깊숙이 숨어 있는 복잡한 감정을 예민한 감정에 복속시키고 실체를 개념에, 육체를 정신에 복속시키려 결심한 것을 보고 놀랐다. 성향과 경향과 습관은 그의 상상적 비약이라는 강한 바람 위에 떨어진 낙엽과도 같았다.

그녀의 모습을 보았는지 그가 이렇게 설명했다.

"나는 사람들과 떨어져 있으면 그들을 좀 더 다정하게 생각해요." 그러고는 냉소 섞인 목소리로 이렇게 덧붙였다. "누가 알겠어요. 언젠가는 지쳐서 우리가 그냥 제자리로 돌아올지. 많은 사람들이 그렇게 하잖아요."

그날 그는 짐을 싸기 시작했다. 그녀도 2층으로 가서 짐을 꾸렸다. 짐을 싸는 동안 여러 가지 추측을 누그러뜨리는 희망의 빛이 떠오르기도 하였으나 두 사람은 마음속으로 내일 아침이면 영원히 헤어질 거라는 사실을 잘 알고 있었으며, 그런 마지막 이별 앞에서 심한 고통을 느꼈다. 서로가 상대방에게 준 매혹의 힘은 ── 그녀의 재능과 무관하게 ── 헤어진 직후에 다른 어느 때보다 더 강하게 느껴지겠지만, 시간이 지나면서 그 아픔은 서서히 약해지고, 그녀를 반려자로 받아들여서는 안 된다는 현실적 논리는 멀리 떨어진 북쪽의 빛 속에서 더욱 두드러진다는 사실을 그는 알았으며 그녀도 잘 알았다. 두 사람이 일단 갈라서고 나면 ── 공동 주거지와 공동 환경을 포기하고 나면 ── 서서히 새로운 순이 돋아나 그 빈자리를 메우게 되며, 예견하지 않았던 사건이 처음 의도를 방해하여 옛날의 계획은 잊힐 것이다.

37장

자정이 소리 없이 왔다 조용히 지나갔다. 프룸 계곡에서는 시간을 알리는 장치가 없기 때문이었다.

새벽 1시가 지난 지 얼마 되지 않아 한때 더버빌 가의 장원이었던 깜깜한 농가에서 가볍게 삐걱거리는 소리가 났다. 위층을 쓰는 테스는 그 소리를 듣고 잠을 깼다. 못질이 느슨하게 된 층계의 모퉁이 계단에서 들리는 소리였다. 그때 침실 문이 열리고 남편이 조심스러운 걸음걸이로 강물처럼 쏟아지는 달빛을 등에 지고 들어오는 모습이 보였다. 그는 셔츠와 바지만 입고 있었다. 왈칵 솟아올랐던 기쁨의 감정은 부자연스럽게 허공에 고정되어 있는 그의 눈을 보고 이내 사라지고 말았다. 그는 방 한복판으로 걸어와 우뚝 섰다. 그러고는 형언할 수 없는 슬픈 목소리로 중얼거렸다.

"죽었어! 죽었어! 죽었어!"

정신을 혼동시키는 강한 충격을 받았을 때 클레어는 때때로 잠을 자다 일어나 걷기도 하고 이상한 행동을 하기도 했다. 결혼 직전 장에서 돌아오던 날 밤 테스를 모독한 남자와 싸운 일을 침대에서 재연하기도 했다. 그가 정신적 고통을 지속적으로 겪으면 지금과 같은 몽유병적 상태에 빠진다는 사실을 테스는 알고 있었다.

그녀의 마음속에는 그를 향한 충직한 신뢰가 깊이 쌓여 있어 그가 깨어 있거나 잠을 자거나 조금도 두렵지 않았다. 설사 그가 손에 권총을 들고 들어왔어도 그가 자신을 보호해 준다는 믿음에는 변화가 없었다.

그가 가까이 오더니 그녀 위에서 몸을 구부리고 중얼거렸다. "죽었어! 죽었어! 죽었어!"

그는 끝없는 슬픔이 담긴 시선으로 잠시 그녀를 뚫어지게 바라본 다음 몸을 낮게 구부려 그녀를 자신의 팔에 안아 올렸다가 수의에 싸듯 침대 시트에 두르르 감았다. 그러고는 시신을 대하는 예의를 갖추어 그녀를 침대에서 다시 들어 올렸다가 그녀를 안고 방을 나갔다.

"가엾고 가엾은 나의 테스, 가장 소중한 나의 아내 테스, 너무나 사랑스러운, 너무나 착하고 너무나 성실한 사람!"

그가 깨어 있는 시간에는 마음속에 매우 엄숙하게 감추고 있던 사랑의 언어가 그녀의 외롭고 굶주린 마음에 말할 수 없이 감미롭게 들렸다. 그것이 그녀의 힘든 생활을 구해 주는 길이 된다면 그녀는 최대한 미동 없이 자신이 처한 자세를 유지하려 했다. 그녀는 숨조차 제대로 쉬지 못한 채 조용히 있었다. 그가 자신에게 어떻게 할 것인가를 궁금하게 생각하며 안긴 채 층계참을 내려갔다.

"내 아내가 죽었어! 죽었어!" 그가 말했다.

그는 그녀를 난간에 기대게 한 채 잠시 멈춰 섰다. 그가 자신을 아래로 내던질 것인가? 하지만 테스의 마음속에 자신의 안위에 대한 걱정은 없었다. 아침에 영구한 작별을 준비하고 있는 그의 계획을 알고 있기에 그녀는 위험한 자세에도 불구하고 공포보다는 사치스러운 감정으로 그의 팔에 안겨 있었다. 둘이 함께 넘어져서 몸이 산산이 부서진다면 그것이야말로 얼마나 어울리는 것이며, 얼마나 바라는 것인가.

그러나 그는 그녀를 떨어지게 하지 않았다. 그는 난간에 기대고 있는 위치상의 이점을 이용하여 그녀의 입술에 ― 낮에는 경멸하던 그 입술에 ― 키스를 하였다. 그러고는 다시 그녀가 떨어지지 않게 힘을 주어 꼭 안고는 층계를 내려갔다. 느슨한 계단이 삐걱거리는 소리를 내었으나 그를 잠에서 깨어나게 하지는 않았다. 그들은 안전하게 아래층까지 내려왔다. 그는 테스를 안고 있던 손 하나를 잠시 빼서 문 빗장을 열고 집 밖으로 나왔다. 양말을 신은 발가락이 문 모서리에 살짝 닿았으나 그는 별로 개의치 않는 것 같았다. 밖으로 나와 몸을 뻗을 공간이 생기자 그는 그녀를 편하게 나르기 위해 치켜들어 어깨에 얹었다. 그녀가 옷을 입지 않아 훨씬 가벼울 것이다. 그는 그녀를 안고 집에서 몇 미터 떨어져 있는 강 쪽으로 걸어갔다.

그녀는 그의 궁극적 의도가 무엇인지를 ― 그런 의도가 있었더라도 ― 알 수가 없었다. 그녀는 제삼자가 되어 짐작을 해보는 자신을 발견하였다. 자신을 통째로 아주 편안하게 내맡기고 있었기 때문에 그가 자신을 원하는 대로 처분할 수 있는 절대적인 소유물로 생각한다는 사실에 그녀는 오히려 기뻤다. 내일이면 헤어진다는 두려움이 머릿속을 떠나지 않는 상황에 서 그가 자신을 아내로 인정하고, 그러한 인식 속에서 그가 설사 자신에게 해를 끼칠 권리를 주장하는 한이 있어도 자신을 버리지 않는다는 사실이 그녀에게는 위안이 되었다.

그제야 그녀는 그가 무엇을 꿈꾸고 있는지를 알았다. 그는 그녀 자신만큼 그를 사랑한 — 그것이 가능한 일이었다면(테스 자신은 받아들일 수 없었지만) — 다른 젖 짜는 처녀들과 함께 자신을 업고 물을 건넜던 일요일 아침을 생각하는 것이었다. 테스를 어깨에 멘 클레어는 다리를 건너지 않고 그 근처에 있는 방앗간을 향해 몇 걸음 더 나아갔다가 마침내 강가에서 우뚝 멈춰 섰다.

강물은 몇 킬로미터씩이나 목초지를 끼고 흘러 내려가다가 이따금씩 둘로 갈라져서 목적 없는 곡선을 그리며 구불거리기도 하고, 이름 없는 작은 섬들 주변을 고리 모양으로 맴돌기도 하고, 다시 합쳐서 넓은 강을 이루어 계속 흘러갔다. 그가 테스를 메고 온 지점의 반대쪽은 갈라졌던 강물이 합류하는 곳이어서 강물은 비교적 넓고 깊었다. 강 위로는 사람이 다니는 좁은 다리가 하나 있었다. 지금은 가을 홍수가 다리의 난간을 휩쓸고 지나가는 바람에 나무판자만 다리 바닥에 남아 있었다. 그 바로 5, 6센티미터 아래에서 물살이 세게 흘러가고 있어 중심을 잘 잡는 사람도 현기증을 일으킬 정도였다. 젊은 사람들이 그 다리 위에서 몸의 균형을 잡기 위해 애를 쓰는 것을 테스는 낮에 창문을 통해 본 적이 있었다. 그녀의 남편도 똑같은 광경을 보았을 것이다. 그런데 그가 지금 그 다리 위로 올라가 한 걸음 앞으로 발을 내밀기 시작했다.

그녀를 물속에 빠뜨리려는 것일까? 그런 의도였을지도 모른다. 부근에는 사람이 없었으며 강물도 깊고 넓어 목적을 쉽게 이룰 수 있었다. 원하기만 하면 그는 그녀를 물속에 던져 익사시킬 수도 있었다. 그러는 것이 내일 헤어져 서로 다른 삶을 살아가는 것보다 나을 수도 있었다.

급류는 강물에 비친 달의 모습을 내던지고 찌그러뜨리고 찢으면서 그들 발아래로 소용돌이치며 빠르게 흘러갔다. 물거품이 떠내려가고 잡초들이 말뚝에 걸려 파도 타기를 했다. 그들이 지금 물살 속으로 함께 떨어진다면 팔로 서로를 꼭 감고 있어 살아남을 수 없을 것이다. 그들은 거의 고통 없이 세상을 떠날 수 있으며 그녀를 비난하거나 그녀와 결혼을 했다고 그를 비난할 수도 없을 것이다. 그녀와 함께한 그의 마지막 삼십 분은 틀림없이 사랑으로 가득 찬 시간이 될 것이다. 반면에 그가 잠에서 깨어날 때까지 두 사람이 물속에서 죽지 않고 살아 있다면 낮 시간에 서로 피하는 생활은 다시 되풀이될 것이며, 지금 이 시간은 덧없는 꿈으로나 기억될 것이다.

두 사람이 물속으로 내던져져 몸부림을 치고 싶은 충동이 그녀의 마음속에서 일어났다. 그러나 실천으로 옮길 용기가 솟아나지 않았다. 그녀가 자신의 목숨을 어떻게 생각하는지는 이미 앞에서 증명된 바이지만 그의 목숨에 참견할 권리는 그녀에게 없었다. 그는 그녀를 메고 강물 저편까지 안전하게 건너갔다.

그들은 대수도원 경내의 농장 안에 들어와 있었다. 그는 그녀를 다시 추켜 안고는 몇 걸음 더 걸어가 수도원 교회당의 부서진 성가대석에 도달했다. 북쪽 벽면에 수도원 원장의 빈 석관(石棺)이 놓여 있었다. 간혹 엽기적 취향을 가진 관광객은 그 속에 들어가 누어 보기도 했다. 클레어는 테스를 그 석관 속에 조심스럽게 눕혔다. 마치 크게 바랐던 일을 끝낸 사람처럼 그는 그녀의 입술에 두 번째 키스를 퍼붓고 숨을 깊게 내쉬었다. 클레어는 관 옆에 나란히 몸을 뻗어 누웠다. 그러고는 금세 피로에서 오는 깊은 잠에 빠져 통나무처럼 꼼짝하지 않았다. 상황을 여기까지 끌고 온 정신적 흥분의 힘이 이제 끝난 것이다.

테스는 관 속에서 일어나 앉았다. 밤은 계절에 비해 아직 건조하고 온화하였으나 옷을 반이나 벗은 채로 있는 그를 그곳에 그냥 내버려 두는 것은 위험했다. 그를 그곳에 그냥 두는 것은 아침까지 내버려 두는 것이고, 그것은 추위에 얼어 죽게 하는 것을 의미했다. 그녀는 잠 속에서 걷는 몽유병 증세 이후에 사람이 죽었다는 이야기를 여러 차례 들은 일이 있었다. 그러나 그를 깨워 그에게 지금까지 한 일을 어떻게 알릴 것인가? 그녀에게 한 바보 같은 짓을 알면 그는 무척이나 부끄러워할 것이 아닌가. 테스는 석관에서 밖으로 나와 그를 가볍게 흔들어 보았다. 크게 흔들지 않고는 그를 깨울 수가 없었다. 무슨 수를 써야 했다. 그녀는 몸을 떨기 시작했다. 시트 한 장으로 추위를 막기에는 역부족이었다. 흥분된 상태가 몇 분 동안 지속되면서 추위를 막아 주었으나 그런 축복의 순간은 이미 끝나 있었다.

갑자기 설득을 시도해 보는 것이 좋겠다는 생각이 들었다. 그녀는 확고부동하고 결심에 찬 목소리로 그의 귓속에 속삭였다.

"자기, 이제 걸어가요." 그러면서 그의 팔을 암시적으로 잡았다. 그가 아무 저항 없이 그녀가 시키는 대로 따르자 그녀는 안심하였다. 그녀의 말소리가 다시 그를 잠 속으로 인도해 간 것이 분명했다. 잠 속에서 그는 새로운 상황으로 들어갔고 그녀가 정령으로 부활하여 자신을 천국으로 인도한다고 생각하는 것 같았다. 그녀는 팔을 잡고 집 바로 앞에 있는 돌다리까지 그를 데리고 와서는 다리를 건너 장원의 문 앞에 와서 섰다. 테스는 맨발이었다. 발아래 깔린 돌멩이 때문에 발이 아팠고 추위가 뼛속까지 스며들었으나 클레어는 털양말을 신어서 불편하지는 않는 것 같았다.

그다음에는 별로 문제 될 것이 없었다. 그녀는 그를 소파에 눕게 하고 몸을 따뜻하게 덮어 주었다. 그런 뒤에 나무로 불을 지펴 그에게 스며 있는 습기를 말려 주었다. 그러는 동안 소음이 그를 깨울까 걱정하면서도, 마음속으로는 은근히 그를 깨웠으면 하는 생각이 들었다. 그러나 그는 몸과 마음이 극도로 피로하여 깨지 않고 계속 잠을 잤다.

다음 날 아침에 두 사람이 만났을 때 에인절은 자신이 간밤에 자리에 그냥 가만히 누워 있지 않았다는 정도만 알고 있을 뿐 그 밤의 외출에 테스가 얼마만큼 개입되었는지는 모르는 것 같았다. 사실 그는 죽음 같은 깊은 잠에서 깨어나면서 첫 몇 분 동안 자신의 힘을 시험한 삼손처럼 몸을 흔들어 보았다. 전날 밤에 평소와는 다른 이상한 짓을 했다는 생각이 희미하게 떠오르기도 하였으나 금세 그가 처한 현실이 다른 문제에 정신을 쏟을 여유를 주지 않았다.

그는 마음속에서 가야 할 방향이 제시되기를 기다렸다. 간

밤에 결정지은 의도가 아침의 햇빛 속에서 사라지지 않는 이상, 비록 그것이 감정적 충동에 의하여 시작된 것일지라도, 순수한 이성에 근접하는 근거에 토대를 둔 것이며, 따라서 신뢰할 수 있는 것이라고 생각하였다. 그는 창백한 아침 햇살을 바라보며 그녀와 헤어질 결심을 다졌다. 뜨겁고 분노에 찬 본능으로서가 아니라 그 본능을 태우고 불살라 열정이 배제된 결심이며, 뼈만 남은 해골로서만, 그러나 확실하게 이루어진 결정이라고 결론지었다. 클레어는 그 이상 주저하지 않았다.

아침 식사 시간과 두 사람이 남아 있는 물건 몇 가지를 싸는 동안에 그는 간밤의 사건 때문에 밀려드는 피로를 감추지 못했다. 그녀는 지난밤에 일어난 일을 그에게 다 말해 주고 싶은 충동을 느꼈다. 그러나 한편으로는 상식이 허락하지 않을 그녀에 대한 애정을 본능적으로 노출했다는 사실을 알면, 그것은 그를 화나게 하고 슬프게 하고 바보스럽게 느끼게 할 것이 분명했다. 또 이성이 잠든 사이 자신의 본심이 체신과 타협했다고 생각할 것 같아 그녀는 입을 닫고 말았다. 그것은 술에 취해 추태를 부린 사람을 술에서 깬 다음 비웃는 것과 같은 짓이었다.

또 그가 자신의 애정에 찬 기행을 희미하게나마 기억할지도 모르지만, 새삼 떠나지 말라고 호소하는 기회로 그녀가 이용할 수도 있다고 여기고 간밤의 이야기를 듣고 싶어 하지 않으리라는 생각도 떠올랐다.

그는 서신으로 가장 가까이 있는 도시에서 마차를 예약해 두었다. 마차는 아침 식사 직후에 도착하였다. 그녀는 그 마차에서 종말의 시작을 보았다. 그러나 그 종말은 일시적인 것일 수도 있었다. 지난밤의 사건이 그의 애정을 확신시켜 주어 그와 재결합할 수 있다는 꿈을 열어 두었기 때문이다. 짐을 마차 꼭대기에 싣고 마차꾼이 출발했다. 방앗간 주인과 일하는 노파가 그들의 갑작스러운 출발에 놀란 것 같았으나 클레어는 제분소의 작업이 그가 배우고자 하는 현대식 방법이 아니라고 둘러댔다. 적어도 외형적으로는 맞는 말이었다. 그 이유 외에 두 사람의 출발이 파탄을 암시하거나 친지를 방문하러 가는 것이 아니라는 사실을 암시할 만한 것은 전혀 없었다.

그들이 가는 길은 며칠 전 엄숙한 기쁨으로 가득하여 출발했던 낙농장 근처를 둘러가는 방향으로 나 있었다. 클레어가 크릭 씨와 마무리 지을 일이 남아 있었기 때문에 테스는 두 사람의 불행한 입장을 의심받지 않기 위해서라도 같은 시간에 크릭 부인을 방문하지 않을 수 없었다.

그들의 방문을 가능한 한 조용하게 치르기 위해 그들은 큰길에서 농장으로 가는 쪽문 곁에 마차를 세우고 오솔길을 나란히 걸어 들어갔다. 버드나무 숲은 전지가 되어 있어서 그루터기 너머로 클레어가 테스에게 청혼하며 따라다니던 장소가 보였다. 그 왼쪽으로는 테스가 클레어의 하프 연주에 매혹되었던 공유지가 있고, 멀리 떨어진 젖소들의 축사 뒤로는 그들의 첫 포옹이 이루어졌던 목초지가 뻗어 있었다. 여름 풍경의 황금색은 이제 회색빛으로 변하여 초라해 보였으며 기름진 땅은 진흙이 되고 강물은 차갑기만 했다.

정원에 달린 문 너머로 신혼부부가 다시 찾아오는 것을 본 농장 주인이 톨보트헤이즈 농장과 그 인근 사람들에게서 흔히 보는 반가움에 찬 표정을 얼굴에 떠우며 그들을 맞았다. 크릭 부인이 집에서 나오고 동료들도 몇몇 나타났다. 그러나 마리안과 레티는 보이지 않았다.

테스는 그들의 익살 섞인 논평과 우정 어린 농담을 용감하게 받아넘겼다. 그것은 그들이 생각하는 것보다 테스를 훨씬 마음 아프게 하였으나 두 사람의 결별을 비밀로 하기로 한 남편과 아내 사이의 내밀한 합의대로 보통 때나 다름없이 행동하였다. 테스는 내심 마리안과 레티 이야기를 누구도 언급하지 않기를 바랐으나 오히려 레티는 아버지의 집으로 돌아가고 마리안은 다른 곳으로 일을 찾으러 떠났다는 소식을 자세하게 들어야 했다. 그들은 모두 마리안이 다른 직장을 찾더라도 결국에는 또 문제를 일으킬 거라고 걱정했다.

테스는 그 이야기를 듣고 마음속에 솟구치는 슬픈 마음을 떨쳐 버리기 위해 자신이 좋아하던 젖소들을 찾아가 직접 손으로 쓰다듬어 주면서 작별을 하였다. 농장을 떠나면서 그녀와 클레어는 몸과 영혼이 하나로 뭉친 사람들처럼 나란히 서 있었지만 진정으로 사정을 아는 사람은 그들의 얼굴에 무언가 유달리 애처로운 모습이 서려 있는 것을 보았을 것이다. 밖으로는 한몸에 달린 두 팔처럼 그의 팔이 그녀의 팔을 만지고, 그녀의 스커트가 그의 몸에 닿고, 목장 식구 전체를 마주 보고 그들을 향해서 작별을 하면서도 '우리'라는 말을 썼다. 그러나 실제로는 두 사람은 극과 극으로 떨어져 있었다. 사실 젊은 신혼부부의 자연스러운 수줍음과 달리, 그들의 태도에는 유난히 딱딱하고 당황해하는 표정이 분명히 드러났고, 하나로 합친 것을 과시하는 태도 속에서도 어색함이 나타났다. 그런 이유 때문인지 그들이 떠난 다음에 크릭 부인은 남편에게 이렇게 말했다.

"테스의 반짝거리는 눈빛이 너무 부자연스러웠어요. 두 사람이 밀랍 인형처럼 빳빳하게 서 있던걸요. 말하는 것도 꿈속을 헤매는 것 같았어요. 그렇게 보이지 않았어요? 테스는 늘 이상한 데가 있었지만. 그래도 오늘은 잘나가는 사람의 자랑스러운 젊은 아내 같지는 않더라니까요."

두 사람은 다시 마차를 차고 웨더베리와 스태그푸트레인을 향해 길을 달렸다. 스태그푸트레인에 있는 여인숙에 도착하자 클레어는 마차와 마부를 돌려보냈다. 그리고 잠시 여인숙에서 휴식을 취하였다. 그러고는 그들의 관계를 전혀 모르는 사람을 마부로 고용해서 블랙무어 계곡으로 들어가 그녀의 집 쪽으로 가자고 했다. 중간쯤 가서 너즐베리를 지나고 십자로가 나타나는 지점에 도달하자 클레어가 마차를 세우고 테스에게 어머니 집으로 돌아갈 생각이면 그곳에서 내려야 한다고 했다. 마부 앞에서 자유스럽게 말을 할 수 없는 상황이어서 그는 그녀에게 옆길로 좀 걷자고 했다. 그녀가 동의하자 마부에게 몇 분만 기다려 달라고 한 다음 두 사람은 걷기 시작했다.

"한 가지는 분명히 합시다." 그가 부드럽게 말했다. "지금 이 시점에서 내가 받아들일 수 없는 것이 있는 건 사실이지만 우리 둘 사이에 화낼 일은 없어요. 그것을 견디어 보도록 노력하겠어요. 마음을 정하는 대로 내가 어디로 갈지 알려 줄게요. 또 그 일을 내가 견디어 낼 수만 있으면, 그것이 내가 원하는 바이고, 또 그것이 가능하다면, 자기에게 다시 돌아오겠어요. 그러나 내가 자기에게 올 때까지는 자기가 나에게 오지 않는 것이 좋을 것 같아요."

그의 명령의 준엄함이 테스에게는 죽음과도 같았다. 그가 자신을 어떻게 보는지가 분명해졌다. 그는 자신을 엄청난 사기 행각을 벌인 사람으로 보는 것이었다. 하지만 자신 같은 짓을 저지른 여자일지라도 이런 대접을 받아야 되는 것인가? 그러나 테스는 그 문제에 대해서 따질 수가 없었다. 그녀는 그가 한 말을 그냥 따라서 반복할 수밖에 없었다.

"자기가 나에게 올 때까지는 내가 자기에게로 가서는 안 되는 거라고요?"

"그래요."

"편지는 해도 되나요?"

"아, 그래요. 만약 자기에게 병이 나거나 혹시 무언가가 필요한 경우에는요. 그런 일이 일어나지 않기를 바라지만요. 내가 자기에게 먼저 편지를 쓰게 되면 좋겠어요."

"에인절, 조건에 동의해요. 내가 무슨 벌을 받아야 하는지는 자기가 가장 잘 알 테니까요. 단지, 그 조건을 내가 참을 수 있는 한계 이상으로는 만들지는 마세요."

그것이 그녀가 그 문제에 대하여 한 말의 전부였다. 그 인적 없는 오솔길에서 만약 테스가 꾀를 부렸다거나 소란을 피워 기절을 하고 발작적으로 울음을 터뜨렸다면, 그는 마음속에 자리 잡고 있던 까다로움과 분노의 감정에도 불구하고 그녀를 향한 애정의 감정을 이겨 낼 수 없었을지도 모른다. 그러나 고통을 오랫동안 인내해 온 그녀는 그의 길을 쉽게 열어 주었다. 거기다 그녀 자신은 그를 위한 최상의 변호인이기도 하였다. 그녀가 그의 조건에 항복을 한 데에는 그녀의 자존심도 작용하였다. 그것은 더버빌 가문 전체에 너무나 분명히 나타나는 운명에 대한 성급한 항복의 징후이기도 하였다. 애원이라는 방법으로 그녀가 조종할 수 있는 효과적인 마음의 현(弦)이 많이 있었으나 손도 대지 않은 채 그대로 방치한 것이었다.

두 사람 사이의 나머지 대화는 실질적인 문제에 국한된 것이었다. 클레어는 적지 않은 액수가 들어 있는 돈 봉투를 그녀에게 주었다. 그녀를 위해서 은행에서 일부러 찾아온 돈이었다. 테스가 살아 있는 동안에만 권리를 주장할 수 있는 다이아몬드는(클레어가 유언의 문구를 정확히 이해한 것이라면) 안전을 위해 은행으로 보내겠노라고 제의했으며, 그녀는 그의 뜻에 순순히 따랐다.

이런 문제가 정리되자 그는 테스와 함께 마차로 돌아왔다. 그러고는 마부에게 돈을 지불하고 테스를 원하는 곳까지 태워다 주라고 지시하였다. 다음으로 그는 가방과 우산을 들었다. 거기까지 그가 가져온 짐은 그것이 전부였다. 그가 테스에게 작별을 하였다. 그들은 거기서 헤어진 것이다.

마차는 기어가듯 언덕을 올라갔다. 클레어는 혹시나 하는 희망으로 테스가 잠시나마 창밖으로 내다보기를 바라면서 마차가 사라지는 모습을 지켜보았다. 그러나 그녀는 그런 생각을 하지 못했으며 그렇게 할 수도 없었다. 마차 안에서 기절한 상태로 반쯤 죽은 사람처럼 누워 있었기 때문이다.

그는 마차가 사라지는 것을 계속 지켜보았다. 고통스러운 마음 한구석에서 어느 시인의 시 한 구절이 떠올라 그것을 자신의 상황에 맞도록 구절을 바꾸어 보았다.

하느님은 천국에 없고 세상의 모든 것은 잘못되었느니.*

테스가 탄 마차가 언덕을 넘어가자 클레어는 몸을 돌려 갈 길을 재촉했다. 그는 테스를 아직도 사랑하고 있다는 사실을 깨닫지 못하고 있었다.

---

* 로버트 브라우닝의 시 「피파의 노래」에서 인용한 것으로, 원문의 시는 "하느님은 천국에 있고, 세상의 모든 것은 바로 되어 있느니."이다.

38장

블랙무어 계곡으로 마차가 지나가면서 처녀 시절의 풍경이 주변에 펼쳐지자 테스는 혼미 상태에서 깨어났다. 그녀의 머리에 맨 먼저 떠오른 생각은 부모를 어떻게 대할 것인가였다.

마을로 들어가는 큰길가에 있는 통행료 징수소에 도달하였다. 전에 보지 못한 낯선 사람이 징수소 문을 열었다. 그는 여러 해 동안 그곳에 근무해서 테스를 아는 노인이 아니었다. 인사이동이 있는 정월 초하루에 교체된 것 같았다. 최근 집 소식을 듣지 못한 테스가 징수원에게 마을 소식을 묻자 그가 대답했다.

"아, 별것 없어요, 아가씨." 그의 대답이었다. "말로트는 여전히 말로트거든요. 죽은 사람들도 있고, 뭐 다 그렇죠. 존 더비필드의 딸이 신사 계층의 농부에게 시집을 갔고요. 아버지 존 집에서 결혼식을 올린 건 아니고 다른 데서 결혼식을 올렸대나. 그 신사 양반의 지체가 너무 높아 존의 가족들은 결혼식에 참석할 자격이 없었대요. 존의 집안이 혈통으로는 오래되고 유서 깊은 귀족인 데다, 오늘날까지 가문의 유골이 지하 묘소에 묻혀 있지만, 재산은 로마 시대에 다 탕진된 집안의 후손이라는 사실이 밝혀진 걸 신랑이 몰랐던 것 같대요. 그런데 존경은, 지금은 우리가 그렇게 부르고 있지요, 최선을 다해서 결혼식을 따로 기념했어요. 교구 사람들을 모두 불러 술대접을 했지요. 존의 아내는 밤 11시가 넘도록 퓨어 드롭 주점에서 노래를 불렀어요."

그 소식을 듣자 테스는 가슴이 너무 아파 짐과 소지품을 실은 마차를 타고 당당하게 집으로 갈 수가 없었다. 그녀는 정수원에게 짐을 그의 집에 잠시 맡겨도 되겠느냐고 물었다. 그가 괜찮다고 대답하자 마차를 돌려보낸 다음 뒷길로 혼자 걸어서 마을로 들어갔다.

아버지의 집 굴뚝이 눈에 들어왔다. 그녀는 어떻게 집으로 들어갈지를 혼자 생각해 보았다. 저 집 안에 있는 가족들은 자신이 지금은 먼 곳에서 부자 남편과 신혼여행 중이고, 그 남편이 나중에도 자신을 아주 잘 보살펴 줄 것이라고 확신하고 있는데, 자신은 세상에서 갈 곳이 없어 옛 집의 낯익은 문으로 기어 들어가고 있지 않은가.

그녀는 남의 눈에 띄지 않고 집으로 들어갈 수가 없었다. 집 마당 울타리에서 자신을 아는 처녀를 만났다. 학교에서 가깝게 지내던 몇 안 되는 친구 중의 하나였다. 그녀는 테스가 어떻게 집으로 왔는지 몇 마디 물어본 다음 테스의 처참한 표정에는 신경을 쓰지 않고 불쑥 물었다.

"테스, 너의 신사 남편은 어디 있니?"

테스는 남편이 사업 때문에 다른 곳으로 가야만 했다고 급히 둘러대었다. 그녀는 질문을 퍼붓는 친구를 남겨 두고 마당 울타리를 넘어 집 안으로 들어섰다.

그녀가 마당에 난 길을 따라 들어가는데 뒷문 쪽에서 어머니가 노래를 부르는 소리가 들리더니 곧 문 앞 계단에 앉아 물에 젖은 침대 시트를 짜는 더비필드 부인의 모습이 눈에 들어왔다. 테스를 보지 못한 채 하던 일을 끝낸 그녀는 집 안으로 들어갔다. 딸은 그녀를 뒤따랐다.

옛날부터 사용하던 60리터짜리 큰 용기 위에 놓여 있는 빨래통은 전과 같은 곳에 놓여 있었다. 어머니는 침대 시트를 옆으로 내려놓고 다시 팔을 물속에 담그려는 참이었다.

"아니, 테스! 내 아기! 결혼한 줄 알았는데, 이번에는 정말로 결혼한 줄 알았는데, 사과주까지 보냈는걸."

"그래요, 어머니. 나 결혼했어요."

"결혼할 예정이니?"

"아니요, 결혼했어요."

"결혼했다고? 그럼 네 신랑은 어디 있니?"

"잠시 어디 좀 갔어요."

"어딜 갔다고? 그럼 결혼은 언제 했니? 네가 말한 그날이냐?"

"예. 화요일에요, 어머니."

"지금이 겨우 토요일인데, 남편이 어딜 갔다고?"

"예. 떠났어요."

"이게 무슨 소리냐? 이런 천벌을 맞을 인간 같으니."

"엄마." 테스가 조온 더비필드에게로 다가가 얼굴을 그녀의 가슴에 묻고 울음을 터뜨렸다. "엄마, 어떻게 말해야 할지 모르겠어요! 그 사람한테 아무 말도 하지 말라고 엄마가 말해 주고 편지도 썼는데, 말을 해 버렸어요. 말하지 않을 수가 없었어요. 그래서 그 사람이 가 버렸어요!"

"아, 철없는 바보, 철없는 바보!" 더비필드 부인이 흥분하여 테스와 자신에게 물을 마구 튀기면서 소리를 질렀다. "하느님 맙소사! 살아생전에 이런 소리는 하지 않으려고 했는데 안 할 수가 없구나, 이 철없는 바보야!"

테스는 몸부림을 치며 울었다. 며칠 사이에 쌓인 긴장이 마침내 터진 것이었다.

"엄마, 알아요, 알아요." 그녀는 흐느낌 사이사이로 숨을 몰아쉬었다. "하지만 엄마, 어쩔 수가 없었어요. 그 사람은 너무 훌륭해요. 지난 일을 감추는 것이 아주 나쁜 짓 같았어요. 다시 그런 상황이 닥친다고 해도 난 똑같이 할 거예요. 난 그 사람에게 죄를 지을 수 없었어요. 그런 생각조차 할 수 없어요!"

"그렇다면 애당초 그 사람하고 결혼을 하는 것 자체가 죄를 짓는 일 아니니?"

"그래요, 그래요. 그래서 이렇게 가슴이 아파요. 난 그 사람이 그 사건을 눈감아 줄 마음이 없다면 법으로 날 버릴 수 있다고 생각했어요. 내가 그 사람을 얼마나 사랑하는지, 얼마나 간절하게 그 사람을 내 사람으로 갖고 싶었는지, 그 사람에 대한 간절한 사랑과 그에게 정직하고 싶은 마음 사이에서 내가 얼마나 고민했는지 엄마는 모를 거예요. 그런 내 마음을 엄마는 반도 몰라요!"

테스는 모든 것이 견디기 힘들어 더 이상 말을 할 수가 없었다. 그녀는 의자 위에 힘없이 쓰러졌다.

"그래, 그래. 지나간 일을 돌이킬 수야 없지. 왜 내 자식들은 다른 집안 자식들보다 멍청한지 모르겠다. 그런 소리를 나불거리기보다는 뒤늦게 알아내도록 두지 않고 그렇게 철없이 굴었는지 이해가 되지 않는다." 더비필드 부인은 어머니로서의 자신의 처지가 처량해져 눈물을 쏟았다. "너의 아버지가 뭐라고 그럴지 모르겠다!" 그녀가 말을 계속했다. "그 양반이 롤리버스와 퓨어 드롭 술집에서 결혼식 자랑을 하고 다녔거든. 네 덕에 가족이 조상 앞에서 체면을 차리게 되었다고 말이다. 불쌍한 멍청이 양반! 네가 이제 전부 다 망쳤구나. 아이고, 하느님!"

때맞춰 테스의 아버지가 집으로 오는 소리가 들렸다. 그러나 그는 집 안으로 즉시 들어오지는 않았다. 더비필드 부인은 직접 남편에게 소식을 알리겠으니 테스더러 잠시 비켜 있으라고 했다. 조온은 테스의 이야기를 듣고 난 실망의 충격을 곧 극복하고, 이번 사건을 테스가 처음 겪었던 불행을 대하듯이 받아들였다. 휴가 때 비가 온다거나 감자 농사를 망친 것처럼 이번 일도 그녀에게는 공과나 잘못과 관계없는 일이며, 참고 견디어야 하는 우연한 외부적 충격이지, 결코 교훈적인 사건이 아니었다.

테스는 2층으로 올라갔다가 침대의 위치가 바뀌어 모두가 새롭게 정돈된 것을 보았다. 그녀가 쓰던 침대는 두 동생들이 쓰도록 정리되어 있었다. 이제 여기에 그녀가 있을 곳은 없었다.

아래층 방에는 천장이 없었기 때문에 거기서 일어나는 일은 대부분 위에서 다 들을 수 있었다. 곧 아버지가 집 안으로 들어왔다. 살아 있는 암탉 한 마리를 가져온 것 같았다. 두 번째 얻은 말을 팔아야 했던 아버지는 지금 바구니를 팔에 걸고 걸어 다니면서 물건을 파는 행상 일을 하고 있었다. 그 닭은 전에도 그랬듯이 사람들에게 그가 여전히 장사를 하고 다닌다는 것을 보여 주기 위해 행상을 나가면 늘 들고 다니는 과시용 상품이었다. 그러나 사실 그 닭은 발이 묶인 채 롤리버스 술집의 테이블 아래 한 시간이 넘도록 팽개쳐져 있을 때가 더 많았다.

"우리가 했던 이야기는 말야." 더비필드가 입을 열어 사제에 관해서 술집에서 했던 이야기를 시작했다. 그의 딸이 사제 집안으로 시집을 간 데서 연유된 이야기라고 아내에게 자세히 설명해 주었다. "사제들에게도 옛날에는 우리 조상들처럼 '경'이라는 칭호가 붙어 다녔소." 그가 말했다. "그러나 요즘 와서 그 사람들의 칭호는 엄밀히 말하면 '신부님'이지." 테스가 결혼에 관해서 너무 크게 소문을 내지 말라고 부탁을 해서 자세한 말을 피하고 다녔지만 딸의 금지령이 곧 해제되기를 더비필드는 기다리고 있었다. 그는 신랑 신부가 테스의 원래의 성인 더버빌을 변형되지 않은 형태로 썼으면 하고 바랐다. 그것이 사위의 성보다는 훨씬 더 나아 보였기 때문이었다. 그는 그날 딸에게서 무슨 편지라도 온 게 있느냐고 아내에게 물었다.

그제야 더비필드 부인은 편지는 없었고 불행하게도 테스가 직접 집에 와 있노라고 남편에게 알렸다.

결혼에 파탄이 생겼다고 설명을 하자 더비필드답지 않은 시무룩한 굴욕감이 기분 좋게 마시고 온 그의 기분을 망치는 기색이었다. 그러나 그에게 사건의 핵심적 본질은 자신의 과민한 감수성에 대한 자극보다는 그 파경의 소식이 다른 사람들의 마음속에 일으킬 수 있는 반응이었다.

"이걸로 끝장이라니!" 존 경이 말했다. "지주 졸라드네 맥주 창고만큼이나 큰 킹스비어 교회의 가족 묘지에 내 조상들이 누워 있고, 역사에 기록된 어느 명문 집안 못지않게 이 지방의 진짜 명문 집안인데. 이제 롤리버스나 퓨어 드롭에 오는 친구들이 날보고 뭐라고 그러겠소! 곁눈질을 하고 비웃으며 말하겠지. '이게 당신 집안의 대단한 결혼이군. 이게 노르만 왕대의 조상들이 누린 진짜 위치로 돌아가는 거군!' 여보, 이건 내가 견디기엔 너무 힘들어. 나 자신이고, 작위고, 전부 끝내고 말아야지. 견뎌 낼 길이 없어! 그러나 그 사람과 정말로 결혼을 했다면 먹여 살리도록 할 수는 있지 않소?"

"암, 그렇지요. 그러나 걔가 그러려고 하지 않을 거예요."

"정말 그 남자가 걔와 결혼을 했을 거라고 생각해요? 아님 첫 번째와 같은 짓을 했을지도……."

가엾은 테스는 거기까지 듣고 그 이상 더 엿들을 수가 없었다. 자신의 말이 부모 집에서조차 의심을 받는다는 생각이 들자 다른 어떤 것보다 집에 대한 반감을 느꼈다. 운명의 공격이 이렇게 예기치 못한 곳에서 다가올 수 있는가? 자신의 아버지가 자기를 조금이라도 의심한다면 이웃이나 지인들은 자신을 얼마나 더 의심할 것인가? 아, 그녀는 이제 집에 오랫동안 머무를 수도 없는 것이 아닌가!

그녀는 집에서 며칠만 머물기로 했다. 그녀는 머물기로 한 기간이 끝나는 날 클레어로부터 마땅한 농장을 찾아보기 위해 영국의 북부 지방으로 간다는 짧막한 편지를 받았다. 아내로서 그녀의 참된 위치에 대한 영광을 갈망하는 마음에서, 그리고 남편과 벌어진 넓은 틈새를 부모 앞에서 감추기 위해 그녀는 다시 집을 떠나는 이유로 그 편지를 이용하기로 하였다. 그녀는 부모들에게 남편과 합치기 위해 떠나는 것이라고 둘러대었다. 남편이 자신에게 잔인하다는 비방이 나오는 것을 막기 위해 그녀는 클레어가 준 50파운드 중에서 25파운드를 꺼내어 어머니에게 주었다. 에인절 클레어 같은 남자의 아내는 그 정도의 돈은 손쉽게 줄 수 있다는 듯이 내놓으면서 지난 몇 해동안 부모들에게 안겨 준 고통과 굴욕에 대한 조그마한 보상이라고 말했다. 그녀는 자신의 체면을 그런 식으로 세우고 가족들에게 작별 인사를 하였다. 그녀가 떠난 직후 테스가 선물로 준 돈 덕분에 더비필드 집안에는 한동안 활기가 돌았다. 그녀의 어머니는 젊은 남편과 아내 사이에 생겼던 균열은 메워지고 두 사람 사이의 강렬한 사랑 때문에 서로 떨어져 살 수 없다는 이야기를 하고 다녔으며, 그녀 자신도 그 말을 진심으로 믿었다.

39장

클레어가 아버지의 사제관으로 가는 익숙한 길을 걸어 내려
간 것은 결혼 삼 주 후였다. 내리막길에서 교회의 첨탑이 저녁
하늘을 배경으로 솟아 있었는데, 그 탑이 왜 그가 그곳을 찾
아왔는지 묻는 것 같았다. 땅거미가 내리는 시간에 그 도시에
서 그를 알아보는 사람은 없는 것 같았고, 그를 기다리는 사람
은 더더구나 없었다. 그는 지금 유령처럼 집으로 돌아온 기분
이었다. 자신의 발소리가 없애야 될 장애물처럼 들렸다.

그의 인생 전체가 바뀌어 버렸다. 전에는 인생을 사색적으로
만 알고 있었으나 이제 그는 인생을 현실적으로 알게 되었다고
스스로 생각했다. 그러나 실제로는 아직도 인생의 현실적인 면
을 잘 몰랐다. 이제 인간이 이탈리아식 그림의 명상적 감미로
움으로 보이지도 않았다. 인간은 비에르츠 미술관*의 그림처럼

─────────────
* 브뤼셀에 있는 박물관으로 주로 병적인 소재를 다룬 안톤 비에르츠의 작품
을 소장하고 있다.

상대방을 노려보는 소름끼치는 태도에 젖어 있고, 반 비어스*의 스케치에 나타나는 곁눈질하는 유형으로 보였다.

처음 이 몇 주 동안 그의 행동은 말로 설명할 수 없을 만큼 두서가 없었다. 역사에 나타난 위대한 현자들이 권유한 대로 그는 자신에게 특별히 이상한 일이 일어나지 않았던 것처럼 농업에 관한 계획을 기계적으로 추진하는 데 온 힘을 쏟았다. 그러다 이들 위대한 현자들은 자신들의 목표가 달성될 수 있는지 그 가능성을 시험해 보기 위해 자신 밖으로 나가 본 일이 없다는 결론을 내렸다. "이 점이 중요한 것이거니, 동요하지 말라." 이것은 이교도 도학자**가 한 말이었으며, 그것은 클레어 자신의 의견이기도 하였다. 그러나 그는 동요하고 있었다. "너희는 마음에 근심도 말고 두려워하지도 말라."***라고 나사렛 사람은 말하였으나 클레어는 그 말에 충심으로 동의하면서도 여전히 근심에 싸여 있었다. 아, 이 위대한 두 사상가를 직접 만나서 인간 대 인간으로 진심 어린 호소를 하고 그들의 비법을 가르쳐 달라고 얼마나 간청하고 싶었던가!

그의 기분이 고집스러운 무관심으로 변하고 마침내는 자신의 존재를 국외자의 소극적인 관점에서 바라보고 있다는 생각을 하게 되었다.

이 모든 슬픔이 테스가 더버빌 가의 후예라는 우연에서 일어났다는 생각 때문에 그는 마음이 쓰라렸다. 테스가 자신이 그렇게 애틋하게 꿈꾸던 하층 사회 출신의 새로운 계급이 아

---

* 일상생활에서 소재를 찾은 벨기에 화가.
** 로마 황제 마르쿠스 아우렐리우스.
*** 「요한복음」 14장 27절.

니라 쇠잔해진 옛날 집안에서 내려온 사람이라는 것을 알게 되었을 때 왜 자신은 원칙을 좇아 그녀를 냉정하게 버리지 않았던가? 이것이 종교를 버림으로써 얻은 대가였고 그가 받은 벌은 마땅한 것이었다.

그의 마음은 지치고 불안해졌으며 불안은 점점 더 커졌다. 테스를 부당하게 대한 것이 아니었나 하는 마음도 있었다. 그는 밥을 먹는다는 사실을 잊은 채 식사를 했으며 아무 맛도 모르는 채 음료수를 마셨다. 시간이 스쳐 가고, 지난날에 일어났던 일 하나하나의 동기가 눈앞에 떠오르자, 그가 테스를 귀중한 소유물로서 가지려던 생각이 자신의 모든 계획과 말과 행동에 얼마나 은밀하게 연계되어 있었는지를 깨달았다.

이곳저곳을 돌아다니던 중에 그는 어느 조그마한 도시의 교외에서 이민을 떠나는 농업 전문가가 브라질 제국이 가진 커다란 장점을 빨갛고 파란 플래카드에 써 놓은 글을 읽게 되었다. 거기서는 땅을 엄청나게 좋은 조건으로 제공한다고 했다. 브라질이 그에게 매력적인 새로운 대안으로 떠올랐다. 거기서면 나중에 테스도 합칠 수 있을 것 같았다. 풍치와 사고방식과 관습이 대조적인 나라에서는 그녀와의 생활을 불가능하게 만드는 인습이 크게 작용하지 않을 것 같았다. 그는 브라질로 가서 가능성을 알아야겠다는 생각에 마음이 강하게 쏠렸다. 마침 그곳으로 가는 계절이 다가왔다.

이런 계획으로 그는 에민스터로 돌아왔다. 자신의 계획을 아버지와 어머니에게 알리고, 또 테스와 함께 오지 않은 이유도(그러나 그녀와 지금 떨어져 있는 이유는 빼고) 최선을 다해 설명하려는 뜻도 들어 있었다. 그가 문간에 도착했을 때 초승달이 떠서 얼굴을 비추었다. 지난번 새벽에 아내를 팔에 안고 수도사들의 묘지가 있는 곳까지 강을 건너갔을 때는 그믐달이 떠 있었다. 지금 그의 얼굴은 훨씬 수척해 있었다.

그의 방문이 예고되지 않았기 때문에 조용한 사제관에는 작은 연못에 물총새가 뛰어든 것같이 소란이 일었다. 아버지와 어머니는 응접실에 있었으나 형들은 집에 없었다. 에인절은 응접실로 들어가 조용히 문을 닫았다.

"아니, 에인절, 네 처는 어디 있니?" 어머니가 놀라서 큰 소리로 물었다. "넌 우리를 자주 놀라게 하는구나!"

"친정어머니한테 가 있어요. 잠시 동안요. 제가 이렇게 급히 온 것은 브라질로 가기로 결정했기 때문이에요."

"브라질이라고! 거긴 모두가 가톨릭 교도들 아니냐!"

"그렇던가요? 그건 생각해 보지 못했어요."

그러나 그가 가톨릭교의 땅으로 간다는 소식과 그 소식에 따른 아픔도 아들의 결혼에 대한 클레어 씨 부부의 자연스러운 관심을 대체하지는 못했다.

"삼 주 전에 결혼식을 치렀다는 소식을 알리는 너의 짧은 편지를 받았다." 클레어 부인이 말했다. "너도 알겠지만 아버지가 너의 대모의 선물을 보냈다. 물론 우리는 결혼식에 참석하지 않는 것이 최상의 길이라고 생각했다. 특히 너희들이 결혼식을 그 애의 집에서 치른 것이 아니고 농장에서 치른다고 해서 더 그랬다. 그 애의 집이 어디 있는지는 모르지만. 우리가 결혼식에 가는 건 너의 입장을 곤란하게 했을 것이고 우리도 즐겁지 않았을 게다. 너의 형들도 그렇게 생각하더라. 그러나 이제 다 끝난 일이지. 우리는 불만이 없다. 특히 복음의 길에 봉사하는 대신 네가 선택한 직업에 그 애가 잘 어울린다면 말이다. 그러나 에인절, 그 애를 내가 먼저 만나 보았거나 아니면 조금이라도 그 애에 대해서 더 알았더라면 하는 아쉬운 마음이 없지 않다. 우리는 그 애에게 아무 선물도 보내지 않았다. 무슨 선물이 그 아이 마음을 제일 기쁘게 할 것인지를 몰라서 그랬다. 선물이 그냥 좀 늦어진다고 생각해라. 에인절, 나나 아버지는 이 결혼에 대해서 조금도 화가 난 건 아니다. 우리는 네 처를 직접 만나 볼 때까지 며느리 사랑을 유보하는 것이 좋겠다고 생각했다. 그런데 이번에 그 애를 데려오지 않았구나. 좀 이상한 생각이 드는구나. 무슨 일이 있니?"

그는 테스가 지금은 친정으로 가고 자신만 집으로 오는 것이 최상이라고 판단했기 때문이라고 대답했다.

"어머니, 이 말씀을 드리고 싶네요." 그가 말했다. "제 처가 어머니와 아버지 앞에 자랑스럽게 올 수 있을 때까지 이 집에 데려오지 않으려고 해요. 그러나 브라질에 대한 계획은 아주 최근의 생각이에요. 만약 브라질로 간다면 이번 초행길에는 함께 가는 것이 좋은 생각 같지 않아요. 처는 제가 돌아올 때까지 친정어머니와 함께 있을 거예요."

"네가 출발하기 전에 만나지 못하겠구나?"

그는 만나지 못할 거라고, 그래서 죄송하다고 말했다. 앞에서 말한 대로 그의 원래 계획은 얼마 동안 집으로 데려오지 않는 것이었다. 그것이 그들의 편견과 감정을 상하게 하지 않는 최선의 길이었다. 물론 그만이 아는 다른 이유가 있었으며, 그 이유가 더 중요한 것은 말할 것도 없었다. 그는 지금 당장 출발한다면 일 년 안에 한 번은 돌아올 테니까 그때는 그녀를 데리고 떠나기 전에 집으로 찾아와 인사를 시킬 수 있을 거라고 생각했다.

서둘러 차린 저녁 식사가 들어왔다. 클레어는 자신의 계획을 더 자세히 설명했다. 그의 어머니는 신부를 보지 못하는 실망감을 내내 지우지 못하였다. 테스를 두고 말한 클레어의 열성적인 찬사는 그녀의 모성애를 자극하여 어머니는 나사렛에서 선한 일이 생길 수* 있듯이 톨보트헤이즈 농장에서 매력적인 사람이 나올 수도 있으리라는 생각까지 하게 되었다. 그녀는 아들이 식사를 하는 동안 내내 그를 지켜보았다.

"그 애에 대해서 설명해 줄 수 있겠니? 대단히 예쁜 건 분명한 것 같구나, 에인절."

"그 점에 대해서는 의심할 여지가 없어요!" 그는 쓰라린 마음을 감추고 열띤 목소리로 대답했다.

"그 아이가 순수하고 정숙한 것도 말할 것 없겠구나?"

"물론 순수하고 정숙해요."

"그 아이 모습을 내 눈으로 보는 것 같구나. 지난번에 너는 그 아이의 얼굴이 예쁘고 몸매도 통통한 편이라고 했지. 깊고 붉은 입술은 큐피드의 활과 같고, 속눈썹과 눈썹은 까맣고, 숱이 많은 머리칼은 배의 닻줄 같고, 커다란 눈에는 연한 보라색, 푸른색, 검정색이 돌고."

"네, 그렇게 말했어요, 어머니."

"그 아이의 얼굴이 환히 보인다. 그런 벽지에 살았으니 자연히 널 만날 때까지는 외지 남자를 본 적도 없겠구나."

---

* 「요한복음」 1장 46절 참조.

"없어요."

"네가 걔의 첫사랑이냐?"

"물론이에요."

"세상에는 순박하고, 입술이 장미 같고, 건강한 농촌 처녀들이 있는 반면, 그보다 못한 아낙네들도 많이 있지. 난 마음속으로 간절히 바랐다. 내 아들이 농업 전문가가 되려고 하니 그의 아내도 농장 생활에 익숙해야 하는 게 당연하다고 말이다."

그의 아버지는 어머니만큼 꼬치꼬치 묻지 않았다. 저녁 기도 전에 늘 하던 대로 성경에서 한 구절을 읽는 시간이 되자 신부가 클레어 부인에게 이렇게 말했다. "에인절이 왔으니 오늘 평소 차례대로 읽을 구절보다 「잠언」 31장을 읽는 것이 알맞은 것 같소."

"예, 그래요." 클레어 부인이 말했다. "'르무엘 왕의 말씀' 말이군요." 그녀는 남편만큼 성경의 장과 절을 잘 알았다. "사랑하는 아들아, 너의 아버지께서 정숙한 아내를 칭찬하는 「잠언」의 구절을 읽어 주기로 하셨다. 지금 여기 없는 사람에게 당연히 그 성경 말씀을 맞추어야 한다는 건 새삼스럽게 말할 필요도 없겠지. 하느님, 그 아이의 길을 보호하여 주소서."

클레어의 목이 메었다. 이동 성서 낭독대가 방 한구석에서 들려 나와 난로 앞 중앙부에 놓여졌다. 하인 두 명이 방으로 들어오자 에인절의 아버지가 앞에 말한 31장 10절을 읽기 시작했다.

"누가 현숙한 여인을 찾아 얻겠느냐? 그 값은 진주보다 더하니라. 밤이 새기 전에 일어나 그 집 사람에게 식물을 나누어 주며…… 힘으로 허리를 묶으며, 그 팔을 강하게 하며, 자기의 무역하는 것이 이로운 줄을 깨닫고, 밤에 등불을 끄지 아니하고…… 그 여자는 그 집안일을 보살피고, 게을리 얻은 양식을 먹지 아니하나니. 그 자식들은 일어나 사례하며, 그 남편도 칭찬하기를 덕행 있는 여자가 많으나 그대는 여러 여자보다 뛰어나다 하느니라."*

기도가 끝나자 어머니가 말했다.

"아버지가 읽으신 구절 중에서 특정한 몇 부분이 네가 택한 여자에게 아주 잘 맞는 것 같구나. 너도 알다시피 완전한 여자는 일하는 여자이지, 게으르게 빈둥거리고 노는 여자나 잘생긴 여자가 아니다. 손과 머리와 마음을 다른 사람의 행복을 위해 쓰는 사람이다. '그 자식들은 일어나 사례를 하며 그 남편도 칭찬하기를 덕행 있는 여자가 많으나 그대는 여러 여자보다 뛰어나다 하느니라.' 에인절, 그 아이를 내가 만나 봤으면 하는 마음이 너무 간절하다. 순결하고 정숙한 사람이니 흉이 없는 아이가 틀림없을 거다."

클레어는 그 이상 참을 수가 없었다. 그의 눈에 녹아내린 납물 방울 같은 눈물이 가득 고였다. 그는 자신이 그토록 사랑하는 이 성실하고 순박한 사람들에게 급히 저녁 인사를 하였다. 그들은 세상도 육욕도 마귀도 모르고 그것을 그냥 자신들과 상관없는 막연하고 외부적인 것이라고만 알고 있었다. 그는 그의 방으로 돌아갔다.

그의 어머니가 따라와 문을 두드렸다. 클레어가 문을 열자 밖에 어머니가 근심스러운 눈으로 서 있었다.

"에인절." 어머니가 그를 불렀다. "그렇게 빨리 나가는 이유

---

* 여기 인용된 구절은 「잠언」의 31장 10절뿐만 아니라 15절, 17~18절, 27~29절에서 부분적으로 따온 것이다.

가 뭐니? 무슨 일이 있니? 평소 너 같지 않구나."

"어머니, 문제가 좀 있어요."

"그 아이에 관한 거냐? 얘야, 그런 줄 알고 있다. 그 아이에 관한 건 줄 알고 있다! 지난 삼 주 사이에 그 아이와 싸웠니?"

"꼭 싸운 것은 아니에요." 그가 입을 열었다. "서로 의견이 맞지 않는 일이 었었어요."

"에인절, 그 아이의 과거를 좀 조사해도 괜찮겠니?"

클레어 부인이 어머니의 본능으로 핵심을 찔러 아들의 불안한 마음을 자극하는 질문을 하였다.

"그 사람은 티 없이 깨끗해요!" 그가 대답했다. 그는 설사 그 자리에서 그대로 지옥으로 영원히 떨어진다 해도 그런 거짓말을 하지 않을 수 없을 것이라고 생각했다.

"그럼 다른 문제는 걱정 마라. 따지고 보면 때 묻지 않은 시골 처녀만큼 순순한 것도 자연 속에는 드물다. 처음에는 너의 높은 교양에 거슬리는 조잡한 처신이 눈에 뜨이겠지만 그건 함께 살면서 가르치면 사라지리라고 나는 확신한다."

그러나 이런 맹목적 관용에 수반되는 무서운 풍자가 자신의 장래를 완전히 망쳤다는 부차적인 생각이 클레어를 일깨웠다. 고백 직후에는 미처 생각하지 못했던 점이었다. 그가 자신을 위해서 장래 문제를 걱정하지 않은 것은 사실이었다. 그러나 부모와 형들의 입장을 보아서라도 그는 존경받는 인생을 살아가고 싶은 마음이 간절했다. 촛불을 들여다보는 그에게 불빛은 분별 있는 사람을 비출 뿐 얼뜨기나 낙오자의 얼굴을 밝히지는 않는다고 조용히 말하는 것 같았다.

흥분이 다소 가라앉자 부모에게 속임수를 써야 하는 상황을 만든 불쌍한 아내에게 잠시 화가 치밀었다. 마치 테스가 그 방에 있는 것처럼 그는 그녀에게 화난 목소리로 외칠 뻔하였다. 곧 호소하는 듯 애절한 그녀의 부드러운 목소리가 어둠을 가르고, 그녀의 입술의 부드러운 촉감이 그의 이마에 와 닿자, 그녀의 따뜻한 숨결을 공기 속에서 느낄 수 있었다.

그날 밤 그가 얕잡아 비하하던 연인은 그녀의 남편이 얼마나 대단하고 훌륭한 사람인지를 생각하고 있었다. 그러나 두 사람의 머리 위에는 에인절 클레어가 생각했던 것보다 더 큰 그림자가 드리워져 있었다. 그 그림자는 자신의 한계점이 만든 것이었다. 편견에서 해방되려는 노력에도 불구하고 지난 이십오 년 동안에 형성된 모범적이고 진보적이고 마음씨 착한 청년도, 놀라서 어린 날의 가르침으로 움츠러들면, 아직 습관과 인습의 노예로 남아 있는 것이었다. 그녀가 밟아 온 행적보다는 성향에 의하여 그녀의 도덕적 가치가 판단되어야 하기 때문에, 이 젊은 아내가 본질적으로 똑같이 악을 증오하는 마음으로 충만해 있는 다른 여인네들만큼이나 르무엘 왕의 칭찬을 받을 자격이 있다는 것을 어느 예언자도 그에게 말해 주지 않았으며 스스로 그런 것을 깨달아 알 수 있을 만큼 자신이 예언자도 아니었다. 더구나 이런 경우에는 가까이 있는 사람이 불리한 입장에 서게 되는데, 그것은 보호막 없이 유감스러운 모습을 그대로 노출하기 때문이다. 반면 멀리 떨어져 있어 모습이 분명하지 않은 사람이 존경되는 것은 거리가 결점을 예술적 덕목으로 승화시키기 때문이다. 테스를 그녀가 아닌 다른 모습으로 보면서 그는 그녀의 본질을 보지 못했으며, 흠 있는 사람이 완전한 사람보다 훌륭할 수 있음을 잊고 있었다.

40장

아침 식사 시간에 브라질이 화제로 떠올랐다. 일부 농업 노동자들이 그곳으로 이민을 갔다가 열두 달도 되지 않아서 다시 귀국했다는 실망스러운 소문에도 불구하고 브라질로 가서 그곳 토양을 한번 시험해 보겠다는 에인절의 제안에 모두 희망적인 견해를 표시하였다. 식사가 끝나자 클레어는 브라질에서 필요한 자질구레한 일들을 처리하고 또 은행에 맡겨 둔 돈을 모두 찾아오기 위해 시내로 나갔다. 돌아오는 길에 교회 곁에 서 있는 머시 찬트를 만났다. 그녀는 교회 벽에서 튀어나온 것 같았다. 그녀는 성경 교실에 나누어 줄 성경책을 한 아름 안고 있었다. 그녀는 다른 사람에게 마음의 고통을 주는 일에도 축복의 웃음을 띠우는 인생관을 지니고 있어, 에인절로서는 부럽기도 하였으나 인간을 신비주의에 부자연스럽게 희생시킴으로서 얻는 것처럼 보이기도 하였다.

그녀는 그가 곧 영국을 떠난다는 소식을 들어 알고 있으며,

그것이 아주 훌륭하고 유망한 계획이라고 말했다.

"그래, 상업적인 의미에서는 그럴싸한 계획이지. 그건 틀림없어." 그가 대답했다. "그러나 머시, 그건 생활의 연속성을 잘라 버리는 거야. 차라리 그보다는 수도원이 더 나을지 몰라."

"수도원! 아, 에인절 클레어!"

"그런데?"

"이 심술궂은 친구, 수도원은 수사를 전제하고 수사는 로마 교회를 전제하잖아?"

"로마 교회는 죄악이고, 죄악은 천벌이야. 에인절 클레어, 그대는 위험한 입장에 빠져 있도다, 이거야?"

"난 내가 믿는 개신교에서 영광을 찾아!" 그녀가 엄격한 목소리로 말했다.

그러자 클레어는 극도의 비참한 기분에 젖어 자신이 믿는 참된 인생의 원칙을 잠시 잊고 악마적 기분에 빠지면 이상한 짓을 하듯 그녀에게 가까이 오라고 했다. 그리고 그가 생각할 수 있는 가장 이단적인 말을 그녀의 귀에 잔인하게 속삭였다. 그녀의 예쁜 얼굴에 떠오른 공포의 표정을 보고 순간적으로 웃었으나 에인절 자신을 생각하는 고통과 근심이 그 공포의 감정에 섞여 있는 것을 보고 그는 곧 그 웃음을 거두었다.

"머시." 그가 불렀다. "용서해. 내가 미쳐 가는 모양이야."

그가 정말로 미치는 모양이라고 그녀는 생각했다. 두 사람의 만남은 거기서 끝나고 클레어는 사제관으로 돌아갔다. 그는 보다 행복한 날이 다시 돌아올 때에 찾기로 하고 보석을 은행에 예치해 두었다. 그는 또 테스가 필요할 상황에 대비해서 30파운드를 입금하고 몇 달 뒤에 테스에게 보내 달라고 지시한 다음, 블랙무어 계곡의 부모 집으로 편지를 써서 그가 한 조치를 그녀에게 알렸다. 그녀에게 지난번에 주고 온 50파운드와 새로 은행에 예치한 돈이면 당분간은 충분할 것이라고 생각했다. 긴급 상황이 생기면 아버지에게 알리라는 당부까지 해 두었다.

그는 부모에게 그녀의 주소를 알려 직접 서신 왕래를 하는 것은 좋은 일이 아니라고 판단했다. 아버지와 어머니도 두 사람이 정말로 왜 헤어져 있는지 그 이유를 알지 못했기 때문에 주소를 알려 달라고 하지는 않았다. 끝내야 될 일은 가능한 빨리 끝내는 것이 좋겠다는 생각으로 그는 그날로 사제관을 떠났다.

그는 테스와 결혼하여 첫 사흘을 보낸 웰브리지의 농가를 찾아가 인사를 하는 것이 영국의 남쪽 땅을 떠나기 전에 남은 의무라고 생각했다. 조금 남은 집세도 내고 그들이 사용했던 방의 열쇠도 돌려 주고, 또 남겨 두고 온 서너 가지 자질구레한 물건도 찾아야 했던 것이다. 깊고 깊은 그림자가 처음으로 그의 인생에 내리깔려 머리 위로 어둠이 덮인 곳이 바로 이 집의 지붕 아래에서였다. 그러나 응접실의 문을 열고 방 안을 들여다보았을 때 제일 먼저 떠오른 추억은 결혼식을 치른 오후 두 사람이 행복한 기분에 젖어 그 집에 도착하던 것과, 둘만이 함께 있을 거처를 갖게 되었다는 새로운 기분과, 처음으로 단둘이 식사를 하던 즐거움과, 손을 꼭 잡고 난롯가에서 이야기를 속삭이던 기억들이었다.

그가 갔을 때 농부와 그의 아내는 들에 나가고 없어서 클레어는 한동안 혼자 집에 있었다. 그는 아직 정리하지 못한 감정이 마음속으로 되살아 오르는 것을 느끼면서 끝내 그와 함께 쓰지 못했던 2층의 그녀 방으로 올라가 보았다. 침대는 떠나는 날 아침 그녀 손으로 직접 정돈한 대로 깨끗하게 손질되어 있었다. 겨우살이 가지는 그가 매달아 둔 채로 침대 덮개 휘장 아래 그대로 걸려 있었다. 그러나 걸어 둔 지 삼사 주가 지난 다음이어서 색깔이 변하고 있었다. 잎새와 열매는 벌써 시들어 있었다. 그는 그것을 떼어 내어 가지를 으깨어 벽난로 안에 던져 넣었다. 그는 그곳에 우두커니 선 채로 테스와의 결별 이후 처음으로 그가 취한 행동이 너그러운 선택은 아닐지 모르지만 그런대로 현명한 짓이었는지에 대해 회의를 느끼기 시작했다. 잔인하게 장님 짓을 한 것이 아니던가? 여러 가지 감정이 종잡을 수 없이 얽혀 그를 괴롭혔다. 그는 눈물에 젖은 채 침대 곁에서 무릎을 꿇었다. "오, 테스! 조금만 일찍 나에게 이야기를 하여 주었어도 자기를 용서했을 텐데!" 그가 신음 소리를 내었다.

아래층에서 발소리가 나는 것을 듣고 그는 자리에서 일어나 계단 끝으로 나갔다. 계단 아래에 여자가 서 있는 것이 보였다. 그녀가 얼굴을 들자 얼굴이 창백하고 눈이 검은 이즈 휴에트임을 알아보았다.

"클레어 선생님." 그녀가 불렀다. "선생님하고 부인을 보러 왔어요. 인사를 왔지요. 다시 여기 와 있을지 모른다고 생각했어요."

그는 이 처녀의 비밀을 짐작하고 있었다. 그러나 그녀는 그의 비밀을 아직 눈치채지 못했다. 그를 사랑한 정직한 처녀로, 테스만큼 실용적인 아내가 될 수 있는 사람이었다. 적어도 테스와 비슷하리만큼 훌륭한 실용적 아내가 될 수 있는 사람이었다.

"난 지금 혼자 있어요." 그가 말했다. "우린 이제 여기 살지 않아요." 그는 자신이 왜 여기에 와 있는지를 설명한 다음 그녀에게 물었다. "이즈, 집으로 가는 길이 어느 쪽인가요?"

"선생님, 전 이제 톨보트헤이즈에 살지 않아요." 그녀가 대답했다.

"왜요?"

이즈가 고개를 아래로 떨구었다.

"거기 있기가 너무 쓸쓸해서 떠났어요. 지금 있는 곳은 이쪽 길로 가요." 그녀가 톨보트헤이즈와는 반대쪽을 가리켰다. 그가 가는 방향이었다.

"지금 그쪽으로 갈 건가요? 태워 달라면 마차로 데려다 줄 수 있는데."

그녀의 올리브 빛 안색이 진한 빛을 띠었다.

"클레어 선생님, 고마워요." 그녀가 말했다.

그는 금세 농부를 찾아내어 집세를 치르고 갑작스레 떠나는 바람에 생긴 몇 가지 문제를 해결했다. 클레어가 말과 마차가 있는 곳으로 돌아오자 이즈가 그의 곁에 자리를 잡았다.

"이즈, 난 영국을 떠나요." 마차를 타고 가면서 그가 말했다. "브라질로 가려고 해요."

"부인도 그런 여행 계획을 반기나요?" 그녀가 물었다.

"그 사람은 이번에는 가지 않아요. 일 년 정도는 떨어져 있을 거예요. 내가 먼저 답사차 가는 거죠. 그쪽 생활이 어떤지 알아보기 위해서요."

그들은 동쪽 방향으로 상당한 거리를 달려갔다. 이즈는 그

동안 아무 말도 하지 않았다.

"다른 아가씨들은 잘 있어요?" 그가 물었다. "레티는 어떻게 지내요?"

"지난번에 봤을 때는 신경쇠약 상태였어요. 몸은 마르고 광대뼈가 튀어나와 건강이 아주 나쁜 것 같았어요. 이제 누구도 걔를 좋아하지 않을 거예요." 이즈가 정신이 나간 듯이 말했다.

"마리안은요?"

이즈가 목소리를 낮추었다.

"마리안은 술을 시작했어요."

"그랬군요!"

"그래요. 농장 주인이 마리안을 내보냈지요."

"이즈는?"

"전 술도 마시지 않고 건강도 나쁘지 않아요. 그러나 아침 식사 전에 노래를 하던 옛날과는 달라요."

"왜 그래요? 「큐피드의 정원에서 일어난 일」과 「양복장이 바지」를 우유 짜는 시간에 아주 멋지게 뽑던 것 기억나요?"

"아, 그랬죠. 그건 선생님이 처음 왔을 때죠. 조금 지난 다음에는 아니었어요."

"왜 그렇게 되었을까?"

대답 대신 그녀의 검은 눈이 한순간 그를 노려보면서 빛을 반짝 쏟았다.

"이즈, 왜 나 같은 사람 때문에 그렇게 약해졌어요!" 그가 이렇게 말하면서 잠시 명상에 빠졌다. "그럼, 혹시 내가 결혼하자고 청혼을 했더라면?"

"그랬으면 전 '네.'라고 대답했을 거예요. 선생님은 자기를 사랑하는 여자와 결혼을 했을 거고요!"

"정말로!"

"정말로요!" 그녀가 힘 있는 목소리로 속삭였다. "오, 하느님! 지금까지 그걸 짐작조차 못했다니!"

얼마 가지 않아 그들은 마을로 들어가는 갈림길에 도달했다.

"여기서 내려야 돼요. 저쪽에 살거든요." 자신의 심경을 토로한 이후 아무 말도 하지 않던 이즈가 갑자기 입을 열었다.

클레어가 마차의 속도를 늦추었다. 그는 자신의 운명에 화가 났고 사회의 규칙에 심한 반발을 느꼈다. 운명과 사회적 규범이 합법적으로 빠져나올 길이 없는 구석으로 자신을 몰아넣은 것이다. 이렇게 올가미를 씌우는 인습이라는 현학적 채찍에 순종하느니 차라리 가정의 장래를 느슨하게 짜서 사회에 대한 보복을 시도해 볼 수는 없을까?

"이즈, 난 혼자 브라질에 가요." 그가 말했다. "여행 때문이 아니라 개인적인 이유 때문에 아내와 난 별거 중이에요. 아내와는 다시 합치지 못할지도 몰라요. 난 이즈를 사랑할 수 없을지도 모르고요. 그런데 테스 대신 이즈가 나와 함께 가겠어요?"

"정말로 내가 가기를 원하세요?"

"그동안 힘들게 살아 휴식을 취하고 싶어요. 적어도 이즈는 이해관계를 떠나 날 사랑하고."

"그래요. 가겠어요." 잠시의 침묵 뒤에 그녀가 말했다.

"가겠다고요? 이즈, 그게 무엇을 의미하는지 알고 있어요?"

"선생님이 거기 가 있는 동안 함께 산다는 뜻이겠지요. 전 그것으로 충분해요."

"이제 도덕적인 면에서는 날 믿을 수 없다는 점을 잊지 말아야 해요. 그것은 문명, 즉 서구의 문명의 눈으로 보면 잘못이라는 것을 이즈에게 알려 주어야 할 것 같네요."

"그런 건 상관하지 않아요. 사랑이 고통으로 변해서 달리 피할 길이 없다면 여자는 그런 문제에 신경을 쓰지 않아요!"

"그럼 내리지 말아요. 그 자리에 그냥 앉아 있어요."

그는 교차로를 지나 계속 마차를 몰았다. 그는 아무런 애정의 표시도 없이 2킬로미터, 3킬로미터를 그냥 달렸다.

"이즈, 날 대단히 사랑해요?" 그가 불쑥 이렇게 물었다.

"사랑해요. 사랑한다고 말했어요! 우리가 농장에 함께 있는 동안 내내 선생님을 사랑했어요!"

"테스보다 더?"

그녀가 머리를 흔들었다.

"아니요." 그녀가 중얼거렸다. "테스보다는 아니에요."

"어째서요?"

"테스만큼 선생님을 사랑할 수 있는 사람은 없어요! 테스는 선생님을 위해 자기 목숨도 바칠 수 있어요. 하지만 저는 그러지 못해요."

브올 산 정상의 예언자*처럼 이즈 휴에트는 이런 순간에 사악한 말을 할 준비가 되어 있었다. 그러나 테스의 인품 때문에 그녀의 거친 심성이 상대방에게 매혹의 감정을 느꼈고 결국에는 그녀의 마음이 품위 있는 쪽으로 기울었다.

클레어는 아무 말도 하지 않았다. 뜻밖에도 흠 없는 사람의

---

* 「민수기」 23~24장 참조. 예언자 발람이 발락의 명령으로 브올 산 정상에서 이스라엘 민족을 저주할 것을 종용받지만 그는 여호와의 뜻을 받들어 그들에게 축복을 대신 내린 이야기.

입에서 이런 솔직한 말을 듣자 가슴이 뭉클해졌다. 울음이 응고된 것처럼 목구멍에서 무엇인가 차올랐다. "테스는 선생님을 위해 목숨도 바칠 수 있어요. 저는 그러지는 못해요!"라는 소리가 귀에서 반복해서 들려왔다.

"이즈, 조금 전에 한 경솔한 소리는 잊어버려요." 갑작스레 말머리를 돌리면서 그가 말했다. "내가 무슨 말을 하고 있는지 모르겠어요! 집으로 가는 갈림길까지 태워다 줄게요."

"이게 선생님에게 보여 준 정직의 대가군요! 아, 이걸 어떻게 참아 내지! 어떻게 참아 내지! 어떻게 참아 내지!"

이즈 휴에트가 크게 울음을 터뜨렸다. 그녀는 자신이 무슨 일을 저질렀는지를 깨닫고는 이마를 때렸다.

"지금 이 자리에 없는 사람에게 바른 일을 하고는 그것을 후회해요? 오, 이즈, 후회를 해서 그걸 망치지 말아요!"

이즈가 조금씩 기분을 가다듬었다.

"좋아요, 선생님. 같이 가겠다고 했을 때는 저도 무슨 말을 하는지 몰랐어요! 이룰 수 없는 일을…… 바랐어요!"

"나에겐 이미 사랑하는 아내가 있기 때문이지요."

"그래요, 그래요! 선생님에게는 사랑하는 아내가 있어요."

그들은 삼십 분 전에 지나쳤던 갈림길 모퉁이에 도착했다. 그녀가 마차에서 뛰어내렸다.

"이즈, 내가 순간적으로 경솔했던 걸 잊어 주세요! 부탁이에요." 그가 큰 소리로 말했다. "너무 잘못 생각했어요. 너무 경솔했어요!"

"잊으라고요? 천만에요, 천만에요! 나에게는 그게 결코 경솔한 일이 아니었어요."

그는 그녀의 상처 받은 절규 속에 들어 있는 비난을 받아 마땅하다고 생각했다. 그는 표현할 수 없는 슬픔을 느끼면서 마차에서 뛰어내려 그녀의 손을 잡았다.

"좋아요. 그러나 이즈, 어쨌든 우린 친구로 헤어져야 하죠? 내가 그동안 견디어야 했던 아픔을 이즈는 모를 거예요!"

그녀는 진심으로 마음이 너그러운 처녀였다. 그 이상 그녀는 서로의 작별을 망칠 비난은 하지 않았다.

"선생님을 용서해요!" 그녀가 말했다.

"그럼, 이즈." 전혀 내키지 않는 스승의 역할을 스스로 강요하며 곁에 서 있는 그녀에게 그가 말했다. "마리안을 만나거든 착한 여자가 되고 어리석은 짓을 해서는 안 된다고 전해 주어요. 꼭 그러겠다고 약속해요. 그리고 레티에게는 이 세상에 나보다 더 가치 있는 남자가 많고, 날 위해서라도 현명하고 훌륭하게 행동해야 한다고 전해 주어요. 현명하고 훌륭하게라는 말을 잘 기억해 두어요. 날 위해서요. 난 이 당부를 죽어 가는 사람이 죽어 가는 사람에게 전하는 심정으로 하고 있어요. 다시 두 사람을 만나지 못할 거니까 하는 말이오. 이즈는 내 아내에 대한 솔직한 말로 어리석은 짓과 배신을 저지를 뻔했던 믿을 수 없는 충동에서 나를 구했어요. 이런 문제에서 여자들이 못된 짓을 할 수도 있겠지만 남자들만큼은 나쁘지 않아요. 그 문제 하나만으로도 난 이즈를 잊지 못할 거예요. 지금까지 그랬던 것처럼 항상 착하고 성실한 처녀가 되세요. 나를 가치 없는 애인으로 생각해도 좋지만 꼭 성실한 친구로 기억해 주었으면 해요. 약속해 주어요."

그녀가 약속을 했다.

"선생님, 하느님의 축복이 있기를 기원할게요. 안녕히 가세요."

그는 마차를 달렸다. 이즈는 갈림길로 들어서서 클레어의 모습이 눈에서 사라지자 엄습해 오는 고통으로 길가의 둑에 몸을 던져 쓰러졌다. 그녀가 그날 밤 어머니 집으로 돌아왔을 때 그녀의 얼굴은 부자연스럽게 긴장된 표정을 하고 있었다. 에인절이 그녀에게서 떠나간 다음 집으로 돌아올 때까지의 암담했던 시간을 그녀가 어디서 보냈는지는 아무도 알지 못했다.

클레어 또한 그녀에게 작별을 한 다음 가슴이 몹시 쓰라려 입술을 떨었다. 그러나 그의 슬픔은 이즈를 향한 것이 아니었다. 그날 밤 그는 가장 가까운 기차역으로 가는 길을 포기하고, 자신을 테스의 집으로부터 갈라놓고 있는, 솟아오른 남부 웨섹스의 산등성이를 넘어 마차를 달릴 뻔했다. 그를 만류한 것은 그녀의 천성에 대한 멸시감이나 그녀가 자신에게 품고 있을 마음의 상태를 마음대로 상상했기 때문이 아니었다.

이유는 결코 그런 것이 아니었다. 그것은 이즈의 이야기로 확인된 그를 향한 그녀의 사랑에도 불구하고, 객관적 사실에는 아무런 변화가 있을 수 없었기 때문이었다. 만약 처음에 그가 옳았다면 지금도 옳은 것이다. 그가 발을 들여놓은 방향의 타성은 그날 오후 자신에게 닥쳐온 것보다 더 강하고 지속적인 힘에 의해서 바뀌지 않는 한 계속될 수밖에 없었다. 그는 테스에게로 곧 돌아갈 수도 있었다. 그러나 그는 그날 밤 런던으로 가는 기차를 탔으며, 닷새 뒤에는 브라질 행 배가 출발하는 항구에서 형들과 작별의 악수를 나누었다.

41장

위의 사건들이 일어난 겨울에서부터 클레어와 테스가 헤어진 지 여덟 달이 조금 더 지난, 10월 어느 날로 가 보자. 우리는 테스가 달라진 상황 속에 처해 있음을 발견하게 된다. 그녀는 상자와 트렁크를 다른 사람들이 들어 주는 새댁이 아니라 전날 신부가 되기 전에 그랬던 것처럼 바구니와 꾸러미를 직접 들고 다니는 외로운 여자가 되어 있었다. 그동안 편안하게 지낼 수 있도록 남편이 마련해 준 넉넉한 돈 대신 그녀는 납작해진 빈털터리 지갑만 가지고 있을 뿐이었다.

고향 말로트 마을을 떠난 후 크게 고생스러운 일을 하지 않고 봄과 여름을 보냈다. 블랙무어 계곡의 서쪽에 위치한 포트브레디 근처의 낙농장에서 별로 힘들지 않은 비정규직 일을 한 것이었다. 그곳은 그녀의 고향이나 톨보트헤이즈 농장에서 멀리 떨어진 곳이었다. 남편이 준 생활비를 쓰는 것보다는 직접 벌어 쓰는 것이 더 마음 편했다. 정신적으로 그녀는 완전히 침체 상태에 빠져 있었다. 그녀가 하는 기계적인 일은 그 침체 상태를 억제하기보다는 더 확장시켰다. 그녀의 마음은 다른 농장, 다른 계절로 가 있었고, 그곳에서 만났던 다정한 연인과 함께 있었다. 비록 자신의 남자로 지키기 위해 손에 잡는 순간 그는 환상 속의 형체처럼 순식간에 사라져 버렸지만.

낙농장의 일은 젖소의 젖이 줄어드는 시기까지만 계속되었다. 톨보트헤이즈 농장에서처럼 정규직으로 일을 한 것이 아니라 임시직으로 일을 했기 때문이었다. 그러나 마침 추수가 시작되면서 일할 곳은 사방에 있었다. 그녀는 다음 일을 찾아 목장에서 그루터기가 가득한 밭으로 옮기기만 하면 되었다. 이런 일은 추수 계절이 끝날 때까지 계속되었다.

클레어가 생활비로 준 50파운드 중에서 그 절반을 자신 때문에 일어난 아픔과 비용에 대한 보상으로 아버지와 어머니에게 떼어 주고도 그녀에게는 아직 25파운드가 남아 있었으나, 그녀는 그 돈을 거의 쓰지 않았다. 그러나 불행히도 우기가 다가오고 있었고, 그녀는 그 기간 동안에 귀중한 금화에 의지하지 않을 수 없었다.

그녀는 그 돈을 쉽게 쓸 수가 없었다. 에인절이 자신을 위해서 은행에서 반짝거리는 새 돈을 직접 찾아다가 손에 쥐어 주었기 때문이다. 그의 손길이 묻어 있는 금화 하나하나가 그에 대한 추억으로 성스러운 보물이 되어 있었다. 거기에는 그와 자신만의 경험에 의하여 만들어진 역사 이외에는 그 어떤 사건도 기록되어 있는 것 같지 않았다 그런 돈을 써 버린다는 것은 성자의 유골을 내다버리는 것과 같았다. 그러나 돈은 쓰지 않을 수 없었고, 금화는 하나씩 그녀의 손에서 빠져나갔다.

그녀는 이따금씩 자신의 주소를 어머니에게 보내지 않으면 안 되었다. 그러나 그녀는 자신이 처해 있는 어려운 사정을 편지에서는 감추었다. 가진 돈이 거의 다 떨어질 무렵에 편지 한 통이 어머니로부터 날아왔다. 어머니는 집안 사정이 극심하게 어려워졌다고 썼다. 가을비가 지붕으로 스며들어 이엉을 전부 갈아야 할 형편이지만 먼젓번 이엉 대금을 아직 갚지 못했다는 것과, 서까래를 새로 얹고 2층 천장을 덮는 데 지난번 이엉 값까지 합치면 20파운드가 필요하다고 했다. 테스의 남편은 재력이 있는 사람이고 지금쯤은 틀림없이 그녀에게 돌아왔을 테니 그 돈을 보내 줄 수 있겠느냐고 했다.

테스에게는 에인절의 은행으로부터 30파운드가 곧 들어오게 되어 있었다. 상황이 너무 딱해서 그녀는 돈이 오자 그중에서 20파운드를 어머니가 요구한 대로 송금했다. 나머지 액수 중에서 일부를 겨울 옷을 사는 데 써 버려, 다가오는 혹독한 계절을 살아야 할 액수는 얼마 남아 있지 않았다. 수중에 남아 있던 마지막 1파운드까지 다 쓰자 돈이 더 필요하거든 아버지에게 도움을 요청하라는 에인절의 말이 생각났다.

그러나 아무리 생각해도 그녀의 마음은 그러고 싶지 않은 쪽으로 기울어졌다. 클레어를 보호하기 위하여 자신의 부모에게 별거가 길어진다는 사실을 감추어야 하는 미묘한 감정과 자존심과 잘못 생각한 수치심을(그것을 무엇이라고 부르던 간에) 느끼는 그녀는 똑같은 이유로 그가 남기고 간 적잖은 생활비를 타면서도 돈이 더 필요하다는 말을 시부모에게 차마 할 수가 없었다. 시부모는 벌써 그녀를 경멸할지도 모른다. 구걸하는 인간을 그들이 얼마나 경멸할 것인가! 결국 신부의 며느리는 자신이 처해 있는 상황을 시아버지에게 알릴 수 없다고 힘들이지 않고 결론지었다.

남편의 부모와 서신 교환을 하고 싶지 않은 마음은 시간이 지나면 나아지리라고 생각했다. 그러나 자신의 친부모와의 관계는 그와는 정반대로 되었다. 결혼 직후 잠시 집을 찾아갔다가 떠나온 이후 그녀의 부모는 테스가 결국에는 남편과 합칠 것이라고 생각했다. 그때부터 지금까지, 테스는 편안하게 그가 돌아오는 날을 기다리고 있다는 부모들의 믿음을 흔들어 놓을 짓을 하지 않았다. 그녀는 남편의 브라질 여행이 짧은 여정으로 끝나기를 절망적으로 바라면서, 여행 뒤에는 직접 자신을 데리러 오거나 적어도 그를 찾아오라고 편지를 쓸 거라고 기대했다. 그녀에게는 두 사람의 가족과 세상 앞에 서로 합쳐진 모습을 보여 주고 싶은 마음이 간절했다. 그녀는 여전히 이러한 꿈을 가슴속에 애절하게 품고 있었다. 부모의 어려운 처지를 해결하고, 또 첫 번째 시도의 실패를 없던 것으로 만든 에인절과의 결혼을 대성공으로 성사시켰으면서도, 자신이 버림받은 아내이며 이제부터는 자기 손으로 생계를 벌어야 하는 처지임을 부모에게 알리는 것은 불가능했다.

다이아몬드가 생각났다. 그러나 그것을 클레어가 어디에 맡겨 두었는지를 그녀는 알지 못했다. 거기다 그 보석은 장식용으로는 쓸 수 있지만 팔 수는 없는 것이기 때문에 어디 있는지도 중요하지 않았다. 설사 그것이 분명히 그녀의 것이라 하더라도 법률적인 의미에서 그녀를 장식하는 물건일 뿐 근본적으로 그녀 개인의 것은 아니었다.

한편 그녀의 남편도 시련과 무관한 시간을 보내지는 않았다. 그 순간 그는 폭풍우에 노출되고 그 밖의 여러 가지 어려운 고초에 시달린 끝에 브라질의 쿠리티바 지방 부근의 점토질 토양에서 열병을 앓고 있었다. 영국의 고원지대에서 밭을 갈고 씨를 뿌려 어떤 기후 조건에도 저항할 수 있도록 태어나면서부터 단련된 몸이면 브라질 평원에서 생각지도 않게 만나는 어떠한 악천후에도 견딜 수 있다고 근거 없이 믿으며 브라질 정부의 약속에 속아 그쪽으로 건너간 농부와 농장 노동자들에게 공통적으로 일어나는 현상이었다.

다시 테스의 이야기로 돌아가자. 테스의 마지막 금화가 사라지자 더이상 그 돈을 대체할 다른 재원이 없었다. 계절 때문에 일자리를 얻는 것도 어려워졌다. 명석함과 힘과 건강과 준비된 자세는 제대로 갖추었으면서도 그러한 사실을 깨닫지 못한 테스는 실내에서 할 수 있는 일을 찾지 않았다. 그녀는 도시와 대저택과 재력이나 사회적 소양을 갖춘 사람들과 시골티가 없이 예의 바른 사람들을 피하였다. 그쪽에서 암울한 고통이 찾아왔기 때문이었다. 인간 사회는 그녀가 짧은 경험으로 상상하는 것보다 더 나을 수도 있었다. 그러나 그녀에게는 그 점에 대한 확증이 없었고, 자연히 본능적으로 인간 사회 주변을 피하는 쪽으로 기울어져 있었다.

봄과 여름에 임시직으로 젖 짜는 일을 했던 포트브레디 서쪽의 소규모 낙농장에서는 일손이 필요 없게 되었다. 톨보트헤이즈 농장에서는 일자리와 거처를 구할 수도 있었지만 그것은 동정심에서 우러나는 자선을 구걸하는 것이나 다름없었다. 그곳에서의 생활이 편했던 것은 사실이었으나 다시 그곳으로 돌아갈 수는 없었다. 그러한 상황의 반전은 용납될 수 없었다. 그것은 그곳에서 우상화된 남편을 욕되게 하는 짓이었다. 그녀는 그곳 사람들의 동정을 참아 내고 자신의 이상한 처지를 두고 속닥거리는 그들의 귓속말을 견디어 낼 자신도 없었다. 자신에 대한 이야기가 그곳 사람들 개개인의 머릿속에만 그대로 남아 있다면 그쯤은 참을 수 있었다. 그러나 그녀의 민감한 신경을 자극하는 것은 그들이 자신에 관한 이야기를 서로 주고받으며 수군대는 것이었다. 개개인이 혼자 마음속으로 알고 있는 것과 여러 사람이 수군거리는 차이를 테스는 딱히 설명할 수 없었다. 그러나 그녀는 혼자 알고 있는 것과 여럿이 수군거리는 데에는 분명한 차이점이 있다는 것을 몸으로 느꼈다.

그녀는 지금 이 지역의 중앙부에 있는 고원지대의 농장으로 가고 있었다. 이곳저곳을 돌아다니다가 마침내 그녀에게로 들어온 편지에서 마리안이 추천한 농장이었다. 마리안은 테스가 남편과 별거 중이라는 소식을 들은 바 있었다. 그 이야기는 이즈를 통해서 들었을 테지만. 마음씨 착하고, 그러나 지금은 술주정뱅이가 된 처녀는 테스가 어려운 처지에 있을 것을 짐작하고 옛 친구에게 급히 편지를 써서, 자신이 톨보트헤이즈 농장을 나와 지금은 이 고원지대의 농장에 있으니 옛날처럼 테스가 다시 일을 시작한 것이 사실이라면 자리는 있으니까 그곳에서 만나자고 했다.

낮의 길이가 점점 짧아지면서 남편의 용서를 받는 희망 또한 사라지기 시작했다. 한 발 한 발 파란 많은 과거를 조금씩 절연시키면서 자신의 정체를 지운 채, 생각 없이 여기저기 일자리를 찾아다니는 그녀의 본능에는 어딘가 야생동물의 습성 같은 것이 있었다. 다른 사람들에 의해서 자신의 소재가 즉각 알려져 그들의 행복은 아닐지라도 자신의 행복에 중대한 영향을 줄 수 있는 우발적인 사고나 긴박한 상황에도 신경을 쓰지 않았다.

외로운 처지에서 겪는 어려움 중에서 그녀를 적잖게 당혹스럽게 하는 것은 그녀의 외모가 사람들의 시선을 끈다는 점이었다. 그녀에게는 자신의 타고난 매력에 클레어로부터 배운 품위 있는 몸가짐이 더해져 있었다. 결혼을 위해 장만한 옷을 입고 있는 동안에는 그녀를 흘깃거리는 곁눈질이 그다지 거북스럽지 않았다. 그러나 들일을 하는 농군의 작업복을 입으면서 어쩔 수 없이 야한 소리를 듣는 일이 한두 번이 아니었다. 그러다가 11월 어느 오후에 그녀는 육체적인 공포를 느끼는 일을 당했다.

그녀는 고원지대의 농장보다는 브릿 강 서쪽 지역을 선호하였다. 그곳이 남편 아버지의 집에서 멀지 않았기 때문이었다. 아무도 모르게 그 지역을 돌아다니다가 어느 날 사제관을 찾아가기로 마음먹을 수도 있다는 생각이 적잖은 기쁨을 주었다. 그러나 일단 보다 높은 건조한 지대에서 일을 하기로 정한 이상 초크뉴턴 마을을 향해 동쪽 방향으로 거슬러 걸어 올라가야 했다. 그녀는 초크뉴턴에서 밤을 지내기로 했다.

길은 길고 단조로웠다. 낮이 갑자기 짧아지고 있어 어느새 어둠이 내리기 시작했다. 그녀는 언덕 꼭대기로 올라가 아래쪽으로 뱀처럼 구불거리며 나 있는 길을 내려다보았다. 등 뒤로 발소리가 들리고 남자 한 사람이 뒤따라왔다. 그가 테스 곁에 나란히 서더니 그녀에게 말을 걸었다.

"안녕하세요, 예쁜 아가씨?" 그녀는 공손하게 그의 인사를 받았다.

주변은 거의 어두워지고 있었으나 하늘에 아직도 남아 있는 햇빛이 그녀의 얼굴을 환하게 비추었다. 사나이가 몸을 돌려 그녀를 빤히 바라보았다.

"아니, 틀림없네. 트란트리지에 잠시 살았던 젊은 색시 맞구먼. 젊은 지주 더버빌의 친구였죠? 지금은 아니지만 나도 그때 거기 살았어요."

그녀는 그가 여관에서 그녀에게 말을 거칠게 한다고 에인절이 때려눕힌, 돈푼이나 있는 건달패임을 즉시 알아보았다. 고통이 경련처럼 다가왔다. 그녀는 아무 대답도 하지 않았다.

"그렇다고 정직하게 인정해요. 그때 내가 시내에서 했던 말이 맞다고 말이요. 아가씨 애인은 벌컥 화를 냈지만 말이오. 이 능청맞은 아가씨. 그때 그 친구가 나한테 한방 날린 것, 잘못되었다고 사과해야지."

테스는 아무 대답도 하지 않았다. 쫓기는 사람이 역경을 피할 방법은 오직 한 가지밖에 없었다. 갑자기 뒤도 돌아보지 않고 바람처럼 달렸다. 길을 따라 묘목 농장으로 들어가는 문이 있는 곳까지 있는 힘을 다해서 달렸다. 그녀는 조림 단지 안으로 뛰어들어 들키지 않을 만큼 안전한 나무숲에 깊이 숨을 때까지 달리기를 멈추지 않았다.

발아래 낙엽은 말라 있었다. 낙엽수 사이에서 자라는 호랑가시나무 덤불의 잎사귀가 바람을 막을 만큼 두껍게 쌓여 있었다. 그녀는 낙엽을 긁어모아 커다랗게 더미를 쌓아올리고 그 가운데를 파내어 둥지를 만들었다. 테스는 그 속으로 들어갔다.

그런 곳에서 청하는 잠은 자연히 단속(斷續)적일 수밖에 없었다. 그녀는 이상한 소리를 들었다고 생각했다. 그러나 바람소리 때문이라고 자신에게 타일렀다. 자신은 이런 추운 곳에 웅크리고 있지만 남편은 지구 저쪽 기온이 따뜻한 땅 어딘가에 있을 것을 생각해 보았다. 세상에 자신만큼 비참한 사람이 또 있을까? 하고 스스로에게 물었다. 자신의 인생이 낭비된 것을 생각하면서 "모든 것이 헛되도다."*라고 되뇌었다. 이 말을 기계적으로 되풀이하다가 그것이 현대에는 가장 어울리지 않는 말이라는 생각이 들었다. 솔로몬은 2000여 년 전에 이미 그렇게 생각했다. 자신은 철학자들의 반열에 서 있는 사람이 아니지만 이 점에서만은 솔로몬보다 더 앞서 있었다. 만약 모든 것이 그냥 헛되기만 하다면 누가 불평을 하겠는가? 불행히도 모든 것은 헛된 것 이상으로 허무했다. 인생은 불의와 형벌과 강탈과 죽음으로 만연해 있는 것이다. 에인절 클레어의 아내는 손을 이마에 얹고 굴곡진 부분을 더듬어 보았다. 부드러운 피부 아래에서 눈두덩 가장자리가 느껴졌다. 그녀는 그렇게 어루만지면서 언제인가 뼈만 앙상해지는 날이 오는 시간을 생각했다. "그런 날이 차라리 지금 왔으면 좋겠네."라고 그녀는 혼자 중얼거렸다.

이렇게 환상에 빠져 있는 동안 나뭇잎 사이에서 이상한 소리가 들려왔다. 바람 소리일 수도 있었다. 그러나 밖에는 바람이 거의 일지 않았다. 심장이 고동치는 소리 같기도 하고 날개가 파닥거리는 소리 같기도 했다. 또 숨을 헐떡거리는 소리 같

---

* 「전도서」 1장 2절.

기도 했고 목구멍이 깔딱거리는 소리 같기도 했다. 곧 그녀는 그것이 어떤 야생동물이 내는 소리임을 알았다. 소리가 머리 위의 나뭇가지에서 나고 그러다가 무거운 몸뚱이가 땅 위로 떨어지는 소리가 뒤따르는 것을 들으면서 그녀의 확신은 더욱 뚜렷해졌다. 만약 다른 상황, 마음이 보다 즐거운 여건에서 이곳에 누워 있었다면 그녀는 그 소리에 놀랐을 것이다. 그러나 인간 세상 밖에 있는 지금은 조금도 두려운 것이 없었다.

마침내 하늘에 동이 트기 시작했다. 한동안 공중에 빛이 퍼지더니 숲에도 햇빛이 스며 들어왔다.

세상이 활동을 시작하는 시간에 사람들에게 힘을 북돋우며 쏟아지는 일상의 햇빛이 좀 더 강해지자 그녀는 즉시 낙엽 더미에서 빠져나와 용기 있게 주변을 둘러보았다. 그리고 자신의 잠을 방해하면서 일어났던 일이 무엇이었는지를 알게 되었다. 그녀가 숨어들었던 조림 단지는 언덕이 끝나는 지점으로, 단지의 울타리 너머에는 경작지가 있었다. 나무 아래에 꿩이 여러 마리 떨어져 있었고 빛깔이 선명한 깃털에는 피가 젖어 있었다. 어떤 녀석은 죽어 있고, 어떤 녀석은 힘없이 날개를 파닥거리고, 어떤 녀석은 멍하니 하늘만 쳐다보고 있고, 어떤 녀석은 급하게 숨을 몰아쉬고, 어떤 녀석은 몸통을 뒤틀고 있고, 또 어떤 녀석은 몸통을 뻗은 채 누워 있었다. 자연의 힘으로는 그 이상 견디기 어려워 밤 사이에 고통이 끝난 운 좋은 녀석들을 제외하고는 모두가 고통 속에서 몸부림치고 있었다.

테스는 금세 이 광경이 무엇을 의미하는지를 알아차렸다. 꿩 떼가 전날 사냥꾼들에 쫓겨 이런 구석까지 몰려온 것이었다. 총을 맞고 그 자리에서 떨어져 죽었거나 어두워지기 전에 죽은 녀석들은 사냥꾼들이 찾아서 집으로 가지고 갔으나, 심하게 상처를 입은 녀석들은 사냥꾼들의 눈을 피하여 숨었거나 나뭇가지가 무성한 곳에서 다시 정신을 차린 것이다. 그들은 밤사이 피를 많이 흘려 기운이 빠질 때까지 숨어서 버티다가 마침내 한 마리씩 나뭇가지에서 땅으로 떨어진 것이다. 테스가 밤에 들은 것은 바로 그들이 추락하는 소리였다.

테스는 어린 시절에 이따금씩 이런 사람들을 보았다. 그들은 이상한 복장을 하고 눈에는 피에 굶주린 빛이 돌았는데, 총을 겨눈 채 울타리 너머로 시선을 주거나 숲 속을 뚫어지게 바라보았다. 테스가 들은 바로는 그들은 사냥을 하고 돌아다닐 때에는 거칠고 잔혹해 보이지만 한 해 내내 그런 것은 아니며 사실은 아주 예절이 바른 사람들이라고 했다. 그러나 가을과 겨울의 어떤 특정한 기간에는 말레이 반도의 주민들처럼 살기가 몸에 솟구쳐 자연 속에 얽혀 있는 가족 중에서 약한 자에게 그렇게 난폭하고 비정하게 구는 것이다. 이 경우에는 오직 그러한 취향을 만족시키기 위해 인공적으로 부화시킨 날개 달린 해 없는 생물을 파괴하는 것이 그들이 살아가는 삶의 목표가 된다는 것이다.

다른 사람의 아픔에 대해 자신의 아픔만큼이나 연민을 느끼는 마음으로 테스가 제일 먼저 생각한 것은 아직 살아 있는 조류를 고통에서 해방시키는 것이었다. 그러기 위해서 그녀는 눈에 보이는 꿩들은 모조리 손으로 직접 목을 비틀었다. 그리고 사냥터 관리인들이 꿩을 찾아가도록 처음 조류들이 있던 곳에 도로 놓아두었다. 그들이 다시 찾아올 것이 거의 확실했기 때문이었다.

"가엾은 친구들. 이렇게 비참한 광경을 보고도 날 세상에서 제일 불쌍한 존재라고 생각하다니!" 그녀가 외쳤다. 조심스럽게 꿩들을 죽이는 동안 얼굴에 눈물이 흘러내렸다. "나에게는 육체적 고통이라고는 눈곱만치도 없는데! 육신이 갈기갈기 찢어진 것도 아니고, 피를 흘리는 것도 아니야. 음식을 먹고 옷을 입는 데 쓸 두 손이 아직 멀쩡한데 말이야." 그녀는 자연 속에서는 아무런 근거가 없는 사회의 인위적인 법 때문에 죄인이 되었다는 부질없는 생각에 눌려 고통스러워했던 지난밤의 암담했던 마음이 오히려 부끄러웠다.

42장

이제 날이 환히 밝았다. 그녀는 조심스럽게 큰길로 나와 다시 길을 재촉했다. 그러나 조심할 필요가 없었다. 사람의 흔적이 전혀 보이지 않았기 때문이었다. 테스는 용감하게 걸어갔다. 조류들이 밤새 조용히 고통을 견디어 낸 것을 기억하고, 만약 다른 사람들의 의견을 무시할 만큼 자신이 모든 일에 초연할 수만 있다면 슬픔이란 상대적인 것이어서 자신의 아픔을 견디어 낼 수도 있으리라고 생각했다. 그러나 그녀는 다른 사람의 의견이 바로 클레어의 것일 때에는 초연할 수가 없었다.

그녀는 초크뉴턴에 도착하여 여관에서 아침 식사를 하였다. 그곳에 있던 젊은 사람들이 그녀의 미모에 대하여 귀찮을 만큼 칭찬을 하였다. 그녀의 마음속에 희망의 빛이 솟아올랐다. 자신의 남편도 똑같은 칭찬을 할 것이 아닌가? 그런 가능성을 생각해서 그녀는 몸조심을 하고 뜨내기 사내들을 멀리하지 않으면 안 되겠다고 마음을 먹었다. 그러기 위해서 테스는 외모 때문에 문제가 일어나는 상황을 피하기로 했다. 마을을 벗어나자마자 그녀는 잡목 덤불로 들어가 바구니에서 가장 오래된 작업복 한 벌을 꺼냈다. 말로트 마을의 들에서 일을 할 때 말고는 한 번도 입은 적이 없는 옷이었다. 크릭의 낙농장에서도 입지 않았던 옷이다. 그녀는 그 차림과 어울리게 꾸러미에서 손수건을 꺼내어, 마치 이를 앓는 사람처럼 턱을 덮고 관자놀이와 뺨도 반쯤 가리게 모자 아래로 얼굴을 감쌌다. 그러고는 손거울을 보면서 작은 가위로 눈썹을 사정없이 잘라 버렸다. 자신의 예쁜 모습에 대한 젊은 사내들의 공격적인 찬사에 이런 식으로 대비를 한 다음 그녀는 평탄하지 않은 길을 다시 떠났다.

"무슨 여자가 허수아비처럼 하고 다니나!" 길에서 그녀를 본 남자가 친구에게 중얼거렸다.

그 소리를 들은 테스는 자신에 대한 불쌍한 마음이 솟아 눈에 눈물이 고였다.

"상관없어!" 그녀가 말했다. "천만에! 난 신경 쓰지 않아! 이제부터 난 흉한 모습으로 다닐 거야. 에인절이 여기 있는 것도 아니고, 날 돌봐 줄 사람도 없으니 말이야. 내 남편이었던 사람은 떠나 버렸고 이제 날 사랑하지도 않을 거야. 그러나 난 그 사람을 여전히 사랑하고 다른 남자는 모두 미워해. 차라리 그들이 날 경멸하는 게 나아!"

테스는 이렇게 생각하며 길을 걸었다. 그녀는 주변 풍경의 일부가 되었다. 겨울 복장을 한 순수하고 소박한 일꾼 차림의 그녀는 회색 순모 망토를 입고 빨간 모직 목도리를 하였으며, 털 스커트에 거칠거칠한 연한 갈색 앞치마를 두르고, 담황색 가죽 장갑을 꼈다. 그녀가 입은 낡은 의복은 빗물에 찌들고 햇빛에 그을리고 바람에 나부꼈으며 실오라기 하나하나가 낡고 삭아 있었다. 이제 그녀의 모습에서 젊은 열정의 흔적은 전혀 찾을 수 없었다.

처녀의 입술은 차갑고
……
수수한 타래 위의 타래가
머리를 감고 있네.*

그녀의 이러한 모습이 지나가는 사람의 눈에는 지각의 기능이 거의 없는 무생물처럼 보일 수도 있었을 것이다. 그러나 그러한 외형의 내면에는 아직 젊은 나이임에도 불구하고 인생의 실망과 욕정의 잔인함과 사랑의 연약함을 너무나 잘 아는 고동치는 인생의 기록이 들어 있었다.

다음 날은 날씨가 좋지 않았다. 그러나 그녀는 무거운 걸음을 멈추지 않았다. 정직함과 직설적인 면과 공평함 같은 자연의 적대적인 표현이 그녀를 좌절시키지는 않았다. 그녀의 목표는 겨울 동안에 일할 직장과 숙소를 구하는 것이어서 시간을 낭비할 수가 없었다. 그녀는 단기간의 일자리를 경험하고는 더이상 그런 일은 하지 않겠다고 결심했다.

그녀는 마리안이 편지로 소개한 곳이 있는 쪽을 향해 농장과 농장을 지나 걸음을 재촉했다. 그곳에 대한 평판이 혹독해

---

* 스윈번의 시 「프라고레타」에서 인용.

서 마음이 내키지 않았지만 달리 선택의 길이 없는 경우에 마지막 일자리로 이용하기로 했다. 처음에는 가벼운 일자리를 찾아보았다. 그러나 그런 일자리는 거의 얻을 수 없다는 게 분명해지자 그다음으로 조금 덜 쉬운 곳을 알아보았다. 그녀가 그나마 좋아하는 낙농장과 양계장 일을 찾아보았지만 종국에는 가장 좋아하지 않는 무겁고 힘든 경작지의 들일을 구하게 된 것이었다. 그런 일은 너무 힘든 노동이어서 일부러 자진해서 구하고 싶은 것은 아니었다.

둘째 날 저녁에 그녀는 반구 모양의 봉분이 젖가슴처럼 들쑥날쑥 솟아 있는 —— 마치 수많은 젖을 가슴에 단 키벌레 여신이 길게 드러누워 있는 것 같은 —— 백악층 고원지대에 도착하였다. 이 고원은 그녀가 태어난 계곡과 그녀의 사랑이 무르익은 계곡 사이로 뻗어 있었다.

이 지방의 공기는 건조하고 차가웠다. 손수레가 다니는 길게 뻗은 길에는 비가 그치고 몇 시간이 지나지도 않았는데 흙먼지가 하얗게 일어났다. 나무는 아예 없거나 거의 없다시피 했다. 울타리 사이에서 자라는 나무들도 나무나 숲이나 덤불의 천적인 소작농들이 잘라내 생울타리가 되어 있었다. 그녀가 가는 방향으로 중간 거리에 벌배로와 네틀쿰타우트의 꼭대기가 솟아 있는 모습이 다정해 보였다. 이 봉우리들은 어린 시절 반대쪽 블래무어 계곡에서 접근해 가면 하늘을 배경으로 높은 요새 같았으나 이쪽 고원지대에서 바라보면 낮고 겸손한 모습을 하고 있었다. 남쪽으로 산과 능선을 넘어 5, 6킬로미터쯤 해안선으로 가면 빛이 번쩍이도록 닦은 강철 표면이 나타나는데, 프랑스 쪽으로 멀리 뻗어 있는 영국 해협의 한 부분이었다.

그녀 앞에 약간 지대가 꺼진 곳이 있고 마을의 흔적이 보였다. 플린트쿰애시에 도착한 것이다. 마리안이 살고 있는 곳이었다. 그녀에게는 다른 선택의 여지가 없어 보였다. 그녀가 이곳으로 온 것은 운명일 수밖에 없었다. 그녀 주변의 척박한 땅은 이곳에서 해야 할 일이 가장 힘든 노동임을 분명히 말해 주었다. 그러나 더 이상 일자리를 찾는 것은 그만둘 때가 왔다. 비까지 내리기 시작하여 그녀는 그냥 그곳에 머물기로 작정했다. 마을 입구에 박공이 길 쪽으로 튀어나온 농가가 있었다. 그녀는 숙소를 청하기 전에 지붕 아래 서서 저녁이 다가오는 것을 지켜보았다.

"누가 날 클레어 부인으로 생각할 것인가!' 그녀가 혼자 중얼거렸다.

등과 어깨에 닿은 벽이 따뜻하게 느껴졌다. 박공 바로 안쪽이 그 농가의 난로여서 열기가 벽돌을 통해서 나오고 있는 것을 알아차렸다. 그녀는 벽에 손을 얹어 녹이고 또 이슬비를 맞아 빨갛게 젖은 뺨을 아늑하게 느껴지는 박공의 표면에 갖다 대었다. 그 벽만이 세상에 남은 유일한 친구인 것 같았다. 그녀는 그 벽을 두고 떠나고 싶지 않았다. 거기 그냥 그런 채로 서서 밤을 지샐 수도 있을 것 같았다.

그녀는 집 안에 있는 사람들이 하루의 노동을 끝내고 함께 모여서 이야기를 나누는 소리를 들을 수 있었다. 저녁 식사에 나온 접시가 딸그락거리는 소리도 들렸다. 마을의 거리에는 더이상 사람의 그림자가 보이지 않았다. 마침내 한 여자가 가까이 오는 소리가 나면서 쓸쓸한 정적이 깨졌다. 여자는 저녁 공기가 쌀쌀한데도 여름철의 날염포 천으로 된 겉옷을 입고 차양 달린 여름 모자를 쓰고 있었다. 테스는 본능적 직감으로 다가오는 사람이 마리안일지도 모른다고 생각했다. 여자는 어둠 속에서 모습을 알아볼 수 있을 만큼 가까이 다가왔다. 마리안이었다. 마리안은 전보다 더 뚱뚱해지고 얼굴도 붉어져 있었다. 그녀의 의복은 결정적으로 전보다 더 남루했다. 그전 같았으면 테스는 지금 같은 모습을 하고 옛날 친구를 만나지 않았을 것이었다. 그러나 그녀는 외로움이 너무나 사무쳐 마리안의 인사에 즉시 대꾸를 하였다.

마리안은 안부를 물으면서 아주 정중하게 예의를 갖추었다. 테스가 남편과 별거 중이라는 이야기를 희미하게 듣기는 하였지만 처음 만났을 때보다 더 나은 상황이 아니라는 사실에 그녀는 적잖이 놀란 것 같았다.

"테스 ─ 클레어 부인 ─ 사랑하는 그 사람의 사랑하는 아내! 아니 정말로 그렇게 사정이 좋지 않니? 왜 그 예쁜 얼굴을 그렇게 싸매었니? 누가 널 때리기라도 했어? 그 사람은 아니겠지?"

"아니야, 아니야, 그런 게 아니야! 사내들이 치근거릴까 봐 그런 거야, 마리안."

그녀는 화가 나서 별별 엉뚱한 생각을 불러일으키는 수건을 얼굴에서 풀어 버렸다.

"칼라도 달지 않았구나." 테스가 낙농장에 있을 때에는 조그마한 흰색 칼라를 늘 달고 다녔었다.

"알고 있어, 마리안."

"길에서 잃어버렸구나."

"잃어버린 게 아니야. 사실대로 말하자면, 내가 어떻게 보이는지 신경 쓰지 않기로 했어. 그래서 달지 않은 거야."

"결혼 반지도 끼지 않았네."

"아니, 반지는 끼지. 그러나 사람들이 있는 곳에서는 끼지 않아. 리본에 매달아서 목에 걸고 다녀. 사람들이 내가 결혼을 해서 누구 부인이라고 생각하는 게 싫어. 내가 결혼을 했다고 생각하는 게 싫어. 이런 생활을 하는 데 결혼은 거북한 일일 뿐이야."

마리안이 잠시 말을 멈추었다.

"그렇지만 넌 신사 계층 사람의 부인이잖아. 네가 이런 식으로 살아야 하다니 말도 안 돼."

"아니, 말이 돼. 대단히 불행하기는 하지만 말이야."

"흥, 글쎄. 그 사람이 너하고 결혼을 했는데 네가 불행하다니!"

"아내들도 때로는 불행하지. 남편 잘못이 아니고, 자신의 잘못 때문에 불행할 수도 있어."

"너는 잘못이 없는 사람이야, 테스. 그건 확실해. 그 사람에게도 잘못은 없고. 그렇다면 두 사람이 아닌 외부에서 생긴 그 무엇 때문이겠지."

"마리안, 착한 마리안, 제발 질문 그만하고 나 좀 도와줘. 남편이 외국으로 갔어. 난 그이가 준 생활비를 과용했고. 그래서 잠시 옛날에 하던 일에 의지할 수밖에 없어. 날 클레어 부인이라고 부르지 말고 테스라고 불러 줘. 여기서 사람을 구하니?"

"아, 그래. 이곳은 언제든지 일손이 필요해. 아무도 이런 곳에는 오려고 하지 않으니까. 여기는 땅이 척박해. 밀하고 순무만 재배하는 곳이야. 내가 여기 있지만 너까지 이곳으로 오는 건 바라지 않아."

"나도 너같이 젖 짜는 여자였어."

"그러나 난 술을 마시기 시작하면서 젖 짜는 일을 그만두었어. 이제 나에게는 그게 유일한 낙이야! 여기서 일자리는 순무 캐는 일이야. 나도 그 일을 하고 있어. 테스, 네 마음에 들지 않을 거야."

"무슨 일이든 상관없어. 말 좀 해 줄래?"

"직접 이야기하는 게 더 좋을 텐데."

"좋아. 그런데 마리안, 내가 여기서 일자리를 얻게 되면 그 사람에 대해서는 아무 말도 말아 줘. 이 부탁 잊지 마. 그이 이름을 흙먼지에 내동댕이칠 수는 없어."

테스보다 거친 성품이었지만 마리안은 진심으로 믿을 수 있는 여자였으며, 테스의 부탁은 무엇이든지 들어주겠다고 약속했다.

"오늘은 품삯 타는 날이야." 마리안이 말했다. "나하고 같이 가 보면 금세 어떤 곳인지 알게 돼. 네가 행복하지 않아서 정말 마음이 아프다. 그 사람이 가고 없어서 그렇겠지. 그 사정을 난 이해해. 그 사람이 여기 있다면 불행할 수가 없겠지. 설사 그 사람이 돈을 주지 않고 마구 힘든 일만 시켜도 말야."

"그건 사실이야. 불행할 수가 없겠지!"

그들은 함께 갔다. 곧 황량하기 그지없는 어느 농가에 도착했다. 나무 한 그루 눈에 보이지 않고, 계절이 계절이어서 그렇겠지만 푸른 목초지도 없이 사방이 휴한지거나 순무 밭으로, 넓은 들이 단조롭게 잘려진 울타리에 의해서 나뉘어 있을 뿐이었다.

일꾼들이 임금을 다 받을 때까지 테스는 농가 문 밖에서 기다렸다. 마리안이 테스를 소개했다. 농부는 집에 없는 것 같았다. 그날 저녁에는 그를 대신한 농부의 부인이 성수태 고지일*까지 있겠다는 말을 듣고 테스를 고용하는 데 이의를 제기하지 않았다. 최근에는 밭일을 하는 여자들이 많지 않았는데 여자가 남자만큼 일을 해낸다면 여자를 고용하는 것이 임금이 싸서 훨씬 유리했다.

계약서에 서명을 한 다음에는 숙소를 구하는 일 말고는 당장 할 일이 없었다. 그녀는 박공 벽에서 몸을 따뜻하게 녹였던 집에 거처를 구했다. 그녀가 구한 것은 초라한 호구지책이었으나 겨울을 날 피난처는 마련한 셈이었다.

그날 밤 그녀는 고향 집으로 편지를 써서 새 주소를 알렸다. 남편이 보낸 편지가 말로트에 오지 않을까 해서였다. 그러나 그녀는 자신이 처해 있는 암담한 사정은 말하지 않았다. 남편에게 비난의 화살이 쏟아질까 두려웠기 때문이었다.

---

* 1752년 이전까지는 4월 6일이었으나 현재는 3월 25일. 영국 정부의 회계 연도가 시작되는 날로, 지방에서는 1년을 4분기로 나누어 고용 계약을 끝내고 다시 시작하는 날이기도 하다. 4분기는 성수태 고지일, 세례요한 축일, 미가엘 축일, 성탄절이다.

43장

플린트쿰애시 농장을 척박한 곳이라고 했던 마리안의 말은 과장이 아니었다. 이곳에서 유일하게 살찐 사람은 마리안이었으나 그녀는 토박이가 아니라 외지에서 들어온 사람이었다. 시골 마을은 세 가지로 구분되어 있었다. 하나는 영주가 관리하는 마을, 또 하나는 영주 없이 저절로 꾸려 가는 마을, 세 번째는 저절로 굴러 가지도 못하고 영주가 관리하지도 않는 마을이다.(즉 지주가 직접 마을에 살면서 소작농을 거느리고 있는 마을과 자영하는 농부들이나 토지 대장 등본을 소유한 농부들이 직접 농사에 종사하는 마을과 부재 지주가 농사를 짓는 마을이다.) 플린트쿰애시는 세 번째 범주에 속하는 곳이었다.

테스는 일을 시작하였다. 정신적 용기와 육체적 소심함이 어우러진 인내심은 이제 에인절 클레어 부인에게 미미한 특색이 아니었다. 오직 인내심만이 그녀를 지켜 주었다.

그녀와 마리안이 일을 시작한 순무밭은 약 100에이커의 한

구획짜리 들판으로, 차돌밭 위에 펼쳐진 땅이었으며 농장에서 가장 높은 지대에 있었고, 구근 모양, 꼭지 모양, 남근 모양을 한 흰 차돌이 여기저기 수없이 깔려 있는 백악층으로, 그 위에 규토질 지맥이 노출되어 있었다. 순무의 위쪽 반은 가축들이 뜯어 먹고 없었기 때문에 두 여자들이 하는 일은 식용으로 쓸 수 있게 무의 아래쪽 부분인 땅속의 뿌리를 '해커'라는 굴절된 삼지창으로 캐내는 것이었다. 무의 잎사귀는 이미 뜯어 먹히고 없어 들판은 온통 황량한 갈색이었다. 마치 눈, 코, 입이 없는 얼굴 같이 턱에서 눈썹까지가 밋밋하게 살갗으로만 덮인 듯 보였다. 하늘도 색깔은 달랐지만 같은 얼굴을 하고 있어 표정이 없는 하얀 공백을 드러내고 있었다. 위쪽과 아래쪽의 두 얼굴은 이런 식으로 하루 종일 서로 마주 보고, 하얀 얼굴이 갈색의 얼굴을 내려다보고 갈색의 얼굴은 하얀 얼굴을 쳐다보았다. 두 얼굴 사이에는 갈색의 얼굴 위에서 파리처럼 기고 있는 두 여자 외에는 아무것도 없었다.

누구도 그들 곁에 오지 않았다. 그들의 동작은 기계처럼 규칙적이었다. 굵은 대마 작업복 안에 입은 원피스가 바람에 날리지 않도록 등 뒤에서 아랫도리까지 끈을 맨 소매 달린 갈색 앞치마를 두르고, 짧은 스커트 아래에는 발목까지 올라오는 부츠를 신었으며, 또 손목까지 올라오는 노란 양가죽 장갑을 끼고 있었다. 차양 달린 모자를 쓰고 머리를 숙여 사색에 잠긴 사람 같은 인상을 주었는데, 그 광경을 지켜보는 사람에게는 초기 이탈리아 사람들의 '두 사람의 마리아'*를 연상시켰다.

---

* 성모 마리아와 막달라 마리아.

그들은 그 풍경 속에서 자신들이 쓸쓸한 정경을 만들고 있다는 사실을 의식하지 못하고 자신들의 운명에 따르는 정의와 불의도 잊은 채 몇 시간씩 쉬지 않고 일을 했다. 그들 같은 처지에서도 자신을 꿈속에 투영해 보는 것은 가능했다. 오후에는 다시 비가 내렸다. 마리안은 일을 더 이상 할 필요가 없겠다고 말했다. 그러나 일을 중단하면 돈이 나오지 않기 때문에 그들은 계속 일을 했다. 그들이 있는 들은 아주 높은 지대여서 비는 위에서 아래로 내리는 것이 아니라 바람을 타고 수평으로 나란히 달리면서 두 사람의 몸에 유리 파편처럼 꽂혔다. 그들의 온몸이 빗물로 흠뻑 젖었다. 테스는 그제야 빗물에 흠뻑 젖는다는 말의 참뜻을 알 것 같았다. 비에 젖는 데에는 여러 등급이 있었다. 보통 대화에서는 조금만 젖어도 흠뻑 젖었다는 표현을 쓴다. 그러나 들판에서 선 채로 일을 하며 빗물이 몸 안으로 스며드는 것을 — 처음에는 다리와 어깨에, 다음에는 엉덩이와 머리에, 그다음에는 등과 앞면과 옆구리에 — 느끼는 것은, 그리고 그런 과정을 희뿌연 납빛이 사라져 해가 졌다는 사실을 알릴 때까지 계속하는 것은 분명히 적잖은 극기와 용기를 필요로 했다.

그들은 생각보다 젖은 것을 몸으로 느끼지는 않았다. 두 사람 모두 아직은 젊었다. 그들은 톨보트헤이즈 농장에 함께 살면서 사랑했던 시절을 이야기했다. 여름의 선물이 아낌없이 주어진 — 실제로는 모든 사람에게, 그러나 감정적으로는 그들에게만 — 행복했던 푸른 초원을 이야기했다. 테스는 사실로는 아닐지 모르지만 법적으로는 자신의 남편인 사람에 대해 마리안과 이야기를 나누는 것을 보통 때 같으면 달가워하지 않았을 것이다. 그러나 그 이야기에 대해 느끼는 저항할 수 없는 매력이 마리안의 논평에 빨려들게 하였다. 앞에서 말한 대로 비에 젖은 모자의 차양이 펄럭거리면 따끔하게 얼굴을 때리고 작업복이 성가시게 몸에 찰싹 달라붙어 있었으나 두 사람은 오후 내내 푸르고 햇살 쏟아지는 낭만적인 톨보트헤이즈에 대한 추억에 젖어 있었다.

"날씨가 좋으면 여기서 프룸 계곡 5, 6킬로미터 내에 있는 산을 어렴풋이 볼 수 있어." 마리안이 말했다.

"어머, 그래?" 테스가 이 지방의 새로운 가치를 깨달은 듯 대꾸했다.

즐거움을 추구하는 내재적 의지와 그러한 추구에 역행하는 환경적 의지가 다른 어느 곳에서나 마찬가지로 여기서도 작용하고 있었다. 마리안의 의지는 오후가 저물면서 주머니에서 하얀 누더기 천으로 마개를 씌운 반 리터짜리 술병을 꺼내 스스로를 돕는 방법을 택했다. 그녀는 테스에게도 마셔 보라고 권했다. 그러나 지금 테스는 외부의 도움 없이도 꿈을 꿀 수 있는 힘이 그녀의 감정 승화를 충분히 촉진시키고 있어 그냥 한 모금만 마시고 병을 돌려 주었다. 마리안은 병에 입을 대고 독주를 한입 길게 마셨다.

"이제 이러는 데도 익숙해져서 끊을 수가 없어. 이것만이 나의 유일한 위안이야. 너도 알다시피 나는 그 사람을 잃었고, 너는 잃지 않았어. 그러니 너는 이것 없이도 견딜 수 있겠지."

마리안의 말에 테스는 자신의 상실이 마리안의 상실만큼 크다고 생각했다. 그러나 에인절의 아내로서의 위엄을 — 적어도 문서상으로나마 — 지키기로 하고 마리안이 지적한 차이점을 받아들였다.

테스는 아침의 서리와 오후의 빗속에서 노예처럼 일을 했다. 그녀는 순무를 캐거나 다듬는 일을 했다. 나중에 쓰기 위해 밀낫으로 무 뿌리에 달린 흙과 잔털을 긁어 내는 일이었다. 이 일을 하다가 비가 오면 이엉을 얹은 울타리 가에서 비를 피했다. 그러나 서리가 앉은 날에는 두꺼운 가죽 장갑도 꽁꽁 언 무 더미가 손가락을 얼어붙게 만드는 것을 막을 수 없었다. 그러나 테스는 희망을 버리지 않았다. 클레어의 성격 중에서 가장 중요한 요소라고 굳게 믿는 관용의 정신이 조만간 그들을 결합하게 할 것임을 확신했다.

마리안은 유쾌한 기분에 빠지면 앞에서 말한 이상하게 생긴 차돌을 보고 비명 소리를 내며 웃어 댔다. 그러나 테스는 근엄하게 무관심한 표정을 지었다. 두 사람은 비록 육안으로 볼 수는 없었으나 자주 바 또는 프룸으로 알려진 계곡이 펼쳐져 있다는 지역을 멀리 바라보았다. 그들은 회색 안개가 자욱하게 덮인 곳에 시선을 고정하고 함께 지난 옛날을 머릿속으로 그려 보았다.

"아!" 마리안이 외쳤다. "아, 우리 옛날 짝패들 중에서 한두 사람이 여기로 오면 얼마나 좋을까! 그러면 톨보트헤이즈를 매일 이곳 들판으로 옮겨 올 수 있는데. 그 사람 이야기를 하고, 거기서 있었던 재미있는 일과 우리가 알던 옛날 일을 이야기해서 다시 상상으로나마 그때를 되살릴 수 있을 거야." 그 시절의 환영이 떠오르는 듯 마리안의 눈동자가 풀어지고 목소리가 흐려졌다. "이즈 휴에트에게 편지를 쓸게." 그녀가 말했다. "내가 알기로 이즈는 집에서 아무것도 하지 않고 있어. 우리가 여기 있다고 알리고 이리로 오라고 할게. 지금 쯤은 레티도 다 나아서 함께 올 수 있을지 몰라."

테스는 그 제안에 반대하지 않았다. 옛날 톨보트헤이즈의 기쁨을 옮겨 오는 계획에 대해 그녀가 다시 소식을 들은 것은 이삼 일 뒤였다. 이즈가 회신을 해 왔으며 가능하면 오겠다고 약속을 했다는 것이다.

이런 이상한 겨울은 몇 해 만에 처음 찾아왔다. 겨울은 체스 두는 사람의 움직임처럼 가만히 그러면서 계획된 동작으로 다가왔다. 어느 날 아침 몇 그루 안 되는 외로운 나무들과 울타리의 가시덤불이 식물성 껍질을 벗고 동물성 표피를 쓴 것처럼 보였다. 밤 동안 표피에서 자란 털마냥 나뭇가지가 모조리 하얀 보풀로 덮여 평소보다 네 배는 더 뚱뚱해 보였다. 덤불 전체와 나무가 하늘과 지평선의 음산한 회색 위에 하얀 선으로 된 선명한 수채화를 그렸다. 그동안 헛간과 벽에 붙어 눈에 뜨이지 않았던 거미줄이 결정(結晶)된 대기 때문에 드러나면서 바깥채와 기둥과 대문의 돌출 부분에 흰색 털실 고리처럼 매달려 있었다.

이렇게 습기가 얼어붙는 계절이 지나면 건조한 서리가 내리는 기간이 왔다. 북극 너머에서 날아온 이상한 새들이 말없이 플린트쿰애시의 고원에 내려앉기 시작했다. 유령처럼 초췌한 모습을 한 새들은 비극적인 눈을 하고 있었다. 인간이 상상조차 한 일이 없는 접근 불능의 광대한 북극의 땅, 인간은 절대로 견디어 낼 수 없는 빙점에서 대홍수 같은 공포의 광경을 목격한 눈이었다. 그것은 극광(極光)이 비춰 빙하가 충돌하고 설산이 녹아내리는 광경을 목격한 그런 눈이었다. 그 눈은 거대한 폭풍의 선회에 의해서 그리고 땅과 육지가 뒤틀리는 지각 변동에 의해서 반은 장님이 되어 있었다. 그러한 무서운 광경이 가져다준 표정은 그 새들의 눈에 여전히 서려 있었다. 그 이름 없는 새들은 테스와 마리안 근처에 아주 가까이 날아왔다. 그러나 그들만 보고 사람은 보지 못한 이야기는 해 주지 않았다. 나그네처럼 그곳을 지나가는 새들은 자기들의 이야기를 하는 것이 목적이 아니었다. 새들은 말없이 무감각한 태도로 중요하다고 생각하지 않는 경험은 뒷전으로 하고 이 평온한 고원지대에서 일어나는 목전의 사건에만 관심을 두었다. 두 여자가 쇠스랑으로 땅을 파서 이들 방문객들이 먹이로 선호하는 무엇인가를 캐내는 작은 동작을 지켜보는 것이었다.

그러던 어느 날 넓게 트인 고원지대의 대기에 이상한 기운이 스며들었다. 비를 머금지 않은 습기가 퍼지고 서리가 없는 추위가 닥쳐온 것이다. 그것은 두 사람의 안구를 시리게 하고 이마를 아프게 하면서 뼛속으로 스며들어 살갗보다는 골수를 더 고통스럽게 했다. 눈이 올 징조였다. 과연 밤에 눈이 내렸다. 고독한 보행자가 걸음을 멈춰 가까이 서면 기운을 북돋아 주는, 따뜻한 박공이 달려 있는, 농가에서 기거하던 테스는 밤중에 잠이 깨어 머리 위의 초가지붕이 바람의 놀이터로 변한 듯한 소음을 들었다. 아침에 자리에서 일어나 램프에 불을 켠 그녀는 눈이 창문의 틈 사이로 날아들어 방 안쪽까지 세상에서 제일 고운 가루로 만든 하얀 원추를 형성한 것을 보았다. 눈은 굴뚝으로도 내려와 마루 위에 발바닥 높이까지 쌓여 있어서, 그녀가 걸음을 옮길 때마다 발자국이 났다. 밖에서는 눈보라가 빠르게 질주를 하면서 부엌에 눈안개를 만들었다. 밖은 아직 어두워서 아무것도 보이지 않았다.

테스는 이런 날씨에 무를 뽑을 수 없다는 걸 알았다. 쓸쓸한 작은 램프 곁에서 아침 식사를 끝내는데 마리안이 찾아와 날씨가 좋아질 때까지 헛간에서 이엉 만드는 작업을 하는 다른 여자들에 합류해야 된다고 일러 주었다. 사방을 가린 바깥 어둠의 장막이 두서없이 뒤섞인 회색으로 변하자 두 사람은 램프를 끄고 두꺼운 작업복 앞가리개로 몸을 쌌다. 그리고 털 목도리로 목과 가슴을 꽁꽁 감싼 다음 헛간을 향해 출발했다. 눈은 하얀 구름 기둥 모양을 하고는 북극의 분지에서 이 새들의 뒤를 쫓아왔기 때문에 낱알로는 날리는 눈송이가 보이지 않았다. 불어닥치는 돌풍에는 빙하와 북극의 바다와 고래와 하얀 북극곰 냄새가 배어 있었으며, 눈을 몰아 땅을 훑고 지나갈 뿐 표면에 수북이 쌓이지는 않았다. 그들은 몸을 앞으로 구부린 채 될수록 울타리를 방패 삼아 솜털마냥 푹신한 들판을 힘들게 걸어갔다. 그러나 울타리는 바람막이 노릇을 하기보다 바람을 걸러 줄 뿐이었다. 하늘에 가득한 하얀 눈 때문에 창백해진 대기는 눈보라를 괴상하게 비틀고 회전시켜 무색의 혼돈을 상기시켰다. 그러나 두 사람은 기분이 매우 유쾌한 편이었다. 건조한 고원지대에서의 이러한 날씨가 그 자체로는 사람의 기분을 울적하게 만들지 않았다.

"하, 하, 영리한 북극새들은 이런 날씨가 오는 줄 알고 있었어." 마리안이 말했다. "틀림없이 새들은 북극성에서 시작해 계속해서 이런 날씨를 앞장서서 온 거야. 얘, 테스, 내 생각에는 그동안 네 신랑은 뜨거운 날씨가 계속되는 곳에 있을 거야. 하느님, 그 사람이 지금 자신의 예쁜 아내가 어쩌고 있는지 좀

봐야 돼요! 이런 날씨가 너의 미모를 상하게 한다는 뜻은 아니
야. 이런 날씨는 오히려 더 아름답게 만들지."

"마리안, 내 앞에서 그 사람 이야기 하지 말아 줘." 테스가
준엄한 목소리로 말했다.

"그래, 하지만 넌 분명히 그 사람을 사랑하고 있어, 그렇지?"

대답 대신 눈에 눈물이 고인 채 테스는 남미가 있다고 생각
되는 방향으로 얼굴을 충동적으로 돌려 입술을 위로 내밀고는
열정적인 키스를 눈바람 위로 날렸다.

"그래, 그래. 네가 그 사람을 사랑하는 줄 난 알고 있어. 그
러나 이건 분명히 결혼한 부부에게는 괴상망측한 생활이야.
좋아, 이제 다시는 그 사람 이야기 않을게! 그래, 날씨 말인데,
밀광 안에 있으면 문제없어. 이엉 만드는 작업은 아주 힘들어.
무 캐는 일보다 힘들지. 난 몸이 튼튼하니까 견딜 만한데, 넌
나보다 몸이 약한데. 왜 주인이 널 그런 일에 끌어들였는지 모
르겠어."

그들은 밀광에 도착해서 안으로 들어갔다. 길게 뻗은 광의
한쪽 끝에는 밀 집단이 가득 쌓여 있었다. 이엉 만들기 작업
은 광의 중앙 부분에서 진행되고 있었다. 여자 일꾼들이 낮에
작업을 할 수 있을 만큼 전날 저녁에 충분히 넣어 둔 밀단이
이엉 압착기 속에 들어 있었다.

"아니, 이즈가 왔네!" 마리안이 외쳤다.

이즈가 틀림없었다. 그녀가 그들에게로 다가왔다. 그녀는 전
날 오후에 어머니 집을 떠나 내내 걸어서 왔다고 했다. 거리가
그렇게 멀 줄을 몰라서 예정보다 좀 늦게 도착하였으나 다행
히 눈이 막 시작하기 전에 그녀는 목적지에 당도할 수 있었다.

그녀는 도중에 하룻밤을 주막에서 잤다고 했다. 농장 주인이 시장에서 이즈의 어머니를 만났다가 그녀가 오늘까지 농장으로 오면 일자리를 주겠다고 약속을 했기 때문에, 늦게 도착해서 주인을 실망시킬까 봐 마음이 조마조마했던 것 같았다.

광에는 테스와 마리안과 이즈 외에 이웃 마을에서 온 여자 둘이 더 있었다. 그들은 여전사 자매였는데, 테스는 스페이드의 여왕인 살색이 검은 카와 동생 다이아몬드의 여왕을 알아보고 깜짝 놀랐다. 그들은 트란트리지에서 한밤중에 테스에게 싸움을 걸어 온 사람들이었다. 그러나 그들이 테스를 알아보는 기미는 없었다. 아예 기억이 없는 것이 분명했다. 그도 그럴 것이 그날 그들은 술에 취해 있었으며 여기서와 마찬가지로 그곳에서 한시적으로 머물렀기 때문이었다. 그들은 남자들이 하는 일을 선호해서 우물 파기, 울타리 치기, 도랑 파기, 땅 파기를 하고도 힘든 기색을 보이지 않았다. 그들은 또 이엉 만드는 일을 잘하는 것으로도 소문이 나 있었다. 그들은 세 여자를 거드름 피우는 눈으로 쳐다보았다.

기둥이 두 개 세워져 있고 그 기둥이 옆으로 가로지르는 들보로 연결되어 있는 이엉 압착기 앞에서 모두 장갑을 끼고 한 줄로 서서 작업을 시작하는 자세를 취했다. 압착기 아래에는 끌어 올릴 밀단이 놓여 있고 밀단의 귀가 바깥 쪽으로 향하도록 쌓여 있었다. 들보는 수직 기둥의 못으로 고정되어 있었으나 밀단이 줄어들면서 아래로 내려왔다.

빛은 하늘에서 아래로 내려오는 것이 아니라 눈에 반사되어 헛간 문을 통해 위로 들어오면서 밝아졌다. 여자들은 이엉 압착기에서 밀알을 한 주먹씩 훑어 내었다. 잘 모르는 여자들이 사람들의 추문을 이야기하고 있어서 마리안과 이즈는 처음에는 그들 앞에서 마음껏 옛날 이야기를 할 수 없었다. 금세 둔탁한 말발굽 소리가 들리고 농부가 헛간 앞으로 말을 타고 나타났다. 그는 말에서 내리자 테스에게로 가까이 와서 그녀의 옆모습을 한동안 뚫어지게 쳐다보았다. 그녀는 처음에는 고개를 돌리지 않았으나 그의 고정된 시선 때문에 옆을 둘러보았다. 그러고는 자신을 고용한 주인이 트란트리지 사람으로 자신의 과거를 들추어서 시비를 거는 바람에 길에서 도망을 쳤던 남자임을 알아보았다.

그는 그녀가 밀알을 훑어 낸 밀단을 밖에 있는 밀집 더미로 가져갈 때까지 기다렸다가 말을 했다. "점잖게 대해 줬더니 그걸 고약하게 받아들인 아가씨구먼. 사람을 새로 고용했다는 소리를 듣고 그 아가씨인 줄 짐작을 하긴 했지! 그래, 처음에는 여관에서 잘난 당신 애인하고 있다가 그랬고, 두 번째는 길에서 줄행랑을 치고는 날 이겼다고 생각했겠지. 이번에는 내가 당신을 이겼어." 그는 거칠게 웃었다.

테스는 그물 덫에 걸린 새처럼 여전사들과 농부 사이에 끼어서 아무 대꾸도 하지 못한 채 밀단만 계속 훑었다. 그녀는 주인의 추근거림을 무서워할 필요가 없다는 것을 그의 인간됨을 보고 판단했다. 그녀가 두려운 것은 클레어에게 받은 모욕 때문에 그가 포악해지는 것이었다. 그러나 그녀는 대체로 남자들의 그런 감정은 대하기 편했고 그런 것쯤은 견딜 수 있다고 생각했다.

"내가 당신을 사랑한다고 생각했구먼? 이런 바보 같은 여자도 있다니까. 한번 홀끗 보기만 해도 아주 심각하게 생각해요.

젊은 여자들 머리에서 그런 어리석은 생각을 뽑아 내는 데는 한 겨울에 들판으로 내보내 일을 시키는 것만 한 것도 없지. 성수태 고지일까지 있기로 서명을 하고 계약서에 동의했겠다. 자, 이제 용서를 비는 것이 어때?"

"당신이 나한테 용서를 빌어야 해요."

"좋아. 좋을 대로 합시다. 그러나 여기서 누가 주인인지 두고 봐요. 이게 오늘 종일 훑은 밀단이야?"

"그래요."

"형편없구먼. 저기 저 사람들이 한 것 좀 보라고." 그는 건장한 여자들 쪽을 가리켰다. "다른 사람들도 당신보다는 더 많이 했네."

"저 사람들은 모두 전에 이런 일을 해 보았어요. 난 경험이 없어요. 이건 몫을 정한 일이라 상관없어요. 하는 만큼 삯을 받는 거예요."

"아, 차이가 있지. 난 헛간을 깨끗이 치울 생각이니까."

"난 다른 사람들이 2시에 일을 끝내고 나가도 계속할 작정이에요."

그가 불쾌한 눈으로 테스를 바라보고는 밖으로 나갔다. 그녀는 아주 고약한 곳으로 왔다고 생각했다. 그러나 남자들의 추근거림보다는 낫다고 느꼈다. 2시가 되자 직업적으로 이엉 만드는 사람들은 마지막 반 파인트짜리 술을 꿀꺽꿀꺽 마시고 갈고리를 내려놓은 다음 마지막 밀단을 묶었다. 그리고 자리를 떴다. 마리안과 이즈도 다른 사람들과 같이 일어날 수 있었다. 그러나 솜씨가 서투른 테스가 다 못한 일을 보충하려면 몇 시간 더 있어야 하는 것을 보고는 그녀를 혼자 남겨 두지 않았다. 아직도 내리고 있는 눈을 보고는 마리안이 외쳤다. "이제 전부가 우리 거야." 그들의 대화는 농장에서의 옛날 이야기로 꽃을 피웠다. 물론 에인절 클레어에 대한 그들의 사랑 이야기도 빠지지 않았다.

"이즈와 마리안." 아내로서 자신이 얼마나 초라한 꼴을 보여 주는지를 깨달으면서 클레어 부인이 위엄 있는 목소리로 말했다. 그 목소리가 아주 감동적으로 들렸다. "난 클레어 씨에 대해 그전처럼 너희들 이야기에 끼어들 수가 없어. 내가 그럴 수 없는 걸 이해해 줘. 지금은 나에게서 멀리 가고 없지만 그래도 그 사람은 내 남편이야."

클레어를 사랑했던 네 명의 여자 중에서 이즈가 제일 활달하고 신랄했다. "그 사람이 애인으로 대단히 멋진 사람인 것은 의심할 여지가 없어." 그녀가 말했다. "그러나 그렇게 빨리 너를 두고 떠난 것을 보면 애정이 가득한 남편은 아닌 것 같아."

"떠나야 할 사정이 있었어. 거기 가서 땅을 둘러봐야 했거든." 테스가 애절하게 말했다.

"겨울이나 지나고 갈 수도 있었겠지."

"아, 그건 사고가 생겨서 그랬어. 오해가 있었던 거야. 그것 때문에 말다툼을 하고 싶지 않았어." 테스가 대답했다. 그녀의 목소리에는 울음이 가득 고여 있었다. "그 사람을 위해 변명할 말은 많아! 나한테 아무 말도 하지 않고 떠난 것도 아니고. 남편 중에는 그런 사람도 있잖아. 거기다 난 그 사람이 어디 있는지 언제든지 알 수 있어."

그들은 한동안 생각에 잠겼다. 그리고 밀알을 손에 쥐고 훑어 낸 다음, 그것을 팔에 끼고는 낫으로 밀알을 자르는 일을 계속했다. 헛간에서는 밀알 훑는 소리와 이삭 자르는 소리만 들렸다. 갑자기 테스가 축 늘어져 발아래 있는 밀알 더미 위에 쓰러졌다.

"네가 못 견딜 줄 알았어!" 마리안이 말했다. "이런 일에는 너보다 튼튼한 체질을 가진 사람이 필요해."

바로 그 순간 농장 주인이 들어왔다. "내가 나가고 나면 그런 식으로 일을 하는 건가?" 그가 테스에게 시비를 걸었다.

"하지만 이건 내가 손해를 보는 거지, 거기서 손해 보는 건 아니에요."

"난 일을 끝내려는 거야." 그가 헛간을 가로질러 다른 쪽 문으로 나가면서 고집스러운 소리로 말했다.

"테스, 너무 신경 쓰지 마. 그래, 신경 꺼." 마리안이 말했다. "난 전에도 여기서 일을 했어. 저기로 가서 좀 누워 있어. 이즈와 내가 네 몫까지 다 할 테니까."

"너희들한테 그런 신세까지 지고 싶지 않아. 난 너희들보다 키가 더 크잖아."

그러나 테스는 너무 지쳐서 시키는 대로 잠시 누워 있기로 했다. 그녀는 헛간 안쪽 구석에 쌓여 있는 밀집 덤불 위에 드러누웠다. 그녀가 이렇게 쓰러져 있는 것은 일이 힘들기도 했지만 남편과의 이별이 화제로 다시 떠올라 예민해졌기 때문이었다. 그녀는 의식은 있으나 아무 의지가 없는 상태에 빠져들었다. 밀집을 훑고 밀알을 자르는 소리가 자신의 몸을 무겁게 누르는 것처럼 느껴졌다.

밀알 자르는 소리 외에 그녀는 이즈와 마리안이 헛간 구석에서 속삭거리는 소리를 들었다. 조금 전에 하던 이야기를 계속하는 것이 분명했으나 목소리가 너무 낮아서 정확히 무슨 말인지는 알아들을 수가 없었다. 테스는 점점 그들이 하는 이야기가 무엇인지 궁금해졌다. 그녀는 피로가 좀 풀렸다고 스스로 타이르고는 자리에서 일어나 하던 일을 계속했다.

그러나 이번에는 이즈 휴에트가 쓰러졌다. 전날 밤 20킬로미터가 넘는 길을 걷다가 한밤중에야 자리에 들었는데 다시 새벽 5시에 일어나 걸어왔기 때문이었다. 오직 마리안만이 술병과 튼튼한 체질 덕분에 등과 팔의 고통을 견디어 낼 수 있었다. 테스는 몸이 좀 나아진 것을 느끼며 오후 일을 그녀 없이 끝내고 자른 밀단도 똑같이 나누는 조건으로 이즈에게 가서 쉬라고 타일렀다.

이즈가 그 제안을 고맙게 받아들이고는 숙소로 가기 위해 헛간의 큰 문을 열고 눈 속으로 사라졌다. 마리안은 술 덕분에 매일 오후에는 언제나 그렇듯이 낭만적 기분에 빠졌다.

"난 그 사람 그렇게 생각하지는 않았어. 절대로!" 그녀가 꿈꾸는 듯한 목소리로 말했다. "난 정말로 그 사람을 사랑했어! 그 사람이 자기를 택했을 때도 난 기분 나쁘지 않았어. 그러나 이즈에 관한 이야기는 너무 심해!"

그 말을 듣고 깜짝 놀란 테스는 하마터면 낫으로 손가락을 벨 뻔했다.

"우리 남편에 관한 이야기니?" 그녀가 말을 더듬거렸다.

"응, 그래. 이즈는 '쟤한테는 말하지 마.'라고 했지만, 너한테 알려 주지 않을 수가 없어! 그 사람이 이즈에게 브라질로 함께 가자고 했대."

테스의 얼굴이 바깥 풍경처럼 하얗게 질리고 얼굴 윤곽이 딱딱하게 경직되었다. "그런데 이즈가 거절했대?" 그녀가 물었다.

"잘 모르겠어. 그 사람이 마음을 바꾼 것 같아."

"흥, 그럼 그건 진심이 아니었겠지! 그냥 남자의 농담이었을 거야!"

"아니, 진심이었대. 그 사람이 이즈를 태워서 기차역까지 한참 갔다니까."

"결국은 이즈를 데려가지 않았잖아!"

두 사람은 말없이 밀알을 훑었다. 테스가 갑자기 울음을 터뜨렸다.

"저런!" 마리안이 말했다. "너한테 말하지 말걸 그랬어!"

"아니, 네가 말해 준 것, 아주 잘한 거야. 난 그동안 우울하고 슬픈 나날을 보냈어. 내가 어디로 가는지도 모르고 말이야! 그 사람에게 자주 편지를 보낼걸 그랬어. 그를 찾아가서는 안된다고 했지만 편지를 자주 하지 말라고는 하지 않았어. 이렇게 시간을 보낼 수는 없어! 모든 것을 그 사람이 해결하도록 내버려 둔 것은 내 잘못이고 내가 소홀했던 거야."

헛간 안의 흐릿한 빛이 점점 어두워져 더 이상 일을 할 수가 없었다. 그날 밤 테스는 숙소로 돌아와 하얗게 회칠을 한 작은 방에 혼자 남게 되자 충동적으로 클레어에게 편지를 쓰기 시작했다. 그러나 자신이 하는 일에 회의가 들어 편지를 끝까지 쓸 수는 없었다. 잠시 뒤 그녀는 자신을 떠난 지 얼마 되지도 않았는데 이즈에게 함께 외국으로 가자고 했던 이해하기 어려운 남자의 아내임을 확실하게 느끼기 위하여 가슴 언저리에 매고 있던 리본에서 반지를 풀어 손가락에 끼었다. 그러고는 밤새 빼지 않았다. 하지만 그런 일이 있었다는 사실을 알게 된 이상 어떻게 그에게 간청하는 편지를 쓰고 그를 사랑한다는 말을 할 수 있겠는가?

44장

헛간에서 들은 이야기는 그녀의 생각을 전에 여러 차례 마음속으로 떠올렸던 방향인 에민스터 사제관으로 다시 인도해 갔다. 클레어에게 편지를 보내려면 시부모를 통해야 하고, 어려운 일이 있으면 그들에게 직접 편지를 쓰도록 되어 있었다. 그러나 도의적으로 그에게 아무 권리가 없다는 생각이 편지를 보내려는 충동을 억제시켰다. 결혼 이후 그녀는 자신의 부모에게와 마찬가지로 사제관의 시댁 가족에게 실제로는 존재하지 않는 사람이 되어 있었다. 두 집에서 모두 자신의 존재를 말소시킨 처사는, 과거를 엄격하게 고려해서 전혀 권리가 없는 도움이나 동정을 원하지 말아야 한다는 그녀의 독립적 성격과 일치하는 것이었다. 그녀는 스스로의 능력으로 일어서거나 쓰러지며 살아왔다. 그 집안의 구성원 한 사람이 충동적인 계절에 자신의 이름 곁에 그녀의 이름을 교회 기록부에 적었다는 피상적인 사실로 인해 파생되는 낯선 가족에 대한 단순한 기술적 권리도 그녀는 포기하기로 하였다.

　그러나 이즈의 이야기 때문에 몸이 달아오르기 시작하자 만사를 체념한 그녀에게도 한계가 왔다. 왜 남편은 편지를 하지 않는 것인가? 그는 분명히 어디로 여행을 하든 적어도 가는 곳은 알려 주겠다고 약속했다. 그러나 그는 주소를 알리는 편지를 하지 않았다. 정말 마음이 식은 것일까? 혹시 아픈 건 아닐까? 자신이 먼저 편지를 써야 할까? 걱정스러운 나머지 용기를 내어 사제관을 찾아가 안부를 물어보고 그가 아무 소식도 전하지 않는 데 대한 슬픔을 말할 수도 있었다. 에인절의 아버지가 소문대로 착한 사람이라면 사랑에 굶주린 자신의 처지를 이해할 수도 있지 않을까? 생활이 궁핍한 것은 말하지 않을 수도 있었다.

　주중에 농장 일을 비우는 것은 그녀의 능력 밖이었다. 일요일만 가능한 날이었다. 플린트쿰애시는 백악질 고원지대 한복판에 있어 아직 철길이 나 있지 않았기 때문에 어쩔 수 없이 걸어가야 했다. 사제관까지는 편도가 약 25킬로미터여서 일찍 일어나 하루 종일 걸어야 하는 일정이었다.

　이 주일 뒤 눈이 녹아 사라지고 땅에 검은 서리가 내리자 테스는 도로 상황이 좋아진 기회를 이용해서 길을 떠나기로 결정했다. 그녀는 일요일 새벽 4시에 아래층으로 내려와 별빛이 아직 밝은 밖으로 나왔다. 길을 떠나기에 날씨는 아직 좋았으며 발아래서 땅이 모루처럼 울렸다.

　마리안과 이즈는 테스의 나들이가 남편과 관계된 것이라는 사실을 알고 크게 흥미를 느꼈다. 그들의 숙소는 길에서 조금 떨어져 있었으나 테스를 찾아와 출발 준비를 도와주고 시부모의 환심을 사기 위해 제일 좋은 옷을 입어야 한다고 충고했다. 그러나 테스는 연로한 클레어 신부의 금욕적이며 칼뱅주의적 교의를 알았기 때문에 친구들의 충고를 듣지 않았을 뿐만 아니라 오히려 그들의 조언을 이상하게 받아들였다. 비통한 결혼식을 치른 지도 이제 일 년이 지났으나 최신 유행에 관심이 없는 소박한 시골 처녀로서 매력적으로 보일 수 있는 옷은 충분히 있었다. 그녀는 얼굴과 목의 분홍빛 피부를 돋보이게 하는 주름 잡힌 하얀 견직물 장식이 달린 부드러운 갈색 모직 드레스를 입었으며 그 위에 까만 벨벳 재킷을 걸치고 모자를 썼다.

"남편이 너의 지금 이런 모습을 못 보는 것이 유감이다, 얘. 정말 미인이다!" 바깥의 무정한 별빛과 집 안의 누런 촛불 사이의 문지방에 서 있는 테스를 보면서 이즈가 말했다. 그것은 그녀가 그 순간의 상황에 알맞게 자신을 관대하게 포기하고 한 말이었다. 그녀는 테스 앞에서만큼은 반감을 품을 수 없었다. 개암나무 열매보다 조금이라도 더 큰 마음을 지닌 여자라면 누구라도 테스 면전에서 적개심을 품을 수 없을 것이다. 테스는 예사롭지 않은 힘과 따뜻함을 지니고 있어, 이상하게도 그 영향력은 악의와 경쟁심을 품은 가치 없는 여성적인 감정을 단연 압도하였다.

여기저기 마지막 매무새를 하고 머리까지 약간 빗질을 한 다음에야 두 친구들은 그녀를 놓아주었다. 테스는 새벽 직전의 진줏빛 공기 속으로 빨려 들어갔다. 단단한 길 위에서 그녀의 발걸음이 제 속도를 내기 시작하자 발소리가 두 친구들의 귀에 들려왔다. 이즈는 테스가 꼭 성공하기를 바랐다. 자신의 도의적 미덕에 대하여 특별한 존경심을 느끼는 것은 아니지만,

잠시이기는 하였으나 클레어의 유혹에 넘어가지 않음으로써 친구에게 몹쓸 짓을 하지 않은 것은 잘한 일이라고 생각했다.

하루가 빠진 일 년 전 클레어는 테스와 결혼을 했으며 일 년에서 며칠을 뺀 모든 기간 동안 그는 그녀에게서 멀리 떨어져 있었다. 그러나 건조하고 맑은 겨울 새벽에 뚜렷한 목표를 지닌 그녀의 나들이를 이런 백악질 산등성이 길에서 순화된 공기를 마시며 상쾌한 걸음으로 시작하는 것은 우울한 일이 아니었다. 그녀의 꿈은 시어머니의 마음을 사고 그녀에게 자신의 과거를 다 이야기하고 그녀를 자기 편으로 만들어서 무단 출타자를 다시 데려 오는 것이었다.

그녀는 한참 뒤에 넓은 경사지에 도달했다. 아래로 비옥한 블랙무어 계곡이 펼쳐져 있었으며 안개가 조용히 깔려 있었다. 고원지대의 공기가 무색인데 비해 아래쪽 계곡의 대기는 진한 푸른색이었다. 그녀가 지금은 일하기에 익숙해진 이쪽은 100에이커나 되는 방대한 공유지가 한 덩어리로 되어 있는데 반해, 저쪽 발아래 계곡의 땅은 6에이커도 되지 않는 작은 밭으로 수없이 분할되어 있어 이런 높은 지점에서 내려다보면 땅의 구조가 그물의 망사처럼 보였다. 이쪽 고원지대의 풍경은 희뿌연 갈색인 데 반해 저 아래쪽은 프룸 계곡과 같이 항상 초록색이었다. 그녀의 슬픔이 시작된 곳이 바로 저 계곡이어서 그전만큼 그곳을 좋아하지는 않았다. 아름다움이란 결국 그것을 경험하는 사람에게는 대상 자체에 있는 것이 아니라 그 객체가 무엇을 상징하는가에 달려 있는 것이다.

그녀는 계곡을 오른쪽으로 끼고 서쪽을 향해 계속 걸음을 재촉했다. 힌톡스 구릉을 지나고 셔톤아바스에서 캐스터브리지로 뻗어 가는 대로를 직각으로 가로질렀다. 그리고 '악마의 부엌'이라고 불리는 협곡을 사이에 두고 있는 도그베리힐과 하이스토이를 돌아갔다. 그녀는 계속 고갯길을 따라 크로스인핸드에 도달하였다. 기적인지 살인인지가 일어난 것을 표시하기 위하여(두 사건이 다 일어났을 수도 있지만) 세운 돌기둥이 적막하게 서 있는 곳이었다. 거기서 5킬로미터 가량 더 가서 롱애시레인으로 알려진 곧게 뻗은 로마 시대의 한가한 길을 가로질렀다. 그녀는 거기서 옆으로 횡단하는 산길을 타고 언덕을 내려가 작은 도시만 한 에버스헤드 마을로 들어섰다. 이제 그녀는 전체 여정에서 반 정도 온 셈이었다. 그녀는 거기서 길을 멈추고 두 번째 아침 식사를 배불리 먹었다. 그녀는 여관을 피하기 위하여 '사우 앤 에이컨'에서 식사를 하지 않고 교회 옆에 있는 농가에서 했다.

나머지 반은 벤빌레인을 따라가는 길로, 지세가 좀 더 완만한 시골 길이었다. 그러나 그녀와 목적지 사이의 거리가 단축될수록 테스의 자신감은 줄어들어 자신의 계획이 점점 더 어렵게 여겨졌다. 그녀는 자신의 방문 목적을 너무 두려운 마음으로 보느라 주변의 풍경을 자세히 보지 않아 가는 길을 몇 차례나 잘못 들 뻔하였다. 정오 무렵 그녀는 에민스터 마을과 사제관이 있는 분지의 가장자리 어느 농장 출입구 문에서 걸음을 멈추었다.

정사각형의 탑이 그녀의 눈에는 근엄하게 보였다. 그녀는 바로 그 순간 사제와 교구민들이 그 탑 아래 모여 있는 것을 알았다. 그녀는 어떻게든 주중에 방문하도록 계획을 세웠어야 했다고 다시 생각했다. 마음씨 착한 신부가 그녀의 어쩔 수 없는 사정을 알지 못하고 주일을 택한 사람이라는 편견을 품을지도 모르기 때문이었다. 그러나 지금으로서는 예정대로 계획을 진행할 수밖에 없었다. 그녀는 그 지점까지 신고 온 두꺼운 부츠를 벗고 예쁘고 가벼운 에나멜 구두로 바꿔 신었다. 부츠를 나중에 쉽게 찾을 수 있는 농장 출입문 기둥 곁 울타리에 쑤셔 넣고는 언덕을 내려갔다. 쌀쌀한 공기 속에서 싱싱하게 피어올랐던 얼굴색이 사제관으로 가까이 가면서 자신도 모르게 창백해졌다.

테스는 자신의 입장을 유리하게 해 줄 예기치 않은 일이라도 일어나기를 바랐다. 그러나 아무런 일도 일어나지 않았다. 사제관 정원의 관목이 서릿바람에 힘없이 바스락거렸다. 그녀는 가장 좋은 옷을 차려입기는 하였으나 아무리 상상의 힘을 발휘해도 사제관이 가까운 인척의 저택이라고는 생각할 수가 없었다. 그러나 인간성이나 감정으로는 근본적으로 자신과 그들을 갈라놓는 것이 아무것도 없었다. 고통, 기쁨, 사고, 탄생, 죽음, 그리고 죽음 다음의 문제에서는 그녀와 그들이 똑같았다.

그녀는 힘을 넣어 용기를 불러일으켰다. 그리고 자동식 대문 안으로 들어가 현관문에 있는 벨을 눌렀다. 이제 일은 저질러졌다. 이 시점에서는 후퇴가 있을 수 없었다. 하지만 아무도 그녀의 벨에 대답을 하지 않았다. 다시 한 번 힘을 내야 했다. 그녀는 두 번째로 벨을 눌렀다. 그 과정에서 파생한 흥분이 25킬로미터를 걸어온 피로와 합쳐져 대답을 기다리는 동안 한 손을 허리에 얹고 팔꿈치를 현관 벽에 기댄 채 몸을 지탱해야만 했다. 바람이 매섭도록 차가워서 담쟁이넝쿨 잎사귀가 시들어 회색빛으로 변했으며 시든 잎사귀는 끊임없이 서로 부닥치는 소리를 내어 그녀의 신경을 불안하게 동요시켰다. 고기를 쌌던 피묻은 종이 한 장이 쓰레기통에서 날아와 대문 밖 한길 위에서 아래위로 떠다녔다. 종이는 가만히 땅에 떨어져 있기에는 너무 얇고 바람을 따라 날아가기에는 너무 무거운 모양이었다. 지푸라기 몇 개가 종이와 함께 날아다녔다.

두 번째 벨 소리는 훨씬 더 크게 울렸다. 그러나 여전히 아무도 나오지 않았다. 그녀는 현관에서 나와 대문을 열고 밖으로 갔다. 다시 돌아가기라도 할 듯이 집 앞쪽을 어정쩡한 자세로 돌아보다가 안도의 한숨을 내쉬면서 대문을 뒤로 닫았다. 자신을 알아보고(어떻게 알아보았는지는 확실하지 않았지만) 집 안으로 들여보내지 말라는 지시가 있었던 것 같은 느낌이 떠나지 않았다.

테스는 사제관 모퉁이까지 갔다. 이제 그녀가 할 수 있는 것은 다 한 셈이었다. 그러나 장차 있을 고통 때문에 지금의 불안을 피하는 일은 하지 않기로 마음을 정하고 사제관을 한 번 더 지나치면서 창문을 모조리 살펴보았다.

벨소리에 아무도 대답하지 않은 것은 한 사람도 빠짐없이 모두가 교회에 갔기 때문이었다. 아버지는 항상 하인들을 포함해서 온 가족이 모두 아침 예배에 참석할 것을 주장했기 때문에, 결과적으로 예배가 끝나고 집으로 오면 식구들이 다 찬 음식을 먹어야 했던 남편의 이야기가 생각났다. 따라서 그녀는 예배가 끝날 때까지 기다리지 않으면 안 되었다. 그곳에서 기다리는 것은 사람들의 이목을 끄는 일이었기 때문에 교회를 지나 골목길로 들어가려고 걷기 시작했다. 그러나 그녀가 교회 마당의 문을 지나가려는 순간 사람들이 쏟아져 나왔다. 그녀는 곧 그들의 한가운데에 서 있는 자신을 발견했다.

작은 시골 도시의 교구민들이 집으로 돌아가면서 타향 사람임을 금세 알아볼 수 있는 잘 차려입은 낯선 여자를 바라보듯, 에민스터 교구 사람들은 테스를 바라보았다. 테스는 걸음을 재촉하여 왔던 길을 다시 올라가기 시작했다. 신부의 가족이 점심 식사를 끝낸 다음 자신의 방문을 받아들이기 편한 시간까지 울타리 사이에 들어가 숨어 있기 위해서였다. 그녀는 금세 교구민들과의 거리를 넓혔다. 그러나 팔장을 낀 두 청년이 빠른 걸음으로 그녀 뒤에서 걸어왔다.

그들의 발걸음이 가까워오자 두 사람이 진지하게 토론을 하는 목소리가 들려왔다. 그녀와 같은 입장에 있는 여자가 느끼는 재빠르고 본능적인 반사작용으로, 그들의 목소리에 남편 특유의 어조가 들어 있는 것을 알아차렸다. 그들은 남편의 형들이었다. 그들과 마주칠 준비가 되지 않은 이런 흐트러진 상태에서 그들이 자신의 곁을 지나가서는 안 된다는 두려움에 빠져, 그녀는 다른 계획을 모두 잊어버렸다. 설사 그들이 자신을 알아보지 못한다 하더라도 그들이 자신을 보는 것이 본능적으로 두려웠다. 그들이 날쌘 걸음으로 따라올수록 그녀도 날쌔게 걸어갔다. 긴 예배 시간 내내 앉아 있어 차가워진 팔과 다리에 온기를 불어 넣기 위해 집으로 들어가 점심이나 오찬을 하기 전에 빠른 걸음으로 잠시 산보를 하는 것이 그들의 목표임이 분명했다.

언덕길에서 한 사람이 그녀 앞에서 걸어가고 있었다. 어딘가 흥미로운 모습이었으나, 약간은 뻣뻣하고 얌전을 떠는 숙녀 티가 나는 젊은 여자였다. 테스가 그녀를 거의 앞지르는 순간 그녀의 시아주버니들이 빠른 걸음걸이로 그녀 뒤로 바짝 다가왔다. 그들이 하는 대화가 한마디 한마디 다 들려왔다. 그들의 대화 내용은 그녀에게 특별히 흥미 있는 것은 아니었다. 앞에서 걸어가는 젊은 여성을 본 그들 중의 한 사람이 말했다. "저기 머시 찬트가 있네. 가서 만나 보자."

테스는 그 이름을 알고 있었다. 양가 부모가 에인절의 반려자로 정했던 여자였다. 자신이 끼어들지 않았더라면 그는 그녀와 결혼했을 사람이었다. 테스가 잠시만 더 기다렸다면 전에 들은 이야기가 없어도 상황은 분명해졌을 것이다. 두 형제 중 한 사람이 이런 말을 했기 때문이다. "아! 가엾은 에인절, 가엾은 에인절! 저 참한 처녀를 볼 때마다 목장에서 젖 짜는 여자, 아니 그 여자가 누구던 간에, 그런 여자에게 저 자신을 성급하게 던져 버린 에인절의 경솔한 짓이 아주 유감스러워. 그건 분명 괴상망측한 짓이야. 그 여자가 에인절과 지금쯤 합쳤는지는 아직 모르겠어. 몇 달 전에 편지를 받았을 때는 아직도 그 여자는 에인절에게 가지 않은 모양이던데."

"나도 모르겠어. 그 녀석은 요즘 무슨 일도 말을 해 주지 않거든. 걔가 이상한 생각을 하면서부터 우리 사이가 벌어졌어. 잘못 결정한 결혼이 우리 관계를 완전히 갈라놓았다니까."

테스는 긴 언덕길을 더욱 빠른 걸음으로 걸어갔다. 그러나 그들의 시선을 자신 쪽으로 끌지 않고는 그들을 앞질러 갈 수가 없었다. 잠시 뒤에 그들은 그녀 곁을 지나 앞질러 갔다. 저만치 앞서가던 젊은 여자가 두 남자의 발소리를 듣고는 몸을 돌렸다. 그들은 서로 인사를 하고 악수를 나누었다. 그리고 나란히 가던 길을 계속 갔다.

세 사람은 금세 언덕 꼭대기에 닿았다. 거기서 그들은 산책을 끝낼 모양인지 걸음 속도를 늦추어 테스가 한 시간 전 길을 내려가기 전에 시내를 둘러보려고 걸음을 잠시 멈추었던 농장 출입구 쪽으로 몸을 돌렸다. 세 사람이 이야기를 주고받는 도중 성직에 종사하는 한 사람이 우산을 들고 조심스럽게 울타리를 뒤지기 시작하다가 무엇이가를 끄집어 내었다.

"여기 낡은 부츠가 한 켤레 있네." 그가 말했다. "뜨내기 거지나 누가 버렸나 봐."

"맨발로 시내에 들어와 사람들의 동정을 받으려는 사기꾼 짓 같은데." 찬트 양이 말했다. "그래, 틀림없어. 신고 다니기에는 아주 멀쩡한 부츠잖아. 전혀 닳지 않은 신이네. 심술궂은 짓이지. 집에 가져가서 가난한 사람에게 주어야겠어."

처음 구두를 본 카스버트 클레어가 지팡이의 구부러진 끝으로 부츠를 집어 올려 머시 찬트에게 주었다. 테스의 부츠는 그렇게 사라졌다.

그들의 대화를 들은 테스는 털 목수건으로 얼굴을 가린 채 그들 곁을 지났다가 잠시 뒤에 고개를 돌려 그 교회꾼들이 부츠를 들고 출입구에서 언덕길로 내려가는 것을 확인했다.

우리의 여주인공은 다시 걷기 시작했다. 눈물이, 눈앞을 가리는 눈물이, 마구 흘러내렸다. 그녀가 막 목격한 장면을 그녀를 비난하는 것으로 해석하는 것은 자신의 감정과 아무 근거 없는 감수성에서 나온 것임을 테스는 알았다. 그러면서도 그녀는 충격을 극복할 수가 없었다. 자신을 지켜 줄 사람이 아무도 없는 처지에서 이런 불길한 징후와 맞설 수가 없었다. 이제 사제관을 다시 찾아가는 것은 상상조차 할 수 없었다. 에인절의 아내는 자신이 이들 대단한 성직자들(적어도 그녀에게는 그렇게 보였다.)에 의해 멸시의 대상이 되어 그 언덕으로 쫓겨온 것처럼 생각되었다. 멸시는 별 악의 없이 가해졌지만 테스가 아버지 대신 아들들을 조우한 것은 불행한 일이 아닐 수 없었다. 아버지는 비록 편협한 생각을 가지고 있지만 아들들보다는 오만하거나 격식에 덜 얽매이는 편이었으며, 동정심도 넘치게 많은 사람이었다. 그녀는 흙먼지가 내려앉은 부츠를 생각하고 그들의 호기심의 대상이 된 구두를 가엾게 생각했으며, 그 구두 주인의 인생이 얼마나 기막힌지를 한탄했다.

"아!" 그녀는 자신을 불쌍하게 생각하여 한숨을 내쉬면서 말했다. "그이가 사 준 이 예쁜 구두를 아끼느라고 험한 길을 부츠를 신고 온 줄을 그 사람들이 모른 거지. 그래, 그 사람들이 몰랐던 거야! 내 예쁜 드레스 색깔도 그이가 골라 준 것은 생각도 하지 못했겠지. 그래, 어떻게 그 사람들이 그런 생각을 할 수 있겠어? 혹시 알았더라도 대단치 않게 생각했겠지. 그이를 탐탁치 않게 생각하는 사람들이니까. 가엾은 사람!"

판단의 인습적인 기준 때문에 이렇게 애달픈 일을 자초한 사랑하는 사람을 생각하고 테스는 슬픈 마음에 젖었다. 마지막이며 아주 중요한 순간에 시아버지에 대한 판단을 그의 아들들을 통하여 함으로써 다른 여자들처럼 용기를 잃어버린 것이 일생 중 가장 불행한 일임을 알지 못한 채, 그녀는 가던 길을 계속 갔다. 그녀가 지금 처한 상황이야말로 연로한 클레어 신부와 그 부인의 동정심을 유발할 수 있는 일이었기 때문이었다. 클레어 신부와 부인은 극단적인 상황을 향해서는 즉시 마음이 움직였으나 덜 절망적인 사람들의 미묘한 정신적 고통에는 관심이나 호의를 베풀지 않았다. '세리'와 '죄인'들을 위해서는 동정의 마음을 쏟으면서도 '서기관'과 '바리새인'들의 근심을 위해서는 한마디의 위로의 말도 잊고 사는 사람들*이었기 때문에, 그들의 이런 결점 내지 한계점이 바로 이런 순간에 며느리를 그들의 사랑을 받을, 길 잃은 사람의 좋은 표본으로 만들 수도 있는 일이었다.

그녀는 온 길을 터벅터벅 다시 돌아갔다. 희망에 찬 것이 아니라 그녀의 삶에 위기가 다가오고 있다는 생각이 머릿속에 가득했다. 그러나 분명한 것은 위기가 아직은 일어나지 않았다는 점이었다. 다시 사제관과 대면할 수 있는 용기를 낼 때까지 그녀는 그 척박한 농장에서 일을 계속할 수밖에 없었다. 머시 찬트가 보여 줄 수 없는 모습을 세상 사람들에게 보여 주기로 작정하고 자신에 대한 관심을 과시라도 하듯, 돌아가는 길에는 얼굴에 가린 베일도 걷어 버렸다. 그러나 그녀는 유감스러운 듯 머리를 흔들었다. "소용없는 짓이지. 소용없는 짓이야!" 그녀가 중얼거렸다. "누가 이 얼굴을 사랑할 거야? 누구도 이 얼굴을 바라보지 않아. 누가 나 같은 버림받은 사람의 얼굴에 관심이 있겠어!"

돌아오는 길은 앞을 향한 행진이기보다 정처 없는 방황이었다. 걸음걸이에는 힘이 빠져 있고 목표가 없었다. 오직 타성만이 있을 뿐이었다. 지루하게 긴 벤빌레인을 지나갈 때에는 피로가 엄습해 농장 출입구에 몸을 기대거나 이정표 곁에 잠시 멈춰 서기도 했다.

테스는 11킬로미터나 13킬로미터쯤 갈 때까지 길가의 어느

---

* 「마가복음」 2장 16절 참조.

집에도 들어가지 않았다. 가파르고 긴 언덕길을 내려가기 시작하자 언덕 아래에 에버스헤드 마을이 나왔다. 지금과는 아주 대조적인 기대감에 부풀어 아침 식사를 한 자그마한 도시였다. 테스가 다시 들어가 앉은 교회 곁의 농가는 마을 끝에서는 거의 첫 번째 집이었다. 그 집 주인 여자가 찬장에서 우유를 꺼내러 간 사이 테스는 길거리를 내다보았다. 온 마을이 텅 빈 것처럼 조용했다.

"사람들이 모두 오후 예배에 간 모양이죠?" 테스가 물었다.

"아니라오, 아가씨." 노파가 말했다. "그러기에는 시간이 일러요. 교회 종이 아직 울리지 않았거든. 사람들은 모두 저 헛간에서 하는 설교를 들으러 갔어요. 예배 시간 사이를 이용해서 열렬한 전도사가 설교를 하는 거지요. 굉장히 열렬한 교인이라고 사람들이 그러더구먼. 그래도 난 안 가. 설교단에서 일반적으로 듣는 설교만 해도 충분히 뜨거우니깐."

테스는 곧 일어나 마을로 들어갔다. 그녀의 발소리가 집과 집 사이로 메아리를 일으키는 마을은 죽은 자들의 도시 같았다. 마을 중앙으로 다가가자 그녀가 일으키는 메아리 소리는 다른 소리와 뒤섞였다. 길에서 멀리 떨어지지 않은 헛간 안을 들여다보다가 그 다른 소리가 전도사의 설교임을 알았다.

테스는 헛간의 닫힌 문 쪽에 서 있었으나 조용하고 맑은 공기 속에서 전도사의 목소리가 아주 또렷하게 들려 문장 하나하나를 다 알아들을 수 있었다. 설교는 짐작했던 대로 극단적인 도덕률 폐기론*에 근거를 두고 성 바울의 신학에 명시되어

---

* 기독교도들은 도덕률을 준수해야 하는 의무에서 해방된다는 견해.

있는 대로 믿음이 모든 것을 정당화한다는 내용이었다. 그의 광신도적 고정관념은 활기가 넘쳐흐르는 열성으로 설교되었으나 너무나 웅변 투여서 변론가로서 기교는 보이지 않았다. 테스는 설교의 첫머리는 듣지 못했으나 계속되는 반복으로 성서 어디에서 인용되었는지 그 출처는 알 수 있었다.

어리석도다, 갈라디아 사람들아. 예수 그리스도께서 십자가에 못 박힌 것이 너희 눈앞에 밝히 보이거늘 누가 진리에 불복하도록 너희를 꾀더냐?*

테스는 뒤에 선 채로 듣다가 전도사의 강연이 에인절 아버지의 견해를 더욱 격렬하게 보완한 형태임을 깨닫고 매우 흥미를 느꼈다. 그러나 그녀가 더욱 흥미를 느낀 것은 설교자가 어쩌다가 그런 생각을 갖게 되었는지 자신의 정신적 경험을 자세하게 이야기하는 대목에서부터였다. 그는 자신이 세상에서 둘도 없는 큰 죄인이었다고 말했다. 그는 세상을 비웃고, 분별없는 사람들이나 음탕한 사람들과 난잡하게 어울려 다녔다고 했다. 그러다 어느 날 갑자기 깨달음을 얻었노라고 했다. 인간적인 의미에서 주로 그 깨달음은 처음에는 그가 심하게 모욕을 주었던 어느 성직자의 영향 때문이었는데, 그가 가면서 남긴 말이 자신의 가슴속 깊이 파고 들어가 떠나지 않다가 결국에는 하느님의 은총으로 그 말이 그의 내면에서 변화를 불러일으켰으며, 종국에는 사람들이 지금 보고 있는 그런 인간을 만

---

* 「갈라디아서」 3장 1절.

들었다고 했다.

그러나 테스에게 설교 자체보다 더 놀라운 것은, 있을 수 없
는 일이지만, 목소리의 주인공이 틀림없는 알렉 더버빌이라는
사실이었다. 고통스러운 불안감 속에 얼굴이 굳어진 채 그녀
는 헛간의 측면을 돌아 정면 쪽으로 나아갔다가 그 앞을 지나
갔다. 낮게 뜬 겨울 해가 이쪽으로 나 있는 입구의 커다란 이
중문 바로 위를 비췄다. 그중 하나가 열려 있어 햇빛이 탈곡용
마루 위를 지나 아늑하게 북풍을 피해 있는 전도사와 청중을
비추었다. 청중들은 모두 마을 사람들이었다. 그중에는 지난
날 붉은 페인트 통을 들고 다니던 잊을 수 없는 그 남자도 들
어 있었다. 그러나 그녀의 시선은 헛간 한가운데 놓여 있는 곡
물 포대 위에 서서 청중과 문을 향한 사람의 모습에 멈추었다.
오후 3시의 해가 그의 얼굴 위에 가득 비추고 있었다. 자신을
농락한 사나이와 직면했다는 이상하게 맥 풀리는 확신이 그의
목소리를 뚜렷하게 들은 직후로 서서히 그녀의 마음속에서 자
리를 잡기 시작하더니 다음 순간 사실은 현실로 인식되었다.

6부
개종자

45장

테스는 트란트리지를 떠난 이후 그 순간까지 더버빌을 본 적이 없었으며 그로부터 소식을 들은 바도 없었다.

그와의 이 우연한 만남은 그녀의 사정이 어려운 시점에 일어났다. 미세한 감정의 충격도 마음의 평정을 흔드는 순간에 다가온 것이다. 기억은 이성을 벗어난 것이어서, 그가 지난날의 잘못을 참회하는 인간으로 눈앞에 공개적으로 서 있는데도 공포감이 엄습해 그녀의 모든 움직임을 마비시켰다. 그녀는 뒤로 물러서지도 못하고 앞으로 나아가지도 못했다.

그를 마지막으로 보았을 때 그의 얼굴에서 풍겨 나오던 인상이 떠올랐다. 그 얼굴을 다시 보다니! 거기에는 전과 같이 잘생긴 모습이 그대로 남아 있었으나 불쾌감을 불러일으키는 인상도 있었다. 그는 말끔하게 다듬은 구식 구레나룻을 달고 있었으나, 전날의 까만 콧수염은 사라지고 없었다. 그가 입은 옷은 반은 성직자의 제복 같아 그의 모습에서 멋쟁이 같은 인상이 빠져 있었는데, 그 때문에 그녀는 잠시 그의 정체를 의심하였다.

저런 입에서 성서 속의 근엄한 말씀이 쏟아져 나오는 것이 처음에는 소름 끼치는 기괴함과 냉혹한 부조화로 보였다. 그녀의 귀에 너무나 익은, 사 년이 채 되지 않은 과거의 그 목소리가 너무나도 다른 방향의 삶을 표현하고 있어, 두 개의 서로 대조적인 이야기가 주는 아이러니 앞에서 그녀는 마음속으로 구토증을 느꼈다.

그가 지금 보여 주는 모습은 개선이라기보다는 완전한 변형이었다. 전날의 육감적 곡선은 종교적 열정의 선으로 바뀌어 있었다. 유혹적이었던 입술의 모양은 이제 종교적 갈구를 표현하는 형상으로 바뀌어 있었으며, 전날 방종의 표현으로 보였던 뺨 위의 홍조는 복음주의화되어 이제는 경건한 웅변의 광채로 바뀌어 있었다. 동물적이었던 모습은 광신적 열정으로 변모하고 이교주의적이었던 것은 바울의 사도주의적인 것으로 변형되어 있었다. 반짝거리는 빛을 쏟으며 압도하는 힘으로 그녀 몸을 탐하던 지난날의 과감한 눈빛은 이제 거의 맹렬할 정도로 신에 대한 원초적인 열정으로 웃음 짓고 있었다. 소망이 좌절되었을 때 그의 얼굴에 나타나던 어둡게 모난 표정은 다시 시궁창으로 뛰어들어 뒹굴겠다는 구제할 수 없는 망나니의 모습을 정직하게 보여 주고 있었다.

그의 얼굴 윤곽에 불만스러운 모습이 떠올라 있었다. 그 표정은 천성적인 본색과는 거리가 먼 것으로, 본성이 의도하지 않았던 인상을 주려는 모양을 띠고 있었다. 이상한 것은 그 얼굴에 떠오른 순화된 모습이 잘못된 것이며 그렇게 고양하려는 자세 자체가 기만으로 보인다는 사실이었다.

하지만 정말 그런 것일까? 그녀는 관대하지 못한 감정을 개입시키지 않기로 마음 먹었다. 더버빌이 자신의 영혼을 구제하기 위해서 자기의 잘못에서 등을 돌린 최초의 사악한 인간도 아닌데, 왜 그런 이유로 그를 부자연스러운 인간으로 볼 것인가? 훌륭한 새 언어가 사악한 옛 음조에서 나오는 것을 들었기 때문에 그녀의 귀에 거슬린 것이며, 그것은 그녀의 관행적 생각에 불과했다. 지은 죄가 클수록 위대한 성자에 가깝다는 것은 기독교의 역사를 깊이 파헤칠 필요도 없는 일이 아닌가.

이러한 생각이 막연하게 그녀의 마음속에서 일어났다. 분명한 형태를 띠지 않고 이러한 인상이 그녀의 마음을 스쳐 지나간 것이다. 놀라움으로 멍하게 잠시 멈춰 섰던 그녀는 정신이 돌아오자 본능적으로 그의 눈앞에서 빠져나가야 한다는 충동을 느꼈다. 다행히 해를 등지고 있어서 그가 아직까지는 그녀를 알아보지 못한 것이 분명했다.

그러나 그녀가 다시 움직이기 시작하는 순간 그가 그녀를 알아보았다. 그녀의 옛 애인에게 준 충격은 전류가 지나가는 것만큼 컸다. 그것은 그녀가 받은 충격보다 훨씬 더 큰 것이었다. 불같은 열정과 격앙된 웅변이 그의 입에서 사라지는 것 같았다. 입술에 힘을 주었으나 떨려서 말이 제대로 나오지 않았다. 그녀가 그와 마주 보고 있는 한 어떤 말도 나오지 않을 것이다. 그녀의 얼굴에 눈길이 간 이후 그의 시선은 그녀가 서 있는 방향을 피하여 사방으로 흩어졌다가 다음 순간 절망적인 동작으로 그녀에게로 다시 돌아왔다. 그러나 이런 마비 상태는 길게 가지 않았다. 그의 힘이 수축되어 있는 순간 테스에게는 힘이 되살아 났다. 그녀는 헛간을 지나 있는 힘을 다하여 앞을 향해 걷기 시작했다.

생각할 수 있는 여유가 돌아오자 두 사람 사이의 상대적 입장에 일어난 이 변화가 테스에게는 놀라움으로 다가왔다. 자신을 망쳐 버린 사람은 이제 성령의 편에 서 있는데 반대로 자신은 여전히 죄인으로 남아 있지 않은가. 전설에서처럼 키프로스 여신의 모습이 그의 제단 앞에 나타나자 사제의 불꽃이 꺼지는 결과가 되어 버린 것이다.*

테스는 뒤를 돌아보지 않고 걸어갔다. 그녀의 등에, 심지어는 그녀의 옷에까지 시선에 민감한 장치가 달린 것 같았다. 헛간 밖에서 그녀를 바라보고 있을 시선이 너무나 생생하게 느껴졌다. 이곳까지 오는 동안 그녀의 가슴은 무기력한 슬픔으로 무겁게 눌려 있었으나 이제 그녀의 고통에는 새로운 변화가 일어났다. 긴 시간 동안 억눌러 온 사랑에 대한 간절한 갈망이, 아직도 자신을 둘러싸고 있는 치유할 수 없는 과거에 의해 잠시 동안 대치되었고, 그녀는 그 변화를 몸으로 느꼈다. 그것은 절망감을 불러일으킬 만큼 지난날의 실수를 강렬하게 상기시켰다. 그녀가 간절히 갈구하던 과거와 현재 사이의 단절은 일어나지 않은 것이다. 결국 자신이 과거의 사람으로 될 때까지 과거는 완전한 과거가 될 수가 없는 것이다.

그녀는 생각에 잠긴 채 롱애시레인의 북쪽을 직각으로 건넜다. 금세 고원지대로 올라가는 길이 하얗게 나타났다. 그녀는

---

* 여기서 '키프로스 여신의 모습'은 키프로스 근처에서 탄생한 사랑의 여신 비너스를 지칭하는 것으로 추측되며 '사제의 불꽃'은 비너스의 남편이며 불의 신인 헤파이스토스를 말하는 것으로 해석될 수 있다.

남은 길을 고원지대의 가장자리를 따라 걸어야만 했다. 메마르고 희뿌연 길의 표면이 황량하게 앞으로 뻗어 있었으며, 이따금씩 갈색 말똥 덩어리가 차갑고 건조한 땅 위에 여기저기 떨어져 있을 뿐, 사람이나 마차나 도로 표식은 보이지 않았다. 오르막길을 천천히 걸어 올라가다 테스는 등 뒤에서 발소리가 들리는 것을 의식했다. 뒤를 돌아보던 그녀는 죽기 전에는 절대로 혼자서 만나고 싶지 않은, 그 익숙한 모습이 감리교도처럼 아주 이상한 옷을 차려입고 다가오는 것이었다.

생각을 가다듬거나 피할 수 있는 시간이 없었다. 그녀는 되도록 침착하게 그가 앞으로 다가서도록 내버려 두었다. 그는 흥분되어 있었다. 그러나 흥분은 잰걸음을 걸어야 했기 때문이 아니라 마음속에서 치솟는 감정 때문이었다.

"테스!" 하고 그가 그녀를 불렀다.

그녀는 뒤로 고개를 돌리지 않은 채 걸음의 속도를 늦추었다.

"테스!" 그가 다시 그녀를 불렀다. "나요, 알렉 더버빌."

그제야 그녀는 몸을 돌려 그를 쳐다보았다. 그가 가까이 다가왔다.

"그렇군요." 그녀가 냉랭하게 말했다.

"아니, 그게 전부요? 하긴 그 이상 바랄 수는 없겠지! 그래요." 그는 다소 웃음기가 있는 목소리로 말을 계속했다. "이런 모양을 하고 있는 내 꼴이 우스꽝스럽게 보이겠지요……. 하지만 그건 나도 어쩔 수가 없어요. 당신이 집을 떠났고 어디로 갔는지는 아무도 모른다는 얘기를 들었어요. 테스, 내가 왜 당신 뒤를 쫓아왔는지 이상하게 생각할 거요."

"그래요. 따라오지 않았으면 해요. 진심으로요!"

"그럴 거요. 그렇게 말을 할 수도 있겠지요." 그가 엄숙하게 말했다. 두 사람이 나란히 앞으로 걸음을 옮겼으나 테스는 내키지 않았다. "그러나 오해는 하지 말아요. 테스의 갑작스러운 출현으로 저기서 내가 얼마나 놀랐는지를 혹시 눈치챘다면, 그것 때문에 오해를 할 수도 있을 것 같아서 하는 소리지요. 잠시 아찔했던 건데, 테스가 나에게 어떤 사람이었는지를 생각하면 놀란 것은 당연하지요. 그러나 난 의지력으로 그 충격을 이겨 냈어요. 이런 말을 하는 나를 사기꾼이라고 하겠지만, 나는 금세 이런 생각을 했어요. 장차 닥쳐올 주님의 진노로부터 만인을 구하는 것이 나의 사명이고 바람인데, 세상의 모든 사람들 중에서, 비웃어도 할 수 없지만, 내가 제일 먼저 구해야 할 사람은 내가 아주 몹쓸 짓을 한 바로 저 사람이구나 하고 말이지요. 난 단지 그런 생각으로 왔을 뿐, 딴 생각은 없어요."

"자신은 구했나요? 자비는 내 집에서 먼저 시작한다는 속담도 있어요." 테스의 대꾸에는 조소의 흔적이 있었다.

"아니요! 그러지 않았어요." 그가 냉정히 대답했다. "내 설교를 들으러 온 사람들에게도 말하지만 하느님이 모든 것을 다 했어요. 테스, 자기가 아무리 날 경멸해도 내가 나 자신 — 지난날의 내 원죄의 아담 — 에게 쏟아 부은 경멸만큼은 되지 않을 거요! 아무튼 믿건 믿지 않건 이상한 이야기가 되겠지만 내가 어떻게 개종하게 되었는지를 이야기할게요. 들어 주었으면 좋겠어요. 에민스터의 신부님 이름을 들어 본 적 있어요? 들어 보았겠죠? 클레어 신부님 말이에요. 그분이 속하는 교파에서는 가장 성실한 사람 중의 한 사람이지요. 교회에 남아 있는 몇 안 되는 열정적인 사람이에요. 내가 속하는 기독교 극우

파 신자들만큼은 아니지만, 기성 사제단 중에서는 아주 예외적인 분이지요. 이 사제단의 젊은 세대들은 참된 교리를 점점 궤변으로 흐리게 하고 있어 이제 원래의 가르침은 그림자밖에 남지 않았어요. 나는 그분과는 교회와 국가의 관계에 대해서만 의견이 달라요. '주께서 말씀하시기를 니희는 저희 중에서 나와 따로 있고.'*라는 성경의 구절에 대해서는 의견이 다르지요. 그것뿐이에요. 이 나라에서 어떤 누구보다도 많은 사람을 구원하는 데 겸허한 수단이 된 사람이라고 나는 확고부동하게 믿어요. 그분에 대해서 들어 본 적이 있어요?"

"들어 봤어요." 그녀가 대답했다.

"그분이 이삼 년 전에 어느 선교회를 대표해서 설교를 하러 트란트리지에 온 일이 있어요. 그분이 사심 없이 나에게 설교를 하고 길을 인도해 주려고 했는데, 망나니였던 나는 그에게 심한 모욕을 주었어요. 그분은 내 경거망동한 행동에 대해 화를 내지 않고 그냥 내가 언젠가는 성령의 첫 열매를 받게 될 것이라고 했어요. 조롱하러 온 사람이 이따금씩 남아서 기도한다는 말도 했어요. 그의 말 속에 이상한 마력이 숨어 있었어요. 그의 말이 내 마음속에 차분히 들어왔어요. 그러나 내 마음을 가장 많이 흔든 것은 어머니가 돌아가신 일이었어요. 나는 차츰 햇빛을 보게 되었어요. 그 이후 나는 참된 생각을 다른 사람들에게 전달해야겠다는 욕구로 살아왔어요. 그게 바로 오늘 내가 하려던 일이에요. 이 근처에서 설교를 시작한 것은 요 근래의 일이지만. 처음 성직을 수행하기 시작하고서는

---

* 「고린도 후서」 6장 17절.

낯선 사람들을 상대로 잉글랜드 북부에서 일했어요. 거기서 나는 처음하는 서투른 설교를 시도했어요. 나를 알고, 암흑의 시절에 나의 동료가 되었던 사람들 앞에서 나의 성실한 마음을 가장 준엄하게 시험하기 앞서 용기를 얻는 길을 택했지요. 자신을 한 대 아프게 때리는 즐거움을 테스가 알 수 있다면 난 확실히⋯⋯."

"그만해요!" 테스가 격앙된 소리로 외치면서 길가 울타리의 계단 쪽으로 몸을 돌려 그와 거리를 두고 몸을 구부렸다. "난 그런 갑작스러운 일을 믿지 않아요! 나에게 당신이 어떤 해를 끼친 줄 알면서도, 그걸 잘 알면서도, 나에게 이런 식으로 이야기하는 것에 대해 나는 심한 분노를 느껴요! 당신이나 당신 같은 인간들은 나 같은 사람의 삶을 슬픔으로 쓰라리고 암담하게 만들어서 지상의 쾌락을 얻어요. 그런 쾌락을 다 맛본 다음에는 개종을 해서 하늘나라에서 쾌락을 찾는다니 아주 잘 되었네요. 그만두세요. 난 당신을 믿지 않아요. 당신이 하는 짓을 증오해요."

"테스." 그가 힘을 주어 말했다. "그렇게 말하지 말아요! 나에게는 그것이 아주 새로운 생각으로 여겨졌어요. 그래, 날 못 믿는다고요? 뭘 못 믿는다는 거지요?"

"당신의 개종요. 당신의 종교관도요."

"왜요?"

그녀가 목소리를 낮추었다. "당신보다 더 훌륭한 사람이 그런 걸 믿지 않으니까요."

"여자 같은 생각이군! 그 훌륭한 사람이 누구요?"

"말할 수 없어요."

"흠." 말 속에 깔려 있는 역정이 금세 터져 나올 것 같은 투로 그가 말했다. "하느님도 내가 착한 사람이라고 말하고 다니는 것은 말리겠지. 테스도 내가 그런 말을 하지 않는다는 것은 잘 알 테고. 난 착한 일에 막 뛰어든 사람이요, 진정으로요. 그러나 때로는 신참자가 가장 멀리 볼 수 있어요."

"그래요." 그녀가 슬픈 목소리로 말했다. "하지만 난 당신이 개종을 하고 새로운 정신을 받아들인 걸 믿지 못해요. 알렉, 당신이 느낀다는 불꽃은 오래가지 않아요."

이렇게 말하면서 그녀는 기대고 있던 울타리의 계단에서 몸을 돌려 그를 똑바로 보았다. 그의 시선이 눈에 익은 그녀의 얼굴과 몸매를 잠시 응시했다. 그 순간은 그에게서 저질적인 인간이 고개를 숙인 시간이었다. 그 저질적인 인간은 그에게서 사라진 것이 아니며 완전히 길들여진 것도 아니었다.

"날 그렇게 보지 말아요!" 그가 갑자기 외쳤다.

자신의 행동과 태도를 전혀 의식하지 못하고 있던 테스는 즉각 그녀의 크고 검은 시선을 돌렸다. 그녀는 얼굴을 붉히면서 말까지 더듬었다. "미안해요!" 자연이 그녀에게 준 육체의 전당에 안주하고 있음으로써 어딘가 잘못된 짓을 저지르고 있다는, 전에도 가끔씩 떠오르곤 했던 비참한 느낌이 되살아났다.

"아니요, 아니요! 미안해할 것 없어요. 예쁜 얼굴을 감추기 위해서 베일을 쓰고 있는데, 왜 그 베일을 내리지 않지요?"

그녀가 베일을 내리면서 황급한 어조로 말했다. "이건 주로 바람을 막기 위해서 쓰는 거예요."

"이런 주문이 기분 나쁠지 모르겠네요." 그가 말을 계속했다. "너무 자주 테스의 얼굴을 보지 않는 것이 좋을 것 같구

먼. 위험한 짓일지 모르니까."

"쉬!" 테스가 말을 막았다.

"흥, 여자들의 미모는 그동안 나에게 너무 큰 힘으로 작용해서 이제 두려운 마음이 앞선다니까. 전도사는 그런 문제와는 상관이 없는 것이지. 그래도 여자의 얼굴은 내가 잊고 있는 옛날을 생각나게 한다니까!"

그들의 대화가 점점 줄어들었다. 그들은 간간이 일상적인 이야기를 나눌 뿐이었다. 두 사람이 천천히 발길을 옮기는 사이 테스는 마음속으로 그가 어디까지 따라올지 궁금해졌다. 그렇다고 그냥 돌아가라고 딱 잘라 말할 수도 없었다. 두 사람은 농장의 문이나 울타리의 계단을 지나치다가 거기에 붉은색이나 푸른색 페인트로 성경의 구절이 쓰여 있는 것을 여러 차례 발견하였다. 누가 이런 것을 애써 써 놓았는지 그에게 물었다. 그는 자신과 이 지역에서 자신을 도와 일하는 사람들이 사람 하나를 고용했으며, 사악한 세대의 마음을 움직일 수 있는 방법은 하나도 빼지 않고 시도해 보려 한다고 말했다.

두 사람이 걸어온 길이 마침내 '크로스인핸드'라고 불리는 지점과 만났다. 황폐하고 황량한 고원지대의 여러 곳 중에서도 가장 삭막한 곳이었다. 화가와 관광객들이 찾는 풍경화 같은 매력과는 거리가 먼 장소로 형태의 아름다움, 즉 비극적 색조의 부정적 미를 찾을 수 있는 곳이었다. 그곳의 지명은 거기서 있는 돌기둥에서 유래했다. 그 지방의 어느 채석장에서도 찾을 수 없는 지층의 돌이었는데 이상하게 남근 모양을 한 그 돌기둥 위에 사람의 손이 하나 거칠게 조각되어 있기 때문이었다. 그 조각의 역사와 의미에 대해서 여러 이야기가 전해 오고 있었다. 어떤 사람들은 그 바위 정상에 신앙을 상징하는 십자가가 우뚝 솟아 있었으며 지금 있는 돌기둥은 그 십자가의 받침대라고 하는가 하면, 지금 서 있는 돌기둥이 전부고, 경계선을 표시하거나 만남의 장소를 알리기 위해 세워 놓은 거라고 하는 사람도 있었다. 하여간 이 유적의 기원이 어떠했든지 돌기둥에는 불길하게 보이기도 하고 엄숙하게 보이기도 하는 기운이 서려 있었다. 그것은 돌기둥이 서 있는 풍경 속에서 느끼는 기분에 따라 다르게 다가와 냉담하기 그지없는 사람의 마음도 자극하는 것이었다.

"이제 내 갈 길을 가야겠네요." 두 사람이 그곳에 이르자 그가 말했다. "오늘 저녁 6시에 애봇스서널에서 설교를 해야 해요. 내가 가야 하는 곳은 여기서 오른쪽에 있어요. 테시, 당신은 내 마음을 흔들어 놓았어요. 왜 그런지는 말할 수가 없어요. 말하지도 않을 거고. 나는 내 길을 가서 힘을 좀 충전해야겠어……. 그건 그렇고 어떻게 그렇게 말이 유창해졌어요? 누가 그렇게 훌륭한 영어를 가르친 거요?"

"어려울 때 많은 것을 배웠어요." 그녀가 말꼬리를 돌리며 대답했다.

"어려운 일이 무엇이었어요?"

그녀는 첫 번째 겪어야 했던 그와 관계되는 시련을 말해 주었다.

더버빌은 놀라서 말문이 막히는 것 같았다. "난 지금까지 그런 일이 있었는지 전혀 몰랐어요!" 그가 중얼거렸다. "그런 어려움이 닥쳤을 때 왜 나에게 편지를 쓰지 않았어요?"

그녀는 대꾸를 하지 않았다. 잠시 뒤에 그가 다시 침묵을 깨뜨렸다. "어쨌든 다시 만나게 될 거예요."

"안 돼요." 그녀가 대답했다. "다시는 내 가까이에 오지 말아요!"

"생각해 보지요. 그러나 우리가 헤어지기 전에 여기에 잠시 와 봐요." 그가 돌기둥 위로 올라섰다. "이 기둥은 한때 성스러운 십자가였어요. 유적 같은 것은 내 교리에는 없어요. 그러나 난 테스가 두려울 때가 있어요. 지금 테스가 날 두려워하는 것보다 더 많이요. 저 돌 위에 테스의 손을 얹고 날 절대로 유혹하지 않겠다고 맹세해요. 매력이나 행동이나 어느 쪽으로도 그러지 않겠다고 말이에요."

"도무지 그런 일이 있을 리가 없잖아요. 그런데 그런 이상한 걸 하라니! 그런 건 내 생각과는 너무 거리가 멀어요!"

"그래요. 하지만 맹세해 줘요."

반쯤 겁에 질린 채 테스는 그의 요구에 따라 손을 돌 위에 놓고 맹세를 했다.

"테스가 교인이 아니어서 유감이에요." 그가 말을 계속했다. "어떤 믿음 없는 사람이 테스의 마음을 사로잡아 정신을 혼돈시키는지 모르겠어요. 그러나 이젠 그럴 수 없어요. 집에 가면 테스를 위해 기도를 할게요. 꼭 기도를 할게요. 무슨 일이 일어나지 않는다고 누가 보장해요? 이제 갈게요. 안녕!"

그는 울타리에 난 사냥터 출입문을 향해 몸을 돌렸다. 그러고는 두 번 다시 그녀에게 눈길을 주지 않은 채 울타리를 뛰어넘어서는 언덕을 가로질러 애봇스서널 쪽으로 향해 걸어갔다. 그가 걸음을 옮기는 동안 정신적 동요가 일어나는 징후가 그의 걸음거리에서 나타났다. 옛날 생각이 떠오른 듯 그는 주머니에서 조그마한 책을 꺼냈다. 책갈피 사이에는 자주 읽어서 닳고 때 묻은 편지 한 장이 접혀 있었다. 더버빌은 그 편지를 폈다. 거기에는 여러 달 전의 날짜가 적혀 있고 클레어 신부의 서명이 있었다.

편지에는 더버빌의 개종에 대하여 글쓴이의 솔직한 기쁨이 표시되어 있었고 그 일을 신부에게 알려 준 친절에 감사하는 내용이 들어 있었다. 또 더버빌이 저지른 전날의 무례한 짓을 용서한다는 클레어 신부의 따뜻한 말과 장래에 대한 젊은이의 계획에 대한 관심을 담고 있었다. 클레어 신부는 자신이 긴 세월 동안 봉사해 온 교파에 더버빌이 들어오기를 바라며 그러기 위해 그가 신학대학에 입학하는 것을 도울 수도 있으리라는 말도 적고 있었다. 그러나 시간이 오래 걸리기 때문에 그 편지의 수신자가 그러고 싶지 않는다면 그것을 강요하지는 않겠다고 했다. 사람들은 자신이 할 수 있는 일에 최선을 다하고 성령이 인도하는 쪽을 향한 방법 속에서 일을 하면 되는 것이라고도 적고 있었다.

더버빌은 그 편지를 읽고 또 읽었으며, 자신에 대해 냉소적인 질문을 던지기도 했다. 그는 비망록에 적혀 있는 성서의 구절을 몇 개 읽었다. 그제야 그의 얼굴에 안정된 표정이 떠오르고 테스의 모습이 그의 마음을 괴롭히지 않았다.

테스는 집으로 가는 가장 가까운 길이 있는 야산 가장자리를 따라 걸었다. 그렇게 1킬로미터 반쯤 걸어가다가 혼자 있는 목양자 한 사람을 만났다.

"지금 막 지나온 저기 저 옛날 돌기둥이 무엇인가요?" 그녀가 목양자에게 물었다. "그게 전에는 십자가였나요?"

"십자가요? 아니지요. 십자가는 아니었어요. 아가씨, 그건 불길한 흉물이에요. 옛날 어느 죄수를 기둥에 매달고 손에 못을 박는 고문을 한 다음 나중에 교수형에 처했는데, 그 친척들이 그 기둥을 세웠다지요. 그 친구 유골이 그 돌기둥 아래 묻혀 있대요. 사람들 말로는 그 죄수가 영혼을 악마한테 팔았는데 가끔 그 귀신이 나와서 돌아다닌다고 해요."

테스는 생각지도 않았던 무서운 이야기를 듣고 현기증을 느꼈다. 그녀는 그 목양자를 뒤로하고 발길을 재촉했다. 그녀가 플린트쿰애시 마을에 다 왔을 때는 저녁 어스름이 내리고 있었다. 마을로 들어서자 오솔길에서 한 처녀와 그녀의 연인이 산책을 하고 있었다. 그들은 그녀가 다가오는 것을 아직 보지 못했다. 그들이 하는 이야기는 별다른 것이 아니었다. 남자의 애정 어린 어조에 대해 젊은 처녀의 덤덤한 대답 소리가 똑똑하게 들렸다. 외부와 완전히 차단된 채 오직 정체된 어둠만이 깔려 있는 지평선 안에서 그들의 목소리가 유일한 위안물처럼 차가운 공기 속으로 퍼져 나갔다. 잠시 동안 그들의 대화는 테스의 마음을 즐겁게 했다. 그러나 곧 그러한 만남은 그녀 자신의 시련에 서곡이 되었던 매혹의 시발점 — 어느 한쪽에서는 경험하는 매혹의 출발점 — 이었던 사실을 상기해 내었다. 테스가 좀 더 가까이 가자 젊은 처녀가 조용히 고개를 돌렸다가 자신을 알아보았다. 젊은 남자는 당황스러워하면서 그 자리를 떠났다. 젊은 여자는 이즈 휴에트였으며 그녀는 테스의 외출에 대한 관심 때문에 금세 자신에 관한 일은 뒷전으로 미루었다. 테스는 결과를 분명하게 설명하지 않았다. 상황 판단이 기민한 이즈는 테스가 막 목격한 현장에 대해 자신의 이야기를 시작했다.

"그 친구 앰비 시들링이야. 가끔 톨보트헤이즈 농장에 와서 일을 한 적이 있어." 그녀가 남의 일처럼 설명했다. "수소문을 해서 내가 여기 와 있다는 것을 알게 되었대. 그래서 여기까지 따라온 거야. 지난 이 년 동안 날 사랑했대. 그러나 난 아무 언질도 주지 않았어."

46장

테스가 헛수고를 하고 돌아온 지 며칠이 지난 어느 날 그
녀는 들에서 일을 하고 있었다. 건조한 겨울바람이 아직도 불
고 있었으나 이엉으로 만든 바람막이가 불어오는 바람을 막
아 주었다. 바람을 막고 있는 쪽으로 무 자르는 기계가 놓여
있고, 기계에 새로 칠한 페인트가 눈부신 푸른색으로 빛나 음
산하게 가라앉은 풍경에 금방 무슨 소리라도 낼 것 같아 보였
다. 기계 맞은편에는 이른 겨울부터 무 뿌리를 저장한, '무듬'
이라고도 하는 기다란 둔덕이 있었다. 테스는 흙을 덮지 않은
쪽 둔덕에 서서 무 뿌리에 붙은 잔털과 흙을 낫으로 잘라 내
고 그것을 기계 속으로 던져 넣었다. 한 남자가 기계의 손잡
이를 돌렸고 기계의 홈통에서 방금 자른 무가 쏟아져 나왔다.
무의 노란 토막에서 나는 싱그러운 냄새는 킹킹거리는 바람소
리와 무 자르는 칼날의 싹둑거리는 날카로운 소리와 가죽 장
갑을 낀 테스 손에서 나는 낫질 소리에 맞물렸다.

무를 뽑아 내어 갈색으로 된 넓은 빈 밭은 보다 진한 갈색 줄무늬가 진 이랑이 되었다가 차츰 리본 모양으로 넓어졌다. 이랑 언저리를 따라 밭 아래위로 서두르지도 않고 또 쉬는 법도 없이 열 개의 다리가 움직이고 있었다. 한 사내가 쟁기를 사이에 두고 말 두 마리를 몰면서 봄날의 파종을 위해 무 수확이 끝난 밭을 파 뒤집고 있었다.

몇 시간 동안 풍경의 무미건조한 단조로움에는 아무 변화가 일어나지 않았다. 한참 뒤에 밭갈이를 하는 사람과 말 너머로 멀리 까만 점이 하나 나타났다. 그 검은 점은 틈새가 벌어져 있는 울타리 모퉁이에서 나타나 무 자르는 사람들이 있는 곳을 향해 경사진 곳을 올라왔다. 처음에는 조그만 점이던 것이 가까이 오면서 그것은 구주희(九柱戱) 게임*의 막대기 모습처럼 보였다. 그 막대기는 금세 검은 옷을 입은 사나이로 바뀌었다. 그는 플린트쿰애시 방향에서 오는 것이 분명했다. 기계를 돌리는 남자는 시선을 달리 돌릴 곳도 없어 줄곧 가까이 오는 사람을 지켜보고 있었으나, 자기 일에 바쁜 테스는 동료가 그의 접근을 알려 줄 때까지 그 남자를 보지 못하였다.

그는 그녀를 매몰차게 혹사하는 농부 그로비가 아니었다. 그는 반 성직자 의상을 입은, 한때는 자유분방했던 알렉 더버빌이었다. 설교에 열을 올리고 있지 않아서인지 그의 태도에서는 열광적인 면이 다소 빠져 있었다. 기계를 돌리는 사람이 그 자리에 있어서 그는 난처해 하는 것 같았다. 테스의 얼굴에는 이미 불쾌한 표정이 희미하게 떠올랐다. 그녀는 내려 쓴 수건

---

* 작은 막대기 아홉 개를 세워 두고 공으로 하나씩 쓰러뜨리는 놀이.

을 더 푹 내렸다.

더버빌이 다가와 조용하게 말했다.

"테스, 할 말이 있어요."

"지난번에 나에게 가까이 오지 말라고 부탁했잖아요." 그녀가 말했다.

"그래요. 하지만 그럴 이유가 있어요."

"그럼 말해 보세요."

"테스가 생각하는 것보다는 더 심각한 거요."

누가 자기 말을 듣나 하고 그는 뒤를 돌아보았다. 그들은 무기계를 돌리는 사람과 훨씬 떨어져 있었고 기계가 작동하는 소음도 알렉의 말이 들리지 않을 만큼 시끄러웠다. 더버빌은 기계를 돌리는 사람 쪽으로 등을 돌려 테스를 막아섰다.

"이거요." 그는 새삼스럽게 양심의 가책을 느끼는 듯이 말을 이었다. "우리가 지난번에 만났을 때에는 테스의 영혼과 내 영혼의 문제만 생각하느라고 테스가 처한 현실적 상황을 물어보지 못했어요. 옷을 잘 입고 있어서 그런 생각은 안 했지요. 그러나 지금 보기에는 상황이 좋지 않은 것 같네요. 내가 테스를 처음 만났을 때보다 더 어려워져 있군요. 이런 대접을 받아서는 안 될 정도로요. 나 때문에 그렇겠지요!"

그녀는 아무 대꾸도 하지 않았다. 머리를 숙이고 수건으로 얼굴을 완전히 가린 채 다시 무 다듬는 일에 열중하는 동안 그는 그녀를 빤히 지켜보았다. 하던 일을 계속함으로써 그녀는 그를 쉽게 자신의 감정 세계 밖으로 밀어 낼 수 있었다.

"테스." 그가 불만스러운 한숨을 쉬면서 말을 이었다. "내가 저지른 일 중에서 당신에게 한 짓이 가장 나빴어요! 당신이 말을 해 주기 전에는 그 결과가 어땠는지를 전혀 알지 못했어요. 그렇게 순진했던 인생을 망치다니! 정말 나같이 못된 불량배는 따로 없을 것 같네요. 모든 책임이 나에게 있어요. 트란트리지에서 있었던 그 일 전부가 말이에요. 테스는 진짜 혈통인데 반해 나는 미천한 가짜에 불과해요. 그 많은 가능성이 열려 있었는데, 테스는 아무것도 모르는 눈먼 장님이었어요! 진심으로 하는 말인데, 동기가 아무리 좋든, 아니면 결과가 단순한 무관심이든 간에, 악랄한 인간들이 쳐 놓은 그물과 덫이 얼마나 위험한지 가르치지 않고 부모가 딸들을 그냥 길렀다는 것은 수치스러운 일이지요."

테스는 동그란 무를 기계적으로 던져 넣고는 다음 무를 집어 들면서 잠자코 그의 말을 듣고만 있었다. 소박한 농사꾼 여자의 생각에 잠긴 모습이었다.

"그러나 난 이런 말을 하러 온 것이 아니에요." 더버빌이 다시 말을 이었다. "내 입장은 이래요. 테스가 트란트리지를 떠난 이후 어머니가 돌아가셨어요. 그래서 그 집은 내 것이 되었지요. 그러나 난 그 집을 팔고 아프리카로 가서 선교 사업을 하려고 해요. 서투른 풋내기가 될 것이 뻔하지요. 하지만 내가 테스에게 부탁하려는 것은 내 의무를 수행할 수 있는 힘을 내게 달라는 것이에요. 테스에게 한 몹쓸 짓에 대한 유일한 보상을 할 수 있도록 기회를 주었으면 하는 거요. 다시 말해, 내 아내가 되어 아프리카로 갈 수 있겠어요? 난 벌써 이런 귀중한 서류까지 만들었어요. 돌아가신 우리 어머니의 마지막 소원이기도 해요."

그는 어색한 솜씨로 호주머니 속을 뒤적거리더니 양피지 한

장을 꺼냈다.

"그게 뭐예요?" 그녀가 물었다.

"결혼 허가장이에요."

"아, 아니에요. 아니에요!" 테스는 놀라서 뒷걸음을 치면서 빠른 소리로 말했다.

"아니라고? 왜 아닌가요?"

질문을 하는 동안 실망스러운 표정이 더버빌의 얼굴을 스쳐 갔다. 의무감이 좌절되어 떠오른 실망감이 아니었다. 그것은 그녀에 대한 전날의 열정이 되살아난 징후로 의무감과 욕정이 동시에 솟아난 것이었다.

"분명히" 하고 보다 격정적인 어조로 그가 다시 말을 이었다. 그는 고개를 돌려 절단기를 돌리는 일꾼을 바라보았다.

테스도 대화가 거기서 끝나지 않을 것임을 감지했다. 그녀는 동료 일꾼에게 손님이 찾아와서 잠시 함께 걸으면서 이야기를 해야겠다고 말하고는 얼룩말 무늬가 드리워진 들판을 더버빌과 걷기 시작했다. 두 사람이 새로 갈아 놓은 밭에 이르렀을 때 테스가 건너는 것을 돕기 위해 더버빌이 손을 내밀었다. 그러나 그녀는 그의 손을 보지 않은 것처럼 흙을 쌓아 올린 두둑 위로 건너갔다.

"테스, 나와 결혼해서 내가 자랑스러운 사람이 되는 것을 도와주지 않겠다는 뜻인가요?" 밭이랑을 다 건너자마자 그가 물었다.

"안 돼요."

"왜요?"

"내가 당신에게 전혀 애정을 못 느낀다는 걸 잘 알잖아요."

"그러나 그런 건 차츰 시간이 가면 느끼게 될 텐데. 날 정말로 용서하게 되면 말이요."

"절대로 그런 일은 없어요!"

"어떻게 그렇게 확신해요?"

"다른 사람을 사랑하니까요."

그 말은 그를 놀라게 한 것 같았다.

"그래요?" 그가 외쳤다. "다른 사람을? 도덕적으로 옳고 그른 것에 대한 판단이 테스에게는 전혀 무게감을 갖지 않나?"

"아니요, 아니요, 그런 소리 하지 말아요."

"어쨌든 다른 사람에 대한 테스의 사랑은 극복할 수 있는 지나가는 감정이겠지."

"아니요, 아니요."

"그래요, 그럴 거요! 왜 아니란 말이지?"

"말할 수 없어요."

"명예를 걸고 말해야 해요!"

"그래요, 꼭 그렇다면……. 난 그 사람과 결혼했어요."

"아!" 그가 외쳤다. 그리고 갑자기 걸음을 멈추고는 그녀를 응시했다.

"말하고 싶지 않았어요. 그러고 싶지 않았어요!" 그녀가 애원하듯 말했다. "여기서는 비밀로 하고 있어요. 알아도 거의 어렴풋이 아는 정도예요. 그러니 제발 부탁이니 자꾸 캐묻지 말아요. 우리의 관계는 이제 서로 남남인 것을 잊지 마세요."

"남남이라 — 우리가 남남인가? 남남이라!"

잠시 동안 전날의 빈정거리던 기색이 섬광처럼 그의 얼굴에 떠올랐다. 그러나 그는 금세 그런 표정을 단호하게 지웠다.

"저기 저 남자가 남편이오?" 기계를 돌리는 일꾼을 손짓으로 가리키며 그가 기계적으로 물었다.

"저 사람!" 그녀가 자랑스럽게 말했다. "아니지요!"

"그럼 누구요?"

"내가 대답하고 싶지 않은 것을 자꾸 묻지 말아요!" 그녀가 애원했다. 위로 치켜든 얼굴과 속눈썹으로 뒤덮인 눈 속에 애원의 빛이 가득했다.

더버빌이 어리둥절한 표정을 지었다.

"난 테스를 위해서 물어본 거요." 그가 흥분된 어조로 대꾸했다. "하느님 맙소사! 하늘의 천사들이여! 하느님, 이런 말을 용서해 주세요. 내가 오늘 온 건 테스를 위해서였어요. 맹세해요. 테스, 그런 눈으로 날 쳐다보지 말아요. 난 그런 눈빛을 견딜 수 없어요. 예수님 이전이나 이후에 그런 눈은 없었어요. 이런, 이런, 내가 정신을 차려야지. 정신을 잃으면 안 돼. 솔직히 테스의 모습을 보고 내 사랑이 다시 살아났어요. 그 사랑이 모두 죽은 줄 알았는데. 우리의 결혼이 우리 두 사람에게 죄를 사하고 축복을 줄 거라고 생각했어요. '믿지 아니하는 남편이 아내로 인하여 거룩하게 되고 믿지 아니하는 아내가 남편으로 인하여 거룩하게 되나니.'*라고 나는 혼자 중얼거렸지요. 내 계획이 부서지고 말았군요. 실망스러운 마음을 이겨 내야 하겠군!"

그는 침울한 표정으로 눈을 내리깐 채 땅을 보고 있었다.

"결혼을 했다! 결혼을 했다! 흠, 그렇다면." 그는 결혼 허가

---

* 「고린도 전서」 7장 14절.

장을 천천히 반으로 찢어 주머니에 넣고는 아주 침착하게 말을 이었다. "결혼을 할 수 없게 되었지만 테스와 테스 남편에게 선물을 하고 싶어요. 그 남편이 누구든지 간에요. 물어보고 싶은 말이 많지만 테스가 바라지 않으니까 그것도 그만둘게요. 그러나 남편을 만날 수 있다면 좀 더 쉽게 그 사람과 테스에게 도움되는 일을 할 수 있을 것 같네요. 그 사람이 이 농장에서 일을 하고 있어요?"

"아니요." 그녀가 나지막이 중얼거렸다. "그 사람은 멀리 갔어요."

"멀리 갔다고요? 테스를 떠나서? 그런 남편이 있나?"

"아, 그 사람에 대해 나쁘게 말하지 마세요! 당신 때문이에요. 그 사람이 알게 되었거든요······."

"아, 그래요! 테스, 그것 참 마음 아픈 일이네요!"

"그래요."

"그렇지만 테스를 두고 가다니, 이런 일을 하도록 내버려 두고 가다니!"

"내가 이렇게 일을 하도록 내버려 두지는 않았어요!" 그녀는 있는 힘을 다해서 그 자리에 없는 사람을 보호하기 위해 큰 소리로 절규했다. "그 사람은 이런 걸 몰라요. 이건 다 내가 저지른 일이에요."

"그럼 편지는 보내오나요?"

"난, 난 그런 내용을 차마 알릴 수가 없어요. 우리끼리만의 개인적인 일이 있거든요."

"그 사람이 편지를 쓰지 않는다는 말이구면. 나의 예쁜 테스, 자기는 버림받은 아내로군요!"

그가 충동적으로 몸을 돌려 갑자기 그녀의 손을 잡으려 했다. 그러나 그녀는 담황색 가죽 장갑을 끼고 있어 장갑 안의 생명체와 그 모양을 느낄 수 없는 손가락 부분의 거친 가죽만 만지게 되었다.

"이러면 안 돼요! 이러면 안 돼요!" 테스는 호주머니에서 손을 빼듯 장갑에서 손가락을 빼내어 빈 장갑만 그의 손에 남겨둔 채 겁에 질린 목소리로 외쳤다. "오, 제발 돌아가요. 나와 내 남편을 위해서 당신 자신의 기독교를 위해서 제발 돌아가요!"

"그래, 그래요. 돌아가겠어요." 그가 버럭 소리를 질렀다. 그리고 장갑을 그녀에게 내밀고 돌아가려고 몸을 돌렸다. 그러나 다시 몸을 돌려 그는 이렇게 말했다. "테스, 하느님이 아시겠지만 손을 잡으려 한 것은 수작을 부리는 게 아니었어요!"

들판에서 말발굽 소리가 나더니 두 사람의 바로 등 뒤에서 멈췄다. 그러나 그들은 이야기에 열중하느라고 그 소리를 듣지 못했다. 그녀 귀에 거친 목소리가 들렸다.

"이런 시간에 작업 장소를 이탈해서 뭘 하는 거야?"

농부 그로비가 먼 거리에서 두 사람의 모습을 보고 무슨 일인지 알아보려고 말을 타고 온 것이었다.

"말을 그렇게 하면 안 되지요!" 더버빌이 말했다. 그의 얼굴에 기독교인의 표정과는 다른 모습이 떠오르면서 표정이 어두워졌다.

"정말 그러네요, 아저씨! 그런데 감리교 목사가 저 여자에게 무슨 볼 일이 있는 거죠?"

"이 친구가 누구요?" 더버빌이 테스 쪽으로 몸을 돌리면서 물었다.

테스가 그에게 가까이 갔다.

"가세요. 부탁이에요." 그녀가 말했다.

"뭐라고! 저런 포악한 친구에게 당신을 맡겨 두고? 얼굴에 망나니라고 쓰여 있잖아요."

"그 사람은 나를 해칠 수 없어요. 그 사람은 날 사랑하는 게 아니에요. 성수태 고지일에는 이곳을 떠날 수 있어요."

"좋아요. 나에게는 아무 권리가 없으니 명령을 따를 수밖에요. 그래요, 좋아요. 갈게요!"

자신을 괴롭히는 사람보다 더 두려운 옹호자가 억지로 그 자리를 떠나자 농부는 다시 테스를 꾸짖기 시작했다. 그러나 그녀는 그것을 아주 침착하게 받아들였다. 그것은 성적 희롱이 아니기 때문이었다. 경우에 따라서는 폭력을 쓸 수도 있는 이런 비정한 사나이를 주인으로 두고 있는 것도 전날의 경험에 비해서는 오히려 다행한 일이었다. 그녀는 작업 현장인 밭 꼭대기 쪽으로 말없이 걸어갔다. 그녀는 조금 전에 있었던 더버빌과의 이야기를 되씹어 생각하느라고 그로비의 말이 그녀의 어깨에 코를 거의 닿을 정도로 가까이 있는 것조차 눈치채지 못하였다.

"성수태 고지일까지 내 농장에서 일하는 계약을 했으니 끝까지 기간을 잘 채워야 할 거야." 그가 소리를 질렀다. "여자들은 모두 이상한 인간들이라니까. 금방 이랬다가 또 금세 저러고. 그런 거 난 못 봐줘!

한 번 주먹으로 맞아 마루에 나가떨어진 일에 대한 앙갚음으로 자신에게 못살게 굴지만 농장의 다른 여자들에게는 그가 그렇게 심하게 굴지 않는 것을 테스는 잘 알고 있었다. 그녀는 돈 있는 알렉의 아내가 되어 달라는 청혼을 자유롭게 받아들일 수 있다면 어땠을까 하는 생각에 잠시 젖었다. 그것은 누구에게 눌려 사는 상태에서 완전히 해방되는 것을 의미했다. 현재 그녀를 못살게 구는 농장주로부터뿐만 아니라 자신을 경멸하는 세상 전체에서 벗어나는 것이었다. "그러나 아니야, 아니야!" 그녀는 숨가쁘게 말했다. "난 이제 그 사람과 결혼할 수 없어! 그 사람은 너무 불쾌해."

바로 그날 밤 테스는 클레어에게 간절한 편지를 썼다. 그녀가 겪고 있는 어려움은 감추고 그를 향한 끝없는 애정을 강조하였다. 그러나 편지의 이면에서 숨은 뜻을 읽을 수 있는 사람이면 그녀의 크나큰 사랑 뒤에 비밀스럽고 우발적 사고로 이어지는, 무서운 공포가 숨어 있음을 눈치챌 수 있을 것이다. 그녀는 감정 분출을 억제하였다. 그가 이즈에게 함께 떠나자고 했던 점을 생각하면 자신에 대한 사랑이 없는지도 모른다. 그녀는 편지를 상자 속에 넣으면서 에인절의 손에 그 편지가 전달될 날이 있을지 생각해 보았다.

그날 이후 그녀의 일상생활은 힘들게 이어졌다. 어느새 농부들에게는 대단히 중요한 의미를 띠는 성촉절* 장날이 다가왔다. 이 장에서 다음 성수태 고지일까지 열두 달 동안의 새 일자리가 정해졌기 때문에 직장 바꾸기를 바라는 농장 사람들은 축제가 벌어지는 도시로 나갔다. 플린트쿰애시의 일꾼들은 거의 전부가 이 축제에 갈 계획을 세웠고, 축제 당일에는 이른 아침부터 시골의 산길을 지나 16킬로미터에서 20킬로미

---

* 성모의 순결을 기념하여 촛불 행진을 하는 2월 2일.

터쯤 떨어져 있는 도시를 향해 마을 사람들이 플린트쿰애시를 탈출하듯 줄줄이 몰려 나갔다. 테스도 이번 사분기일*에 농장을 떠날 생각을 했으나 그날은 장터로 나가지 않은 몇몇 중의 한 사람이 되었다. 무슨 일이 일어나 다시는 야외에서 농장 일에 종사하는 일이 없을 것 같은 마음이 막연하게 들었기 때문이었다.

그날은 2월치고는 놀라울 만큼 날씨가 부드럽고 온화하여 겨울이 끝났다고 생각할 정도였다. 막 점심 식사를 마치려는데 테스가 하숙을 하고 있는 농가의 창문에 더버빌의 모습이 어두운 그림자를 드리웠다. 그날은 다른 사람들이 모두 집을 비워 그녀 혼자 방에 있었다.

테스는 깜짝 놀라 자리에서 일어섰다. 방문객이 문을 두드리고 있어 차마 예의상 집을 빠져나갈 수는 없었다. 더버빌이 문을 두드리는 태도와 문까지 다가오는 걸음걸이에는 지난번 만났을 때 보였던 태도와는 말할 수 없는 먼 거리가 있었다. 그런 일을 하는 자신에 대해 부끄러움을 느끼는 듯한 태도였다. 그녀는 문을 열어 주지 말아야겠다고 생각했으나 그런다고 해서 무슨 특별한 다른 대책이 있는 것도 아니어서 빗장을 들어 올리고는 재빨리 뒤로 물러섰다. 그는 안으로 들어와 그녀를 바라보더니 무슨 말을 하기도 전에 의자에 털썩 주저앉았다.

"테스, 어쩔 수 없었어요!" 그는 손으로 상기된 얼굴을 닦으면서 절망적인 목소리로 말했다. 그의 얼굴이 흥분으로 홍조

---

* 성수태 고지일 3월 25일, 세례요한 축일 6월 24일, 미가일 축일 9월 29일, 성탄일 12월 25일을 이르는 말로 이 축제일에 노무자의 임금이 지급되어야 하는 전통이 있다.

를 띠고 있었다. "테스가 어떻게 지내고 있는지 적어도 찾아와 보기라도 해야겠다는 생각이 들었어요. 분명히 말해 두지만 그날 일요일 만날 때까지는 테스 생각을 전혀 하지 않았어요. 그러나 지금은 아무리 애를 써도 테스 모습을 지울 수가 없네요. 착한 여자가 나쁜 남자에게 해를 끼치는 것은 상상할 수가 없어요. 그렇지만 그게 사실이에요. 테스, 나를 위해 기도라도 해 주면 좋겠네요."

마음이 편안하지 않은 것을 억지로 누르고 있는 그의 태도는 거의 가엾어 보일 정도였으나 테스는 그를 가엾게 생각하지 않았다.

"어떻게 기도를 해요?" 그녀가 말했다. "세상을 움직이는 거대한 힘이 나를 위해 그의 계획을 변경한다는 것을 믿지 않게 되었는데요."

"정말 그렇게 믿어요?"

"그래요. 달리 생각하던 내 믿음을 고치게 되었거든요."

"고치다니? 누가 고쳤어요?"

"꼭 말해야 한다면, 우리 남편이에요."

"아, 당신의 남편, 당신의 남편이라! 아주 이상하게 들리는군! 요전날 그 비슷한 소리를 하는 걸 듣기는 했지만. 테스, 이런 문제에 있어서 무엇을 정말로 믿는 건가요?" 그가 물었다. "테스에게는 종교가 없는 것 같은데 혹시 나 때문에 그런 건가요?"

"종교가 있지요. 초자연적인 것은 어떤 것도 믿지 않지만요."

더버빌이 불안한 눈으로 그녀를 바라보았다.

"그럼 내가 가고 있는 방향은 틀렸다는 건가?"

"많은 부분이요."

"흠, 그런데도 나는 그 문제에 대해 확신을 하고 있었는데."
그가 자신이 없는 듯 말했다.

"난 산상수훈의 정신을 믿어요. 우리 남편도요……. 그러나 내가 믿을 수 없는 건 — "

여기서 그녀는 무엇을 믿을 수 없는지를 말해 주었다.

"사실은" 하고 더버빌이 냉랭하게 말했다. "사랑하는 남편이 믿는 건 다 받아들이고 그 사람이 아니라는 건 다 아니구먼. 자기 쪽에서는 알아보거나 생각해 보지도 않고 말이오. 여자들이 다 그렇지. 마음이 남편 마음에 완전히 사로잡혀 있어 그런 거지."

"아, 그건 그 사람이 모르는 게 없기 때문이지요." 그녀는 에인절 클레어에 대한 소박한 신앙에서 오는 승리감에 젖어 말했다. 남편을 향한 신앙은 세상에서 가장 완벽한 남자도 받을 수 없을 만큼 순수했으나, 사실 그녀 남편은 그런 믿음을 받기에는 자격이 턱없이 부족한 사람이었다.

"그렇군. 그렇지만 그런 식으로 다른 사람으로부터 부정적인 생각을 모조리 다 받아들여서는 안 되지. 그런 회의론을 테스에게 가르치다니 대단히 영리한 사람이군."

"그 사람은 내게 판단을 강요한 적이 없어요! 그 문제에 대해서 나와 논쟁을 한 일도 없고요! 난 이렇게 생각했어요. 그 사람이 교리를 깊이 알아본 다음에 믿기로 한 것은 교리를 전혀 따져 보지 않은 내가 믿는 것보다 훨씬 옳다고요."

"그 사람이 뭐라고 그랬어요? 뭐라고 말을 했을 텐데요."

그녀는 생각에 잠겼다. 비록 에인절 클레어가 한 말의 정신을 이해하지는 못했지만 그가 썼던 정확한 용어까지 기억해 내면서, 그의 곁에 있을 때 그가 생각에 잠겨 입 밖으로 웅얼거리던, 냉혹하게 논쟁적인 삼단논법을 생각해 냈다. 그 내용을 옮기면서 테스는 존경심에 가득 차 클레어의 어조와 몸짓까지 그대로 흉내 내었다.

"한 번 더 말해 봐요." 아주 조심스럽게 귀를 기울이던 더버빌이 말했다.

그녀가 조금 전의 논지를 반복했다. 더버빌이 생각에 잠겨 그녀의 말을 따라 입속으로 중얼거렸다.

"또 다른 말은 없었어요?" 그가 금세 또 물었다.

"이런 말도 했어요." 그녀는 『철학 사전』*에서 헉슬리**의 『수상록』에 이르는 계열의 저서에 나오는 내용을 말해 주었다.

"아하! 어떻게 그런 걸 다 기억하오?"

"그 사람이 믿는 것을 나도 믿고 싶었으니까요. 그 사람은 그러는 걸 바라지 않았지만요. 난 그 사람을 달래서 그가 생각하고 있는 것 중 몇 가지를 말해 달라고 했어요. 그걸 내가 이해한다고는 할 수 없지만 그것이 옳다는 건 알아요."

"흠, 자기가 모르는 것을 남에게 가르칠 수 있다니!"

그가 생각에 잠겼다.

"그래서 난 정신적 운명을 그의 운명 속으로 던져 넣었어요." 그녀가 말을 계속했다. "난 내 정신세계가 그 사람의 세계와 달라지기를 바라지 않았어요. 그 사람에게 좋은 것이라면 나에게도 좋은 거니까요."

"테스가 그 사람만큼 크나큰 이단자라는 사실을 알고 있

---

* 프랑스 철학자 볼테르가 1764년에 쓴 저서로 조직화된 종교를 반대한 책.
** 1825년~1895년. 불가지론의 철학자.

소?"

"아니요. 내가 이단자라면, 그런 걸 그 사람에게는 말하지 않았어요."

"흥, 테스, 결국 지금 테스는 나보다 처지가 나은 편이오. 테스는 교리를 설교해야 된다는 것을 믿지 않아요. 그러지 않는다고 양심의 고통을 받는 법도 없으니까. 나는 내 교리를 믿고 그것을 설교해야 하는 사람이오. 그런데 나는 마귀처럼 믿으면서 떨고 있어요.* 왜냐하면 설교를 그만두고 당신에 대한 열정에 나를 맡겼기 때문이에요."

"어째서요?"

"그게." 그가 메마른 목소리로 말했다. "난 오늘 테스를 보러 여기까지 왔어요! 그러나 사실은 캐스터브리지 장에 가기 위해 집을 나왔어요. 오늘 오후 2시 30분에 마차 위에서 성경 말씀을 설교하기로 되어 있었거든요. 바로 지금 이 순간에도 형제자매들이 날 기다릴 거예요. 여기 그 설교 모임의 전단지가 있어요."

그는 가슴 안주머니에서 포스터 한 장을 꺼냈다. 거기에는 모임 날짜와 시간과 장소가 인쇄되어 있고 더버빌이 앞에 말한 대로 복음을 설교한다고 되어 있었다.

"어떻게 거기까지 가죠?" 테스가 시계를 보았다.

"거긴 못 가는 거지. 여기로 왔으니까."

"아니, 정말로 설교를 하기로 된 거예요?"

"설교하기로 했지. 그러나 거기는 가지 않을 거예요. 이유는

---

* 「야고보서」 2장 19절 참조.

내가 한때 경멸했던 여자를 만나고 싶은 불타는 욕구 때문이었어요! 아니, 진심으로 당신을 경멸한 적은 없어요. 만약 그랬다면 지금 당신을 사랑하지 않겠죠. 내가 당신을 경멸하지 않는 이유는 그렇게 많은 일이 일어났는데도 때가 묻지 않았다는 것 때문이에요. 테스는 상황을 파악하자마자 재빨리 그리고 결연히 나에게서 멀어져 갔어요. 당신은 내가 쾌락을 즐기도록 남아 있지 않았지요. 내가 경멸을 품고 있지 않는 치마 두른 사람이 세상에 하나 있는데, 그게 바로 테스요. 그러나 이제 테스는 날 경멸해도 좋아요! 나는 산 위에서 경배를 하고 있다고 생각했는데 아직도 숲 속에서 우상을 섬기고 있으니까요.* 하하!"

"아, 알렉 더버빌! 그게 무슨 소리예요? 내가 뭘 어떻게 했는데?"

"어떻게 했느냐고?" 그의 말에는 감정이 결여된 냉소가 담겨 있었다. "테스가 의도적으로 한 건 아무것도 없지요. 그러나 내가 사람들이 말하는 타락의 길로 돌아가는 수단이 된 것은 사실이에요. 비록 죄가 없는 수단이지만. 나는 내가 정말로 '세상의 더러움을 피한 후에 다시 그중에 얽매이고' 짓눌린 '부패한 종'이 아닌가 하고 생각해 봤어요. 그렇게 되면 결국 나중에 만나게 되는 형편이 처음보다 더 나쁜 것은 자명한 일이지요.**" 그가 그녀의 어깨 위에 손을 얹었다. "테스, 내 사랑, 당신을 다시 만나기 전까지는 적어도 나는 구원의 길을 걷고 있었소!" 그는 테스가 마치 어린애인 것처럼 마구 흔들었다.

---

* 「사사기」 3장 7절 참조.
** 「베드로 후서」 2장 20절 참조.

"왜 날 유혹했어요? 그 눈과 그 입을 다시 보기 전까지는 나는 누구보다도 확고부동한 결심에 차 있었어요. 이브 이후 그렇게 사람을 미치게 만드는 입은 세상에 없었던 것이 확실해요!" 그의 목소리가 가라앉으면서 그의 까만 눈에서 뜨겁고 교활한 빛이 반짝였다. "테스, 당신은 유혹의 여신이고 바빌론의 사랑스러운 마녀요. 당신을 다시 보자마자 나는 당신의 유혹을 이겨 낼 수 없었어요!"

"날 다시 보게 된 것은 내 힘으로 어쩔 수 없는 일이었어요!" 테스가 한 발짝 뒤로 물러서면서 말했다.

"알고 있어요. 거듭 말하지만 난 테스를 비난하지 않아요. 그러나 사실은 지울 수가 없어요. 그날 테스가 농장에서 심한 대접을 받는 광경을 목격하였을 때 난 당신을 보호할 법적 권한이 없다는 것, 그런 권한을 가질 수 없다는 것 때문에 미칠 것 같았어요. 그런 권한을 가진 사람은 자기를 완전히 내버린 것 같은데 말이오!"

"그 사람을 비난하지 말아요. 그 사람은 지금 이 자리에 없어요!" 그녀가 매우 흥분된 소리로 말했다. "그 사람에게 예의를 갖추세요. 그 사람은 당신에게 잘못한 것이 없어요! 그 사람의 정직한 이름에 해가 될 추문이 퍼지기 전에 그 사람의 아내를 내버려 두세요!"

"그럽시다. 그럴게요." 그가 마술의 꿈에서 막 깨어나는 사람처럼 말했다. "장터에서 불쌍한 주정뱅이 멍청이들을 데리고 설교를 하기로 했는데 그 약속을 깼어요. 그들을 바보로 만드는 수작을 부린 것은 이번이 처음이오. 한 달 전 같으면 그런 짓을 한다는 생각만으로도 나는 소스라치게 놀랐을 거요. 가겠어요. 맹세한다는 건, 아, 내가 테스를 만나지 않겠다는 그 맹세를 지킬 수 있을까?" 그러다가 그가 갑자기 말했다. "테시, 한 번만 안아 볼 수 있을까요? 꼭 한 번만! 옛정을 생각해서요."

"알렉, 나는 지금 무방비 상태예요. 한 착한 남자의 명예가 내 손에 달려 있어요. 생각해 보세요. 부끄러운 줄 알아요!"

"휴! 그래, 그래요. 그래요!"

그는 약해진 자신을 부끄러워하면서 입술을 깨물었다. 그의 눈에는 세속적이고 종교적인 신앙이 사라지고 없었다. 개종 이후 그의 얼굴 주름에 숨어 있던, 전날의 발작적인 욕정의 잔해가 깨어나 부활한 것 같았다. 그는 어정쩡한 태도로 밖으로 나갔다.

더버빌이 오늘 약속을 깬 것은 한 교인의 단순한 타락이라고 했지만 에인절 클레어의 생각을 반복한 테스의 말은 그에게 깊은 인상을 남겼으며 그녀 곁을 떠난 다음에도 계속 머리를 떠나지 않았다. 그동안 지켜 온 자신의 입장이 확실한 것이 아닐지도 모른다는 생각지도 못했던 가능성 때문에 전신이 마비되는 것을 느끼면서 그는 말없이 걸었다. 그에게 있어서 갑작스러운 개종은 이성적 판단과 아무 상관이 없었다. 그것은 어머니의 죽음 때문에 잠시 충격을 받아 새로운 감각의 만족을 찾던 경솔한 남자의 단순한 변덕에 불과할지도 몰랐다.

그의 열광적인 신앙의 바다에 테스가 떨어뜨린 몇 방울의 논리는 비등하던 열기를 냉각시켜 침체 상태에 빠지게 하였다. 그녀가 그에게 말했던 구체적인 구절을 생각하고 또 생각하던 그는 혼자 이렇게 중얼거렸다. "그 똑똑한 친구는 그런 말을

테스에게 해서 그것 때문에 내가 다시 테스에게 돌아가는 길
을 열어 주리라고는 생각하지 못했겠지!"

47장

플린트쿰애시 농장에서 마지막 남은 밀을 탈곡하는 날이었다. 3월의 새벽은 이상하게 표정이 없었다. 동쪽 지평선이 어디 있는지를 짐작케 하는 표시가 따로 없었다. 겨울날의 비바람과 햇살을 외롭게 지켜 온 낟가리의 사변형 꼭대기가 여명을 배경으로 솟아 있었다.

이즈 휴에트와 테스가 작업장에 도착했을 때에는 바스락거리는 소리만 들렸으나 그것으로 다른 인부들이 먼저 와 있음을 짐작할 수 있었다. 날이 밝고 곧 낟가리 꼭대기에 일꾼 그림자 둘이 더 드러났다. 그들은 바쁘게 낟가리 '지붕 걷기'를 하고 있었다. 낟단을 아래로 던지기 전에 낟가리의 이엉을 걷어 내는 일이었다. 이 작업이 진행되는 동안 이즈와 테스는 다른 여자 일꾼들과 함께 희뿌연 갈색 앞치마를 두른 채 추위에 몸을 떨면서 기다렸다. 농부 그로비가 가능하면 그날 저녁으로 일을 전부 끝낼 계획이어서 일꾼들에게 이른 새벽부터 모두 작업장에 모이라고 지시했던 것이다. 낟가리 지붕의 처마 가까이에는 아직 뚜렷하게 보이지는 않았으나 여자들이 받들어야 하는 붉은색을 칠한 폭군이 있었다. 나무로 테를 두르고 끈과 바퀴가 달려 있는 구조물 탈곡기였다. 기계가 도는 동안 그 폭군은 여자들의 근육과 신경의 인내심을 강요하였다.

조금 떨어진 곳에 형체가 분명치 않은 물체가 또 하나 있었다. 이번에는 검은색 기계로 계속 씩씩거리는 소리를 내면서 대단한 힘이 저장되어 있음을 보여 주었다. 물푸레나무 곁에는 길게 솟은 굴뚝에서 열기가 발산되고 있어, 그것이 아침 햇빛이 많이 퍼지지 않아도 알아볼 수 있는 이 작은 세계에서 근원적 동력 기능을 하는 발동기임을 알 수 있었다. 발동기 곁에는 검은 형체를 한 사람이 부동자세를 하고 있었는데, 검댕이로 보기 흉하게 뒤덤벅이 된 키 큰 남자는 석탄 더미 곁에서 몽환 상태에 빠진 것처럼 서 있었다. 바로 발동기 기관사였다. 주변 사람들과 어울리지 않는 그의 태도와 옷 색깔은 도벳*에서 온 사나이의 모습을 연상시켰다. 주민들을 놀라게 하고 당혹스럽게 하기 위해 그와는 아무 관계가 없는 이 지역의 누런 곡물과 희뿌연 토양의 매연 없는 투명한 땅으로 우연히 들어온 것 같았다.

그는 보는 것을 그대로 느꼈다. 농촌에 와 있기는 하였으나 농촌에 속하지는 않는 사람이었다. 그는 또 불과 연기에 봉사하였으나 농경지의 토착민들은 식물과 기후와 서리와 태양에 봉사하였다. 그는 발동기를 이용하여 농장에서 농장으로, 한

---

* 우상숭배에 빠진 유대인들이 아들과 딸을 제물로 불 속에 던져 넣던 예루살렘 교외의 골짜기로, 지옥의 불을 연상시키는 곳.「예레미야」3장 7절 참조.

구역에서 다른 구역으로 옮겨 다녔다. 이쪽 웨섹스 지방에서는 아직도 증기 탈곡기가 순회용이었기 때문이었다. 그는 낯선 북쪽 억양을 지니고 있었다. 그의 생각은 내면을 향해 있었고 그의 시선은 쇳덩어리 기계에 고정된 채 주변을 돌아보는 법도 없고, 주변 사람들에 대해서 관심도 없었다. 원주민들과는 꼭 필요한 접촉만 하여, 마치 명부(冥府)의 주인 명령만 따라 억지로 이 지방을 순회하는 것처럼 보였다. 발동기의 바퀴에서 낟가리 아래 있는 빨간 탈곡기로 연결되는 기다란 가죽 끈만이 농사 일과 그를 이어 주는 유일한 교감대였다.

사람들이 낟가리를 뜯어 내는 동안 그는 이동 동력 저장기 곁에 무심하게 서 있었다. 아침 공기가 뜨겁게 달아오른 검은 기계 언저리에서 진동하고 있었다. 그는 탈곡을 위한 준비 작업이 진행되는 동안 할 일이 없었다. 발동기의 화통이 뜨겁게 달구어져 있고 증기가 고도로 압축되어 있어, 금세라도 긴 가죽 끈이 보이지 않는 속도로 빠르게 돌아가도록 할 수 있었다. 그 외에는 주변에 밀이나 짚이나 그 밖의 잡동사니가 질서 없이 늘어져 있어도 그에게는 하나같아 보일 뿐 차이가 없었다. 한가한 마을 사람들이 그에게 무어라고 부를까 물어보면 그는 무뚝뚝하게 '기사'라고 답할 뿐이었다.

날이 환히 밝아 올 무렵 낟가리의 지붕 걷기가 끝났다. 그러자 남자들이 각자 자기 자리에 가서 서고 여자들이 낟가리 위로 올라가 작업은 시작되었다. 농부 그로비 — 농장의 일꾼들이 부르는 대로 '그' — 는 이들보다 먼저 작업 현장에 도착해 있었다. 그의 지시에 따라 테스는 탈곡기의 발판 위에서 밀단을 기계에 넣어 주는 남자 곁에 섰다. 그녀의 몫은 이즈 휴에트가 바로 옆에 있는 낟가리 위에 서서 밀단을 건네주면 그것을 받아 풀어 내는 일이었다. 남자는 테스가 푼 밀단을 받아 회전하는 탈곡기 드럼 위에 얹었고 그러면 기계가 순식간에 밀알을 탈곡하는 것이었다.

처음 준비 과정에서 한두 번 일이 중단되어 기계를 싫어하는 사람들을 잠시 기쁘게도 하였으나 금세 다시 가동되어 작업을 계속해야 했다. 작업은 탈곡기가 삼십 분간 멈추는 아침 식사 시간까지 계속되었다가 식사가 끝나면서 다시 시작되었다. 농장의 보조 인력은 밀단 곁에 수북히 쌓이기 시작하는 짚을 단으로 묶는 데 투입되었다. 사람들은 작업 위치에 그대로 선 채 급하게 새참을 먹었고, 다시 점심 식사가 가까워질 때까지 두어 시간 일에 전념하였다. 사정없이 돌아가는 바퀴는 멈출 줄을 몰랐으며 귀를 찢는 듯한 탈곡기의 진동 소리는 회전하는 철사통 곁에 서 있는 사람들의 골수까지 전해져 전율을 느끼게 했다.

점점 수북히 쌓여 가는 짚단 위에서 일을 하던 노인들은 나무 바닥을 깐 헛간 마루 위에서 도리깨질을 하여 탈곡을 하던 지난날을 회상했다. 키질까지 전부 손으로 할 때는 일의 진행이 느리기는 했지만 작업의 결과는 훨씬 더 좋았다고 입을 모았다. 낟가리 위에서 일하던 사람들도 조금씩 서로 이야기를 할 시간이 있었다. 그러나 테스를 포함하여 탈곡기 위에서 땀을 흘리며 작업을 하는 사람들은 잡담을 하기 위해 잠시라도 하던 일을 늦출 수가 없었다. 할 일이 끝없이 이어져 그녀는 몹시 힘들었다. 플린트쿰애시에 오지 않았다면 하는 후회스러운 마음까지 들었다. 낟가리 위에서 일을 하는 여자들은 — 특히 마리안을 포함해서 — 하던 일을 멈추고 이따금씩 병에 담아 온 맥주나 냉차를 마시기도 하고, 얼굴에 흘러내린 땀을 닦거나 옷에 묻은 지푸라기와 밀깍지를 떼어 내면서 몇 마디씩 잡담도 했다. 그러나 테스에게는 쉴 여유가 없었다. 탈 곡기의 드럼이 멈추지를 않았기 때문에 드럼 위에 곡물을 얹 어야 하는 사람은 쉴 수가 없었으며, 그녀는 밀단을 풀어 그에 게 일감을 넘겨야 하기 때문에 쉴 수가 없었다. 그로비가 마리 안은 탈곡하는 인부에게 밀단을 건네주기에는 손이 너무 느리 다고 반대를 했지만, 그래도 어쩌다가 마리안이 그녀와 자리를 바꾸어 줄 때에는 삼십 분 정도 일손을 멈출 수가 있었다.

이 특수한 일에 여자를 투입하는 것은 대체로 경제적인 이 유 때문이었다. 그로비가 테스를 택한 동기는 묶어 둔 밀단을 푸는 힘과 민첩성이 있으며, 이와 함께 지구성도 있기 때문이 라고 설명했는데, 그것은 사실이었다. 탈곡기의 윙윙거림은 대 화를 불가능하게 하였으나 기계에 공급되는 밀단이 일정한 양 에 이르지 않으면 노호하는 소음으로 변했다. 테스와 탈곡기에 밀단을 먹이는 남자는 일에 몰두해야 하기 때문에 머리를 곁 으로 돌릴 여유가 없었다. 그래서 그녀는 점심 시간 직전에 한 사나이가 조용히 울타리 문을 통해 들판으로 들어와서는 두 번째 낟가리 아래 서서 탈곡하는 광경, 특히 자신을 계속 지켜 보고 있다는 사실을 알지 못했다. 그는 유행을 따라 모형이 새 겨진 모직 트위드 양복을 입었으며 화사한 색깔의 지팡이를 손에 들고 빙빙 돌리고 있었다.

"저 사람이 누구지?" 이즈 휴에트가 마리안에게 물었다. 사 실 이즈는 같은 질문을 먼저 테스에게 던졌으나 일에 몰두하느라고 테스가 그 말을 듣지 못했다.

"누군가의 애인이겠지." 마리안이 짤막하게 대답했다.

"저 친구 테스를 따라다니는 사람일 거야. 틀림없어. 내기해도 좋아."

"아니야. 요즘 테스를 쫓아다니면서 코를 찡긋거리는 남자는 전도하러 다니는 목사지, 저런 멋쟁이는 아니야."

"음, 같은 사람이야."

"전도사라고? 다르잖아?"

"까만 양복을 벗고 흰 목도리를 떼어 버리고 구레나룻도 밀어 버렸어. 그래도 같은 사람이야."

"정말 그래? 그럼 테스한테 알려 줘야지." 마리안이 말했다.

"그러지 마. 금세 보게 될 텐데 뭘, 안 그래?"

"설교한다고 돌아다니면서 결혼한 여자를 쫓아다니는 건 잘못된 일이야. 비록 남편이 외국에 가 있어 어떤 점에서는 과부나 마찬가지지만 말이야."

"아, 테스한테 해를 주지는 못할 거야." 이즈가 쌀쌀하게 말했다. "걔 마음은 한 구덩이 속에 꼭 박혀 있어, 웅덩이에 빠진 마차를 꺼내는 것보다 더 어려워. 사랑한다고 매달리고 설교하고 일곱 우레*가 뇌성을 쳐도 테스를 꼬시지는 못할 거야. 유혹에 넘어가는 것이 테스에게 유리하다 해도 말야."

점심 시간이 왔다. 탈곡기의 회전이 멈추었다. 테스는 자리를 떴으나 긴 시간 계속된 기계의 움직임 때문에 무릎이 너무 떨려서 제대로 걸음을 옮길 수가 없었다.

---

* 「요한계시록」 10장 3~4절 참조.

"나처럼 이거 한 쿼트만 마셔 둬." 마리안이 권했다. "그럼 얼굴이 그렇게 하얗게 질리지는 않을 거야. 하느님 맙소사! 네 얼굴이 지금 말이 아니게 지쳐 있어!"

마음씨 착한 마리안은 테스가 너무 피곤해 있는데 누가 찾아온 것을 알면 식욕까지 잃을지 모른다고 생각하고는 낟가리 반대쪽에 있는 사다리를 타고 내려와 그를 피하라고 할까 생각했다. 그때 찾아온 신사가 앞으로 걸어와 고개를 들었다.

테스가 "오!" 하고 짧게 외쳤다. 그녀는 잠시 뒤 빠른 말씨로 이렇게 말했다. "나 여기서 점심을 할게, 낟가리 위에서."

때때로 사람들은 점심을 그렇게 먹기도 했다. 일하는 장소가 숙소와 멀리 떨어져 있을 때였다. 그러나 그날은 쌀쌀한 바람이 불고 있어 마리안과 다른 사람들은 낟가리에서 내려와 짚단 아래에 자리를 잡았다.

찾아온 사람은 옷과 모습이 달라지기는 하였으나 얼마 전까지 복음 전도사였던 알렉 더버빌이 틀림없었다. 첫눈에 원래의 속세적 욕정이 되돌아온 것이 분명히 나타났다. 그는 전날의 모습으로 되돌아가 서너 살은 더 나이를 먹고 처음 만났을 때 소위 친척으로 자신을 쫓아다니던 자만하고 무모한 그때의 남자가 되어 있었다. 그냥 있는 곳에 그대로 남아 있기로 마음을 정한 테스는 짚단 사이에 앉아 식사를 시작했다. 땅바닥에 자리를 한 사람들은 그녀가 어디 있는지 볼 수 없었다. 잠시 뒤에 테스는 사닥다리를 타고 올라오는 발소리를 들었다. 금세 알렉이 타원형으로 평평하게 된 낟가리 위로 올라왔다. 알렉은 그녀의 맞은편에 말없이 앉았다.

테스는 간소한 점심을 계속해서 먹었다. 집에서 가져온 두툼

한 팬케익 한 조각이었다. 다른 일꾼들은 모두 풀어진 밀짚을 편안하게 깔고 앉은 채 난가리 아래 모여 있었다.

"다시 왔어요, 보다시피." 더버빌이 말했다.

"왜 이렇게 날 못살게 굴어요?" 그녀가 외쳤다. 질책의 빛이 손가락 끝까지 번쩍였다.

"내가 못살게 군다고? 그건 내가 하고 싶은 소린데, 왜 날 못살게 괴롭히는 거요?"

"난 거길 조금도 못살게 군 일이 없어요!"

"아니라는 건가요? 괴롭히고 있어요! 테스는 날 그냥 두지 않아요. 조금 전에 비난하는 빛을 띠고 나를 보던 그 눈이 전과 같이 밤에도 낮에도 날 따라다녀요. 테스, 우리의 아이 이야기를 들은 이후로 내 속에서 흐르던 강렬한 청교도적 감정의 물살이 갑자기 당신 쪽으로 방향을 바꾸어서 콸콸 쏟아지기 시작했어요. 신앙의 물살은 말라 버리고요. 이게 모두 테스가 한 짓이에요."

그녀가 말없이 그를 쳐다보았다.

"뭐라고요? 설교를 완전히 포기한 거예요?"

그녀는 에인절로부터 순간적인 열광을 경멸하도록 현대 사상에 대한 불신을 충분히 들은 바 있었다. 그러나 여자의 입장에서는 그의 이야기가 적잖게 소름이 끼칠 만큼 섬뜩하게 들렸다.

더버빌은 짐짓 심각한 표정으로 말을 계속했다.

"완전히요. 캐스터브리지 장날 주정뱅이들한테 연설을 하기로 되었던 그날 오후부터 약속이란 약속은 모두 깨 버렸어요. 형제들이 날 뭐라고 할지 모르겠어요. 아하! 형제들! 그들은 날 위해 기도를 하겠지요. 날 위해 눈물을 흘릴 거예요. 그들은 나름대로 친절한 사람들이니까요. 하지만 그렇다고 어쩌라는 건가? 내가 이미 믿음을 잃었는데 어떻게 그 일을 계속할 수 있겠어요? 그렇다면 그건 가장 비열한 위선일 뿐이지요. 그들과 함께 있는 것은 하느님을 욕하지 않기 위해 사탄에게 인계된 후메내오와 알렉산더 꼴이 되겠지요.* 테스는 굉장한 복수를 했어요! 난 테스가 순진한 것을 보았고 그래서 테스를 속였어요. 사 년 뒤 테스는 열렬한 기독교 신자가 된 나를 만났어요. 그래서 나를 완전한 지옥으로 보낼 수 있는 길을 택했어요. 그러나 테스, 전에 부르던 대로는 내 친척, 이건 오직 내 입장에서 지껄이는 소리니까 그렇게 무섭게 놀랄 필요는 없어요. 물론 테스가 잘못한 건 아무것도 없지. 테스는 예쁜 얼굴과 날씬한 몸매를 지녔을 뿐이니까. 테스가 날 보기 전에 내가 먼저 낟가리 위에 있는 당신을 봤지. 그 꼭 끼는 앞치마가 어쩌나 매력적인지. 그리고 그 날개 달린 모자는 들에서 일하는 여자들은 위험을 멀리 하려면 쓰지 말아야 돼요." 그는 몇 분 동안 그녀를 말없이 바라보았다. 짧게 냉소적인 웃음을 띠더니 다시 말을 계속했다. "만약 독신자 사도**께서 이렇게 예쁜 얼굴 때문에 유혹을 받았다면, 그분의 대리인이라고 생각했던 내가 선택하는 것처럼, 그 예쁜 여자를 위해 그분도 손에 들고 있던 쟁기를 버렸을 거라고 믿어요."***

테스가 그의 말에 항의를 하려 하였다. 그러나 바로 그 순간

---

* 「디모데 전서」 1장 19 20절 참조.
** 사도 바울.
*** 「누가복음」 9장 62절 참조.

그녀는 갑자기 말이 어눌해지는 것을 느꼈다. 더버빌은 테스의 눈치를 보지 않고 이렇게 부연했다.

"그래요. 테스가 제공하는 이런 천국도 결국은 다른 천국만큼 훌륭하지요. 그러나 심각한 이야기인데, 테스." 더버빌이 앉았던 자리에서 일어나 테스에게 가까이 왔다. 그는 밀단 사이에서 옆으로 비스듬이 누워서는 팔꿈치에 몸을 기대었다. "지난번 만난 이후 그가 했다는 이야기들을 많이 생각해 봤어요. 나는 이 진부하고 낡은 교리에 상식이 빠져 있다는 결론을 내렸어요. 내가 어쩌다가 가엾은 클레어 신부의 열성 때문에 몸이 달아올랐는지, 심지어 그의 가르침을 넘어서 미친 듯이 전도를 하고 다녔는지, 도무지 이해할 수가 없어요. 훌륭한 남편의 지적 힘을 빌려 소위 말하는 교회의 가르침이 배제된 윤리적 체계에 대해서 지난번 테스가 말한 것을 — 테스는 아직 남편의 이름을 나에게 말해 주지 않았지만 — 난 그 사실을 전혀 받아들일 수가 없어요."

"왜요? 교회의 가르침을 받아들일 수 없다면, 사랑과 친절과 순수함이 전제된 종교는 받아들일 수 있겠지요."

"오, 아니지요! 난 그런 것과는 상관없는 인간이에요. '이렇게 하세요. 그것은 당신이 죽은 후에 좋은 것이니까. 저렇게 하세요. 그것은 당신에게 좋지 않은 거니까요.'라는 말을 아무도 해 주지 않는다면 나는 열을 올릴 수 없어요. 제기랄, 책임을 질 사람이 없다면 나도 내 행동과 열정에 대해 책임질 마음이 없어요. 나 같으면, 테스, 그러지 않겠어요!"

그가 신학과 도덕이라는 서로 다른 명제를 그의 둔한 머릿속에서 혼동하고 있으며, 두 가지는 원시시대에서부터 아주 별

개의 것이라고 그녀는 말해 주고 설득하려 하였다. 그러나 그 문제에 대하여 에인절 클레어가 아무 말도 하지 않았으며, 자신이 교육을 받지 않은 절대적인 현실과, 또 이성보다 감성으로 가득한 자신의 마음을 생각하고, 그녀는 자신의 주장을 강하게 펴지 않았다.

"됐어요. 신경 쓰지 말아요." 그가 말을 이었다. "옛날처럼 내가 여기 왔잖아요."

"그때처럼이 아니에요. 그때처럼 될 수 없어요. 이제는 상황이 달라요!" 그녀가 간청하는 목소리로 말했다. "난 한 번도 당신에게 따스한 정을 품은 적이 없어요! 신앙을 잃어버린다는 것이 나에게 이런 식으로 말하는 것이라면 차라리 그 신앙을 지키지 그랬어요!"

"그건 테스가 그 신앙을 부셔 버렸기 때문이지요. 그러니 잘못은 테스의 착한 머리에 있어요. 테스의 남편은 그의 가르침이 자신에게로 되돌아오리라고 생각하지 못했겠지! 하하! 어쨌든 테스가 날 배교자로 만들었고 그 점에 대해 난 대단히 고마워요. 나는 그 어느 때보다 테스를 좋아하고 있어요. 또 당신을 동정해요. 테스가 폐쇄적인 태도를 지키고 있어도 말이지요. 난 당신이 지금 어려운 처지에 있는 것도, 당신을 보호하고 사랑해야 할 사람한테서 버림받았기 때문이라는 것도 알 수 있어요."

그녀는 음식을 목구멍으로 넘길 수가 없었다. 입술이 마르고 목이 금세라도 막힐 것 같았다. 낟가리 아래에서 음식을 먹고 술을 마시는 일꾼들의 말소리와 웃음소리가 400~500미터는 떨어진 거리에서 들려오는 것 같았다.

"잔인한 짓이에요!" 그녀가 말했다. "나를 조금이라도 아낀다면 어떻게 나한테 그런 말을 할 수 있어요?"

"맞아요, 맞아요." 그가 약간 움찔하며 말했다. "테스, 그런 짓을 저지른 것이 테스 탓이라고 테스를 비난하고, 이런 식으로 테스가 일을 해서는 안 된다는 말을 하러 온 건 아니에요. 난 당신을 위해서 일부러 온 거예요. 테스는 남편이 있으며 그 사람은 내가 아니라고 말을 해요. 좋아요, 남편이 있을 수도 있지요. 그러나 나는 그 사람을 보지 못했고, 테스는 그 사람의 이름조차 나에게 말하지 않았어요. 이래저래 그 사람은 신화에 나오는 존재 같기만 할 뿐이에요. 어쨌든 테스에게 남편이 있더라도 그 사람보다는 내가 당신에게 더 가까이 있어요. 나는 적어도 지금 어려운 처지에 있는 테스를 도우려고 하는데 그 사람은 그러지 않아요. 보이지 않는 그의 얼굴에 축복을 내리소서! 내가 자주 읽었던 근엄한 예언자 호세아의 말씀이 생각나네요. 테스도 그 구절을 알고 있나요? '저가 그 연애하는 자를 따라 갈지라도 미치지 못하며 저희를 찾아갈지라도 만나지 못할 것이라. 그제야 저가 이르기를 내가 본 남편에게로 돌아가리니 그때의 내 형편이 지금보다 나았음이라 하리라.'* 테스, 내 이륜마차가 언덕 아래 기다리고 있어요. 내 사랑하는 아내, 당신은 그의 아내가 아니오! 그다음은 당신이 다 알고 있을 테지요."

그가 말을 하는 동안 그녀의 얼굴이 흐릿하게 심홍색 불꽃으로 타올랐다. 그러나 그녀는 아무 대답도 하지 않았다.

---

* 「호세아」 2장 7절.

"테스는 내가 배교를 하게 된 원인이 되었어요." 팔을 그녀의 허리 쪽으로 뻗으면서 그가 말을 계속했다. "그 책임을 나와 함께 나누어야 돼요. 그리고 당신이 남편이라고 부르는 그 노새 같은 인간을 아주 떠나 버려요."

탈지유(脫脂乳) 케이크*를 먹기 위해 벗어 놓은 장갑 한짝이 그녀의 무릎 위에 놓여 있었다. 그녀는 아무런 예고도 없이 긴 장갑의 손목 부분으로 그의 얼굴을 세차게 내려쳤다. 그것은 검투사의 장갑처럼 무겁고 두터웠으며, 그녀는 그것으로 그의 입을 정면으로 후려친 것이다. 호사가들은 그러한 테스의 행동을 갑옷 입은 조상들의 낯설지 않은 수법의 반복이라고 생각할 것이다. 알렉이 비스듬히 누워 있던 자세에서 무섭게 벌떡 일어났다. 테스가 일격을 가한 곳에서 주홍색 피가 새어 나왔다. 순식간에 피는 입에서 밀단 위로 방울방울 떨어지기 시작했다. 그러나 알렉은 금세 자신의 화를 누르고 침착하게 주머니에서 손수건을 꺼내어 피가 흐르는 입술을 닦았다.

테스도 벌떡 일어났으나 다시 자리에 앉았다.

"자, 날 때리세요!" 목을 비틀기 전에 절망적인 반항으로 참새가 사냥꾼을 쳐다보는 눈으로 테스는 더버빌을 보면서 말했다. "매질을 해요. 밟아 버려요. 낟가리 아래 있는 사람들에 신경 쓸 필요가 없어요! 소리 지르지 않을 거예요. 한번 당하면 항상 당하는 것 — 그게 법이니까요!"

"아, 아니요, 아니요, 테스." 그가 부드러운 목소리로 말했다. "날 때린 건 충분히 그럴 만한 이유가 있어요. 그러나 테스는

---

* 밀가루 반죽을 생크림을 걷어 낸 우유에 버무려 만든 케이크.

매우 부당하게 한 가지 사실을 잊고 있어요. 나에게서 그럴 힘을 빼앗아 가지 않았더라면 난 테스와 결혼을 했을 거요. 내 아내가 되어 달라고 분명히 말했는데, 그러지 않았나요? 대답해 봐요."

"그랬어요."

"그랬는데도 테스는 이제 그럴 입장이 아니네요. 그렇지만 이것 한 가지는 꼭 기억해 줘요!" 그녀에게 결혼을 해 달라고 청혼을 했을 때 자신의 진실했던 마음과 지금 그녀의 감사할 줄 모르는 태도를 생각하면서 그는 화가 났다. 그의 목소리가 거칠어졌다. 그가 테스에게로 다가가 그녀의 어깨에 손을 얹었다. 그녀는 그의 짓누르는 힘 아래서 몸을 떨었다. "부인, 기억해 줘요. 나는 한때 당신의 주인이었다는 점을! 나는 다시 당신의 주인이 되리라는 것을 기억해 줘요. 당신이 어느 남자의 아내라면 바로 내가 그 사람이요!"

아래쪽에서 일꾼들이 움직이는 소리가 들렸다.

"이제 우리 싸움은 그만둡시다." 그가 그녀를 놓아주면서 말했다. "자, 이제 가겠어요. 그리고 오후에 다시 와서 그때 당신의 대답을 듣지. 당신은 아직도 날 잘 몰라요! 그러나 난 당신을 잘 알지."

그녀는 넋빠진 사람처럼 아무 말도 하지 않고 조용히 있었다. 더버빌은 밀단 위를 되돌아가서 사다리를 내려갔다. 일꾼들이 자리에서 일어나 팔을 뻗으며 맥주 기운을 털었다. 탈곡기가 다시 작동을 시작했다. 사람들이 또다시 밀단을 부시럭거리며 작업 준비를 시작하는 동안 테스는 밀단을 한 단씩 풀면서 꿈꾸는 사람처럼 윙윙거리는 탈곡기의 드럼 곁에 자리를 잡았다.

48장

　오후에 농부 그로비가 그날 밤으로 낟가리 작업을 다 끝내
야 한다고 말했다. 그날 밤에는 달이 뜨기 때문에 일을 계속할
수 있는 데다 탈곡기 기사가 다음 날 다른 농장으로 가기로
약속이 되어 있기 때문이라고 했다. 그 순간부터 간헐적인 휴
식의 횟수가 보통 때보다 줄어든 채 퉁퉁거리는 소리, 윙윙거
리는 소리, 바스락거리는 소리가 계속되었다.

　테스는 새참 시간인 3시가 되어서야 잠시 눈을 들어 주변을
돌아볼 수 있었다. 더버빌이 돌아와 출입문 곁에 있는 울타리
아래에 서 있는 것을 보고도 그녀는 별로 놀라지 않았다. 그
는 테스가 시선을 드는 것을 보고 그녀에게 키스를 날리며 점
잖게 손을 흔들었다. 그것은 두 사람 사이의 싸움이 끝난 것을
의미했다. 테스는 그가 있는 쪽으로 눈길을 돌리는 것을 조심
스럽게 피하며 다시 고개를 숙였다.

　지루한 오후는 이렇게 지나갔다. 밀 낟가리의 높이가 점점

낮아지고 빈 짚단이 차츰 높게 쌓여 올라갔다. 탈곡된 밀은 자루에 담겨 마차에 실려 갔다. 6시가 되었을 때 밀 낟가리는 어깨 높이까지 내려왔다. 남자 일꾼과 테스의 손으로 탐욕스러운 탈곡기 입 안으로 던져진 밀단의 수는 엄청났지만 아직 탈곡되지 않은 밀단도 셀 수 없을 만큼 많이 남아 있었다. 그러면서도 아침에는 아무것도 없던 곳에 짚단이 수북히 쌓여 윙윙거리는 붉은색 대식가의 배설물이 쌓인 것처럼 보였다. 서쪽으로부터 분노에 찬 햇살이 — 사나운 3월이 석양에 쏟아 낼 수 있는 전부가 — 하루 종일 흐렸던 하늘에서 터져나와 일꾼들의 지치고 끈끈한 얼굴을 적시고 구릿빛으로 물들였으며, 힘없는 불꽃처럼 달라붙은 여자들의 펄럭거리는 옷까지도 적갈색으로 만들었다.

숨 가쁜 고통이 낟가리 주변을 지나갔다. 밀단을 탈곡기에 넣는 남자의 얼굴이 지쳐 있었다. 테스는 빨개진 그의 목덜미에 덕지덕지 붙어 있는 먼지와 겨를 보았다. 그녀는 계속 자기자리를 지켰다. 그녀의 얼굴은 상기되고 땀에 젖은 채 밀 먼지로 뒤범벅이 되어 있었으며, 그녀가 쓰고 있는 모자도 내려앉은 먼지 때문에 갈색으로 변해 있었다. 여자들 중에서 탈곡기 위에서 작업을 하는 사람은 그녀뿐이었다. 그녀는 기계의 회전이 온몸을 심하게 흔드는 것을 느꼈다. 낟가리의 높이가 낮아지면서 그녀는 이즈와 마리안과 멀어졌고 아침에 하던 것처럼 작업 위치를 바꿀 수도 없었다. 끊임없는 진동 때문에 몸의 섬유질 하나하나가 흔들려 생각이 마비된 채 팔이 의식과 무관하게 움직였다. 그녀는 자신이 어디에 서 있는지조차도 느끼지 못했으며, 머리칼이 흘러내리고 있다고 아래쪽에서 이즈 휴에트가 소리를 질렀으나 그 소리도 듣지 못했다.

일꾼들 중에서도 가장 싱싱하게 기운이 남아 있던 사람도 점점 핼쑥해지고 눈이 퀭하게 들어갔다. 테스는 머리를 쳐들 때마다 잿빛 북쪽 하늘을 배경으로 커다랗게 솟아오른 짚단과 그 위에 서 있는 셔츠 바람의 남자들을 보았다. 짚단 앞에 야곱의 사다리* 같은 붉은색의 긴 양곡기가 뻗어 있고, 그 위에 탈곡된 짚단이 끊임없이 강물처럼 밀려 올라가서는 언덕 위로 노란 강이 역류해 가다가 낟가리 꼭대기에서 물살을 쏟아 내는 것 같은 풍경을 펼쳤다.

그녀는 더버빌이 아직도 그곳 어딘가에서 자신을 보고 있다는 것을 알았다. 그러나 정확히 어디선지는 알 수 없었다. 그가 아직 돌아가지 않고 그냥 남아 있는 데에는 그럴 만한 구실이 있었다. 탈곡 작업이 마지막 밀단에 이르면 쥐잡기 놀이가 시작되고 때로는 탈곡과 관계없는 사람들이 —— 사냥개를 끌고 우스꽝스럽게 생긴 관악기를 들고 나오는 사람과 막대기와 돌을 든 왈패와 별별 종류의 스포츠맨 —— 그 놀이에 어울리기 때문이었다.

그러나 들쥐가 서식하는 낟가리 바닥까지 내려가려면 아직 한 시간은 더 있어야 했다. 애봇스서널 옆에 있는 자이언스힐 쪽으로 펼쳐진 저녁 빛이 사라지면서 반대쪽 미들턴애비와 숏스포드 방향으로 난 지평선에서 계절 특유의 하얀 달이 떠올랐다. 마리안은 한두 시간째 가까이 가서 말을 걸 수 없는 테스를 걱정하고 있었다. 다른 여자들은 모두 맥주를 마셔 기운

---

* 「창세기」 28장 10절 참조.

을 내고 있는데, 집에서 술 마시는 사람의 결과가 어떤지를 어렸을 때 지켜본 습관성 공포심을 품고 있는 테스는 맥주를 한 방울도 마시지 않았다. 테스는 쉬지 않고 일을 계속했다. 맡은 일을 제대로 하지 못하면 농장을 떠나야 했기 때문이었다. 한두 달 전만 해도 그런 일이 있으면 그녀는 냉정하게 대처하거나 오히려 잘된 일이라고 생각했을 것이지만 더버빌이 그녀 주변을 맴돌기 시작한 이후부터는 직장을 잃는 일이 무섭게 압박해 왔다.

밀단을 던져 주는 일꾼들과 받은 밀단을 탈곡기에 넣는 사람들의 작업이 많이 진행되어 이제 땅바닥에서 일을 하는 사람들이 낟가리 위에서 일하는 사람들에게 이야기를 할 수 있을 만큼 높이가 낮아졌다. 농부 그로비가 탈곡기로 와서 테스에게 혹시 친구에게로 가고 싶으면 대신 다른 사람을 그 자리에 배치하겠으니 하던 일을 계속하지 않아도 된다고 말을 해서 그녀는 다소 놀랐다. 하지만 '그 친구'가 더버빌인 것을 그녀는 금세 알아차렸다. 그러한 배려도 그 친구, 아니 그 원수가 요구해서 마련된 것임을 그녀는 알았다. 그녀는 머리를 흔들고는 하던 일을 계속했다.

드디어 쥐 잡는 시간이 와서 쥐 사냥이 시작되었다. 낟가리가 밑바닥까지 내려가자 들쥐들이 아래로 기어 내려와 바닥으로 모여들었다. 마지막 피신처에서 위치가 노출되자 쥐들은 사방으로 도망가기 시작했다. 그 와중에 이제 반은 술에 취해 있던 마리안이 쥐 한 마리가 그녀 몸 안으로 기어들어 왔다고 옆에 있는 동료에게 알리면서 비명을 질러 댔다. 다른 여자들은 스커트를 걷어 올리거나 다리를 추켜올리며 그러한 공포에 대비했다. 마리안의 몸으로 들어간 쥐가 드디어 제거되었다. 개들이 짖어 대고, 남자들이 소리를 지르고, 여자들이 비명을 지르고, 욕설이 터지고, 발을 동동 구르는 지옥의 아비규환 같은 혼돈 속에서 테스는 마지막 밀단을 풀었다. 드럼의 회전이 수그러들고 드디어 기계의 윙윙거리는 소리가 멈추자 테스는 탈곡기에서 땅으로 내려왔다.

쥐잡기 놀이만 구경하고 있던 그녀의 구애자가 재빨리 그녀 곁으로 다가왔다.

"아니, 결국 그런 모욕적 따귀를 맞고도!" 그녀가 낮은 소리로 말했다. 그녀는 너무 지쳐 있어 크게 말할 힘도 없었다.

"테스가 한 말이나 행동 때문에 화가 난다면 그건 날 바보로 만드는 짓이지." 그가 트란트리지 시절의 유혹적인 목소리로 말했다. "그 작은 손발이 떨리고 있네! 피 빠진 송아지만큼 약해져 있어. 그런 줄을 테스도 알고 있겠지요. 내가 여기 온 이후로 테스는 아무 일도 하지 않아도 되는데 왜 그렇게 고집이 세지? 농장 주인에게 여자를 증기 탈곡 작업에 투입시킬 권한이 없다고 말해 두었지. 그건 여자들이 할 일이 아니니까. 조건이 좋은 농장에서는 그런 일이 모두 금지된 사실을 그 농부도 알고 있어요. 집까지 함께 걸어갑시다."

"그래요." 그녀가 힘없는 걸음을 내디디며 말했다. "원하면 같이 걸어요! 내 사정을 모르고 나와 결혼을 하겠다고 찾아온 사람이라는 것을 유념할게요. 아마도, 아마도 당신은 내가 알고 있는 것보다 더 나은 사람이고 더 친절한 사람일지도 몰라요. 친절이 무엇을 의미했는지는 모르지만 난 그 점에 대해서는 감사하고 있어요. 다른 뜻은 무엇을 의미했는지 모르겠으나 그 점에 대해서는 분노를 느끼고요. 어떨 때는 당신이 뜻하는 바를 이해할 수 없어요."

"우리의 전날의 관계를 합법화할 수 없다면 적어도 도움은 줄 수 있지 않을까 싶어요. 그전에 행동했던 것보다는 테스의 감정에 대해 보다 더 큰 존경심을 갖추어서 말이에요. 나의 종교적 광신은, 아니 그게 무엇이든지 간에, 이제 사라졌어요. 난 아직 좋은 면을 조금은 지니고 있어요. 그렇다고 믿고 싶어요. 테스, 이제 남자와 여자 사이에 존재하는 부드럽고 강한 모든 것을 걸고 날 믿어 줘요! 나에게는 테스를 근심으로부터 해방시킬 능력이 있어요. 그런 능력 이상이 있지요. 테스 자신과 부모님과 동생들을 위해서 말이에요. 테스가 나를 믿어만 준다면 난 모두를 편안하게 살도록 할 수 있어요."

"최근에 우리 가족들을 만났어요?" 그녀가 재빨리 물었다.

"그래요. 그 사람들은 테스가 어디 있는지 모르더군요. 내가 테스를 여기서 보게 된 것은 정말 우연이었어요."

테스가 임시 거처로 쓰고 있는 농가 앞에서 걸음을 멈추자 차가운 달이 정원 울타리의 나뭇가지 사이를 뚫고 그녀의 지친 얼굴을 비스듬히 비추었다. 더버빌이 그녀 곁에서 걸음을 멈추었다.

"내 어린 남동생, 여동생들 이야기를 하지 마세요. 내가 여기서 무너지도록 하지 말아요!" 그녀가 말했다. "걔들을 도와주고 싶다면, 도움이 엄청나게 필요할 테니 나에게 알리지 말고 그렇게 해요. 아니, 아니에요!" 그녀가 외쳤다. "난 당신에게서 아무것도 필요 없어요. 걔들을 위해서나 나를 위해서 아무것도 필요 없어요!"

그는 테스를 더 이상 따라가지 않았다. 그녀가 여러 사람들이 있는 집에서 함께 살고 집 안에서 생활은 모두 공개적인 것이었기 때문이었다. 집 안으로 들어가 세수통에서 몸을 씻고 그 집 가족들과 저녁 식사를 한 뒤 테스는 깊은 생각에 빠졌다. 그리고 벽 아래 있는 테이블로 가서 작은 램프 아래서 열정적인 감정에 젖은 채 편지를 쓰기 시작했다.

단 하나뿐인 나의 남편께. 이렇게 부르게 해 주세요. 이런 가치 없는 아내를 생각하면 화가 난다 해도 난 그렇게 부르지 않을 수 없어요. 어려운 처지 속에서 난 자기에게 호소하지 않을 수 없어요. 나에게는 자기 말고는 아무도 없어요. 에인절, 난 지금 유혹에 너무 노출되어 있어요. 그것이 누구인지를 말하기가 두렵고 또 그 일에 대해서는 전혀 쓰고 싶지도 않아요. 그러나 나는 자기가 생각할 수 없을 정도로 자기에게 의지하고 있어요. 무서운 일이 일어나기 전에 지금 나에게로 즉시 올 수 없나요? 아, 자기가 그럴 수 없다는 걸 알아요. 자기는 지금 너무 멀리 있으니까요! 자기가 즉시 오지 않으면, 아니면 자기에게로 오라고 하지 않으면, 난 죽어야 할 것 같아요. 자기가 나에게 내린 벌은 받아 마땅해요. 그걸 잘 알고 있어요. 아주 마땅한걸요. 나에게 화가 난 것은 옳고 지당했어요. 그러나 에인절, 제발, 제발 지당한 것만 주장하지 마세요. 내가 그럴 자격이 없더라도 나에게 조금은 친절하고, 그리고 돌아와 주세요! 와 주기만 한다면 난 자기 팔에 안겨서 죽을 수 있어요! 자기가 날 용서만 해 준다면 난 그렇게 죽어도 좋아요!

에인절, 난 전적으로 자기만을 위해서 살아요. 나를 두고 갔다고 자기를 비난하기에는 나는 자기를 너무 사랑해요. 농장을 찾아야 하는 일이 필요한 것도 알아요. 아픈 말이나 쓰라린 말을 할 거라고는 생각지 마세요. 그냥 나에게 돌아오기만 하세요. 사랑하는 자기, 자기 없는 생활이 너무나 고독해요. 아, 너무나 고독해요! 내가 막노동을 해야 하는 것은 괜찮아요. 자기가 편지 한 줄만 쓰고 '곧 돌아가요.'라고만 한다면, 에인절, 난 기다릴 수 있어요. 아, 너무나 기쁜 마음으로요!

우리가 결혼한 이후 생각과 모습 하나하나에서도 자기에게 충실해야 하는 것이 나의 종교였어요. 내가 미처 깨닫기 전에 누가 나에게 예쁘다는 칭찬만 해도 그것이 당신에게 나쁜 것이라고 생각되었어요. 우리가 낙농장에서 함께 있을 때 자기가 느꼈던 감정을 조금이라도 다시 느낄 수 없나요? 느낄 수 있다면 어떻게 나와 떨어져 있을 수가 있어요? 에인절, 난 자기가 사랑하던 그 여자예요. 그래요, 바로 그 여자예요! 자기가 싫어하고 또 미처 볼 수 없었던 여자가 아니에요. 내가 자기를 만났을 때 과거는 무엇이었죠? 그것은 완전히 죽은 것이었어요. 나는 다른 사람이 되어 자기로부터 받은 새로운 인생으로 가득해졌어요. 내가 어떻게 그전의 여자로 계속 살 수 있어요? 왜 이런 점을 보지 못해요? 사랑하는 에인절, 만약 자기가 좀 더 자만심에 차서 자신에 대한 믿음이 있었다면, 그래서 나에게서 이러한 변화를 일어나게 할 만큼 강한 사람이라는 점을 알 정도라면, 자기는 나에게 올 마음이 일었을 거예요. 자기의 가엾은 아내에게로요.

행복에 젖어 자기가 언제나 날 사랑할 것이라고, 그것을 믿었던 내가 너무 어리석었나 봐요! 그런 행복은 나 같은 불쌍한 사람을 위해 있는 것이 아님을 알았어야 했어요. 나는 지난날 때문만이 아니라 현재 때문에도 마음이 무척 아파요. 생각해 보세요. 자기를 보지 못하는 것이, 아주 보지 못하는 것이, 날 얼마나 아프게 하는지 생각해·보세요! 아, 내 가슴이 이렇게 하루도 빠짐없이 온종일 아픈데 자기의 소중한 가슴을 하루 중에서 단 일 분만이라도 아프게 할 수 있다면, 자기의 이 외로운 아내에게 연민의 마음을 보여 줄 수 있게 할 텐데.

사람들은 아직 내가 예쁘다고 말해요, 에인절.(잘생겼다고 말을 해요, 사실대로 적는다면요.) 그들이 말하는 대로일지도 모르겠어요. 그러나 나는 내 예쁜 얼굴을 대단하게 생각하지 않아요. 내가 잘생긴 얼굴을 갖고 싶은 이유는 그 얼굴이 자기의, 사랑하는 자기의 것이며, 그것만이라도 자기가 가질 만한 가치가 있는 것이기 때문이에요. 난 이 점을 너무나 믿기 때문에 내 용모로 인해 불쾌한 일이 일어났을 때 붕대로 얼굴을 감싸서 사람들이 정말 내 얼굴에 문제가 있는 것처럼 믿도록 한 적이 있어요. 에인절, 내가 이런 이야기를 하는 것은 허영심 때문이 아니라는 것을 자기가 분명히 알겠지요. 오직 자기가 나에게 돌아오기를 바라는 마음에서 하는 말이에요!

만약 자기가 나에게로 올 수 없다면 내가 자기에게 가게 해 주세요! 나는 걱정이에요. 내가 하지 않을 짓을 하도록 강요당하고 있으니까요. 그런 일에서 한치라도 밀리지 않겠지만 무슨 사고가 일어날지 무서워요. 나는 내 최초의 실수 때문에 무방비 상태에 노출되어 있어요. 이 문제에 대해 더 말할 수도 없고 마음만 너무 비참해요. 만약 내가 무너져 어떤 무서운 함정에 빠진다면 그 마지막 상황은 처음보다 더 끔찍할 거예요. 아, 하느님, 난 그런 것을 생각조차 할 수 없어요. 당장 자기에게 가도록 허락해 주세요. 아니면 지금이라도 자기가 나에게 오세요!

만약 자기의 아내로 살 수 없다면 자기의 하녀로 살면서 자기와 가까운 곳에 있고, 자기를 바라볼 수 있고, 자기를 내 사람으로 생각할 수만 있다면, 나는 그것으로 만족할 거예요. 아니, 그래도 기쁠 거예요.

자기가 여기 없기 때문에 대낮의 햇빛이 나에게 보여 줄 수 있는 것이 아무것도 없어요. 나는 들판의 까마귀와 찌르레기를 보고 싶지 않아요. 나와 함께 보던 자기가 곁에 없어 너무 마음이 아프고 또 아프기 때문이에요. 하늘에서나 지상에서나 지하에서 내가 오직 바라는 것은 자기를, 사랑하는 자기를 만나는 것이에요. 나에게로 오세요. 나에게로 와서 나를 위협하는 모든 것으로부터 나를 구해 주세요! 자기의 가슴 아픈 충실한 테스.

49장

　애절한 호소문은 지체 없이 서쪽에 있는 조용한 사제관의 아침 식사 자리로 배달되었다. 사제관이 있는 그 계곡에서는 공기가 아주 온화하고 토양이 비옥하여 플린트쿰애시의 경작에 비하면 농작물의 성장이 농부의 도움을 섬세하게 필요로 하지 않았으며, 테스에게는 그곳에서의 인간 사회가 너무나 다르게(실제로는 같은 것이었지만) 보였다. 모든 서신을 아버지를 통해서 보내라는 에인절의 지시는 전적으로 안전을 위해서였으며, 자신의 장래를 개척하기 위해 무거운 마음으로 떠나온 나라에서 에인절이 주소가 바뀔 때마다 아버지에게 새 주소를 거의 빠짐없이 알렸기 때문이었다.

　"이제" 하고 연로한 클레어 신부가 봉투에 적힌 주소를 읽고 아내에게 말했다. "에인절이 다음 달 말에 리오를 떠나 집을 찾아올 예정이라면, 그러길 바란다고 말했던 대로 말이오, 이 편지가 그 아이의 계획을 서두르게 하겠소. 이건 그 아이의 처로부터 온 것 같으니 말이오." 그는 며느리 생각이 떠오르자 깊은 한숨을 내쉬었다. 주소를 새로 바꿔 쓴 편지는 즉시 에인절에게로 발송되었다.

"그 아이가 안전하게 집으로 돌아왔으면 좋겠어요." 클레어 부인이 낮은 소리로 말했다. "죽는 날까지 그 아이가 제 대접을 받지 못했다는 생각을 떨쳐 버리지 못할 거예요. 신앙이 약했더라도 그냥 케임브리지로 진학시켜 형들이 받은 것과 똑같은 교육의 기회를 줄 걸 그랬어요. 올바른 영향만 받았으면 회의론을 떨쳐 버리고 결국 서품을 받았을 거예요. 교회의 길이든 아니든 간에 그게 그 아이에게는 공정한 대접이었을 거예요."

자식들의 문제에 관해서 클레어 부인이 남편의 마음의 평정을 흔들면서 울먹인 것은 이번이 처음이었다. 그녀는 이런 말을 전에는 꺼낸 일이 별로 없었다. 그녀는 신심이 깊은 만큼 생각도 깊은 사람이었으며, 남편도 에인절의 교육에 대하여 자신이 정당했는가 하는 문제로 마음이 편치 않다는 것을 알았던 것이다. 남편이 밤에 자리에 들어서도 자지 못하고 에인절 때문에 솟아나는 한숨을 기도로 억누르는 것을 자주 들었기 때문이다. 그러나 지금도 타협을 모르는 복음주의자는 다른 자식들에게 주었던 똑같은 학문적 이점을 회의론자 아들에게 주는 것이 정당화될 수 없다고 믿었다. 그가 일생의 사명이며 소망으로 삼고, 신부로 서품된 두 아들의 사명이기도 한 교리의 전파를 비방하는 데 바로 그 학문적 이점이 이용될 가능성이(설사 개연성은 없을지라도) 있었기 때문이었다. 한 손으로 신앙이 두터운 아들들 발아래 영광의 대좌(臺座)를 놓아 주고 또 다른 손으로 신앙이 없는 아들을 똑같은 인위적인 수단으로 찬양하는 것은 자신의 종교적 신앙과 사회적 위치와 또 인간적 희망에 맞지 않는 짓이라고 그는 생각했다. 그러면서도 그는 이름을 잘못 지어 준 에인절*을 사랑했으며, 아브라함이 죽음을 앞둔 이삭과 함께 산을 오르면서 아들의 운명을 슬퍼했던 것처럼** 마음속으로는 자신의 아들에 대한 홀대를 가슴 아파했다. 그의 말 못하는 내면의 회한은 아내가 입 밖으로 쏟아 낸 불평보다 더 가슴이 쓰라리고 아픈 것이었다.

두 사람은 아들의 불행한 결혼이 자신들의 잘못이라고 생각했다. 만약 에인절이 농부의 삶으로 운명 지어지지 않았으면 그가 농사꾼 여자들과도 어울리지 않았을 것이기 때문이다. 그들은 무엇이 아들과 그의 아내를 떼어 놓게 했으며, 정확히 언제 그런 결별이 일어났는지 분명히 알지 못했다. 처음에는 그것이 아들 내외 사이에서 일어난 상대에 대한 심각한 혐오감과 관계 있다고 생각했다. 그러나 최근에 보내온 편지에서 그가 가끔 아내를 데리러 귀국하겠다는 뜻을 내비쳤기 때문에, 그들은 두 사람의 별거가 절망적으로 영구한 것은 아니라는 희망으로 해석했다. 아들은 아내가 친척들과 함께 있다고 했으나 그 말이 의심스러웠어도 부모 입장에서 관계를 달리 개선시킬 수도 없는 상황이어서 참견은 하지 않기로 결정을 내렸던 것이다.

---

* 하늘나라의 천사라는 뜻을 지닌 에인절이 기독교에 적대적인 삶을 살아가는 데 대한 암시.
** 아브라함이 아들 이삭을 하느님에게 제물로 바치는 이야기. 「창세기」 22장 1~14절 참조.

테스가 쓴 편지의 수신인으로 된 사람의 눈은 바로 그 순간에 남아메리카 대륙의 오지에서 해안으로 그를 태워 가고 있는 노새의 등에 앉아 끝없이 광활한 대지를 바라보고 있었다. 이 낯선 땅에서 그가 겪은 경험은 처절한 것이었다. 그가 이 대륙에 도착한 직후 걸렸던 중병에서 아직 완전히 회복되지 않은 상태라 이곳에서 농장을 운영하려던 희망을 서서히 포기하는 결정까지 하게 되었다. 그러나 그가 이곳에 남아 있는 일말의 가능성이 아주 사라진 것이 아니었기 때문에 계획의 변경을 아직은 부모에게 알리지 않았다.

손쉽게 자립할 수 있다는 선전에 현혹되어 그와 비슷한 시기에 이 낯선 나라로 건너온 농업 종사자 무리들은 고통 받으며 죽어 가고 헛되이 세월을 보내고 있었다. 영국의 농장에서 건너온 어머니들이 갓난아이를 팔에 안은 채 맥없는 걸음을 터벅거리고 가는 광경을 그는 자주 보았다. 아기가 열병에 걸려 죽으면 어머니는 걸음을 멈춰서 맨손으로 퍼석한 땅에 구덩이를 파고는 같은 맨손으로 그것이 하늘이 내린 묘지용 도구인 양 아기를 묻었다. 그러고는 눈물을 한 방울 쏟은 다음 다시 가던 길을 터벅터벅 걸어갔다.

에인절의 처음 의도는 브라질 이민이 아니고 모국의 북부나 동부 지방에서 농장을 경영하는 것이었다. 그가 이곳으로 온 것은 절망의 구렁텅이에 빠졌기 때문이었으며, 그것은 영국의 농업 노동자들이 브라질로 이민하는 추세와 자신이 과거로부터 탈주하고 싶은 욕구가 우연히도 일치했기 때문이었다.

고국을 떠나와 있는 기간 동안 그는 정신적으로 십여 년은 더 성숙해졌다. 그는 이제 인생의 가치가 아름다움에 있는 것이 아니고 연민 속에 있는 것임을 깨달았다. 신비주의의 낡은 체계를 오래전에 벗어난 그는 이제 도덕률에 대한 낡은 평가를 버리기 시작했다. 그는 도덕률에 대한 평가가 다시 조정되어야 한다고 생각했다. 도덕적인 사람이 누구인가? 좀 더 적절히 말해서 누가 도덕적인 여자인가? 한 인물의 아름다움과 추함은 그의 업적에만 있는 것이 아니라 목적과 충동 속에도 있고, 그 참된 역사는 이미 저지른 것 속에 있는 것이 아니라 의도했던 것 속에 있었다.

그럼 테스의 경우는 어떤가?

이런 관점에서 바라보자 자신의 성급한 판단에 대한 후회가 그의 마음을 무겁게 눌렀다. 자신은 그녀를 영원히 버린 것인가, 아닌가? 그녀를 영원히 버릴 것이라고 말할 수는 없었다. 그것은 지금 그녀를 정신적으로 받아들인다는 것을 의미했다.

그녀의 추억에 대한 그리움이 이렇게 커지는 순간은 시간적으로 테스가 플린트쿰애시에 머무르던 때와 일치했다. 그러나 그녀가 자신이 처해 있는 환경이나 자신의 감정에 대해 그에게 편지를 쓰기로 마음을 정하기 전이었다. 그는 대단히 의아해하고 있었다. 소식을 전하지 않는 그녀의 동기를 의아해하면서도 그는 그녀에게 편지를 써서 그 이유를 묻지 않았다. 그녀의 순종적 침묵은 이렇게 하여 오해를 불러일으켰다. 그녀의 침묵은 그가 그것을 이해하기만 했다면 얼마나 많은 것을 시사하고 있었던 것인가! 그가 말하고도 잊어버렸던 명령을 그녀는 문자 그대로 충실하게 받들었으며, 천부적으로 두려운 것이 없는 성격이었지만 그녀는 권리를 주장하지 않고 그의 판단을 모든 면에서 옳은 것으로 수긍하여 그때까지 말없이 머리를 숙이고 있다는 사실을!

앞에서 말한 대로 그가 노새를 타고 이국의 오지를 여행하는 동안 곁에서 또 한 사람이 함께 가고 있었다. 에인절의 동행자도 영국 사람이었으며 그와 동일한 목적으로 이곳에 온 사람이었다. 그러나 그는 같은 섬나라의 다른 지방 출신이었다. 그들 두 사람은 정신적 침체 상태에 빠져 있었다. 둘은 서로 고향 이야기를 나누었고 그러는 사이 신뢰는 신뢰를 불러왔다. 특히 생활의 세부 사항을 가까운 친구들에게는 말하지 않으면서도 먼 나라에 있을 때 낯선 사람에게는 털어놓는 남자들 사이의 이상한 추세에 휩싸여 에인절은 말을 타고 가는 동안 자신의 결혼을 둘러싼 슬픈 이야기를 이 남자에게 말해 주었다.

이 나그네는 에인절보다 더 많은 나라를 방문하고 더 많은 낯선 사람들 사이에서 생활한 사람이었다. 그의 국제적 안목으로는 사회적 규범을 벗어난 그러한 일탈은 가정이라는 테두리에서는 아주 큰 사건이지만 지구 전체의 굴곡에 비하면 계곡과 산맥의 차이에 불과했다. 에인절과는 아주 다른 관점에서 그는 그 문제를 보았다. 그는 지난날의 테스는 미래의 테스에 비해 중요하지 않다고 생각하고 그녀를 두고 온 클레어가 잘못했다고 말했다.

다음 날 두 사람은 폭풍우를 만나 전신이 비에 흠뻑 젖었다. 에인절의 동행은 열병으로 앓아누웠고 발병한 지 일주일을 넘기지 못한 채 사망하였다. 클레어는 그를 묻어 주기 위해 몇 시간을 지체하다가 다시 가던 길을 계속 갔다.

평범한 이름 외에는 아는 것이 전혀 없는 나그네의 폭넓은 사고에서 나온 간단한 몇 마디는 그의 죽음으로 순화되어 어느 철학자의 합리화된 도덕론보다 클레어에게 더 큰 영향을 주었다. 자신의 지방주의적 편협성이 그의 생각과 대조되어 부끄럽게 느껴졌다. 자신의 생각이 모순투성이었다는 각성이 홍수처럼 밀려왔다. 그는 그동안 기독교를 거부하고 그리스적 이교 사상을 받아들여 그것을 줄곧 우상화하여 왔다. 그 문명권에서는 비합법적 복속이 분명한 경멸의 대상은 아니었다. 결과가 속임수 때문이었다면 신비주의 교리에서 받아들인 순결하지 않은 상태에 대한 혐오감이 적어도 수정되어야 하는 것이 옳은 일이 아닌가. 후회의 감정이 밀려들었다. 그의 머릿속에서 잠자지 않고 있던 이즈 휴에트의 말이 되살아났다. 그가 이즈에게 자신을 사랑하느냐고 물었을 때 그녀의 대답은 긍정적이었다. 그러나 그녀에게 테스보다도 자신을 더 사랑하는가라고 물었을 때 그녀는 아니라고 대답했다. 테스는 그를 위해 목숨을 바칠 사람이지만 자신은 그렇지 못하다는 것이었다.

그는 결혼식 날의 테스의 모습을 머릿속에 떠올렸다. 자신에게서 시선을 떼지 못하던 그녀의 눈! 자신의 말을 하느님의 말씀처럼 생각하던 그녀! 그의 사랑과 보호가 어쩌면 사라질 수도 있다는 사실을 깨닫지 못하고 그 끔찍한 저녁에 난로 앞에서 그녀의 순박한 영혼이 그의 영혼을 향해 숨김 없이 열렸을 때 난로 불빛에 비친 그녀의 얼굴이 얼마나 애처롭게 보였던가.

그는 이런 과정을 거치면서 그녀에 대해 비판자의 입장에서 옹호자의 입장으로 돌아섰다. 그녀에 관해서 그는 냉소적인 말을 한 적이 있었다. 그러나 그 누구도 언제나 냉소적인 태도로 살아갈 수는 없는 것이어서 그도 그 냉소적인 입장을 거두어들였다. 냉소적인 표현을 입 밖으로 내뱉은 것은 특수한 상황을 무시하고 일반적인 원칙의 영향에 자신을 내맡긴 실수에서 일어난 일이었다.

그러나 이러한 사고도 어딘가 진부한 데가 있었다. 수많은 연인이나 남편이 전에도 이미 이런 경로를 밟고 지나간 바 있다. 클레어가 테스를 냉혹하게 다루었다는 사실은 부정할 수 없다. 남자들은 사랑하거나 사랑했던 여자들을 냉혹하게 다루고 또 여자들도 남자들을 그런 식으로 다룬다. 그러나 이러한 냉혹함도 그 냉혹함이 생성되는 보편적 냉혹함, 즉 기질에 대한 위치의 냉혹함, 목적에 대한 수단의 냉혹함, 어제에 대한 오늘의 냉혹함, 오늘에 대한 다음 날의 냉혹함에 비하면 부드러움 그 자체라 할 수 있다.

클레어가 이미 끝난 집안이라고 경멸했던 테스의 가문 더버빌 가의 위풍당당한 혈통에 대한 역사적 관심이 이제 그의 감정을 동요시켰다. 왜 자신은 이러한 문제에서 정치적 가치와 상상적 가치의 차이를 일찍 깨닫지 못했던 것인가? 후자의 측면에서는 더버빌 가문은 대단히 중요한 사실로 기록될 수 있다. 경제학적으로는 아무 가치가 없지만 몽상가와 흥망성세를 다루는 우화 작가에게는 대단히 유용한 재료가 되는 것이다. 더버빌 가의 역사적 사실 — 가엾은 테스의 혈통과 가문의 이름에 수반되어 온 어느 정도의 명망 — 은 곧 잊힐 것이며, 킹스비어 교회의 대리석 기념비와 납으로 만든 관 속의 시신들과의 세습적 연계성에도 망각이 내려덮칠 것이다. 시간은 무자비하게 스스로 만든 이야기를 지워 간다. 그녀의 얼굴을 그려 보고 또 그려 보면서 그는 선조 귀부인들을 빛나게 했던 위엄의 빛이 그녀의 얼굴에도 남아 있는 듯한 환영을 보았다. 그

환영은 전에도 영기(靈氣)를 그의 혈관 속에 흐르게 했으며, 그 영기로 인하여 그는 구토증을 느낀 일이 있었다.

훼손된 과거에도 불구하고 테스에게 아직도 살아 있는 자질은 그녀의 동료들이 지니고 있는 신선한 매력보다 훨씬 값진 것으로 남아 있었다. 에브라임의 끝물 포도가 아비에셀의 맏물 포도보다 낫지 아니한가?* 되살아난 사랑은 그에게 테스의 헌신적이고 정감에 넘친 편지에 길을 터 주면서 이렇게 말하였다. 그녀의 서신은 아버지가 아들에게로 막 다시 보낸 시기였으나 그가 있는 내륙까지의 거리 때문에 수신인의 손으로 들어가기까지는 긴 시간이 걸릴 상황이었다.

한편 편지를 쓴 사람은 에인절이 그녀의 호소에 응해 금세 돌아오리라는 기대에 부풀었다가 또 곧 수축되고 하는 고비를 교차적으로 경험하고 있었다. 그녀의 기대를 위축시킨 것은 두 사람의 이별로 발전된 상황이 바뀌지 않았으며 결코 바뀔 수 없다는 사실에 근거를 두었으며, 그 사실이 그녀가 그와 함께 있어서 상황을 더 악화시키거나 그와 떨어져 있어 더 좋아지게 할 수 있는 성질도 아니었기 때문이었다. 그러면서도 그녀는 혹시 그가 돌아온다면 그를 가장 기쁘게 할 수 있는 것이 무엇인가 하는 애정 어린 질문에 마음을 쏟았다. 그가 하프로 연주한 곡조에 좀 더 신경을 쓰고, 시골 처녀들이 부르곤 했던 민요 중에서 그 어떤 곡을 좋아했는지를 물어보았어야 했다는 때늦은 후회로 한숨지었다. 그녀는 이 문제를 톨보트헤이즈에서 이즈를 따라 그곳으로 온 앰비 시들링에게 간접적으로

---

* 「사사기」 8장 2절 참조.

물어보았다. 젖소가 젖을 쉽게 내도록 낙농장에서 젖 짜는 처녀들이 자주 부르곤 했던 곡조 중에서 클레어는 「큐피드의 정원」, 「나는 놀이공원도 사냥개도 있어요」와 「동이 틀 무렵」을 좋아하고 「양복장이 바지」나 「나는 이런 미인이 되었네」 같은 소곡은 노래로는 훌륭했으나 별로 좋아하지는 않은 것으로 얼핏 기억난다고 말했다.

요즘 테스는 민요 가창 솜씨를 완벽하게 터득하는 일에 갑작스럽게 욕심을 부리게 되었다. 그녀는 틈이 날 때마다 혼자서 노래 연습을 하였다. 특히 그녀는 「동이 틀 무렵」을 불렀다.

일어나세요, 일어나세요, 일어나세요!
애인에게 꽃다발을 주세요,
정원에 자라는
예쁜 꽃을 모조리 꺾어.
산비둘기와 꼬마 새들도
가지마다 둥지를 트는
이른 5월
동 트는 시간.

그녀가 이런 춥고 건조한 날 다른 여자들과 혼자 떨어져 일을 하면서 이런 노래를 부르는 것을 듣는다면 클레어의 목석 같은 마음도 이미 녹았을 것이다. 결국에는 그가 돌아와 그 노래를 듣지 못할 것이라는 생각에 그녀의 뺨에는 눈물이 연방 흘러내렸다. 노래의 바보스러운 가사가 그 노래를 부르는 사람의 아픈 가슴속에서 메아리치며 고통스럽게 비웃는 것 같았다.

테스는 이런 꿈같은 환상에 빠져 계절의 변화도 의식하지 못했으며, 낮이 길어지고 성수태 고지일이 다가왔을 뿐만 아니라 금세 성수태 고지일이 지나면 이곳에서의 계약도 끝난다는 사실마저 잊고 있었다.

그러나 사분기일이 채 다가오기 전에 테스에게는 전혀 다른 문제로 신경을 써야 할 일이 생겼다. 어느 날 저녁 평소처럼 그녀는 하숙집에서 그 집의 다른 식구들과 함께 아래층 방에 있는데 누군가가 문을 두드리고 테스를 찾았다. 문틈을 통하여 키는 어른 같았으나 몸매는 어린 아이가 지는 햇빛을 뒤로 한채 서 있는 것이 보였다. 키가 크고 마르고 앳된 소녀를 테스는 석양 속에서 상대방이 "테스!"라고 부를 때까지 알아보지 못하였다.

"아니, 라이자 루 아냐?" 테스가 놀란 목소리로 물었다. 일년 전쯤에 집을 떠날 때는 어린아이였던 동생이 이런 모습으로 갑자기 성장해 나타난 것이었다. 그러나 정작 루 자신은 그렇게 자라는 것이 무엇을 뜻하는지를 전혀 모르는 것 같았다. 그사이 키가 자라 한때는 길어 보였던 드레스가 이제는 짧아지고 손과 팔 언저리도 불편하게 작아진 채 그 아래로 가는 다리가 드러나 젊음과 순진함을 그냥 노출하고 있었다.

"나야. 하루 종일 걸었어, 테스." 그녀는 감정 없는 진중한 목소리로 말했다. "언니를 찾아다녔어. 고단해 죽겠어."

"집에 무슨 일이 있니?"

"엄마가 병이 났어. 의사 말로는 죽을지도 모른대. 아버지도 건강이 좋은 편이 아니고. 자기처럼 지체 높은 가문의 자손이

미천한 막노동을 하면서 노예 같은 짓을 하는 건 잘못된 거래. 어떻게 해야 할지 모르겠어."

라이자 루를 집 안으로 데리고 들어와 자리에 앉으라고 하기 전에 테스는 한참 생각에 잠긴 채 그 자리에 그대로 서 있었다. 동생이 들어와 차를 마시는 동안 그녀는 결정을 내렸다. 그녀는 집으로 돌아가야만 했다. 계약은 옛날 성수태 고지일인 4월 6일에야 끝나는 것이었지만 그때까지 남은 기간이 길지 않아 당장 집으로 돌아가는 모험을 감행하기로 정한 것이었다.

그날 밤으로 돌아가는 것은 열두 시간을 절약하는 것을 의미했다. 그러나 라이자 루는 너무 지쳐 있어 먼 거리를 다음 날 아침까지는 다시 걸어갈 수가 없었다. 테스는 마리안과 이즈가 있는 집으로 달려가서 상황을 알리고 주인 농부에게 잘 말해 달라고 부탁했다. 그녀는 집으로 돌아와 루에게 저녁 식사를 차려 주었다. 그러고는 동생을 자신의 침대에 눕힌 다음 버드나무 광주리에 물건을 쑤셔넣을 수 있을 만큼 챙겨 넣었다. 루에게 다음 날 뒤따라오라고 말한 뒤 그녀는 길을 떠났다.

50장

　차가운 별빛 아래서 24킬로미터의 길을 가기 위해 시계가 10시를 치자 그녀는 쌀쌀한 춘분의 어둠 속으로 뛰어들었다. 한적한 곳으로 조용히 길을 가는 행인에게는 밤이 위험하기보다는 오히려 그 위험을 막아 주는 보호막이 되었다. 이런 사정을 잘 아는 테스는 가장 짧은 지름길을 택해 낮이면 무서울 수도 있는 샛길을 걸어갔다. 최근에는 도둑이 없어졌으며 귀신에 대한 공포는 어머니의 생각으로 머릿속에서 지워 버릴 수 있었다. 그녀는 벌배로에 이를 때까지 산길을 오르내리면서 쉬지 않고 걸었다. 자정쯤 되었을 때 그녀는 벌배로 꼭대기에 올라 계곡을 가리고 있는 혼돈스러운 그림자의 심연을 내려다보았다. 계곡의 저쪽에 그녀가 태어난 고장이 있었다. 그녀는 8킬로미터쯤 고지대의 산길을 터벅거리며 걸어왔다. 이제 16킬로미터 내지 18킬로미터쯤 저지대를 더 가면 목적지에 다다른다. 구불거리는 내리막길을 따라 내려가는 동안 흐릿한 별빛 아래서 길의 윤곽이 희미하게 보였다. 얼마 가지 않아 그녀는 고지대와는 완연히 대조적인 토양을 밟고 있었다. 발길과 후각에까지 토양의 차이가 분명히 느껴졌다. 블랙무어 계곡의 진한 점토질 땅으로, 유료 도로가 미치지 못한 곳이었다. 한때는 숲이었던 이곳에서 먼 것과 가까운 것이 융합되고 나무와 높은 울타리가 모두 제 모습을 두드러지게 드러내어 이 어두운 시간에도 옛날의 특색을 그대로 보여 주는 것 같았다. 사슴을 사냥하고, 마녀들을 바늘에 찔러 물속으로 던지고, 초록색 비늘 장식을 단 요정이 사람이 지나가면 소근거리며 웃던 이곳은 아직도 그들에 대한 믿음으로 가득 차 있었으며, 이 시간에도 악령들이 무더기로 득실거리는 것이었다.

너즐베리에서 마을 주막을 지날 때 술집의 광고판이 그녀의 발소리에 화답하여 삐걱 소리를 내었다. 그러나 그 소리는 누구도 듣지 못하고 그녀에게만 들렸다. 그녀는 이엉을 올린 지붕 아래 어둠 속에서 풀어진 힘줄과 흐늘흐늘한 근육이, 작은 자줏빛 네모꼴 천조각을 엮어 만든 이불 아래 늘어져 있는 광경을 상상했다. 햄블던힐 산꼭대기에서 다음 날 연분홍색 희뿌연 빛이 그 기운을 드러내면 노동을 시작해야 하는 사람들이 깊은 잠 속에서 힘을 축적하는 광경이었다.

새벽 3시에 그녀는 부지런히 걸어온 미로 같은 시골 길의 마지막 모퉁이를 돌아 말로트 마을로 들어섰다. 에인절 클레어를 처음 보았던 들판을 지나면서 5월 축제 모임에 참가했다가 그가 자신과 춤을 추지 않았을 때 느꼈던 실망감이 아직도 그녀의 가슴에 남아 있는 것을 느꼈다. 어머니의 집이 있는 방향에서 불빛이 비추는 것이 보였다. 그녀의 침실에서 빛이 새어

나오고 있었다. 창문 앞에서 나뭇가지가 흔들리고 창 안의 불빛이 그녀를 향해 미소를 짓는 것 같았다. 집의 윤곽과 그녀가 보낸 돈으로 새로 올린 이엉이 눈에 들어오자 테스의 머릿속에서 만감이 교차했다. 그것은 그녀의 몸과 생명의 일부가 되어 있었다. 경사진 지붕창과 박공의 끝 매무새와 굴뚝 꼭대기에 쌓아 올리다 중단된 깨어진 벽돌 조각들이 모조리 개성과 공통점을 지니고 있는 것 같았다. 그런 풍경 속에 마비 현상이 퍼져 있는 것이 그녀의 눈에 보였다. 그것은 어머니가 아픈 것을 의미하고 있었다.

그녀는 자는 사람들을 깨우지 않기 위해 아주 조용히 문을 열었다. 아래층 방에는 아무도 없었다. 그러나 병을 간호하기 위해 어머니 방에서 밤을 새운 이웃집 여자가 층계 꼭대기로 나와 더비필드 부인이 막 잠이 들었는데 병세에는 차도가 없다고 속삭이듯 알려 주었다. 테스는 직접 아침 식사를 준비하고는 어머니의 방으로 들어가 간병 일을 교대하였다.

아침이 되어 그녀는 동생들을 유심히 바라보다가 모두 기다랗게 키가 자란 것을 발견하였다. 집을 떠났던 기간이 겨우 한 해가 조금 넘었는데 그들의 성장은 놀라웠다. 마음과 영혼을 다 쏟아 그들이 필요로 하는 것을 돌봐 주어야 한다는 의무감이 솟아나 자신의 문제에 대한 생각을 잊게 했다.

아버지의 건강도 전처럼 좋지 않아 그냥 그런 상태가 계속되고 있었다. 아버지는 항상 하는 대로 자신의 의자에 멍하니 앉아 있었다. 그러나 그녀가 돌아온 다음 날 그의 기분이 다른 어느 때보다도 밝아졌다. 그가 가족의 생계에 대한 합리적인 계획을 하나 생각해 내었다고 했다. 테스가 그것이 무엇이냐고 물었다.

"이 지방의 연로한 고사 수집가들에게 전단을 보낼 생각이다." 그가 입을 열었다. "나를 부양하는 기금을 내라고 부탁해 볼 예정이다. 그 사람들은 틀림없이 낭만적이고 예술적이며 당연한 걸로 생각할 거다. 사람들은 옛날 유적을 유지하고, 유골을 찾고, 이렇고 저렇고 한 일에 돈을 많이 쓰거든. 살아 있는 유적이 그 사람들에게는 더 흥미 있는 대상이겠지. 그 사람들이 나에 관해서 알게 되면 말이다. 누가 좀 나서서 그들과 같이 살아 있는 사람 가운데 누가 있는지, 그들이 그런 사람을 잘 모르고 있다는 말을 돌아다니면서 떠들었으면 좋겠어. 나를 찾아냈던 트링검 신부가 살아 있다면 틀림없이 그랬을 텐데 말이다."

테스는 이 엄청난 계획에 관한 논쟁은 뒤로 밀고 먼저 송금을 하고도 상황이 나아진 것이 없는 급한 문제부터 처리하기로 마음을 정했다. 집 안에서 필요한 문제를 대충 해결하고 나서 집 밖의 문제에 눈을 돌렸다. 마침 계절적으로 묘목을 심고 씨를 뿌리는 시기여서 마을 사람들의 정원과 경작지에는 봄갈이가 끝난 상태였다. 그러나 더비필드의 마당과 경작지는 전혀 손을 쓰지 못한 상태였다. 그 이유가 씨감자를 모두 먹어 버렸기 때문 — 앞을 내다보지 못하는 사람들이 저지르는 잘못 — 이라는 사실을 알게 된 테스는 놀라지 않을 수 없었다. 그녀는 서둘러 가장 빠른 시간 안에 씨감자를 구할 수 있을 만큼 구했다. 며칠 지나지 않아 테스의 설득 덕분으로 아버지도 마당으로 나와 일을 시작했다. 테스 자신은 마을에서 약 200미터쯤 떨어진 곳에 소작으로 부치는 경작지에 매달렸다.

어머니의 병세가 호전되어 그동안 간병에 매달려 있던 일이 없어진 다음이어서 그녀는 밭일을 하는 것이 오히려 즐거웠다. 격렬한 몸놀림은 머릿속에서 잡념을 쫓아 주었다. 경작지는 마을의 공유지로 지대가 높고 토양이 메마르고 주변이 확 트인 땅이었다. 이 공유지에는 이러한 경작지가 40 내지 50 필지나 있었다. 이곳은 각자 하루의 품팔이 노동이 끝난 다음에 일을 시작하는 곳으로 모두 자기 밭 경작에 열을 올려 매달렸다. 밭갈이 일은 대개 6시쯤 시작되는데 땅거미가 지고 달이 뜰 때까지 시간의 제약 없이 계속되었다. 밭에서는 여기저기 죽은 잡초와 잡동사니 찌꺼기들을 태웠는데 마침 기후가 건조하여 큰 어려움 없이 태울 수 있었다.

어느 맑은 날 테스와 라이자 루는 이웃 사람들과 같이 이곳에서 밭과 밭 사이의 경계를 이룬 하얀 말뚝 위로 저녁 햇빛이 비스듬이 내려 비칠 때까지 밭일을 하고 있었다. 해가 지고 땅거미가 퍼지자 개밀과 양배추 줄기를 태우는 불꽃이 사방의 경작지를 단속적으로 비췄다. 그리고 바람을 따라 춤을 추는 진한 연기 속에서 밭과 밭 사이의 경계선이 드러났다가 사라지고는 하였다. 불이 환히 솟아오르면 연기가 땅을 따라 수평으로 나란히 뻗어 가는 언덕을 이루었으며, 그 연기 언덕은 희뿌연 색깔로 빛을 내면서 들일을 하는 사람들을 가려 주었다. 낮에는 벽이 되고 밤에는 빛이 되는 '구름 기둥'*의 의미가 여기서 설명이 되는 것 같았다.

저녁이 아주 어두워지자 밭을 가꾸던 몇몇 사람들이 일을

---

* 「출애굽기」 13장 2절 참조.

중단하고 집으로 돌아갔다. 그러나 대부분은 하던 일을 끝내기 위해 그냥 밭에 남아 있었다. 테스도 일터에 그대로 남았다. 그녀는 동생만 먼저 집으로 보내고 혼자 남은 것이었다. 개밀이 타고 있는 밭에서 그녀는 쇠스랑으로 땅을 팠다. 반짝거리는 네 갈래 쇠스랑 발이 돌과 단단하게 마른 흙덩어리에 부딪치면 나지막히 쟁그렁쟁그렁 소리를 냈다. 그녀는 한참 동안 자기 밭에 피운 개밀 불에서 나는 연기에 완전히 감싸여 있다가 다시 연기에서 빠져나오곤 하였는데 그럴 때는 모닥불에서 나오는 놋쇠 빛깔의 불꽃이 그녀를 다시 환히 비춰 주었다. 그날 저녁 따라 그녀는 사람들의 이목을 끄는 이상한 옷차림을 하고 있었다. 수없이 세탁을 하여 하얗게 바랜 겉옷 위에 짧고 까만 저고리를 입고 있어 마치 결혼식과 장례식에 온 손님이 하나로 합쳐진 것 같은 인상을 주었다. 그녀 뒤에서 저만치 떨어져 일을 하는 여자들은 모닥불에서 불꽃이 튈 때를 제외하고는 어둠 속에서 창백한 얼굴에 하얀 앞치마를 입은 모습만 드러내고 있었다.

서쪽으로 들판의 경계를 이루고 있는 앙상한 가시나무 울타리의 철사 같은 가지가 낮게 내려앉은 하늘의 창백한 오팔색을 배경으로 솟아 있었다. 하늘에는 땅 위로 그림자를 드리울 것 같이 활짝 핀 노란 수선화처럼 목성이 걸려 있고, 여기저기 이름 없는 작은 별들도 몇 개 솟아 있었다. 먼 곳에서 개가 짖어 대고 이따금씩 마른 길 위에서 바퀴 굴러가는 소리도 들렸다.

저녁 시간이 아주 늦은 것은 아니어서 쟁그렁거리면서 쇠스랑으로 힘차게 땅을 파는 소리가 계속 들려왔다. 아직 바람이 시리고 날카로웠으나 땅을 파는 사람들의 기분을 상쾌하게 하는 봄의 속삭임이 그 속에 들어 있었다. 장소와 시간과 톡톡 튀는 모닥불과 빛과 그림자의 환상적 신비감 속에 숨어 있는 그 무언가가 다른 사람이나 테스에게 그곳에 있는 기쁨을 느끼게 해 주었다. 겨울의 서리 속에서는 악마처럼 찾아오고 여름의 따스함 속에서는 연인처럼 찾아오는 밤이 오늘 같은 3월 저녁에는 진정제처럼 찾아왔다.

아무도 곁에 있는 사람들을 돌아보지 않았다. 모두의 눈은 파헤친 표면이 불빛 속에서 드러나는 땅을 보고 있었다. 흙을 파면서 테스는 클레어가 들어주기를 바라는 희망을 이제는 거의 포기한 채 바보스러운 노래를 불렀다. 그녀는 아주 가까운 곳에서 일을 하는 사람도 한동안 쳐다보지 않았다. 긴 작업복을 입고 그녀가 일을 하는 같은 밭에서 쇠스랑질을 하는 남자를 보았으나 일손을 도와주라고 아버지가 보낸 일꾼일 것이라고만 생각했다. 그러나 그가 땅을 파는 방향이 그녀 쪽으로 가까이 오자 그 사람의 존재를 더 의식하게 되었다. 어떤 때는 연기가 두 사람을 갈라놓았으나 연기의 방향이 바뀌면 서로의 모습이 좀 더 자세히 드러났다. 다른 사람들은 여전히 그들과 멀리 떨어져 있었다.

테스는 그 동료 일꾼에게 말을 걸지 않았다. 그도 그녀에게 말을 하지 않았다. 낮에는 그가 그곳에 없었으며 또 말로트 마을에 사는 일꾼도 아니라는 사실 외에는 그에 대해서 그녀는 그 이상 생각하지 않았다. 그러나 근년에 들어서 그녀는 오랫동안 자주 집을 비웠기 때문에 그를 모르는 것은 조금도 이상한 일이 아니었다. 점점 그가 그녀 가까이 다가와서 땅을 팠다. 거리가 너무 가까워서 그의 쇠스랑 발에서 반사되는 불빛이 그녀의 쇠스랑 발에서 반사되는 불빛만큼 환하게 비췄다. 그녀가 모닥불 위에 마른 잡초 더미를 놓으려고 불가로 가자 그도 저쪽에서 똑같이 움직이는 것이 보였다. 불꽃이 환하게 타올랐다. 그녀는 거기서 더버빌의 얼굴을 보았다.

생각지도 않은 그의 뜻밖의 출현과, 최근에는 가장 구식 노동자나 입는 주름진 작업복을 걸친 괴상한 그의 모양새에 소름 끼치는 희극적인 면이 서려 있어, 그것이 그의 태도만큼 그녀를 오싹하게 하였다. 더버빌이 나지막한 웃음을 길게 웃었다.

"농담을 한다면 '이곳이 얼마나 천국 같은가!'라고 하고 싶네요." 그가 머리를 숙여 그녀를 바라보면서 변덕스러운 능청을 떨었다.

"뭐라고요?" 그녀가 힘없이 물었다.

"어릿광대는 이곳을 천국 같다고 말할 거예요. 테스는 이브고 나는 하등동물 모양을 하고 와서 당신을 유혹하는 또 다른 인물이고. 내가 신학생일 때 밀턴의 그 장면에 익숙했지요.

'여왕님, 길이 준비되었고, 멀지도 않습니다.
도금양(桃金孃) 줄이 늘어선 곳을 지나면……
……저의 안내를
허락하시면, 그곳으로 금세 뫼실 수 있지요.'
'그럼 안내하시오.' 이브가 말했다.*

테스, 사랑하는 테스, 테스가 날 너무 나쁘게만 생각하기

---

* 「실락원」 9권 626쪽 33행.

때문에 사실과 아주 틀리게 생각했거나 말했을 경우의 예로 이 시를 인용했어요."

"난 당신이 사탄이라고 말한 적이 없어요. 그렇게 생각하지도 않았고요. 나는 당신을 전혀 그런 식으로 생각하지 않았어요. 당신에 대한 내 생각은 냉정할 뿐이에요. 나에게 무례하게 대했을 때만 제외하고요. 아니, 여기 와서 밭일을 한 것이 전적으로 날 위해서란 말이에요?"

"전적으로요. 테스를 보기 위해서요. 다른 이유는 없어요. 이 작업복은 나중에 생각난 것인데 여기로 오는 길에 판다고 내걸려 있기에 남의 눈에 띄지 않으려고 사 입었어요. 내가 온 것은 테스가 여기서 이런 식으로 일하는 걸 항의하기 위해서예요."

"난 여기서 일하는 게 좋아요. 아버지를 위해서거든요."

"다른 곳 계약은 끝났어요?"

"그래요."

"다음은 어디로 갈 거예요? 사랑하는 남편에게로?"

그녀는 굴욕적인 말을 참을 수가 없었다.

"모르겠어요!" 그녀가 쓰라린 목소리로 말했다. "난 남편이 없는 몸이에요!"

"맞는 말이에요. 테스가 뜻하는 의미에서요. 그러나 테스에게는 친구가 있어요. 테스의 뜻과 관계없이 테스의 생활이 궁핍해서는 안 된다고 나는 결심했어요. 집에 돌아가면 테스를 위해 내가 뭘 보냈는지를 알게 될 거예요."

"오, 알렉, 나에게 아무것도 보내지 말았으면 좋겠어요! 난 그런 걸 받을 수가 없어요! 난 싫어요, 그건 옳은 일이 아니에요!"

"옳은 일이지요!"그가 가볍게 목소리를 올렸다. "난 사랑하는 마음을 억누를 수 없어요. 테스 같은 여자가 내 도움없이 고생하는 것을 그냥 보고만 있을 수는 없어요."

"난 넉넉하게 잘살고 있어요! 내게 문제가 되는 건 먹고사는 문제가 아니에요."

그녀는 몸을 돌렸다. 그리고 절망적인 몸짓으로 땅을 다시 파기 시작했다. 눈물이 솟아올라 쇠스랑 손잡이와 흙더미 위로 떨어졌다.

"아이들에 관해서는, 동생들 문제는"하고 그가 다시 말했다. "내가 따로 생각하고 있어요."

테스의 마음속에 경련이 일어났다. 그는 그녀의 아픈 곳을 만지고 있었다. 그녀의 가장 큰 근심거리가 무엇인지를 그가 알아차린 것이다. 집으로 돌아온 이후 그녀의 마음은 열정적인 애정으로 동생들에게 기울어져 있었다.

"어머니 병세가 회복되지 않으면 다른 사람이라도 아이들에게 무슨 도움이 되어야 할 거예요. 아버지가 별로 도움이 되지 못하니 말이오."

"내가 도와 드리면 아버지는 해낼 수 있어요. 꼭 해내야 해요!"

"그리고 나도 도와 드리고."

"아니요. 안 돼요!"

"이건 형편없는 바보 짓이야!"더버빌이 소리쳤다. "아니, 아버지는 우리는 한 집안이라고 생각해요. 아주 좋아할 거요!"

"아버지는 그렇게 생각하지 않아요. 아버지에게는 사실을 다 말했어요."

"더 바보 같은 소리!"

화가 난 더버빌은 그녀 곁을 떠나 울타리 쪽으로 갔다. 그는 거기서 자신을 감추고 있었던 긴 작업복을 홀홀 벗어 버렸다. 그러고는 그 옷을 둘둘 말아 개밀 불 속으로 집어던진 다음 가 버렸다.

그녀는 그 이상 땅 파는 일을 계속할 수 없었다. 마음이 편안하지 않았다. 그가 아버지의 집으로 갔을 것 같은 불안한 마음이 일었다. 그녀는 손에 쇠스랑을 쥐고 집 쪽으로 걸음을 옮겼다.

집에서 약 20미터쯤 떨어진 곳에서 여동생 하나를 만났다.

"오, 테시, 큰일 났어! 라이자 루가 울고 있고, 집에 사람들이 많이 와 있어. 엄마 병은 많이 나았는데, 사람들 말로는 아빠가 돌아가신 것 같대!"

어린 동생은 사건이 큰일인 줄은 알고 있었으나 그것이 얼마나 슬픈 일인 줄은 깨닫지 못하고 있었다. 눈을 둥그렇게 뜨고는 중대한 소식을 전하는 역할에 우쭐해하면서 테스를 바라볼 뿐이었다. 그녀의 소식이 테스의 얼굴에 떠오르는 효과를 살피고는 이렇게 말했다.

"아니, 테스, 아빠하고는 이제 이야기를 할 수 없는 거야?"

"아버지는 그냥 조금 아팠는데!" 테스가 마음이 괴로운 듯 외쳤다.

라이자 루가 그들에게 왔다.

"아버지가 지금 막 돌아가셨어. 엄마 때문에 와 있던 의사 말로는 아버지는 끝난 거래. 심장이 늘어났대."

사실이었다. 더비필드 부부가 자리를 바꾼 것이다. 죽음을 향해 가던 환자는 살아나고 몸이 좀 불편했던 사람이 세상을 떠났다. 이 소식은 아버지의 죽음 이상의 의미를 지니고 있었다. 아버지의 일생은 그가 가족에게 해 준 일 이외에 다른 가치가 있었다. 그런 것이 없었다면 그의 일생은 별로 의미 없는 것이었을 수도 있었다. 그의 집과 대지가 삼 대에 한해서만 임차되어 있었는데 그가 마지막 임차권 승계자였던 것이다. 마을 안에서는 농가의 공급이 부족한 상황이어서 소작농이 자신의 정규 노동자들을 위해 오래전부터 그 집에 눈독을 들이고 있었다. 거기다 '정주자(定住者)'가 마을에서는 자유 부동산 보유자만큼이나 그들의 독립적인 태도 때문에 기피되는 실정이어서 임차권이 끝나면 다시는 갱신되는 일이 없었다.

이렇게 한때 더버빌 가문이었던 더비필드 가는 이 지방 최대 명문의 하나로 군림하던 시절 지금 자신들처럼 땅을 갖지 못한 사람들의 머리 위에 수없이 그리고 혹독하게 내려 씌웠던 운명을 자신들의 머리 위에 쓰게 되었다. 이 영고성쇠의 썰물과 밀물 변화의 리듬은 이렇게 하늘 아래 모든 현상에서 반복되고 영속되고 있었다.

51장

구력 성수태 고지일의 저녁이 드디어 찾아왔다. 농업을 생업으로 삼는 세계는 일 년 중 바로 이 특별한 날에 유동적 열기에 빠진다. 이날은 한 해의 계약이 끝나는 날이며, 성촉일에 작성된 다음 해의 노동 계약이 막 시작되는 날이기도 하였다. 옛날 있던 곳에 머물고 싶지 않은 노동자들 — 외부에서 다른 호칭이 유입되어 올 때까지 오랫동안 '일꾼'으로 불렸던 사람들 — 이 이날 새 농장으로 이동하는 것이다.

해마다 농장에서 농장으로 이동하는 사람의 수가 증가했다. 테스의 어머니가 어렸을 때는 말로트 근처의 농장 노무자들이 대부분 한 농장에서 평생을 보냈다. 그곳은 곧 아버지와 할아버지의 고향이기도 하였다. 그러나 최근에는 한 해에 한 번씩 옮기려는 욕망이 사람들 사이에서 빠르게 퍼져 나갔다. 특히 젊은 사람들 사이에서는 그 이동이 이점일 수도 있어서 유쾌한 자극제로 받아들였다. 한 가족에게는 그곳이 이집트에 불과한데 멀리서 그곳을 바라보는 다른 가족에게는 약속의 땅이 되는 것이었다. 그러나 그곳에 가서 실제 살면서는 약속의 땅이 다시 이집트임을 깨닫게 되며, 그래서 그들은 옮기고 또 옮겨 다니는 것이었다.

그러나 마을 생활에서 점점 눈에 띄게 증가하는 변화가 전적으로 농촌 경제의 불안정에서 기인하는 것은 아니었다. 마을에서는 인구 감소 현상이 일어나고 있었다. 전에는 마을에 농업 노동자와 함께 흥미롭고 보다 아는 것이 많은 계층이 하나 있었다. 이들은 전자보다 분명히 한 계급 위에 속하는 사람들로 테스의 아버지와 어머니가 여기 속하였다. 목수, 대장장이, 구두장이, 행상인이 대표적인 유형이었다. 들에서 날품을 파는 노동자를 제외한 잡다한 노동자들도 이 부류에 속했다. 테스의 아버지처럼 종신 임차권 보유자거나, 아니면 등기 보유권자거나 때로는 소규모 자유 부동산 보유권자로 생활에서 목적과 활동이 어느 정도 안정되어 있었던 사람들이 이 범주에 포함되었다. 그러나 장기 임차권이 소멸되면 그 임차권은 비슷한 소작인에게 인계되는 법이 거의 없고, 지주가 노동자의 노동력을 꼭 필요로 하지 않으면 대개 집을 허물어 버렸다. 들일에 직접 고용되지 않은 농가 임차인들은 불리한 대접을 받았으며, 이런 사람들 중의 일부가 마을에서 사라지는 것은 다른 사람들의 생업에 영향을 주어 결국에는 그들의 뒤를 따를 수밖에 없기 때문이었다. 과거 마을의 생활에서 중추적 역할을 맡았고 마을의 전통을 이어 가던 사람들은 대도시에서 피난처를 찾아야만 했다. 통계학자들에 의해서 '대도시를 향한 농촌 인구의 이동'이라고 익살스럽게 이름 붙여진 과정은 사실은 억지로 기계를 써서 물줄기를 언덕 위로 흐르게 하는 역류적 현상을 의미했다.

많은 집이 이런 식으로 폐절되는 바람에 말로트 마을에서 농가 수급은 대단히 부족한 형편이었다. 허물어지지 않고 그냥 서 있는 집은 모조리 농부들이 직접 부리는 일꾼들에게 주기로 예정되어 있었다. 테스의 일생에 그림자를 드리운 사건이 일어난 이후 더비필드 가족은(가문의 혈통은 무시되었다.) 도덕적 기강을 위해서라도 임차 계약이 끝나는 대로 집을 비워야 하는 대상으로 암암리에 간주되어 왔다. 전 가족이 사실은 기질이나 술에 대한 절제나 순결 면에서 모범적인 대상이 아닌 것은 부정할 수 없었다. 아버지뿐만 아니라 어머니까지도 때로는 술에 취해 있었고, 아이들은 교회에 나오는 일이 거의 없었으며, 거기다 큰딸은 이상한 결혼을 한 사실이 공공연히 알려져 있었다. 마을은 되도록 깨끗해야만 했다. 첫 번째 성수태고지일인 오늘, 더비필드 집안은 떠나야 하며, 방이 많은 그 집은 대가족을 거느린 어느 마차꾼이 접수하기로 되었다. 미망인 조온, 두 딸 테스와 라이자 루, 아들 에이브라함, 그리고 어린 아이들은 모두 다른 곳으로 옮겨 가야 했다.

떠나야 하는 전날 밤 하늘을 흐려 놓은 가랑비 때문에 날이 일찍 어두워졌다. 그들의 삶의 본거지이면서 또 출생지이기도 한 마을에서 지내는 마지막 밤에 미망인 조온과 라이자 루와 에이브라함은 친구들에게 작별을 하러 외출하고 없었다. 그들이 돌아올 때까지 테스만 혼자 집을 지키고 있었다.

그녀는 얼굴을 창틀에 가까이 대고는 창가에 있는 나무 의자에 무릎을 꿇은 채 앉아 있었다. 바깥 유리창에 흘러내리는 빗물이 안쪽 유리창으로 미끄러져 들어왔다. 그녀는 오래전에 굶어 죽은 거미가 쳐 놓은 거미줄을 보고 있었다. 파리 한 마리도 날아들지 않는 구석에 쳐진 거미줄은 창틀을 통하여 들어오는 외풍이 조금만 불어도 흔들렸다. 테스는 자신이 누를 끼친 가족의 처지를 생각했다. 자신이 돌아오지 않았더라면 가족은 매주 집세를 내면서라도 계속 살 수 있도록 허락되었을지도 모르는 일이었다. 그러나 그녀는 돌아오자마자 금세 마을에서 영향력이 큰 깐깐한 사람들 눈에 띄었다. 그들은 그녀가 교회의 마당에서 작은 삽으로 아기의 없어진 묘자리를 다시 파는 것을 보았다. 그녀가 다시 마을로 돌아와 살고 있다는 것을 알게 된 것이다. 그녀를 '감추고 있다.'는 비난이 쏟아지자 조온은 험한 대꾸를 퍼붓고는 당장 떠나겠다고 당당하게 소리를 질렀다. 그녀의 말은 그대로 받아들여져 그 결과가 오늘 이렇게 나타난 것이다.

"집으로 돌아오지 말았어야 했는데." 테스는 쓸쓸하게 혼잣말로 중얼거렸다.

그녀는 이런 생각에 너무 골몰해 있어 하얀 비옷을 입고 길 아래쪽에서 말을 타고 오는 남자를 처음에는 보지 못하였다. 그녀의 얼굴이 유리창에 가까이 있어서 그는 그녀를 즉시 알아보고 말을 집 앞 현관까지 아주 가까이 몰고 왔다. 화초들이 자라고 있는 토담 아래 땅의 좁은 경계를 말발굽이 거의 밟을 뻔하였다. 그가 말 회초리로 창을 두드릴 때까지 그녀는 그를 보지 못하였다. 비가 거의 그쳐 있었다. 그녀는 그의 손짓에 창문을 열었다.

"날 못 봤어요?" 더버빌이 물었다.

"신경을 쓰지 않고 있었어요." 그녀가 말했다. "들은 것 같기도 하네요. 그러나 난 말이 끄는 마차가 오는 줄로만 생각했어요. 꿈 같은 걸 꾸고 있었어요."

"아! 더버빌 마차 이야기를 들은 모양이구먼. 그 이야기는 알고 있죠?"

"아니요. 누가 전에 그 이야기를 해 주려고 했는데, 하지 않았어요."

"테스가 진짜 더버빌 사람이라면 나도 그 이야기는 해 주지 않는 것이 좋겠어요. 난 가짜니까 그 이야기가 문제될 건 없어요. 우울한 이야기지요. 실제로는 보이지 않는 마차의 바퀴 소리가 더버빌 혈통의 사람에게는 들린다는 건데 그 소리를 듣는 사람에게는 아주 불길한 징조라고 해요. 몇백 년 전에 더버빌 가문의 한 사람이 살인을 했던 일과 관계되는 것이지요."

"이야기를 시작했으니 끝을 맺으세요."

"좋아요. 가문의 한 사람이 아름다운 여자를 마차에 납치해 가고 있었는데 그 여자가 도망을 치려고 했대요. 둘이서 엉켜 싸우다가 남자가 여자를 죽였대요. 여자가 남자를 죽였다고도 하고요. 어느 쪽이 그랬는지는 잊어버렸어요. 이건 그 사건에 관해 내려오는 여러 이야기 중의 한 가지예요……. 빨래통과 물통을 쌌네요. 떠나는 건가요, 그렇죠?"

"그래요, 내일요. 구력 성수태 고지일이거든요."

"그런 이야기를 듣기는 들었는데 믿어지지 않았어요. 너무 갑작스럽네요, 왜 떠나요?"

"집의 임차권이 아버지 대에서 끝나요. 그게 닥치니까 우린 더 살 권리가 없는 거예요. 한 주씩 집세를 내면서 더 있을 수도 있겠지만 나 때문에 그것도 안 돼요."

"테스가 어쨌는데?"

"난 아니거든요. 바른 여자가요."

더버빌의 얼굴이 달아올랐다.

"말도 안 돼요! 야비한 속물들! 그 더러운 인간들 불에나 타 죽으라고 해요! 영혼이 재가 되라지!" 그가 화가 나서 비꼬는 목소리로 외쳤다. "그래서 떠나는 건가요? 그렇죠? 쫓겨난 거죠?"

"쫓겨난 건 아니에요. 그러나 그 사람들 말대로 우린 하루 빨리 떠나야 돼요. 사람들이 다 이사를 가는데 우리도 지금 가야지요. 거기가 더 살기 좋을지도 모르니까요."

"어디로 갈 거죠?"

"킹스비어예요. 거기다 방을 구했어요. 어머니가 아버지 선조들에 대해 바보 같은 생각을 하고 있어서 꼭 거기로 간대요."

"어머니나 가족들에게는 셋방 생활이 맞지 않을 텐데요. 더구나 그런 작은 마을에서. 그러지 말고 트란트리지의 우리 집 정원에 있는 별채로 오면 어때요? 어머니가 작고한 다음에는 이제 닭도 거의 없어요. 집이 그냥 있고 정원도 그냥 있어요. 페인트칠은 하루 만에 할 수 있고요. 어머니가 편안하게 사는 데는 문제가 없어요. 동생들은 좋은 학교에 보낼게요. 정말로 난 테스를 위해 뭔가를 하고 싶어요!"

"하지만 킹스비어에 벌써 방을 마련했다니까요!" 그녀가 큰 소리로 말했다. "우린 거기서 기다릴 수 있어요."

"기다린다고요? 뭘 기다리는데? 그 훌륭한 남편을 기다린다는 건가요? 자, 테스, 잘 들어요. 난 남자가 어떤지 알아요. 별 거하는 이유를 아니까 하는 소린데 그 사람이 테스와 화해하지 않을 거라는 것은 확실해요. 지금까지 난 테스의 원수였지만 이제 친구예요. 내 말을 믿지 않을지 모르지만요. 그냥 우리 집 별채로 와요. 제대로 된 양계장 하나 만들어 놓으면 어머니가 잘 관리를 할 거고, 동생들은 학교에 가고요."

테스의 숨결이 점점 다급해졌다. 그녀가 드디어 입을 열었다.

"그런 걸 다 해 준다고 어떻게 믿어요? 생각이 바뀔지 모르잖아요? 그렇게 되면 우리 식구는 또 집 없는 사람이 되겠지요."

"오, 아니요, 아니요. 그런 경우에 대비해서 필요하다면 문서를 써서 보장할게요. 다시 생각해 봐요."

테스가 고개를 저었다. 그러나 더버빌이 계속 고집을 부렸다. 그가 그토록 결심에 차 있는 것은 한 번도 본 일이 없었다. 그는 그녀의 거절을 받아들이지 않을 눈치였다.

"어머니한테 말을 해 봐요." 그가 아주 열을 올려 말했다. "이건 어머니가 판단할 문제예요. 테스가 결정할 문제가 아니에요. 내일 아침에 집 청소를 하고 페인트칠도 해 둘게요. 불도 지펴 두고. 저녁 무렵에는 다 말라 있을 거예요. 곧 거기로 들어올 수 있게 말이죠. 자, 그럼 그러는 걸로 알고 있을게요."

테스가 다시 고개를 저었다. 복잡한 감정이 치밀어 올라 목이 메었다. 그녀는 고개를 들어 더버빌을 쳐다볼 수가 없었다.

"난 지난일 때문에 테스에게 빚을 졌어요, 알다시피." 그가 말을 이었다. "테스가 내 광기를 고쳐 준 거예요. 난 고맙게 생각해요……."

"차라리 그 광기를 그냥 지니고 있었으면 좋겠네요. 그 광기와 같이 따라다니던 전도 사업도 그대로 남아 있게요!"

"테스에게 조금이나마 빚을 갚을 수 있는 이런 기회가 온 걸 감사해요. 내일 어머니의 물건을 내리는 소리를 기다리겠어요……. 자, 그런다고 약속해요. 사랑하는, 아름다운 테스!"

이 말을 하면서 마지막 뒷부분에서는 그의 목소리가 속삭이듯 낮아졌다. 그가 반쯤 열린 창 안으로 손을 밀어 넣었다. 그녀가 험상궂은 눈으로 그를 노려보면서 재빨리 창 받침대를 잡아당겼다. 그의 팔이 창과 돌로 된 중간 문설주에 끼었다.

"염병할! 지독히 잔인하군!" 팔을 꺼내면서 그가 외쳤다. "아니, 아니! 일부러 그런 건 아닌 줄 알고 있어요. 그럼, 기다릴게요. 적어도 어머니와 동생들만이라도요."

"난 안 가요. 돈은 넉넉히 있어요!" 그녀가 큰 소리로 말했다.

"어디에?"

"시아버지 댁에요. 내가 달라기만 하면 돼요."

"달라기만 하면? 그렇지만, 테스는 달라고 하지 않을걸. 난 테스를 잘 알아요. 테스는 돈을 달라고 할 사람이 아니거든. 차라리 굶었으면 굶었지!"

이 말을 마치고 그는 말을 돌렸다. 그는 길모퉁이를 막 돌다가 페인트 통을 든 사람을 만났다. 그 사나이가 그에게 형제들을 다 저버렸느냐고 물었다.

"꺼져!" 더버빌이 소리를 질렀다.

테스는 있던 자리에 그대로 오랫동안 남아 있었다. 그러다 갑자기 부당한 대접을 받는다는 생각이 떠올랐다. 반항심이 솟으면서 눈 언저리가 달아오르고 눈물이 흘러내렸다. 남편인 에인절 클레어도 다른 사람들과 마찬가지로 자신을 혹독하게 다

룬 것이 아닌가! 분명히 그는 자신에게 가혹했다. 그녀는 전에
는 이런 생각을 한 적이 없었다. 그러나 그가 잔인했던 것은
부정할 수 없다! 그녀는 평생 한 번도 잘못된 일을 하려는 뜻
이 없었다. 그녀는 이 사실을 영혼의 저 밑바닥에서 우러난 마
음으로 맹세할 수 있었다. 그런데도 이런 혹독한 심판이 내려
진 것이다. 그녀가 저지른 죄가 무엇이든지 그것은 의도되었던
것이 아니고 부주의한 실수에 의한 것이었다. 그런데 어째서
이렇게 계속해서 벌을 받아야 하는가?

　그녀는 가까이서 먼저 손에 잡히는 종이 조각 한 장을 떼어
내어 다음과 같은 글을 열정적으로 써 내려갔다.

　아, 왜 날 이렇게 심하게 다루나요, 에인절! 난 그런 대접을
받을 만큼 잘못하지 않았어요. 모든 걸 조심스럽게 생각해 보
았어요. 난 자기를 절대로, 절대로 용서하지 못해요! 내가 자기
에게 나쁜 짓을 할 의도가 없었던 건 자기가 잘 알 거예요. 그
런데 왜 자기는 날 나쁘게 대하는 거죠? 자기는 잔인해요, 정
말 잔인해요! 자기를 잊도록 노력할게요. 자기에게서 받은 것
은 오직 부당한 대접밖에 없어요!　T.

　그녀는 우편배달부가 지나가기를 기다렸다가 편지를 들고
그에게 달려갔다. 그러고는 다시 창문 안으로 돌아와 자리에
멍하게 앉았다.

　애정 어린 편지를 써 보내나 이런 편지를 써 보내나 다를 것
이 없었다. 간청한다고 그의 마음이 누그러질 것인가? 현실은
달라진 것이 없었다. 그의 생각을 바꿀 수 있는 새로운 사건은

일어나지 않은 것이다.

날이 어두워지고 있었다. 난롯불이 방을 밝혀 주었다. 큰 동생들 둘은 어머니와 같이 외출하고 없었다. 세 살 반에서 열한 살 사이의 어린 동생들 넷이 모두 까만색 유아복을 입고 난로 앞에 옹기종기 모여 앉아 저희들끼리 이야기를 조잘거리고 있었다. 테스는 촛불을 켜지 않은 채 그들에게 다가갔다.

"얘들아, 우리가 태어난 이 집에서 자는 것이 오늘로 마지막이란다." 그녀가 빠른 목소리로 말했다. "그런 걸 한번 생각해 봐야 하겠지, 그렇지 않니? 우리가 말이야."

아이들이 모두 조용해졌다. 하루 종일 새 집으로 이사간다는 생각에 기쁨으로 들떠 있던 아이들이 언니가 한 마지막이라는 말을 듣고는 그들 나이 특유의 민감성 때문에 금방이라도 울음을 터뜨릴 것 같은 표정을 지었다. 테스가 화제를 바꾸었다.

"얘들아, 노래 불러 줘." 그녀가 말했다.

"뭘 부를까?"

"아는 것 아무거나. 아무거나 다 좋아."

아이들 사이에 잠시 정적이 일어났다. 그 정적은 먼저 한 아이가 머뭇거리며 부르는 조용한 노래에 의해서 깨어졌다. 두 번째 아이가 그 노래를 따라하면서 노랫소리가 굵어졌다. 세 번째 아이와 네 번째 아이도 따라 합창을 했다. 가사는 아이들이 주일학교에서 배운 노래의 구절이었다.

> 이 땅에서는 슬픔과 고통을 겪고
> 이 땅에서는 만나면 다시 이별이지만

하늘나라에서는 이별이 없네.

　이 문제에 대하여 오래전에 마음을 정하고 그 결정에 의심의 여지가 없으며 그 이상 생각할 필요조차 없다고 생각하는 사람들의 냉담하고 차분한 목소리로 네 아이들은 노래를 불렀다. 그들은 음절을 바로 발음하려고 긴장하여 애를 쓰면서 깜박거리는 불꽃 한가운데를 계속해서 바라보았다. 가장 어린 동생의 노랫소리는 다른 아이들의 노래가 끝난 다음에도 계속되었다.

　테스는 동생들에게서 몸을 돌려 다시 창가로 갔다. 밖에는 이제 어둠이 완전히 내려 있었다. 그녀는 어둠을 꿰뚫어 보기라도 하려는 듯이 얼굴을 유리창에 밀착시켰다. 그러나 그것은 사실은 눈물을 감추기 위해서였다. 아이들이 부른 노래를 믿을 수가 있다면, 그 점에 대하여 자신이 생긴다면, 만사가 얼마나 달라질까! 그렇기만 하다면 그녀는 동생들을 확실하게 섭리(攝理)에 맡기고 그들이 믿는 미래의 왕국에 맡길 수 있으련만! 그러나 그렇지 않기 때문에 그녀는 무엇인가를 해야 했고 그녀 자신이 그들의 섭리가 되어야만 했다. 그래서 테스뿐만 아니라 수백만의 다른 사람들을 위해서 어느 시인의 시구 속에 이런 무서운 풍자가 적혀 있지 않은가?

　　완전한 알몸이 아니라
　　영광의 구름을 끌면서 우리는 오느니.*

─────────────
* 윌리엄 워즈워스의 시 「불멸의 모방에 대한 부(賦)」에서 인용.

테스나 그녀와 유사한 사람들에게는 탄생이란 그 자체가 개인에게 요구된 수치스러운 강요에 의한 시련일 뿐이다. 무상으로 주어진 이 강요는 그 결과에 있어서 아무것도 정당화될 수 없었으며 기껏해야 그것을 다소 완화하는 정도에 불과했다.

얼마 지나지 않아 테스는 젖은 도로에 깔린 어둠 속에서 어머니와 키가 큰 라이자 루와 에이브라함이 걸어오는 것을 보았다. 더비필드 부인의 덧신이 딸가닥거리며 문 앞으로 오는 소리가 들리자 테스가 문을 열었다.

"창밖에 말발굽 자국이 보이더라." 조온이 말했다. "누가 찾아 왔었니?"

"아니." 테스가 대답했다.

난롯가에 있던 아이들이 그녀를 심각한 눈으로 바라보았다. 그중의 한 아이가 중얼거렸다.

"아냐, 테스. 말을 탄 신사가 왔었잖아!"

"찾아온 건 아니고." 테스가 대답했다. "지나가다가 나한테 몇 마디 했어."

"그 신사가 누구니?" 어머니가 물었다. "너의 남편이니?"

"아니요. 그 사람은 절대로, 절대로 오지 않아요." 테스가 돌처럼 굳은 절망의 목소리로 말했다.

"그럼 누구니?"

"아, 묻지 마세요. 전에 엄마도 만난 적이 있는 사람이에요. 나도 본 적이 있고요."

"아! 그 사람이 뭐라고 그랬니?" 조온이 호기심에 차서 물었다.

"내일 킹스비어 셋방에 짐을 풀면 이야기해 줄게요. 전부

다."

테스는 그가 자신의 남편이 아니라고 말했다. 그러나 육체적 의미에서 이 사람이 자신의 남편이라는 생각이 점점 더 그녀를 무겁게 압박해 왔다.

52장

다음 날 꼭두새벽, 밖은 아직 깜깜한데 큰길가에 사는 사람들은 덜거덕거리는 소음 때문에 밤잠을 설쳤다. 그 소음은 환하게 날이 밝을 때까지 간헐적으로 계속되었다. 그 달의 첫째 주에 들리는 그 소음은 같은 달 셋째 주에 들리는 뻐꾸기 소리만큼 확실하게 반복되는 소리였다. 그 소리는 이사철의 대이동을 알리는 서곡으로 이사 가는 가족의 짐을 실어 나르기 위해 빈 수레와 짐꾼들이 움직이는 소리였다. 지주가 마차를 보내 농장에 와서 일할 사람과 그의 짐을 싣고 가는 것이 관례였기 때문이었다. 자정이 지나자마자 덜거덕거리는 소리가 시작되는 이유는 이런 작업을 그날 안으로 끝내기 위해서였다. 마차꾼이 아침 6시까지 이사하는 사람의 집 문 앞에 도착해서 즉시 이삿짐을 싣기 시작하는 것도 바로 그 때문이었다.

그러나 테스와 그녀 어머니의 집에는 신경을 써서 짐꾼을 보내 줄 농장주가 없었다. 가족들은 모두 여자였고 정규 노동자들이 아니었기 때문에 어디서 오라는 곳이 없었다. 그들은 직접 돈을 내어 마차를 불러야 했다. 누구도 무료로 마차를 보내 주는 사람이 없었다.

그날 아침 창밖을 내다보다가 날씨는 바람이 불고 구름이 끼었으나 비가 오지 않는다는 사실과, 빌린 마차가 벌써 와서 기다리는 것을 보고 테스는 안심이 되었다. 비 오는 성수태 고지일은 이사하는 가족들에게는 결코 잊을 수 없는 공포의 날이었기 때문이다. 젖은 가구, 젖은 침대, 젖은 옷, 여러 가지 질병이 수반되었던 것이다.

어머니와 라이자 루와 에이브라함도 깨어 있었다. 그러나 어린 동생들은 그냥 더 자도록 두었다. 네 사람은 희미한 불빛 아래서 아침 식사를 하였다. 그리고 '집 비우기'가 시작되었다.

가깝게 지내던 이웃 사람 한둘이 건너와 도와준 덕분에 일은 즐거운 분위기 속에서 진행되었다. 가구들 중에서 큰 것들을 싸서 제자리에 두고 조온 더비필드와 어린아이들이 앉아서 갈 수 있도록 침대와 침구를 둥그렇게 둥지처럼 만들어 두었다. 짐을 다 싣고도 말들을 다시 끌고 와 마차에 매는 데 시간이 꽤 지연되었다. '집 비우기'를 하는 동안 말들을 마차에서 떼어 놓았기 때문이다. 드디어 오후 2시쯤 되어서 모든 준비를 마쳤다. 요리 냄비가 마차 굴대에 대롱대롱 매달렸고, 더비필드 부인과 가족은 마차 꼭대기에 올라앉았다. 주인 아주머니 무릎 위에는 괘종시계의 머리 부분이 기계가 다치지 않도록 놓여 있어 마차가 갑자기 크게 요동을 치면 괘종이 아픈 소리로 1시를 치기도 하고 1시 반을 치기도 했다. 테스와 바로 아래 동생은 마을 밖을 빠져나갈 때까지 마차 곁에서 걸었다.

더비필드 가족은 그날 아침과 전날 밤에 몇몇 이웃을 찾아가 인사를 하였다. 그중 몇 사람은 그들을 전송하러 나왔다. 그러나 이웃은 하나같이 마음속으로 자신들 외에는 누구에게도 해를 주지 못하는 더비필드 가족이 잘되리라고는 기대하지 않았다. 곧 마차와 마차를 탄 일행은 높은 지대로 올라갔다. 고도와 토질이 달라지면서 바람이 매서워지기 시작했다.

그날은 마침 4월 6일이어서 더비필드 가족이 탄 마차는 가족들이 짐 꼭대기에 올라탄 비슷한 마차를 적잖게 만났다. 마차에 실은 짐은 거의 예외 없이 이 지방 노동자들 특유의 하역 방법에 맞추어 육각형 벌집 모양으로 실려 있었다. 마차에는 번쩍거리는 손잡이가 달리고 손자국이 여기저기 나 있었으며 그 외에도 집안 살림의 흔적이 역력한 찬장이 맨 앞에 아주 중요한 물건이나 되듯이 세워져 있었다. 마차를 축으로 매달아 끌고 가는 말꼬리 위로 꼿꼿하게 놓여 있어 경건한 마음으로 운반해야 하는 언약궤* 같아 보였다.

어떤 가족은 활기에 넘쳐 있고 또 어떤 가족은 풀이 죽어 있었다. 어떤 가족은 큰길가에 있는 주막문 앞에 멈춰 서 있었다. 더비필드 가족도 말에 먹이를 주고 휴식도 취할 겸 주막 앞에 섰다.

마차가 멈춰 있는 동안 같은 주막에서 약간 거리가 떨어진 곳에 마차 한 대가 서 있고 가구를 쌓아 올린 마차의 꼭대기에 앉은 여자들 자리에서 3파인트짜리 푸른색 맥주잔이 오르락내리락하는 것을 테스는 눈여겨보았다. 그녀는 맥주잔이 공

---

* 모세의 십계명을 새겨 넣은 성스러운 궤. 「출애굽기」 25장 16절 참조.

중으로 올라가는 것을 지켜보다가 그 잔을 받는 사람의 손을 보고 누구인지를 알아차렸다. 테스가 마차 쪽으로 걸어갔다.

"마리안! 이즈!" 그녀가 여자들을 향해 소리쳤다. 마리안과 이즈가 틀림없었다. 그들은 함께 살던 가족과 이동 중이었다. "너희들도 다른 사람들처럼 오늘 '집 비우기'를 하는 거니?"

그들이 그렇다고 대답했다. 플린트쿰애시에서의 생활이 너무 힘들어서 그로비가 마음먹고 그들을 고소하려면 하라는 배짱으로 그에게 거의 예고도 주지 않고 농장을 떠났다는 것이다. 그들은 테스에게 가는 곳의 주소를 알려 주었고 테스도 그들에게 자신이 어디로 가는지를 알려 주었다.

마리안이 짐 위에서 몸을 굽히면서 낮은 목소리로 속삭였다. "널 쫓아다니는 그 신사가 누군지 넌 짐작 가겠지? 네가 플린트쿰을 떠난 다음에 찾아왔던 걸 알고 있니? 네가 그 사람을 만나고 싶어 하지 않는 줄 알고 있어서 네가 어디 있는지 말하지 않았어."

"아, 하지만 그 사람 이미 만났어!" 테스가 중얼거렸다. "내가 있는 곳을 찾아냈어."

"네가 어디로 가는지 그 사람도 알고 있니?"

"그럴 거야."

"남편은 돌아오고?"

"아니."

테스는 친구에게 작별을 하였다. 양쪽 마차의 마부가 주막에서 나왔기 때문이었다. 두 마차는 반대 방향으로 가던 길을 계속 갔다. 마리안과 이즈와 그들이 고락을 함께하기로 한 농부네 가족이 탄 마차는 환한 색으로 페인트칠이 되어 있고 말의 손잡이와 장식에는 반짝거리는 놋쇠 장식이 달려 있었다. 그러나 더비필드 부인과 가족이 타고 가는 마차는 쌓아 올린 짐의 무게를 견디어 내지 못하고 삐걱거리며 굴러 가는 수레였다. 처음 제조된 이후로 페인트칠을 한 번도 하지 않은 마차는 두 마리의 말이 겨우 힘들게 끌고 있었다. 두 마차가 이루는 대조는 한쪽 마차가 경영을 잘하는 농부가 보낸 것인데 반해 다른 한쪽은 아무도 기다리지 않는 곳으로 사람들을 태워 가는 마차라는 차이점이었다.

갈 길은 아주 멀었다. 하루 만에 가기에는 너무 먼 거리였다. 거기다 말이 아주 힘들게 길을 가고 있었다. 출발지에서는 아주 일찍 떠났으나 그린힐이라 불리는 고지대의 일부를 형성하는 산 언덕의 측면을 돌았을 때에는 오후도 꽤 늦은 시간이 되어 있었다. 말이 멈춰 서서 오줌을 누고 숨을 돌리는 사이 테스가 주변을 둘러보았다. 정면으로 산 언덕 아래에 반쯤 죽은 작은 도시가 펼쳐져 있었다. 아버지가 귀가 아프도록 노래를 부른, 조상들이 묻혀 있는 그들의 순례지 킹스비어였다. 세상의 모든 곳 중에서 더버빌 가문의 고향이라고 생각할 수 있는 곳, 조상들이 500년을 살았던 곳, 그곳이 바로 킹스비어였다.

도시의 외곽에서 그들을 향해 다가오는 한 사나이가 보였다. 사나이가 마차에 실은 짐을 보고는 걸음을 빨리 옮겼다.

"더비필드 부인이라는 아주머니 맞죠? 그렇죠?" 그가 테스의 어머니에게 말했다. 그녀는 마차에서 내려 나머지 길을 걸어가고 있었다.

그녀가 고개를 끄덕였다. "꼭 내 권리를 따진다면, 가난한 귀족, 작고한 존 더버빌 경의 미망인인데 선조들의 영지로 돌아오는 중이긴 하지만."

"오, 그래요? 흠, 난 그런 건 잘 모르고요, 아주머니가 더비필드 부인이라면 원하던 방이 벌써 나가고 없다는 이야기를 전하러 왔어요. 오늘 아침에 아주머니 편지를 받을 때까지 우리는 아주머니가 오는 것을 모르고 있었어요. 편지를 받았을 때는 이미 늦었지요. 어디 다른 곳에서 방을 구할 수 있을 거예요."

사나이는 이 전언을 듣고 테스의 얼굴이 잿빛으로 질리는 것을 보았다. 그녀의 어머니가 어찌할 바를 몰라 망연자실한 표정을 지었다. "이제 어떻게 하지, 테스?" 그녀가 쓸쓸한 소리로 말했다. "조상의 땅으로 온 환영이 이렇구나! 어서 더 알아보도록 하자."

그들은 시내로 들어가 최선을 다해서 알아보았다. 테스가 마차에 남아서 동생들을 돌보고 어머니와 라이자 루가 방을 알아보러 다녔다. 집을 찾는 노력이 소용없는 일이 된 채 한 시간 뒤에 조온이 마지막으로 마차에 돌아오자 마부가 짐을 마차에서 내려야겠다고 했다. 말들이 짐 무게를 견디지 못하여 반 죽음 상태에 있는 데다 마부 자신도 그날 밤으로 온 길을 반쯤이라도 돌아가야겠다는 것이었다.

"좋아요. 여기 짐을 내려 줘요." 조온이 앞뒤 가리지 않고 큰소리를 쳤다. "어디라도 거처를 구할 테니까요."

마차가 사람들의 눈에 잘 띄지 않는 교회 담 아래 한 곳으로 다가갔다. 마부가 얼씨구나 하는 마음으로 초라한 세간살이들을 단숨에 내려놓았다. 일이 끝나자 조온이 그에게 값을 치렀다. 이제 그녀의 손에 남은 돈은 겨우 1실링 정도였다. 마부는 그런 가족들과 더 이상 거래가 없는 것이 너무 기쁜 듯이 그들을 뒤로하고 떠났다. 마침 하늘이 맑아서 그냥 두어도 큰 해는 없을 것 같았다.

테스는 절망적인 눈으로 가구 더미를 멍하게 바라보았다. 항아리와 주전자, 바람 앞에서 떨고 있는 마른 약초 다발, 찬장의 놋쇠 손잡이, 아이들이 타고 자란 버드나무 가지 요람, 잘 닦아 둔 벽시계 케이스 위로 봄날 오후의 싸늘한 햇살이 불쾌하게 비추었다. 실내에만 있던 물건들이 전에 그런 일이 없는 야외에 버려진 상황에 대해 원망하는 빛을 내고 있었다. 주변에는 전에 공원이었던 야산과 경사지가 지금은 작은 방목지로 분할되어 있었고, 이끼 긴 주춧돌들이 여기저기 놓여 있어 한때 더버빌 장원의 저택이 있었던 곳임을 말해 주었다. 그리고 항상 장원의 일부였던 에그던히스가 길게 뻗어 있었다. 가까운 곳에는 더버빌 아일이라고 불리는 교회의 회랑이 조용히 주변을 내려다 보았다.

"너의 지하 가족 묘지는 너의 집안의 자유 토지 보유권에 들어 있지?" 테스의 어머니가 교회와 묘지를 살펴본 뒤에 돌아와 한 말이었다. "그래, 물론 그렇지. 얘들아, 조상 땅이 우리가 누울 집붕을 찾아 줄 때까지 거기 가서 야영을 하자! 자, 테스, 라이자, 에이브라함, 날 좀 도와 다오. 아이들이 잘 곳을 만들어 주어야지. 그리고 한 번 더 둘러보고 오자."

테스는 마지못해 어머니를 도왔다. 십오 분 뒤에 이삿짐 더미에서 네 발 달린 낡은 침대를 빼내어 더버빌 아일로 알려진 건물의 한 부분인 교회의 남쪽 담 아래에 놓았다. 그 아래에는 커다란 가족 지하 묘소가 있었다. 침대 덮개 위에는 15세기로 거슬러 올라가는 오색영롱한 트레서리 무늬 장식이 달린 아름다운 창문이 있었다. 그것이 바로 더버빌 창문이었다. 창문 윗부분에는 더비필드 집에 있던 옛날 인장과 숟가락에 새겨진 것과 똑같은 문장(紋章)이 있었다.

조온이 커튼을 침대에 빙 둘러서 훌륭한 천막을 만들었다. 그리고 아이들을 그 안으로 들어가게 하였다. "최악의 경우에는 우리도 하룻밤쯤은 여기서 함께 잘 수 있겠지." 그녀가 말했다. "그러나 좀 더 찾아보기로 하자. 가엾은 아기들이 먹을 것도 구해 오고. 오, 테스, 우릴 이런 처지에 몰아넣는다면 네가 신사하고 거창한 결혼을 하는 게 무슨 소용이 있겠니!"

라이자 루와 아들을 데리고 그녀는 도시로부터 교회를 가려 주는 작은 골목길로 접어들었다. 그들은 큰길로 나가자마자 말을 탄 사나이가 길 아래위를 살피는 것을 보았다. "아, 당신들을 찾는 중이었어요!" 말을 탄 채로 다가오면서 그가 말했다. "이거야말로 역사적인 장소에서 집안 모임을 갖는 거군요!"

사나이는 알렉 더버빌이었다. "테스는 어디 있나요?" 그가 물었다.

조온은 개인적으로 알렉에게 호감을 갖고 있지 않았다. 그녀는 건성으로 황급히 교회 쪽으로 손짓을 해 보이고 가던 길을 계속 갔다. 그가 막 들었다면서 거처를 여전히 구하지 못하고 있다면 나중에 찾아오겠다는 말을 했다. 조온과 아이가 사라지자 더버빌은 여관으로 돌아갔다. 잠시 뒤 그는 말을 타지 않고 걸어서 거리로 나왔다.

그사이 아이들과 침대에 남아 있던 테스는 그들에게 이야기를 해 주었다. 그들을 그 이상 편안하게 하지 못하는 것을 깨닫고 그녀는 땅거미의 그림자가 드리워져 어두운 갈색으로 변하고 있는 교회 경내를 여기저기 걸었다. 그녀는 교회 문이 잠겨 있지 않아 처음으로 교회 안으로 들어가 보았다.

아이들의 침대가 놓여 있는 바로 위의 창문 안 지하에는 몇 세기에 걸치는 날짜가 새겨진 가족 무덤이 들어서 있었다. 제단 모양을 한 무덤에는 덮개가 있었으나 장식은 간소했다. 조각들은 훼손되고 부서져 있었으며, 구리 장식들은 석기(石基)에서 떨어져 나가고, 못을 박았던 구멍은 모래 절벽에 파여져 있는 담비 집 같아 보였다. 자신의 가문이 사회적으로 소멸되었음을 상기시키는 유적 중에서 이 폐허만큼 그녀에게 강하게 다가오는 것도 없었다.

그녀는 까만 석조물로 다가갔다. 거기에는 이런 글이 새겨져 있었다.

Ostium sepulchri antiquæ familiæ D'Urberville.*

테스는 교회 라틴어를 추기경만큼 잘 읽지는 못했다. 그러나 그녀는 이것이 조상의 무덤으로 들어가는 문이라는 것과 아버지가 술을 마시면 노래 부르던 키 큰 기사들이 그 안에 있다는 것을 알 수 있었다.

그녀는 생각에 잠긴 채 뒤로 물러나 제단 모양을 한 무덤 곁을 지나갔다. 무덤 중에서 가장 오래된 것으로 누워 있는 사람의 모습이 보였다. 교회 안이 어두워서 그 무덤을 처음에는

---

* '유서 깊은 더버빌 가문의 무덤으로 들어가는 문'이라는 뜻의 라틴어.

보지 못하였던 것이다. 이번에도 그 조상(彫像)이 움직였다는 이상한 생각이 머릿속에 떠오르지 않았다면 그녀는 그 무덤을 보지 않고 지나쳤을지도 모른다. 그녀는 그 조상에 가까이 다가갔다가 그것이 조각이 아니고 살아 있는 사람임을 알게 되었다. 그곳에 자신 혼자만 있지 않는다는 사실을 깨닫는 순간 그 충격이 너무 강하게 엄습해서 테스는 거의 기절 상태로 바닥에 주저앉았다. 그녀는 곧 그가 알렉 더버빌이라는 사실을 알게 되었다.

그가 석판에서 뛰어나와 그녀를 부축했다.

"안으로 들어오는 것을 봤지요." 그가 미소를 지으며 말했다. "테스의 명상을 방해하지 않기 위해 저기로 올라갔어요. 이 노인들이 우리 밑에 있으니 가문의 모임이네요, 안 그래요? 잘 들어 봐요."

그는 발 뒤꿈치로 무겁게 교회의 마루를 쾅쾅 쳤다. 그러자 밑에서 텅 빈 메아리가 울려 왔다.

"저 양반들을 좀 흔들었을 거야. 틀림없어요!" 그가 말을 계속했다. "테스는 날 그냥 저 사람들의 하나를 돌로 만든 석상이라고 생각했겠지. 그러나 그게 아니지. 구질서는 바뀌는 거지.* 가짜 더버빌의 새끼손가락 하나가 지하실에 묻혀 있는 진짜 더버빌 문중의 총체보다 더 많은 것을 테스에게 해 줄 수가 있어요. 자 명령을 내려 봐요. 뭘 할까요?"

"가세요!" 그녀가 낮은 소리로 말했다.

"갈게요. 어머니를 찾아볼게요." 그가 부드럽게 말했다. 그러

---

* 테니슨의 시 「아서 왕의 죽음」에서 인용한 시 구절.

나 그는 그녀 곁을 지나다가 이렇게 속삭였다. "이것 한 가지만 명심해 두어요. 당신이 친절해질 거라는 점을."

그가 간 다음 그녀는 지하 묘지 입구에서 몸을 구부리고 이렇게 중얼거렸다.

"왜 난 이 문의 반대쪽에 있는 것인가!"

한편 마리안과 이즈 휴에트는 농부의 가재도구에 끼어서 약속의 땅으로 가고 있었다. 그날 아침 그곳을 떠난 다른 가족에게는 이집트였지만. 그러나 처녀들은 자신들이 어디로 가는지는 오래 생각하지 않았다. 그들의 이야기는 에인절 클레어와 테스에 관한 것이었으며, 또 테스를 끊임없이 쫓아다니는 구애자에 대한 것이었다. 그들은 그가 그녀의 과거와 관련되었던 일을 부분적으로 소문에서 들었고 또 부분적으로는 추측하는 바도 있었다.

"테스와 그 사람이 전혀 모르는 사이 같지는 않아." 마리안이 말했다. "그가 전에 한번 테스를 자기 사람으로 만들었던 일은 문제를 아주 복잡하게 할 거야. 테스를 다시 유혹해 간다면 그건 천 번 만 번 유감스러운 일이고. 이즈, 클레어 선생이 우리에게는 아무 의미 없는 존재일 수도 있어. 하지만 테스에게 간 것을 우리가 기분 나쁘게 생각할 필요는 없잖아? 두 사람의 불화를 화해시켜 주는 것이 어떨까? 테스가 놓인 처지를 알기만 한다면, 무슨 위험이 테스 주변에서 맴도는지를 안다면, 자기 아내를 돌보러 올지도 몰라."

"알려 줄까?"

그들은 목적지로 가는 동안 내내 이 문제를 생각했다. 그러나 새로 간 곳에서 다시 정착하는 일에 바빠 그만 그들의 관심이 다른 쪽으로 쏠리고 말았다. 한 달쯤 뒤 그들의 생활이 안정되었을 때 두 처녀는 테스의 소식은 듣지 못했으나 클레어가 돌아오고 있다는 소문을 듣게 되었다. 클레어에 대한 그들의 연정과 테스에 대한 의리가 다시 솟아나 마리안이 두 사람이 함께 나눠 쓰는 값싼 1페니짜리 잉크통 뚜껑을 열었다. 그리고 두 처녀들은 서로 상의하여 다음과 같은 글을 몇 줄 적었다.

존경하는 선생님, 부인이 선생님을 사랑하는 만큼 선생님이 부인을 사랑하거든 꼭 부인을 찾으세요. 친구의 탈을 쓴 원수가 부인을 노리고 있어요. 선생님, 멀리 떨어져 있어야 할 사람이 부인 곁에 나타났어요. 여자는 자기 힘으로 견딜 수 없는 시험을 받아서는 안 되지요. 계속되는 낙숫물은 돌을, 그래요, 그보다 더한 다이아몬드도 뚫어요.
— 행복을 비는 두 사람으로부터

그들은 에인절 클레어를 수신인으로 하고 그와 관련되어 있다고 들은 에민스터 사제관으로 이 편지를 띄웠다. 편지를 발송한 다음 그들은 자신들이 장한 일을 했다는 우쭐한 기분에 빠졌다. 그래서 그들은 발작적 기분에 젖어 노래를 부르기도 하고 또 울기도 하였다.

7부
완성

53장

에민스터 사제관의 저녁. 신부의 서재에 관례적으로 켜 두는 초 두 개가 초록색 갓 아래에서 타고 있었다. 그러나 정작 신부는 그 방에 있지 않았다. 이따금씩 그는 밖에서 방 안으로 들어와 점점 따뜻해지는 봄날에 비해서는 불꽃이 충분한데도 낮게 타고 있는 벽난로의 불씨를 뒤적거리고 다시 밖으로 나갔다. 그는 현관문 앞에서 걸음을 멈추었다가 응접실로 갔으며 다시 현관문으로 돌아왔다.

서재는 서향으로 나 있었다. 실내에는 어둠이 내려 있었으나 아직도 밖에는 햇빛이 남아 있어 모든 것이 뚜렷하게 보였다. 응접실에 앉아 있던 클레어 부인이 남편을 뒤따라 나왔다.

"아직 시간이 많이 남았어요." 신부가 말했다. "기차가 제시간에 도착하더라도 초크뉴턴에 6시까지는 도착하지 않으니까, 거기서 16킬로미터는 우리 집 늙은 말을 타고는 바쁘게 달려올 수 없는 시골 길이거든. 그중에서도 8킬로미터는 크리머크

록레인이지."

"여보, 걔가 우리하고 오면서는 한 시간 안에 왔잖아요?"

"그건 몇 해 전 이야기지."

두 사람은 이렇게 시간을 분 단위로 세면서 기다렸다. 그러나 그들은 이런 말은 모두 소용없고, 중요한 것은 그냥 기다려야 한다는 사실을 잘 알았다.

드디어 길에서 가벼운 소음이 나더니 담장 밖에 조랑말이 끄는 낡은 이륜마차가 나타났다. 마차에서 알아볼 수 있을 것 같은 사람이 내렸다. 그러나 그는 특정한 인물이 오기로 된 특정한 시간에 마차에서 내리지 않았더라면 거리에서 만났어도 알아보지 못하고 지나갔을 모습이었다.

클레어 부인이 어두운 복도를 지나 현관문으로 달려갔다. 그녀의 남편은 좀 더 천천히 그녀의 뒤를 따라 걸어 나왔다.

막 도착한 사람은 집 안으로 들어오다가 문간에서 그들의 걱정스러운 얼굴을 보았다. 그들이 그날의 마지막 햇살을 마주하고 있어 서쪽 하늘에 남아 있는 햇빛이 두 사람의 안경에 반사된 것도 보았다. 그러나 그가 석양을 등지고 있어서 그들은 그의 얼굴의 윤곽만 보았을 뿐이었다.

"오, 내 아들, 내 아들, 마침내 집에 왔구나!" 클레어 부인이 외쳤다. 그 순간에는 그들을 떼어 놓았던 이단이라는 얼룩이 그녀에게 옷에 묻은 먼지 정도로 대수롭지 않게 여겨졌다. 진리에 가장 충실하게 집착하는 여자라도 자기 자식을 믿는 만큼 말씀의 약속과 위협을 믿는 사람이 어디 있으며, 자식들의 행복에 역행하는 것이라면 자신의 신앙을 바람에 날리지 않을 사람은 또 어디 있겠는가? 촛불이 켜져 있는 방 안으로 들어

가자 어머니가 아들의 얼굴을 들여다보았다.

"오, 에인절이 아니구나. 내 아들이 아니야. 먼 길을 갔던 그 에인절이 아니야!" 그녀가 슬픔의 아이러니에 잠겨 소리를 지르고 얼굴을 옆으로 돌렸다.

아버지도 아들의 모습을 보고 충격을 받았다. 고국에서 일어난 사건들에 수반된 비웃음을 피하기 위하여 성급하게 달려 들어갔던 기후 속에서 경험한 고통과 악천후는 그의 옛날 모습을 완전히 바꾸어 놓은 것이었다. 그 몰골 뒤에 있는 해골이 보이고 해골 뒤의 유령이 보이는 것 같았다. 그 모습은 크리벨리의 죽은 「그리스도」*를 연상시켰다. 푹 꺼진 안공에는 병색이 감돌았고 눈빛에는 힘이 빠져 있었다. 선조들의 앙상하게 파진 볼과 주름살이 이십 년은 앞서 그의 얼굴에 나타나 있었다.

"거기서 병이 났어요." 그가 말했다. "이제 나았어요."

그러나 그의 말이 거짓임을 증명하기라도 하듯이 다리가 휘청거렸다. 그는 넘어지지 않기 위해 얼른 그 자리에 주저앉았다. 그날 하루 종일 지루하게 먼 길을 온 피로와 집에 와서 느낀 흥분 때문에 가볍게 현기증이 일어난 것이다.

"최근에 편지 온 것 있나요?" 그가 물었다. "마지막 보내 준 편지는 오지에 있었기 때문에 한참 시간이 지난 뒤에 아주 우연히 받았어요. 그렇지 않았더라면 좀 더 일찍 귀국했을 텐데요."

"그 편지는 너의 처한테서 온 것 같던데?"

---

* 칼로 크리벨리(1435~1493)가 그린 예수의 피에타.

"그랬어요."

최근에 온 편지가 하나 더 있었다. 그러나 아들이 곧 돌아온다는 사실을 알고 그 편지는 집에서 보관하고 있었다.

그는 급한 마음으로 편지를 뜯었다. 테스가 마지막으로 황급히 갈겨쓴 편지 속에 담긴 그녀의 심정을 읽어 내려가는 동안 마음이 몹시 흥분되었다.

아, 왜 날 이렇게 심하게 다루나요, 에인절! 난 그런 대접을 받을 만큼 잘못하지 않았어요. 모든 걸 조심스럽게 생각해 보았어요. 난 자기를 절대로, 절대로 용서하지 못해요! 내가 자기에게 나쁜 짓을 할 의도가 없었던 건 자기가 잘 알 거예요. 그런데 왜 자기는 날 나쁘게 대하는 거죠? 자기는 잔인해요. 정말 잔인해요! 자기를 잊도록 노력할게요. 자기에게서 받은 것은 오직 부당한 대접밖에 없어요. T.

"그건 사실이야!" 에인절이 편지를 내동댕이치면서 소리쳤다. "어쩌면 나와 화해하지 못할지도 모르겠어!"

"에인절, 그 아이는 흙의 아이에 불과하니 너무 걱정하지 마라!"

어머니가 말했다.

"흙의 아이라! 흠, 우린 모두 흙의 아이들이지요. 그 사람이 어머니가 뜻하는 의미에서 흙의 아이였으면 좋겠어요. 전에 말하지 않았던 걸 이야기할게요. 그 사람 아버지는 가장 오래된 노르만 문중의 한 가문을 이어 오는 후손이에요. 인근 마을에서 이름 없이 묻혀 살며 농사일을 하는 집안의 하나로, 그들이 바로 '흙의 자식들'이라는 이름으로 살고 있어요."

그는 곧 잠자리에 들었다. 다음 날 아침 그는 몸이 몹시 불편하여 자기 방에 틀어박혀 깊은 생각에 빠졌다. 적도 남쪽에서 그녀의 애정 어린 편지를 받았을 때에는, 그녀를 용서하기로 하는 순간 그녀의 품으로 달려가는 것이 어려운 일이 아니라고 생각했다. 그러나 테스를 두고 떠났던 정황을 여러 가지로 고려하면 이제 집으로 왔지만 그런 생각이 그렇게 쉽게 실천될 수는 없을 것 같았다. 그녀의 성격이 격렬한 데다 귀국이 늦어지는 동안 자신에 대한 그녀의 판단이 바뀐 것은 너무나 당연한 일이라고 그 사실을 인정했지만 편지를 읽고 나서는 아무 예고도 없이 찾아가 부모들 앞에서 그녀를 만나는 것이 과연 현명한 일인지 자문하지 않을 수 없었다. 떨어져 있는 기간 후반부에 진정 그녀의 사랑이 미움으로 바뀌었다면 갑작스럽게 만나는 것이 오히려 쓰라린 언쟁으로 발전될 수 있는 것이다.

그래서 클레어는 테스와 가족에게 말로트로 편지를 보내고 자신이 귀국했으며 영국을 떠날 때 그녀에게 시켰던 대로 그곳에서 여전히 가족들과 지내고 있기를 바란다는 뜻을 전해서 마음의 준비를 시키는 것이 최상의 방법이라고 마음먹었다. 그날로 그는 그런 뜻을 적은 편지를 띄웠다. 한 주일이 되기 전에 더비필드 부인으로부터 짧은 회신이 왔다. 그러나 그를 당혹스럽게 한 것은 편지가 말로트에서 온 것이 아닌데도 거기에는 새 주소가 적혀 있지 않았다는 점이었다.

선생님, 여기 몇 줄 쓰는 이유는 내 딸이 지금 나를 떠나 있고 또 언제 돌아올지 모른다는 점을 알리기 위해서입니다. 그러나 돌아오는 대로 알려 드리겠습니다. 그 아이가 지금 임시로 있는 곳이 어딘지는 말할 수가 없어요. 나와 내 가족은 말로트를 떠난 지 좀 되었어요. 안녕히 계십시오. J. 더비필드

클레어는 적어도 테스가 잘 있는 것이 분명하다는 사실에서 위로를 받았다. 테스가 어디 있는지에 대해서 그녀의 어머니가 강하게 침묵을 지키기로 한 것은 그를 오래 우울하게 만들지는 않았다. 그들 모두가 그에게 화가 나 있는 것이 분명했다. 그는 더비필드 부인이 테스의 귀가를 알려 줄 때까지 기다리기로 하였다. 편지대로라면 그녀는 곧 돌아올 것 같아 보였다. 그는 그 이상의 대접은 받을 자격이 없었다. 그동안 그의 사랑은 '변화가 왔을 때 변절하는'* 사랑이었다. 그는 고국을 떠나 있는 동안 이상한 일을 이것저것 경험하였다. 그는 사실상의 파우스티나**를 엄밀한 의미에서의 코르넬리아***에게서 발견했고, 정신적인 루크레티아****를 육체파 프리네*****에서 보았다. 그는 군중 앞에 끌려나와 돌을 맞아 죽게 된 여인******을 생각했

---

* 셰익스피어의 「소네트」 116번에서 시인은 '변화가 왔을 때 변절하는 것은 사랑이 아닌 것'이라고 노래했다.
** 로마의 마르쿠스 아우렐리우스 황제의 부정했던 처.
*** 로마의 개혁 정치가 티베리루스 셈프로니우스 그라쿠스의 아내로 현모양처의 대명사.
**** 로마의 귀족 루시우스 타르키니우스 콜라티누스의 아름답고 정절 높은 아내.
***** 그리스의 탕녀.
****** 예수가 구해 준 간음한 막달라 마리아. 「요한복음」 8장 3~11절 참조.

고, 또 우리아의 아내*가 왕비가 된 것도 생각했다. 그는 왜 테스를 연대순으로보다 구조적으로, 행동으로보다 의지를 기준으로 판단하지 않았는지를 자책했다.

그는 하루이틀 더 아버지의 집에서 조온 더비필드가 약속한 두 번째 편지가 오기를 기다리면서 기력을 회복하는 데 신경을 썼다. 기운은 회복되는 기미를 보였으나 조온의 편지는 오지 않았다. 그는 브라질로 보낸 옛날 편지를 뒤적이다가 플린트쿰 애시에서 테스가 쓴 편지를 찾아내고 그것을 다시 읽었다. 편지의 구절구절이 처음 읽었을 때만큼 다시 한 번 그의 마음을 흔들었다.

어려운 처지 속에서 난 자기에게 호소하지 않을 수 없어요. 나에게는 자기 말고는 아무도 없어요⋯⋯. 자기가 즉시 오지 않으면, 아니면 자기에게로 오라고 하지 않으면, 난 죽어야 할 것 같아요⋯⋯. 제발, 제발 지당한 것만 주장하지 마세요⋯⋯. 나에게 조금은 친절하세요! 와 주기만 한다면 난 자기 팔에 안겨서 죽을 수 있어요! 자기가 날 용서만 해 준다면 난 그렇게 죽어도 좋아요! ⋯⋯자기가 편지 한 줄만 쓰고 '곧 돌아가요.'라고만 한다면, 에인절, 난 기다릴 수가 있어요. 아, 너무나 기쁜 마음으로요!⋯⋯ 생각해 보세요. 자기를 보지 못하는 것이, 아주 보지 못하는 것이, 날 얼마나 아프게 하는지 생각해 보세요! 아, 내 가슴이 이렇게 하루도 빠짐없이 온종일 아픈데 자기의 소중한 가슴을 하루 중에서 단 일 분만이라도 아프게 할

* 밧세바는 우리아의 아내였으나 다윗 왕과 은밀히 내통하였으며 우리아가 암살된 후 왕비가 되었다.

수 있다면, 자기의 이 외로운 아내에게 연민의 마음을 보여 줄 수 있게 할 텐데……. 만약 자기의 아내로 살 수 없다면 자기의 하녀로 살면서 자기와 가까운 곳에 있고, 자기를 바라볼 수 있고, 자기를 내 사람으로 생각할 수만 있다면, 나는 그것으로 만족할 거예요. 아니, 그래도 기쁠 거예요……. 하늘에서나 지상에서나 지하에서나 내가 오직 바라는 것은 자기를, 나의 사랑하는 자기를 만나는 것이에요. 나에게로 오세요. 나에게로 와서 나를 위협하는 모든 것으로부터 나를 구해 주세요!

클레어는 테스가 자신에 대해서 품고 있는 최근의 보다 냉랭한 생각을 믿지 않고 당장 가서 그녀를 찾기로 하였다. 그는 아버지에게 자신이 외국에 있는 동안 혹시 테스가 돈을 청구한 일이 있는지 물었다. 아버지는 그런 일이 없었다고 대답했다. 그러자 처음으로 에인절은 그녀의 자존심이 그런 편지를 쓰지 못하게 했으며 그 결과로 궁핍한 생활을 했으리라는 생각을 하게 되었다. 부모들은 그들대로 에인절의 말에서 두 사람이 따로 떨어져 있는 진짜 이유를 짐작하게 되었다. 기독교에 대한 깊은 신앙심과 하느님의 은총 밖으로 밀려난 사람들에 대해 특별한 관심을 품고 있는 노부부는, 테스의 혈통과 순박함과 가난도 움직이지 못했던 사랑이 이러한 그녀의 단점에 의해서 즉시 솟구쳐 오르는 것을 느꼈다.

그는 길을 떠나기 위해 급히 짐을 챙기다가 최근에 온 한 통의 서툴고 소박한 편지를 흘깃 쳐다보았다. 마리안과 이즈 휴에트의 편지였다.

"존경하는 선생님, 부인이 선생님을 사랑하는 만큼 부인을 사랑하거든 꼭 부인을 찾으세요."라고 시작되고, "행복을 비는 두 사람으로부터"라는 서명이 뒤에 붙어 있었다.

54장

십오 분 뒤에 클레어는 집을 나섰다. 그의 어머니는 거리로 사라지는 아들의 여윈 모습을 지켜보았다. 그는 아버지의 늙은 암말을 빌려 갈 것을 거절하였다. 집에서 필요할 줄 알았기 때문이었다. 대신 그는 주막으로 가서 이륜마차를 빌렸다. 그는 말에 안장을 다는 동안에도 기다리기가 힘들 만큼 마음이 초조했다. 몇 분 뒤에 그는 마을을 빠져나와 산길을 오르고 있었다. 서너 달쯤 전에 테스가 엄청난 꿈을 안고 내려갔다가 그 꿈이 산산히 부서진 채 다시 올라간 길이었다.

금세 울타리와 나무에 자줏빛 새싹이 솟아난 벤빌레인이 그의 앞에 나타났다. 그러나 그의 생각은 다른 곳으로 가 있었다. 그는 길을 찾아나갈 수 있을 정도로만 주변의 경치를 살폈다. 한 시간 반이 채 되지 않아 그는 킹스힌톡 영지의 남쪽 언저리를 돌아 불길하게 고독한 크로스인핸드를 향해 난 오르막길을 지났다. 알렉 더버빌이 개과천선의 변덕에 빠져 있을 때 테스에게 자신을 의도적으로 유혹하지 않겠다는 이상한 선서를 강요했던 그 불길한 바위였다. 희뿌옇게 마른 지난해의 쐐기풀 줄거리가 잎새는 다 진 채 아직도 길가의 둑에 남아 있고 그 뿌리에서는 금년 봄의 파란 새순이 자라나고 있었다.

거기서 그는 다른 쪽 힌톡 구릉 위로 뻗어 있는 고원지대의 가장자리를 따라가다가 오른쪽으로 돌아 플린트쿰애시의 상쾌한 석회질 지대로 내려갔다. 테스의 편지 하나가 그곳 주소에서 보내졌기 때문에 그녀의 어머니가 테스가 가 있다고 한 그곳이라고 생각했던 것이다. 물론 그는 거기서 그녀를 찾지 못하였다. 그를 더욱 암담하게 한 것은 농가의 주민들이나 농장 주인이 '클레어 부인'을 들어 본 적이 없다는 사실이었다. 그러나 그들은 모두 테스라는 이름은 잘 알고 있었다. 그들이 헤어져 있는 동안 그녀가 남편의 성을 사용하지 않은 것이 분명했다. 완전히 헤어져 있는 기간 동안 그녀의 위엄 있는 처신은 남편의 성을 쓰지 않은 점에서 나타났을 뿐 아니라 자신의 아버지에게 돈을 청구하느니 차라리 스스로 선택한 고생(이번에 처음으로 알게 된 사실이지만)을 감수한 데서도 분명해졌다.

사람들은 테스가 충분한 사전 통고도 없이 그곳을 떠나 블랙무어 저쪽에 있는 부모 집으로 갔다는 소식을 그에게 알려 주었다. 이제 그는 더비필드 부인을 만나야만 했다. 그녀는 자신이 말로트 마을에 살지 않는다고 하면서도 지금 있는 곳의 주소에 대해서는 이상하게 입을 다물고 있었다. 그에게 남은 유일한 대안은 말로트 마을로 가서 주소를 알아보는 수밖에 없었다. 테스에게 그렇게 가혹하던 농장 주인이 클레어에게는 아주 공손한 말씨로 예를 갖추어 대했으며 그를 말로트 방향으로 데려가게 말과 마부까지 대기시켰다. 그가 타고 온 이륜마차는 하루만 쓸 수 있어서 시효가 지나 이미 에민스터로 돌려보내고 없었다.

클레어는 농장 주인의 마차를 블랙무어 계곡 근처까지만 빌리기로 하고, 거기서 마차와 마부를 돌아가게 하였다. 그는 여관에서 하룻밤을 묵은 후 다음 날 사랑하는 테스가 태어난 고장을 걸어서 들어갔다. 마당과 나뭇잎이 여러 색깔로 물들기에는 아직 계절이 일렀다. 명색이 봄이었지만 겨울에다 푸른색을 엷게 입힌 정도에 불과했으며, 그것은 계절에 대한 에인절의 기대와 일치했다.

테스가 어린 시절을 보낸 집에는 그녀에 대해 아는 바가 없는 다른 가족이 살고 있었다. 그 집에 새로 이사 온 사람들은 마당에 모여 있었는데, 이 집이 어느 가문의 역사와 관계되어 중요한 시기가 있었으며, 그에 비해 이들의 과거사는 바보가 지껄이는 소음*에 불과한 점을 알지 못하는 듯 자기들의 일에만 몰두했다. 그들은 자신들의 관심사만이 가장 소중한 듯 마당에 난 오솔길을 거닐고 있었다. 매 순간 뒤에 두고 온 유령과 티격태격 충돌을 하고, 테스가 그 집에 살았을 때의 사건이 지금 그 순간의 관심보다 조금도 더 강렬한 것이 없다는 것처럼 이야기했다. 봄에 나오는 새들도 그 자리에 누군가가 특별히 빠진 사람이 없다는 듯이 그들의 머리 위에서 노래를 하고 있었다.

전에 살던 사람들의 이름조차 기억 못하는 이 순진한 사람

---

* 셰익스피어의 「맥베스」 5막 5장에 나온 말.

들에게 조심스레 물어서 클레어는 존 더비필드가 죽었다는 사실을 알게 되었다. 그리고 그의 미망인과 아이들은 말로트 마을을 떠났으며 킹스비어에 가서 살 거라고 했으나 그러지 않고 다른 곳으로 갔다는 소식도 듣게 되었다. 클레어는 테스가 없는 그 집이 아주 혐오스러운 곳으로 느껴졌다. 그는 뒤를 한 번도 돌아보지 않고 그 증오스러운 곳에서 급히 걸음을 재촉해 떠났다.

그는 마을 사람들이 춤을 추었을 때 처음 테스를 보았던 들판을 거쳐 갔다. 그곳도 테스의 집만큼 혐오스러웠다. 오히려 그보다 더 싫었다. 그는 교회 마당을 지났다. 새로 세운 비석 중에서 다른 비석보다 좀 더 고급스럽게 만든 것이 하나 눈에 띄었다. 그 비석에는 이렇게 적혀 있었다.

정복 왕의 기사 중 한 사람인 페이건 더버빌 경에서 눈부시게 계승되어 온 직계 후손으로, 한때는 가장 막강했던 진정한 더버빌 가문의 존 더비필드를 추모하며. 18 ── 년 3월 10일 작고.
'오호라 용사들은 엎드려졌도다.'*

묘지기가 틀림없는 어떤 남자가 클레어가 묘 앞에 서 있는 것을 보고는 가까이 다가왔다. "아, 선생님, 그 사람은 여기에 묻히기를 원하지 않고 조상들이 있는 킹스비어로 가기를 원했던 사람이지요."

"왜 그의 소원이 지켜지지 않았나요?"

---

* 「사무엘 후서」 1장 25절.

"아, 돈이 없었어요. 기가 막힌 일은 이런 얘기를 사방으로 떠들고 싶지 않지만, 잔뜩 미사여구를 늘어놓고는 아직 비석 값도 내지 않고 있어요."

"누가 세웠나요?"

그가 마을에 사는 석공의 이름을 알려 주었다. 클레어는 교회 마당을 나와 석공의 집을 찾았다. 들은 이야기가 사실이어서 그는 비석값을 치러 주었다. 그러고는 떠나간 사람들이 간 방향으로 몸을 돌렸다.

걸어가기에는 거리가 너무 멀었다. 그러나 그는 혼자 있고 싶은 욕구를 강하게 느껴 마차를 빌려 타거나, 둘러가지만 종국에는 목적지에 도착하는 기차를 타고 싶지도 않았다. 그러나 샤스톤에 도착했을 때에는 마차를 빌리지 않을 수 없다는 사실을 알게 되었다. 말로트를 떠난 이후 32킬로미터나 되는 거리를 가야 했기 때문에 그가 조온의 집에 도착했을 때는 저녁 7시가 다 되어 있었다.

마을이 작았기 때문에 더비필드 부인이 세 들어 사는 집을 찾기는 어렵지 않았다. 마당이 담으로 둘러져 있는 집으로 큰길에서 멀리 떨어져 있었다. 그녀는 허술한 고물 가구들을 최대한으로 잘 정리해 두고 있었다. 여러 가지 이유로 에인절이 찾아오는 것은 달갑지 않은 것이 분명했다. 그는 자신의 방문이 무단 침입 같다는 생각을 했다. 더비필드 부인이 직접 문 앞으로 나왔다. 저녁 하늘에서 햇빛이 내려와 그녀의 얼굴을 비추었다.

클레어가 그녀를 만나는 것은 이번이 처음이었다. 그러나 그는 너무 다른 생각에 몰두해 있어 그녀가 아직도 미인이며 점잖게 미망인 복장을 하고 있다는 사실 외에는 달리 그녀의 특색을 볼 수 없었다. 에인절은 자신이 테스의 남편이라는 사실과 그곳까지 찾아온 목적을 말하지 않을 수 없었으나, 그의 설명은 서툴렀다. "테스를 당장 만나고 싶어요." 그가 이렇게 부연했다. "곧 편지를 주신다고 했는데 답신이 없었어요."

"걔가 집에 오지 않아서 그랬어요." 조온이 말했다.

"몸은 건강한가요?"

"모르죠. 그건 선생님이 잘 알고 있어야 할 문제죠."

"인정합니다. 지금 어디 있나요?"

조온은 두 사람이 만난 직후부터 입장이 난처한 것을 감추지 못한 채 손을 한쪽 뺨에 대고 있었다.

"난 걔가 지금 어디 있는지 정확히는 몰라요." 그녀가 대답했다. "걘 그러나……."

"전에는 어디 있었어요?"

"글쎄요, 지금은 거기 없어요."

질문을 피하려고 그녀는 다시 말을 멈췄다. 어린아이들이 문가로 나와 어머니의 치마를 당겼다. 제일 어린아이가 낮은 소리로 말했다.

"이 신사가 테스와 결혼할 사람이야?"

"이분은 테스와 벌써 결혼을 했단다." 조온이 속삭였다. "집 안으로 들어가 있어."

클레어는 그녀가 아무 말도 하지 않으려고 애를 쓰는 것을 눈치채고 이렇게 물었다.

"테스가 제가 찾아오기를 바란다고 생각하세요? 아니면, 물론."

"바라지 않을 거예요."

"확실해요?"

"원하지 않을 게 분명해요."

그는 돌아서다가 테스의 애정 어린 편지를 생각했다.

"원하는 게 분명해요!" 그가 열띤 목소리로 대꾸를 했다. "왜냐하면 테스는 제가 더 잘 아니까요."

"그러기 쉽겠죠. 난 걔를 정말로 잘 알지 못하거든요."

"외롭고 비참한 사람에게 친절을 베푸는 뜻으로, 테스의 주소를 말해 주세요, 더비필드 부인!"

테스의 어머니가 다시 수직으로 펴진 손으로 뺨을 불안하게 문질렀다. 그녀는 에인절이 고통스러워하는 모습을 보고는 마침내 나지막한 목소리로 이렇게 말했다.

"지금 샌드본에 있어요."

"아, 거기 어디예요? 샌드본이 아주 큰 도시가 되었다는 말을 들었는데요."

"지금 말한 것 이상으로는 특별히 아는 게 없어요. 난 거길 가 본 적이 없어요."

조온이 이 문제에 대하여는 사실을 말하고 있는 것이 분명했다. 그는 더 이상 그녀를 압박하지 않았다.

"뭐 필요한 것 없으세요?" 그가 부드럽게 물었다.

"아니요, 선생님." 그녀가 대답했다. "우린 꽤 넉넉히 보조를 받고 있어요."

클레어는 집 안으로 들어가지 않고 몸을 돌렸다. 약 5킬로미터 가량 떨어진 곳에 기차역이 있었다. 그는 마차를 몰아 온 사람에게 삯을 치르고 정거장까지 걸었다. 샌드본으로 가는

막차는 그가 도착한 직후에 금세 떠났다. 기차에는 클레어가
타고 있었다.

55장

　그날 밤 11시. 그는 호텔에서 방을 잡고 아버지에게 도착 즉시 주소를 알리는 전보를 친 다음 샌드본 시내의 거리로 나왔다. 누구를 방문하거나 찾아보기에는 너무 늦은 시간이어서 다음 날 아침까지 자신의 목표를 어쩔 수 없이 미루어야 했다. 그러나 그냥 방에서 잠을 잘 수도 없었다.

　동쪽과 서쪽에 기차역이 따로 있고, 물 위의 잔교와 소나무 숲과 해변의 산책로와 지붕을 씌운 공원도 있는 이 최신식 바닷가 도시가 에인절 클레어에게는 마술 지팡이를 한 번 두들겨 갑자기 만들어 내었다가 먼지가 약간 앉도록 내버려 둔 동화 속의 도시처럼 보였다. 거대한 에그던 황야의 동쪽 부분이 가까이 뻗어 있었다. 바로 그 태고의 황갈색 땅 끝머리에 휘황찬란한 유흥 도시가 솟아난 것이다. 도시 교외에서 1.5킬로미터가 채 되지 않는 지점부터 펼쳐진 울퉁불퉁한 땅은 유사 이전으로 거슬러 올라가며, 카이사르 영국 정복 이후 잔디가 한 뺨도 파헤쳐진 일이 없어 길이란 길은 모두 원형이 손상되지 않은 채 보존된 영국의 고대 도로였다. 그러면서도 이국적인 색채가 예언자의 박넝쿨*처럼 갑작스럽게 이곳에서 뻗어 가면서 테스까지 끌어들인 것이다.

그는 한밤의 가로등 아래서 구세계 속의 이 신도시의 구불거리는 길을 아래위로 걸어다녔다. 도시 전체를 구성하고 있는, 높이 솟은 지붕과 굴뚝과 정자와 수많은 멋쟁이 주택들의 탑이 나무 사이에서 별들을 배경으로 보였다. 도시에는 서로 떨어져 독채로 서 있는 호화 주택이 가득해 영국 해협 쪽에 위치한 지중해식 휴양지 같았다. 밤에 보는 도시는 실제보다 더 화려했다.

바다가 가까이 있었으나 소란스럽지는 않았다. 바다는 그냥 조용히 속삭일 뿐이어서 그는 그것이 소나무 소리라고 생각했다. 소나무가 바다와 똑같은 음조로 속삭이고 있어 그것을 바다로 착각한 것이었다.

부와 유행이 모두 몰려 있는 이 속에서 시골 처녀, 그의 어린 아내, 테스는 어디 있는 것일까? 생각을 하면 할수록 궁금증은 커지기만 하였다. 여기도 젖을 짜야 하는 젖소가 있는가? 일구어야 할 들판이 없는 것은 분명했다. 아마 이곳에 있는 대저택에서 무슨 일을 하도록 고용되었으리라. 그는 거리를 천천히 걸으면서 방에 달린 창문과 거기서 불이 하나씩 꺼지는 것을 지켜보았다. 그녀 방의 불빛은 어느 것일까?

추측은 소용없는 짓이었다. 12시 직후 그는 숙소로 돌아가

---

* 「요나서」 4장 6절 참조.

자리에 들었다. 그는 불을 끄기 전에 테스의 애정에 찬 편지를 다시 한 번 더 읽었다. 그러나 잠을 이룰 수가 없었다 지척에 왔는데도 이렇게 떨어져 있다니. 그는 창문 가리개를 계속 들어 올리고는 맞은편 집 후면을 바라보면서 어느 창틀 뒤에서 그녀가 잠을 자고 있을까를 생각했다.

그는 뜬눈으로 밤을 새우다시피 하였다. 아침 7시에 자리에서 일어나서는 곧 밖으로 나갔다가 중앙 우체국 쪽으로 걸음을 옮겼다. 우체국 문 앞에서 오전 배달을 위해 편지를 안고 나오는, 영민해 보이는 우체부를 만났다.

"클에어 부인이라는 사람의 주소를 아십니까?"

우체부가 머리를 저었다.

그러자 그녀가 처녀 시절의 성을 계속 쓸지도 모른다고 생각하면서 클레어가 다시 물었다.

"혹시 더비필드 양은요?"

"더비필드요?"

그것도 그 우체부에게는 낯선 성이었다.

"아시겠지만, 선생님, 매일 방문객이 수없이 오가니까요." 그가 말했다. "집에 무슨 이름이 붙어 있는지 모르지만 그런 것 없이는 사람 찾기가 불가능해요."

마침 그 순간에 우체국 안에서 동료 한 사람이 급히 나오고 있어서 그에게 같은 성을 아는지 물었다.

"그런 이름은 모르고 헤론즈라는 빌라에 더버빌이라는 성을 가진 사람은 있어요." 두 번째 우체부가 대답했다.

"그게 맞아요!" 그녀가 자신의 성을 원래의 발음대로 사용하기로 했다고 생각하면서 클레어가 외쳤다. "헤론즈가 어떤 곳인가요?"

"아주 최신식 펜션이지요. 여긴 전부가 펜션이니까요."

클레어는 그 집이 어느 방향으로 있는지를 알아내고 급히 걸음을 재촉하여 우유 배달부와 같은 시간에 그곳에 도달하였다. 헤론즈는 평범해 보이는 빌라였으나 독립된 정원을 갖추고 있고 밖으로는 너무나 조용해 보여서 도무지 펜션으로 보이지 않았다. 그는 만약 테스가 여기서 하녀로 일을 한다면 우유를 받으러 뒷문으로 갈 것이라고 생각했다. 그러나 그의 생각이 확실한지 어떤지를 알 수 없어 앞문으로 가서 벨을 눌렀다.

시간이 너무 일러 집 여주인이 직접 문을 열었다. 클레어는 테레사 더버빌이나 더비필드라는 여자가 있는지 물었다.

"더버빌 부인이요?"

"네."

테스는 결혼한 여자로 행세한다는 것을 알고 비록 자신의 성을 쓰고 있지는 않았지만 마음으로 기뻤다.

"친척이 만나러 왔다고 전해 줄 수 있어요?"

"시간이 이른데요. 누구라고 그럴까요, 선생님?"

"에인절이라고 해 주세요."

"에인절 선생님?"

"아닙니다. 에인절이라고 해 주세요. 그게 내 세례명이에요. 알아들을 거예요."

"일어났는지 가 볼게요."

그는 앞방 — 식당 — 으로 안내되었다. 그는 봄 커튼 사이로 작은 잔디밭과 그 잔디밭에 솟아 있는 철쭉꽃과 다른 관목들을 바라보았다. 그녀의 처지가 걱정한 만큼은 나쁘지 않은 것이 분명했다. 그 순간 그의 머릿속에서 이런 생활을 하려면 보석을 찾다가 팔았을 것이라는 생각이 스쳐갔다. 그러나 그는 그런 그녀를 조금도 비난하지 않았다. 그의 예민해진 귀가 금세 계단을 내려오는 발걸음 소리를 들었다. 그의 가슴이 아주 고통스럽게 뛰기 시작하여 바로 서 있기가 힘들었다. "이런! 이렇게 몰라보게 변했는데 날 보고 어떻게 생각할까!" 그는 혼잣말을 중얼거렸다. 바로 그 순간 문이 열렸다.

테스가 문 입구에 나타났다. 그가 생각했던 모습과는 너무나 달랐다. 눈이 부실 만큼 달라져 있었다. 그녀의 천부적으로 빼어난 미모가 입은 옷 때문에 더 아름다워진 것은 아니었지만 아름다움이 분명하게 드러나 있었다. 그녀는 잿빛에 가까운 흰색 캐시미어 실내 가운을 느슨하게 입고 있었으며, 가운에는 상(喪) 중임을 반쯤 알리는 색깔로 수가 놓여져 있었다. 그녀가 신고 있는 실내화도 같은 색깔로 구색을 맞추고 있었다. 그녀의 목은 깃털 주름 장식 위로 나와 있고, 잘 기억하고 있는 흑갈색의 머리채는 머리 뒤에서 반쯤 감아 올린 채 묶여서 어깨 너머로 달랑거리고 있었다. 매무새를 서둔 것이 역력했다.

그는 팔을 벌렸으나 그 팔은 옆구리로 다시 내려왔다. 그녀가 앞으로 다가오지 않고 여전히 열려 있는 문 앞에 그대로 서 있었기 때문이었다. 지금은 누런 해골 모양을 한 자신의 모습과 그녀의 모습에서 엄청난 대조를 느끼면서, 그는 그런 자신의 몰골이 그녀에게 흉하게 보일 거라고 생각했다.

"테스!" 그가 쉰 목소리로 그녀를 불렀다. "자기를 두고 떠난 나를 용서할 수 있겠어요? 나에게로 가까이 올 수 없어요? 어쩌다가 이렇게 되었어요?"

"너무 늦었어요." 그녀가 말했다. 그녀의 목소리가 방 안에서 딱딱하게 울리고 그녀의 눈은 부자연스럽게 반짝였다.

"내가 자기를 바로 보지 못했어요. 자기를 있는 대로 보지 않았어요!" 그는 간청하는 소리로 말을 계속했다. "나중에야 그것을 깨달았어요. 내 사랑, 테스!"

"너무 늦었어요, 너무 늦었어요!" 고통 때문에 한순간이 한 시간으로 느껴지는 사람처럼, 초조하게 손을 저으며 그녀가 말했다. "가까이 오지 마세요, 에인절! 안 돼요. 가까이 와서는 안 돼요. 가까이 오지 마세요."

"내가 병으로 너무 망가져서 날 사랑하지 않는 거요, 내 사랑, 테스? 자기는 변덕스러운 여자가 아니에요. 난 일부러 자기를 찾아왔어요. 이제 아버지와 어머니도 자기를 따뜻이 맞아들일 거예요!"

"그래요. 오, 그래요, 그래요! 하지만 내 말은, 내 말은, 너무 늦었어요."

그녀는 꿈 속에서 도망을 가려고 하면서도 빠져나가지 못하는 도망자 같아 보였다. "상황 전체를 이해 못하세요? 모르겠어요? 모른다면 어떻게 여기로 왔어요?"

"여기저기 물어서 길을 찾았어요."

"난 자기를 기다리고 기다렸어요." 그녀가 말을 이었다. 그녀의 목소리에 전날의 부드러운 비애감이 갑자기 되살아났다. "그러나 자기는 오지 않았어요! 편지를 썼어요. 그래도 오지 않았어요! 그 사람이 자기는 다시는 오지 않을 거라고, 그리고 내가 바보라고 말했어요. 그 사람은 나에게, 어머니에게, 그리고 우리 모두에게, 아버지가 돌아가신 이후 매우 친절했어요.

그 사람은 ─"

"무슨 말인지 모르겠어요."

"그 사람이 내 마음을 그쪽으로 돌려놓았어요."

클레어가 그녀를 뚫어지게 바라보았다. 그러다가 그녀의 말 뜻을 알아듣고는 역병에 걸린 사람처럼 몸이 축 늘어지면서 그의 시선이 아래로 떨어졌다. 한때는 불그스레했으나 지금은 희고 섬세해진 그녀의 손이 눈으로 들어왔다.

그녀가 다시 말을 계속했다.

"그 사람은 위층에 있어요. 난 이제 그 사람이 미워요, 왜냐 하면 거짓말을 했거든요. 자기가 다시 오지 않을 거라고요. 그 런데 자기가 왔네요. 이 옷들은 그 사람이 나에게 입혀 놓은 거예요. 그 사람이 나에게 무슨 짓을 하던 난 상관하지 않았 어요! 그러나 에인절, 이제 제발 가 주세요. 그리고 다시는 돌 아오지 말아요."

두 사람은 그 자리에 꼼짝도 하지 못하고 서 있었다. 그들의 찢어지는 듯이 아픈 가슴이 보기에도 애처로운 막막함으로 눈 에 어려 있었다. 두 사람이 모두 자신들을 현실로부터 보호해 줄 무엇인가를 간절히 바라고 있는 것 같았다.

"아, 내 잘못이요!" 클레어가 말했다.

그러나 그는 말을 계속할 수 없었다. 말도 침묵만큼이나 뜻 을 전하기에는 무력했다. 그러나 그는 한 가지 사실을 희미하 게 의식하고 있었다. 그것은 그 순간이 아니고 나중에야 분명 하게 떠오른 사실로, 원래의 테스가 그의 앞에 서 있는 육체를 자기 자신의 것이라고 정신적으로 인식하지 못하고 물 위의 시 체처럼 살아 있는 의지와 동떨어진 방향으로 밀려가게 두고 있다는 것이었다.

몇 분이 지났다. 그는 테스가 가고 없는 것을 깨달았다. 그 순간의 문제에 골몰하면서 서 있는 동안 그의 얼굴이 차가워지고 더 수축되었다. 일이 분 뒤 어디로 가는지도 모르면서 그도 거리에 나와 있는 사실을 발견했다.

56장

헤론즈의 실제 주인이며 펜션의 비싼 가구 전체를 소유하고 있는 브룩스 부인은 특별히 호기심이 많은 여자는 아니었다. 이 가엾은 여자는 호기심만을 위한 호기심에 관심을 갖기에는 오랫동안 이익과 손해라는 계산의 악귀에 강제로 복속되었다가 너무나 깊이 물질주의자가 된 사람이었다. 그러나 펜션 투숙객의 주머니 사정은 그녀에게는 예외였다. 따라서 에인절 클레어가 객실료를 잘 내는 더버빌 부부로 통하는 손님을 찾아온 것은 임대업에 관계되는 일 이외에는 무용한 것으로 억제해 온 여성적 취향을 되살리기에 시간과 태도에 있어서 충분한 예외가 되었다.

테스는 식당 안으로 들어가지 않고 문간에서 그녀의 남편과 이야기를 하였다. 브룩스 부인은 복도 뒤에 있는 자신의 거실에서 문을 반만 닫아 놓고 그들 두 처량한 사람들 사이의 대화를 — 그것도 대화라고 할 수가 있다면 — 부분적으로 엿들을 수가 있었다. 그녀는 테스가 2층으로 가기 위해 층계를 오르고 클레어가 나가면서 현관문을 닫는 소리도 들었다. 위층의 방문이 닫히는 소리도 들렸다. 테스가 자신의 방으로 들어간 것이 분명했다. 젊은 부인이 아직 옷을 제대로 다 입지 않았기 때문에 한동안은 다시 밖으로 나오지 않을 거라는 사실을 브룩스 부인은 알았다.

따라서 그녀는 소리를 내지 않고 층계를 올라가서 앞방 — 거실로 쓰는 방으로, 바로 뒤에 있는 방(침실)과 흔히 볼 수 있는 접는 문을 통해 연결되어 있는 방 — 문에 딱 붙어섰다. 가장 좋은 방이 있는 이 2층을 더버빌 부부가 주 단위로 빌려 쓰고 있었다. 뒷방에서는 아무 소리도 없었으나 거실에서는 소리가 들려왔다.

처음 브룩스 부인이 알아들을 수 있는 소리는 익시온의 수레바퀴*에 묶인 사람에게서 나는 것 같은 낮은 단음절의 반복적인 신음 소리였다.

"오! 오! 오!"

잠시 침묵이 계속되었다가 무거운 한숨 소리가 나고 다시 신음 소리가 쏟아져 나왔다.

"오! 오! 오!"

집주인은 열쇠 구멍으로 방 안을 들여다보았다. 방의 조그마한 공간만 시야에 들어왔다. 아침 식사가 차려져 있는 테이블의 한구석이 보이고 그 곁에 놓여 있는 의자 하나도 눈에 띄었다. 테스는 의자의 좌석 위에다 얼굴을 숙인 채 그 앞에서

---

* 제우스의 부인 헤라를 유혹하여 범한 사실을 떠들고 다닌 죄로 익시온은 멈추지 않는 불의 수레에 매달려 영원히 돌아가는 벌을 받았다.

무릎을 꿇고 있었다. 그녀는 두 손을 머리 위에 모으고 있었으며, 그녀의 실내 가운 자락과 그 가운 위에 놓인 수가 그녀 뒤로 바닥 위에 흩어져 있었다. 그리고 슬리퍼가 벗겨진 채 양말을 신지 않은 발이 카페트 위에 튀어나와 있었다. 형언할 수 없는 절망의 웅얼거림이 그녀의 입술에서 새어나왔다.

옆에 있는 침실에서 남자의 목소리가 들렸다.

"무슨 일이오?"

그녀는 묻는 말에 대답을 하지 않고, 절규라기보다는 독백이며, 독백이라기보다는 만가(輓歌)에 가까운 어조로 계속 웅얼거렸다.

"그러고는 나의 사랑하는, 사랑하는 남편이 내게로 왔어요……. 나는 그걸 몰랐어요! ……당신은 나에게 잔인하게 설득을 했어요……. 당신은 끝까지 설득을 그치지 않았어요. 그래요, 당신은 멈추지 않았어요! 내 어린 여동생들과 남동생들, 어머니에게 필요한 것들, 당신이 내 마음을 움직인 것은 그런 물건들이었어요. 그리고 당신은 내 남편이 돌아오지 않을 거라고, 절대로 돌아오지 않을 거라고 했어요. 당신은 나를 힐책했고 남편을 기다리는 것은 얼간이 짓이라고 말했지요! ……나는 마침내 당신을 믿고 포기했어요! ……그런데 그가 돌아왔어요! 이제 그이가 갔어요. 두 번째로 간 거예요. 나는 이제 그이를 영원히 잃었어요……. 그이는 나를 눈곱만치도 사랑하지 않을 거예요. 미워할 거예요……. 오, 그래요, 난 이제 그 사람을 잃게 되었어요. 당신 때문에 또 한 번 더!" 그녀는 머리를 의자에 얹고 몸을 뒤틀다가 문 쪽으로 얼굴을 돌렸다. 브룩스 부인은 그 얼굴에 떠오른 고통을 볼 수 있었다. 이빨로 입술을 깨물어 피가 흘러내렸으며 감은 눈의 긴 속눈썹은 눈물에 젖은 채 헝클어져 뺨에 붙어 있었다. 테스가 신음 소리를 계속했다. "그이가 죽어 가고 있어요……. 죽어 가는 얼굴이었어요……. 내가 지은 죄가 날 죽이지 않고 그이를 죽일 거예요! ……오, 당신은 내 인생을 산산조각으로 찢어 놓았어요……. 불쌍하게 생각해서 다시는 날 그렇게 만들지 말라고 기도했는데 끝내 날 그렇게 만들었어요! ……나의 진정한 남편은 절대로, 절대로, 오, 하느님, 난 견딜 수가 없어요! 난 견딜 수가 없어요!"

남자 쪽에서 여러 말이 나왔고 그 말은 날카로워져 갔다. 그러다가 옷자락 스치는 소리가 났다. 그녀가 벌떡 일어난 것이었다. 넋두리를 하던 사람이 문 밖으로 달려 나온다고 생각한 브룩스 부인은 황급히 계단을 내려갔다.

그러나 브룩스 부인이 급하게 갈 필요는 없었다. 거실의 문이 열리지 않았던 것이다. 그러나 브룩스 부인은 층계참에 서서 지켜보는 것이 안전하지 않다고 판단하고 아래층에 있는 그녀의 거실로 들어갔다.

그녀는 열심히 귀를 기울였으나 마루를 통해서 들려오는 소리는 아무것도 없었다. 그녀는 먹다가 그냥 두었던 아침 식사를 마치기 위해 부엌으로 갔다. 잠시 뒤 그녀는 아래층에 있는 앞 방으로 가서 투숙객이 아침상을 물려 가라고 초인종을 누르기를 기다리면서 바느질감을 집어들었다. 무슨 일인지를 알아보기 위해서 그녀 자신이 직접 상을 치우기로 마음먹었던 것이다. 자리에 앉아 있는데 머리 위에서 누군가 걸어다니는 것처럼 마룻장이 삐걱거리는 소리가 들렸다. 곧 그 걸음은 난간에 옷깃이 스쳐 가는 바스락 소리와 현관문이 열렸다 닫히고 정문을 지나 거리로 나가는 테스의 모습으로 이어졌다. 그녀는 이제 부유층 젊은 부인의 외출용 의상을 입고 있었다. 처음 그녀가 펜션에 도착했을 때 입었던 옷이었으나 그때보다 하나 더 첨가된 것은 모자와 까만 깃털 위로 베일이 씌워진 것이었다.

브룩스 부인은 위층 문 앞에서 두 투숙객이 서로 일시적이건 그렇지 않건 외출한다는 인사를 나누는 소리를 듣지 못하였다. 두 사람이 언쟁을 했거나 아니면 더버빌 씨가 아직도 자고 있을지 모른다고 생각했다. 더버빌 씨는 일찍 깨는 사람이 아니었다.

그녀는 뒷방으로 들어가 거기서 바느질을 계속했다. 그녀에게는 특별히 뒷방이 더 자기 방으로 여겨졌기 때문이었다. 숙녀 투숙객은 외출에서 돌아오지 않았고 신사도 초인종을 누르지 않았다. 브룩스 부인은 왜 시간이 이렇게 길어지고 있으며 그렇게 아침 일찍 찾아온 방문객이 위층의 부부와 무슨 관계인지를 궁금했다. 의자에 등을 기댄 채 그녀는 생각에 잠겼다.

그러고 있는 사이 그녀의 시선이 우연히 천장에 머물렀다. 그녀는 거기서 전에 보지 못했던 얼룩이 천장의 하얀 표면에 나 있는 것을 보았다. 처음 눈에 띄었을 때에는 제병(祭餠)만 한 크기였으나 금세 자신의 손바닥만큼 커졌으며 붉은 색깔을 띠고 있는 것을 그녀는 주목하게 되었다. 선홍색 얼룩이 한가운데 나 있는 직사각형 하얀 천장은 거대한 하트 문양 카드의 에이스 짝처럼 보였다.

브룩스 부인은 공포에 대한 이상한 불안감이 일었다. 그녀는 테이블 위로 올라가 손가락으로 천장의 얼룩을 만져 보았다.

그것은 젖어 있었다. 그녀는 그것이 핏자국이라고 생각했다.

그녀는 테이블에서 내려와 거실을 나왔다. 머리 위에 있는 방으로 들어가기 위해 그녀는 2층으로 올라갔다. 그 방은 2층 거실의 뒤쪽으로 난 침실이었다. 그러나 그녀는 갑자기 겁에 질려 손잡이를 돌릴 수가 없었다. 그녀는 조심스레 귀를 기울였다. 죽은 듯 침묵이 흐르고 있었으며 규칙적인 타격 소리가 침묵을 깨고 있었다.

똑, 똑, 똑.

브룩스 부인은 급히 아래층으로 내려가 현관문을 열고는 거리로 달려갔다. 옆집 빌라 공사장에서 일을 하는 안면 있는 인부가 마침 길을 지나고 있었다. 그에게 집 안으로 들어와 함께 2층으로 가 보자고 부탁을 하면서 손님 중 한 사람에게 무슨 일이 일어난 것 같다고 사정을 했다. 인부가 그러자고 하면서 층계참으로 따라 올라왔다.

그녀가 거실의 문을 열고는 인부가 들어갈 수 있도록 옆으로 비켜섰다가 그의 뒤를 따라 안으로 들어갔다. 방은 비어 있고 아침 식사 — 넉넉한 분량의 커피, 달걀, 냉동 햄 — 가 그녀가 들고 들어갔을 때 그대로 손도 대지 않은 채 테이블 위에 놓여 있었다. 그러나 고기 자르는 식탁용 나이프가 보이지 않았다. 그녀가 인부에게 접는 문을 지나 옆방으로 들어가 보라고 시켰다.

그가 문을 열고는 방 안으로 한두 발짝 떼어 놓다가 파랗게 질린 얼굴로 금세 돌아 나왔다. "맙소사, 침대에 있는 신사 양반이 죽었어요! 나이프로 찔렀나 봐요. 피가 마루 위에 굉장히 많이 쏟아져 있네요!"

곧 경보를 울렸다. 근자에 아주 조용하던 집 안은 사람들의 발소리로 쿵쿵거렸고, 그 무리 속에는 의사도 있었다. 상처는 크지 않았으나 칼날이 죽은 사람의 심장을 정통으로 찔러, 일격이 가해진 다음 그는 몸을 제대로 한번 움직여 보지도 못했는지 헬쑥하고 빳빳하게 등을 깔고 누운 채로 죽어 있었다. 십오 분 뒤에는 도시를 방문 중이던 신사 한 사람이 침대에서 칼에 찔린 채 발견되었다는 뉴스가 사람들이 즐겨 찾는 해변 도시의 거리와 빌라 곳곳에 퍼졌다.

57장

한편 에인절 클레어는 처음 왔던 길을 따라 기계적으로 걸었다. 그리고 호텔로 들어가 아침 식탁에 앉았다. 그의 눈에는 아무것도 들어오지 않았다. 그는 아무 생각 없이 먹고 마시다가 갑자기 계산서를 달라고 했다. 계산을 치른 다음에는 가지고 온 유일한 짐인 세면도구 가방을 들고 호텔을 나섰다.

막 떠나려는데 전보가 한 장 그에게 건네졌다. 어머니가 보낸 것으로 에인절의 임시 주소를 알게 되어 반갑다는 것과, 그의 형 카스버트가 머시 찬트에게 청혼을 하여 그 청혼이 받아들여졌다는 것을 알리는 내용이었다.

클레어는 전보를 꾸겨 버리고 기차역으로 향하는 길을 걸어갔다. 역에 도착해서는 기차를 한 시간 이상 기다려야 한다는 사실을 알게 되었다. 그는 기다리기 위해 자리에 앉았다. 그러나 십오 분이 지나자 더 이상 기다릴 수 없다는 기분이 밀려들었다. 가슴이 찢어지는 것 같고 감각은 마비되어 급히 서둘러야 할 이유가 없었다. 하지만 그는 엄청난 사건을 경험한 현장이 있는 도시에서 벗어나고 싶었다. 그는 다음 정거장에서 기차를 타기로 하고 그 방향을 향해 걷기 시작했다.

그가 가고 있는 큰길은 주변이 트여 있었다. 그러나 길은 얼마 가지 않아서 골짜기로 내려갔다. 골짜기를 건너서는 계곡의 끝과 끝으로 길이 연결되어 있는 것이 보였다. 그는 상당히 넓은 이 계곡을 가로질러 서쪽의 오르막길을 오르기 시작하였다. 그러다가 숨을 돌리기 위해 멈춰 섰으며 무의식 중에 뒤를 돌아보았다. 그가 왜 그때 뒤를 돌아보았는지는 설명할 수 없었다. 그러나 무엇인가가 그러기를 강요하는 것 같았다. 줄자 같은 도로의 표면은 뒤쪽으로 멀리 뻗어 있고 그의 시야가 닿는 지점에서 작아지고 있었다. 그는 그 조망의 하얀 공백 위에 움직이는 점이 하나 솟아오른 것을 보았다.

경사를 내려가는 형체는 여자의 모습이었다. 그는 자신의 아내가 그의 뒤를 따라오리라는 생각을 전혀 하지 않아 그녀가 가까운 거리에 왔을 때에도 그의 눈앞에 완전히 바뀐 의상을 입고 나타난 그녀를 알아보지 못하였다. 그녀가 아주 가까이 올 때까지 그는 그녀가 테스라는 것을 믿을 수가 없었다.

"자기를 봤어요. 내가 역에 도착하기 직전에 자기가 거기서 돌아서는 걸요. 그래서 여기까지 내내 뒤쫓아 왔어요!"

그녀는 아주 창백한 얼굴을 하고는 숨을 제대로 쉬지 못하였으며 전신을 떨고 있었다. 그래서 그는 한마디도 말을 묻지 않은 채 그녀의 손을 잡아 자신의 팔 안으로 끌어당겨서는 길을 인도해 갔다. 혹시 만날지 모르는 행인들을 피하기 위하여 그는 큰길을 버리고 전나무가 조금씩 서 있는 오솔길을 택했다. 바람이 신음 소리를 내는 나뭇가지가 깊숙한 곳에서 그는 걸음을 멈추고 궁금한 눈길로 그녀를 바라보았다.

"에인절." 마치 그 순간을 기다리고 있었다는 듯이 그녀가 입을 열었다. "왜 자기를 뒤쫓아 온 줄 아세요? 그 사람을 죽였다는 것을 알리기 위해서예요!" 말을 하는 동안 그녀의 얼굴에 애처로운 창백한 미소가 어렸다.

"뭐라고요?" 태도가 이상한 점으로 미루어 보아 그녀가 일종의 착란상태에 있다고 생각하며 그가 외쳤다.

"내가 해냈어요. 어떻게 해냈는지는 모르겠어요." 그녀가 말을 계속했다. "그렇지만 에인절, 자기를 위해서고 또 날 위해서예요. 전에 장갑으로 그의 입을 내리쳤을 때 내 순박한 청춘에 덫을 걸고 나를 통해 자기에게 해가 되도록 한 짓에 대해 언젠가는 이렇게 할지 모른다고 오래전부터 생각했어요. 그는 우리 사이에 끼어들어 우리 둘을 망쳐 놨어요. 이제 그는 다시 그러지 못하게 되었어요. 에인절, 내가 자기를 사랑한 만큼 그를 사랑하지는 않았어요. 자기는 알고 있어요, 그렇죠? 자기는 믿죠? 자기가 나에게로 돌아오지 않아 어쩔 수 없이 그에게로 가야만 했어요. 내가 자기를 그렇게 사랑할 때 자기는 왜 멀리 가 버렸어요? 왜 갔어요? 자기가 왜 그랬는지 이유를 모르겠어요. 그래도 난 자기를 비난하지 않아요. 단지 에인절, 이제 그 사람을 죽였으니 자기에 대한 나의 죄를 용서해 주세요. 길을 달려오면서 내내 이제 그 일을 해냈으니 당신은 분명히 날 용서해 줄 거라고 생각했어요. 그렇게라도 자기를 되찾아야 한다는 생각이 불빛처럼 떠올랐어요. 난 이제 자기를 잃는다는 건 생각조차 할 수 없어요. 자기가 날 사랑하지 않는다는 걸 더 이상 참을 수 없어요. 그걸 자기는 몰라요! 이제 자기가 날 사랑한다고 말해 주세요. 사랑하는, 사랑하는 내 남편. 이제 그를 죽였으니 자기가 사랑한다고 말해 주세요!"

"테스, 난 자기를 사랑해요. 오, 사랑해요. 이제 모든 것이 다 돌아왔어요!" 그가 뜨겁게 힘을 주어 자신의 팔로 그녀를 껴안으며 말했다. "그런데 그 말이 무슨 뜻이지요? 자기가 그를 죽였다는 것이?"

"내가 그를 죽였다는 뜻이지요." 그녀가 생각에 잠겨 중얼거렸다.

"뭐요? 신체적으로요? 그가 죽었어요?"

"그래요. 내가 자기를 생각하고 우는 것을 듣고는 그 사람이 나에게 심한 악담을 하고 자기에게도 나쁜 욕을 퍼부었어요. 그래서 그렇게 했어요. 그걸 참을 수 없었거든요. 전에도 자기에 대해서 듣고 싶지 않은 말을 했어요. 난 옷을 갈아입고 자기를 찾아 나왔어요."

그녀 입으로 자신이 했다고 하는 것이 어렴풋하게 흐릿한 정신 상태에서 저질러졌음을 그는 차츰 믿게 되었다. 그녀의 충동에 대한 그의 공포는 놀라움과 뒤섞여 있었다. 자신을 향한 그녀의 강렬한 애정의 힘에 대한 놀라움과, 도덕적 감각을 완전히 소멸시켜 버린 것이 분명한, 그 이상한 사랑에 대한 놀라움이 두려움과 뒤섞인 것이다. 자신의 행동이 얼마나 심각한지를 깨닫지 못하는 그녀는 마침내 안심하는 눈치였다. 행복에 넘쳐 눈물을 흘리며 그의 어깨에 몸을 기대는 그녀를 보면서 그는 더버빌 가문의 혈통 중에서 어떤 이름 모를 요소가 이런 일탈로 — 그것을 일탈로 규정할 수 있다면 — 간 것인지를 생각해 보았다. 더버빌 집안의 사람들이 이런 짓을 하는 것으로 알려져 있기 때문에 마차와 살인의 전통이 생겨났을 수도 있다는 생각이 그의 머릿속을 잠시 스쳐 갔다. 혼란스럽고 흥분되어 있는 자신의 생각을 최대한 합리적으로 추론했을 때 떠오르는 결론은, 그녀가 말한 미칠 것 같은 슬픔의 순간에 그녀는 정신적 균형을 잃었으며 그래서 이런 심연으로 빠져든 것이라는 생각이었다.

사람을 죽인 것이 사실이라면 그것은 대단히 무서운 일이 아닐 수 없었다. 만약 일시적 환각 상태에 빠져 일을 저질렀다면 그것은 슬픈 일이었다. 어쨌든 자신으로부터 버림을 받았던 아내, 열정적으로 애정이 넘쳐나는 이 여인이 의심 한 점 없이 자신을 확고한 보호자로 믿고 지금 매달리고 있는 것이다. 그녀는 그가 달리 행동하는 것이 가능하지 않음을 마음속으로 굳게 확신했다. 드디어 부드러운 애정이 클레어의 마음속에서 절대적인 요소로 떠올랐다. 그는 창백한 입술로 그녀에게 끝없는 키스를 퍼부었다. 그가 그녀의 손을 꼭 잡고 속삭였다.

"난 자기를 떠나지 않아요! 자기가 무슨 짓을 했건 하지 않았건 모든 수단을 다 써서 힘껏 자기를 보호할게요, 사랑하는 테스."

두 사람은 나무 아래를 계속 걸었다. 테스가 이따금씩 머리를 돌려 그를 쳐다보았다. 지치고 흉한 꼴이 되었으나 그녀는 그의 모습에서 전과 다른 점을 조금도 보지 못하는 것이 분명했다. 그는 그녀에게 전과 똑같이 신체적으로나 정신적으로나 완벽 그 자체로 보였다. 그는 그녀에게서 아직도 안티노우스*였

---

* 로마의 하드리아누스 황제의 사랑을 받았던 미소년.

으며 아폴로*이기도 하였다. 그의 병색 짙은 얼굴이, 애정에 찬 그녀의 눈에는 처음 그를 보았을 때처럼 오늘 이 시간에도 싱싱한 아침처럼 아름다워 보였다. 지금 그의 얼굴은 그녀를 순수하게 사랑했고 그녀의 순수함을 믿었던 지상의 유일한 남자의 얼굴이었기 때문이다.

여러 가지 가능성이 일어날 수 있는 상황에 대비해서 그는 본능적으로 처음 의도했던 대로 도시를 지나 있는 첫 번째 정거장으로 가지 않고, 이 지대에서 몇 킬로미터씩 빽빽하게 솟아 있는 전나무 숲으로 깊숙이 들어갔다. 서로 허리를 꼭 껴안은 채 바늘 같은 전나무 잎이 떨어져 마른 땅을 만든 길 위로 그들은 걸어갔다. 마침내 함께 있으며 주변에는 아무도 없다는 생각에서 두고 온 시체는 무시한 채 막연한 도취감에 빠져들었다. 이렇게 수 킬로미터를 걸어가다가 테스가 정신을 차리고 주변을 둘러본 다음 겁에 질려 이렇게 말했다.

"어디 특별히 가는 데가 있어요?"

"잘 모르겠어요. 왜요?"

"모르겠어요."

"몇 킬로미터 더 가서 저녁이 되면 어디 숙소를 찾아야겠지요. 외떨어진 농가에서요. 테시, 걸을 수 있겠어요?"

"아, 그럼요! 자기 팔을 이렇게 몸에 두르고 있으면 영원히, 영원히 걸을 수 있어요!"

좋은 생각 같았다. 그들은 큰길을 피하고 호젓한 오솔길을 택해 북쪽으로 걸음을 재촉하였다. 그러나 낮 동안 내내 이동

---

*태양의 신이며 남성미의 상징.

해 간 그들의 움직임에는 실용적이지 못한 막연함이 따랐다. 두 사람 중 누구도 효율적인 도피나 변장이나 장기간의 잠적에 대한 문제를 생각하지 못하고 있었다. 그들의 생각은 어린 아이들의 계획처럼 일시적이었고 용의주도하지 못했다.

정오쯤 그들은 길가에 있는 어느 주점에 근접해 갔다. 테스도 먹을 것을 구하기 위해 그와 함께 가게로 들어가려고 했다. 그러나 그는 자신이 들어갔다가 나올 때까지 반은 삼림지대이고 반은 황무지인 이 지역의 숲 속 나무 사이에서 기다려 달라고 말했다. 그녀가 입은 옷이 최신 유행을 따른 것이고, 파라솔의 상아 손잡이까지도 그들이 지금 지나는 이런 한적한 시골에서는 알려지지 않은 물건이어서, 주점의 등의자에 앉아서 빈둥거리는 사람들의 시선을 끌 것이 뻔했기 때문이었다. 그는 여섯 명이 먹기에 충분한 음식과 와인 두 병을 사서 금세 돌아왔다. 혹시 긴급 상황이 생기면 두 사람이 하루나 그 이상을 먹을 수 있는 양이었다.

그들은 죽은 나뭇가지 위에 앉아서 음식을 나누어 먹었다. 1시와 2시 사이에 그들은 남은 음식을 싸서 그곳을 떠나 다시 걷기 시작했다.

"얼마든지 먼 길을 갈 만큼 기운이 났어요." 그녀가 말했다.

"보통 하는 식으로 내륙 지방으로 들어가 거기서 한동안 숨어 지내도록 합시다. 바다 근처에서보다는 사람들 눈에 덜 띌 것 같아요." 클레어가 말했다. "나중에 사람들이 우리를 잊어버리면 그때 항구로 나가고요."

그녀는 그의 손을 꼭 잡는 것 이상으로는 아무 말도 하지 않았다. 그들은 곧바로 내륙을 향해 걷기 시작했다. 계절은 영국의 5월이었으나 날씨가 대단히 맑고, 오후가 되자 더워지기까지 했다. 그들이 꽤 먼 거리를 걸은 다음 뉴포레스트 숲의 심장부로 들어가기 시작했다. 저녁이 다가올 무렵 그들이 오솔길의 모퉁이를 돌자 시내와 다리가 나타나고, 그 뒤에는 하얀 페인트로 '가구가 딸려 있는 매력적인 저택을 세 놓음.'이라고 적혀 있는 간판이 세워져 있었으며, 전세에 대한 세부 사항과 문의할 런던 소재 중개업소의 주소도 적혀 있었다. 정문 안으로 들어가자 저택이 나타났다. 표준형으로 설계된 옛날 벽돌 건물로 대형 숙박 시설을 갖추고 있었다.

"이 집을 알아요." 클레어가 말했다. "브람스허스트코트예요. 지금은 사용하지 않지요. 진입로에 풀이 많이 자라 있네요."

"창문이 좀 열려 있어요." 테스가 말했다.

"방에 통풍을 하려고 그런 것 같은데요."

"저기 저 많은 방들이 다 비어 있는데 우린 다리 뻗을 방이 없네요!"

"자기는 지금 지쳐 있어요, 내 사랑!" 그가 말했다. "곧 쉬도록 합시다." 그는 그녀의 슬퍼 보이는 입술에 키스를 하고는 다시 길을 인도했다.

그도 피로감을 느끼기 시작했다. 그날 그들은 약 20킬로미터에서 25킬로미터의 거리를 헤매었기 때문에 하룻밤의 휴식 문제를 어떻게 해결할 것인지를 걱정해야만 했다. 그들은 외딴 농가와 작은 여관들이 멀리 저쪽에 서 있는 것을 바라보고는 여관 중 하나를 찾아가 방을 알아봐야 되겠다고 생각했다. 그러나 용기가 생기지 않아 돌아섰다. 마침내 그들의 발걸음이 무거워져서 그 자리에 우뚝 서고 말았다.

"나무 밑에서 잘 수 있을까요?" 그녀가 물었다.

그는 그러기에는 계절적으로 아직 이르다고 생각했다.

"우리가 지나온 저 빈 집을 생각 중인데." 그가 말했다. "다시 그 집으로 돌아갑시다."

그들은 온 길을 되돌아갔다. 그러나 저택 입구의 정문 앞에 도착하는 데 반 시간이나 걸렸다. 그는 그녀에게 집 안에 누가 있는지를 알아보고 오겠으니 움직이지 말고 기다려 달라고 당부를 했다.

그녀는 정문 안쪽으로 서 있는 나무 숲 속으로 들어가 앉았다. 클레어가 집 쪽으로 가만가만 나아갔다. 꽤 긴 시간 동안 그는 자리를 비웠다. 그가 다시 돌아왔을 때 테스는 자신을 위해서라기보다 그를 위해 심하게 걱정을 하고 있었다. 그는 어느 소년으로부터 한 노파가 관리인으로 그 저택을 돌보고 있으며, 날씨가 좋은 날에만 이웃 마을에서 그 집으로 와 창문을 열고 닫는 일을 한다는 얘기를 들었다고 했다. 그녀는 해 질 무렵에 창을 닫으러 온다는 것도 알아내었다. "이제 우린 아래쪽 창문 중 하나를 통해서 안으로 들어갈 수 있어요. 거기로 가서 쉬어요."

그의 부축을 받으며 그녀는 건물 정면을 향해 천천히 걸어갔다. 덧문이 내려져 있는 창문들은 시력을 상실한 안구처럼 밖을 내다보는 사람이 있을 가능성을 배제하고 있었다. 입구는 몇 걸음 더 가서 있었다. 그리고 그 곁에 있는 창문 중에 하나가 열려 있었다. 클레어가 그 창문 사이로 어렵게 기어 들어가고 다시 테스를 끌어들였다.

정면의 홀을 제외하고는 모든 공간이 어둠 속에 싸여 있었다. 그들은 층계를 올라갔다. 모든 덧문이 단단히 잠겨 있었다. 적어도 오늘만은 정면 홀의 창문과 그 뒤로 있는 위쪽 창문만 열어 두어 통풍을 건성으로 한 것 같았다. 클레어는 큰 방의 걸쇠를 따고 안으로 들어가 더듬거리며 방을 가로질러 갔다. 그리고 5센티미터에서 8센티미터 가량 덮개를 들어 올렸다. 한 줄기 햇살이 눈부시게 방 안으로 들어와 육중한 구식 가구와 선홍색 단자 벽걸이와 커다란 사주(四柱)식 침대를 비췄다. 침대 머리맡에는 아탈란타*의 경주가 분명한, 달리는 사람의 모양이 조각되어 있었다.

　"드디어 휴식이군!" 그가 가방과 음식 꾸러미를 내려놓으며 말했다.

　두 사람은 관리인이 덧문을 내리러 올 때까지 숨을 죽이고 있었다. 그들은 관리인 노파가 혹시 그들이 있는 방문을 열어 볼지도 모른다고 생각하고 예방하는 차원에서 덮개를 전처럼 닫아 깜깜한 암흑 속에 남아 있었다. 6시와 7시 사이에 노파가 왔으나 그들이 있는 건물까지는 오지 않았다. 그들은 관리인이 창을 닫고 고리를 걸고 문을 잠그고, 그곳을 떠나는 소리를 들었다. 그러자 클레어가 창문의 틈새를 통하여 햇빛이 다시 들도록 하였다. 두 사람은 또 한 번 식사를 나누어 먹었다. 그들은 조금씩 밤의 어둠 속에 휩싸여 갔으나 그들에게는 그 어둠을 쫓을 촛불이 없었다.

---

* 그리스 신화에 나오는 아탈란타는 여전사로 자신과의 경주에서 남자가 지면 창으로 찔러 죽이며 이기는 사람과는 결혼을 약속한다.

58장

밤은 이상하리만큼 엄숙하고 고요했다. 이른 새벽에 테스가 깨어, 그가 잠결에 일어나 자신을 팔에 안고는 두 사람의 목숨이 당장 위험한 것을 무릅쓰면서 프룸 강을 건넜으며 허물어진 수도원의 석관에 자신을 내려놓았던 이야기를 해 주었다. 그는 그 이야기를 그때까지 전혀 모르고 있었다.

"왜 그 다음 날 나에게 그 이야기를 해 주지 않았어요?" 그가 말했다. "그랬더라면 많은 오해와 고통을 피할 수 있었을 텐데."

"지나간 일은 생각하지 말아요!" 그녀가 말했다. "난 현재 이외의 일은 생각하지 않기로 했어요. 왜 그래야 하는데요! 내일 무슨 일이 일어날지 누가 알아요?"

그러나 분명히 다음 날에 슬픈 일은 따르지 않았다. 아침에 이슬비가 내리고 안개가 끼었다. 관리인이 날씨가 개었을 때만 창문을 연다는 것을 알고 있는 클레어는 방에서 가만히 나가 집을 살펴보기로 하고 테스가 계속 잠을 자게 두었다. 건물 안에 먹을거리는 없었으나 물은 있었다. 그는 안개를 이용하여 집을 빠져나가 약 3킬로미터쯤 떨어져 있는 작은 마을의 가게에서 차와 빵과 버터를 샀다. 연기를 내지 않고 불을 피울 수 있는 알코올 램프와 작은 양철 주전자도 샀다. 그가 집으로 다시 들어오는 소리에 테스가 깼다. 두 사람은 그가 구해 온 음식으로 아침 식사를 하였다.

그들은 밖으로 나가기를 원하지 않았다. 낮이 지나고 밤이 왔으며, 다음 날과 또 그 다음 날이 지나갔다. 거의 아무것도 의식하지 못하는 사이 외부와 완전히 차단된 상태에서 닷새가 지나갔다. 사람의 그림자나 사람의 소리가 그들의 평화를 방해하는 일이 없이 시간이 지나간 것이었다. 유일한 사건이라고는 날씨가 바뀌는 것이고 유일한 친구라고는 뉴포레스트 숲 속의 새들이었다. 무언의 약속이라도 한 듯이 두 사람은 결혼식 날 이후에 있었던 일에 대해서는 아무 말도 하지 않았다. 그동안에 일어났던 암울한 시간은 카오스 속으로 묻혀 버리고 그 위에 현재와 그 이전의 시간이 아무 일도 없었던 것처럼 덮어 버린 것 같았다. 그가 지금의 피난처를 떠나서 사우스햄튼이나 런던으로 가자고 하면 그녀는 이상하리만치 움직이기를 원하지 않는 듯한 기색을 보였다.

"왜 감미롭고 사랑스러운 것을 끝내야 하나요!" 그녀가 반대의 목소리를 내었다. "꼭 와야 될 일이 있다면 그건 오고 말아요." 그녀는 덧문 틈으로 밖을 내다보다가 이렇게 말했다. "저기 밖에는 모든 게 고통이에요. 여기 안에는 만족이 가득한데요."

그도 밖을 내다보았다. 테스의 말은 사실이었다. 안에는 사랑과 융합과 잘못에 대한 용서가 있는데 밖에는 비정함만이 있었다.

"그리고…… 그리고" 하고 그녀가 자신의 뺨을 그의 뺨에 대면서 말했다. "자기가 지금 날 생각하는 마음이 오래가지 않을 것 같아 두려워요. 지금 자기가 나에게 느끼는 정이 변할 때까지 살고 싶지 않아요. 그러기를 바라지 않아요. 자기가 날 경멸할 때가 오면 난 차리리 죽어서 땅속에 들어가고 싶어요. 그래야 자기가 날 경멸한다는 것을 모를 테니까요."

"난 자기를 경멸할 수 없어요."

"나도 그러길 바라요. 하지만 내가 살아온 인생을 생각해 보면 누구라도 날 경멸하지 않을 수 없고, 그것은 시간문제라고 생각해요……. 난 참으로 심술궂은 미친 여자였어요! 그런데도 난 파리 한 마리나 벌레 한 마리도 죽이지 못했어요. 새장 속에 갇혀 있는 새를 보고도 울곤 했어요."

그들은 또 하루를 그곳에서 보냈다. 흐렸던 하늘이 밤에 개는 기미를 보였는데, 그로 인해 나이 많은 관리인이 아침 일찍 깨는 일이 일어났다. 해가 눈부시게 떠오르자 관리인 노파는 전에 없이 기운이 났다. 그녀는 즉시 집 근처의 저택에 가서 문을 열고 이렇게 날씨가 좋은 날 아주 철저히 통풍을 해두겠다고 마음을 정했다. 노파는 6시 전에 도착해서 아래층에 있는 방들의 문을 모두 열고 침실들이 있는 2층으로 올라갔다. 테스와 에인절이 자고 있는 방문의 손잡이를 막 돌리려는데 바로 그 순간 방 안에서 사람들의 숨소리가 들리는 듯한 느낌이 들었다. 그 순간까지 그녀는 슬리퍼를 신고 있었고 또 나이도 연료해서 거기까지 가는데 아무런 소리를 내지 않았다. 그녀는 즉시 방문에서 뒤로 물러났다. 그러다가 그녀는 자신이 무엇을 잘못 들었을지 모른다고 생각하고 다시 문으로 가서 조용히 손잡이를 돌려 보았다. 자물쇠는 고장이 나 있었다. 가구 하나가 방 안에서 앞으로 옮겨져 있어 문을 3센티미터나 5센티미터 이상 열 수가 없었다. 덧문의 틈새를 통하여 한 줄기 아침 햇살이 깊은 잠에 빠져 있는 두 사람의 얼굴 위에 쏟아져 내렸다. 테스의 입술은 에인절의 뺨 근처에서 반쯤 열린 꽃처럼 벌어져 있었다. 관리인은 두 사람의 순진한 모습과, 의자 위에 걸려 있는 우아한 테스의 가운과 그 곁에 있는 비단 양말과 예쁜 파라솔과 도착할 때 입고 왔다가 갈아입을 것이 없어 그냥 입고 있던 그 밖의 다른 옷가지를 보고 너무 놀랐다. 그러나 떠돌이 부랑자들의 철면피한 행동 때문에 일었던 충격은 상류 사회 출신으로 보이는 사람들의 도피 행각에 대한 순간적인 감상으로 바뀌었다. 그녀는 문을 닫고, 그 이상한 발견에 대한 문제를 마을로 돌아가 이웃 사람들과 상의하기 위해서 처음 왔을 때처럼 조용히 뒤로 물러났다.

노파가 돌아간 지 일 분도 채 되지 않아 테스가 잠에서 깨었다. 에인절도 곧 일어났다. 두 사람 모두 꼭 무엇이라고 꼬집어 말할 수는 없었으나 무슨 일이 일어났다는 생각에 사로잡혔다. 불안한 느낌이 더 커졌다. 에인절은 옷을 차려입자마자 즉각 5센티미터 셔터 틈 사이로 잔디밭을 조심스럽게 살펴보았다.

"당장 떠나야 할 것 같아요." 그가 말했다. "날씨가 좋아요. 집에 누군가가 있다는 생각을 지울 수가 없어요. 어쨌든 노파가 오늘 올 게 확실하니까요."

그녀는 에인절이 하자는 대로 따랐다. 그들은 방을 대충 정리하고 자기들의 물건을 싸서 조용히 떠났다. 뉴포레스트 숲으로 들어가자 그녀가 그 집을 마지막으로 돌아보기 위해서 몸을 돌렸다.

"아, 행복의 집, 잘 있어!" 그녀가 말했다. "내 목숨은 단지 몇 주의 문제일 텐데, 왜 저기에 더 머물지 않았죠?"

"그런 소리 하지 말아요, 테스! 우린 곧 이 지역을 완전히 빠져나갈 거예요. 처음 시작한 대로 곧장 북쪽을 향해서 우리 길을 계속 가야 해요. 아무도 우릴 거기서 찾을 생각은 못할 거니까. 우리를 찾는다면 웨섹스의 항구에서겠지요. 북쪽에 도착해서 항구를 찾고 거기서 빠져나가면 돼요."

그녀를 이렇게 설득한 다음 계획은 진행되었다. 그들은 북쪽을 향해 최단의 직선 코스를 택했다. 저택에서 긴 시간 휴식을 한 다음이어서 이제 그들에게는 걸어갈 수 있는 힘이 축적되어 있었다. 정오가 가까워졌을 때는 그들이 가는 길의 직선 코스에 위치한 첨탑의 도시 멜체스터가 나타났다. 그는 그녀를 오후 동안 나무 덤불 사이에서 쉬게 하고 어둠을 이용해서 다시 떠나기로 마음먹었다. 땅거미가 질 무렵 클레어는 보통대로 먹을 음식을 샀으며 그다음 밤의 행진이 계속되었다. 밤 8시경에는 상부와 중부 웨섹스의 경계를 지났다.

도로와 상관없이 시골 길을 질러가는 것은 테스에게 새로운 일이 아니어서 그녀는 옛날의 재빠른 동작을 되살려 걸어갔다. 그러나 그들은 도중에 가로 놓여 있는 도시, 역사 깊은 멜체스터를 정면으로 통과해야만 했다. 앞을 가로막고 있는 큰 강을 건너기 위해서는 도시로 놓인 다리를 이용하지 않을 수 없었기 때문이었다. 자정 무렵 그들은 드문드문 가로등의 불이 밝게 켜진 인적 없는 도심의 거리를 지나갔다. 그들은 발소리가 메아리칠지도 몰라 가능한 한 보도와는 떨어져서 걸었다. 성당 건축의 우아한 자태가 그들이 가는 길 왼쪽으로 희미하게 솟아 있었으나, 지금 그들에게는 그러한 모습이 눈에 들어오지 않았다. 그들은 도시를 빠져나와 유료 도로를 따라갔다. 몇 킬로미터를 더 간 다음에는 트여 있는 평원으로 들어섰다.

하늘에 짙게 구름이 덮여 있었으나 달빛이 구름 사이로 희미한 빛을 보내고 있어 그들이 가는 길에 조금은 도움이 되었다. 그러나 이제 달이 지고 구름이 거의 그들의 머리 위까지 내려앉아 밤이 동굴 속처럼 깜깜해졌다. 그들은 발소리가 나지 않도록 가능한 한 풀밭 위를 밟으면서 길을 계속 갔다. 다행히 울타리나 방해물이 없어서 나아가기가 어렵지는 않았다. 주변에는 사방으로 열린 고독과 검은 적막이 깔려 있었으며, 그 위로 강한 바람이 불어 댔다.

그들은 이렇게 더듬거리며 3킬로미터에서 5킬로미터 가량 더 나아갔다. 그러자 갑자기 풀밭 위에서 솟아오른 것 같은 거대한 돌출물이 그들 앞 가까이에 있는 것을 의식하게 되었다. 그들은 거의 그 돌출물에 부닥칠 뻔했다.

"이게 무슨 기괴한 곳인가?" 에인절이 말했다.

"윙윙 소리가 나네요." 그녀가 말했다. "들어 보세요!"

그가 귀를 기울였다. 마치 줄 하나만 달린 거대한 하프에서 나는 음악 소리처럼 바람이 그 구조물 위에서 윙윙 소리를 내고 있었다. 다른 소리는 나지 않았다. 클레어는 한 손을 치켜들고 두어 걸음 앞으로 나아가다가 그 구조물의 수직 표면을 만졌다. 이음새나 다듬은 흔적이 없는 단단한 석조물인 것 같았다. 손가락을 더 뻗었다가 그가 만지고 있는 것이 거대한 직사각형 돌기둥임을 알게 되었다. 왼손을 뻗쳤다가 곁에도 비슷한 기둥이 있는 것을 감지할 수 있었다. 머리 위로 무한히 높은 곳에 깜깜한 하늘을 더 깜깜하게 만드는 무엇이 있었으며, 그것은 이 돌기둥들을 수평으로 연결하는 거대한 평방(平枋) 같았다. 그들은 조심스럽게 돌기둥 아래와 사이로 들어갔다. 그들의 옷깃이 살랑거리는 소리가 돌의 표면에 닿아 울리는 소리를 내었다. 그러나 그들은 여전히 건물 외부에 있었다. 그 구조물에는 지붕이 없었다. 테스가 두려움에 질려 숨을 들이마셨다. 에인절이 당황스러워하면서 말했다.

"이게 뭘까?"

옆쪽으로 손을 뻗었다가 그들은 또 하나의 탑처럼 높이 솟은 돌기둥을 만났다. 처음 것처럼 네모지고 단단한 돌이었다. 그 너머로 또 하나의 돌기둥이 있고 그다음에도 또 하나가 더 있었다. 그곳은 온통 문과 돌기둥으로 되어 있었으며, 어떤 기둥들은 평방으로 연결되어 있기도 하였다.

"바로 바람의 신전이군." 그가 말했다.

그다음 돌기둥은 따로 떨어져 있었다. 어떤 기둥들은 삼석탑으로 되어 있고 어떤 돌기둥들은 바닥에 누워 있었는데 옆구리가 마차 한 대는 지나갈 수 있을 만큼 넓은 통로를 만들고 있었다. 평원의 넓은 풀밭 위에 하나하나의 돌기둥이 모여 숲을 이루는 것이 무엇인지 곧 분명해졌다. 두 사람은 이 밤의 누각 안으로 깊이 들어가 그 중심부에 우뚝 섰다.

"스톤헨지*군!" 클레어가 말했다.

"이교도의 신전 말이에요?"

"그래요. 수많은 세기보다 더 오래되고 더버빌 가문보다 더 오랜된 거지요. 그럼 어떻게 하지요? 조금 더 가면 쉴 곳이 있을 것도 같은데."

그러나 테스는 그 순간 매우 지쳐 있어 가까이에 있는 장방형 석판 위에 몸을 눕혔다. 돌기둥이 바람을 막아 주었다. 낮에 내려쬐인 햇볕 덕분에 돌은 따스하고 건조해서 그녀의 스커트와 구두를 젖게 했던 주변의 거칠고 차가운 풀밭과 아늑하게 대조를 이루었다.

"에인절, 더 이상 가고 싶지 않아요." 그녀가 손을 뻗어 그의 손을 잡으려 했다. "여기서 쉴 수 없을까요?"

"안 돼요. 이곳은 낮이면 몇 킬로미터 밖에서도 다 보여요. 지금은 그렇지 않은 것처럼 보이지만요."

"어머니 친척 한 사람이 이 근처에서 양치기로 일을 했어요. 지금 생각이 나네요. 우리가 톨보트헤이즈에 있을 때 자기는 날 보고 이교도라고 했지요. 이제 내가 고향으로 돌아왔어요."

누워 있는 그녀 곁에서 그가 무릎을 꿇었다. 그리고 그녀의 입술에 자신의 입술을 대었다.

"자기, 졸리지? 자기는 지금 제단 위에 누워 있어요."

"난 여기가 좋아요." 그녀가 낮은 소리로 말했다. "아주 엄숙하고 고독한 곳이에요. 크나큰 행복을 맛본 다음이라 내 머

---

* 영국 서남부에 있는 선사시대의 돌기둥 유적. 이 소설에서 멜체스터로 알려진 솔즈베리 시에서 멀지 않은 곳에 위치해 있다.

리 위에는 하늘만 있어요. 세상에는 우리 둘만 있고 다른 사람들은 하나도 없는 것 같아요. 정말 아무도 없었으면 좋겠어요. 라이자 루만 빼고요."

클레어는 날이 조금 밝을 때까지 그녀가 여기서 쉬는 것이 좋겠다고 생각했다. 그는 외투로 그녀를 덮어 주고 그 곁에 앉았다.

"에인절, 혹시 나에게 무슨 일이 생기면 날 위해서 라이자 루를 돌봐 줄래요?" 두 사람이 돌기둥 사이에서 일고 있는 바람 소리에 오랫동안 귀를 기울인 다음 그녀가 물었다.

"그럴게요."

"걘 너무 착하고 순박하고 순수해요. 오, 에인절, 날 곧 잃게 될 텐데, 그렇게 되면 걔와 결혼을 하면 좋겠어요. 오, 정말 자기가 그랬으면 좋겠어요!"

"자기를 잃으면 난 모든 것을 잃는 거요! 거기다 라이자 루는 내 처제예요."

"그건 아무 문제가 없어요. 말로트 근처에서는 처제와 결혼하는 일이 드물지 않아요. 라이자 루는 너무 유순하고 귀여워요. 걘 지금 아주 예쁘게 피어나고 있어요. 우리가 정령이 되면 난 자기를 걔와 주저없이 공유할 수 있어요. 자기를 위해서 그 아일 훈련시키고 가르치고 길러 주세요, 에인절! 그 아이에게는 내 나쁜 점을 뺀 좋은 점이 다 있어요. 그 아이가 자기 사람이 되면 죽음도 우리를 갈라놓지 못하는 것과 같아요……. 그래요, 난 이제 내가 바라는 것을 말했어요. 다시는 더 말하지 않을게요."

그녀가 말을 그쳤다. 그는 생각에 잠겼다. 멀리 동북쪽 하늘에서 한 줄기 빛이 수평으로 돌기둥 사이에서 솟아나는 것이 보였다. 똑같은 오목한 모양을 한 검은 구름이 한결같이 항아리 뚜껑처럼 하늘로 올라가고 아침이 끝에서 서서히 다가왔으며 우뚝 솟은 돌기둥과 삼석탑(三石塔)이 하나씩 까맣게 그 모습을 드러내기 시작하였다.

"여기서 하느님께 제물을 바쳤나요?" 그녀가 물었다.

"아니요." 그가 말했다.

"그럼 누구에게요?"

"내 생각으로는 태양에게 바쳤을 것 같아요. 저기 따로 떨어져 있는 높은 돌기둥이 태양의 방향으로 있어요. 곧 태양이 돌기둥 뒤에서 솟아오를 거예요."

"생각나는 게 있어요." 그녀가 말했다. "결혼 전에 자기가 내 종교적 믿음에 관해서 절대로 간섭하지 않겠다고 한 말 기억해요? 그러나 난 자기의 마음을 알아차리고 자기가 생각하는 대로 따라 생각했어요. 나에게 그런 이유가 있었기 때문이 아니고 자기가 그렇게 생각하고 있었기 때문이었어요. 에인절, 말해 주세요. 우리가 죽은 다음에 다시 만난다고 생각해요? 알고 싶어요."

그는 이런 순간에 대답을 피하기 위하여 그녀에게 키스를 하였다.

"오, 에인절, 그건 아니라는 뜻이군요." 그녀는 솟아오르는 흐느낌을 누르며 말했다. "나는 정말로 자기를 다시 만나고 싶었어요. 너무나, 너무나요! 자기와 나처럼, 에인절, 서로 너무나 사랑하는데도 아닌가요?"

그는 결정적인 순간 결정적인 질문에 자신보다 위대한 사람처럼* 대답을 하지 않았다. 두 사람은 다시 침묵에 빠졌다. 일이 분 뒤에 그녀의 숨결이 고르게 되고 그의 손을 쥐고 있던 그녀의 손이 풀어지면서 잠에 빠졌다. 동쪽 지평선을 따라 은빛으로 창백한 무늬가 나타나면서 대평원**의 먼 부분이 어둡고 가깝게 보였다. 거대한 풍경 전체가 아침이 오기 직전에 늘 그러는 것처럼 침묵과 과묵과 망설임의 흔적을 담고 있었다. 동쪽 돌기둥과 평방이 먼 햇빛을 뒤로하여 검은색으로 솟아 있고, 그 너머로 거대한 불꽃 모양의 '태양석'이 보였다. '제단 바위'는 한복판에 있었다. 곧 밤바람이 잦아들고 돌 위에 컵 모양으로 움푹 파인 곳에 고여서 흔들리던 작은 웅덩이 물이 진동을 멈췄다. 같은 시간에 동쪽의 경사지 주변에서 무엇인가 조그마한 점이 움직이는 것처럼 보였다. 태양석 저쪽에 있는 분지에서 그들을 향해 오는 사람의 머리였다. 클레어는 거기서 쉬지 않고 더 갔어야 했다는 생각이 들었으나 지금 상황에서는 가만히 있는 것이 좋겠다고 마음을 먹었다. 그 사람은 두 사람이 있는, 돌기둥이 뺑 둘러져 있는 방향을 향해서 곧바로 다가왔다.

클레어는 뒤에서도 무슨 소리가 나는 것을 들었다. 발걸음 소리였다. 그는 몸을 돌리다가 땅바닥에 누워 있는 돌기둥 너머로 또 한 사람이 다가오는 것을 보았다. 미처 상황을 깨닫기도 전에 삼석탑 아래 오른쪽에 사람이 있고 왼쪽에도 사람이 있는 것이 보였다. 새벽이 서쪽에 있는 사나이 바로 앞에서 환

---

* 대제사장과 장로들과 빌라도의 심문에 대답을 하지 않았던 예수를 일컫는다. 「마태복음」 27장 14절 참조.
** 스톤헨지를 둘러싸고 넓게 전개되어 있는 솔즈베리 평원.

히 빛을 내고 있었다. 클레어는 그가 키가 크며, 훈련받은 사람처럼 걷는 것을 알아보았다. 그들은 모두 틀림없는 목적을 향해 포위해 들어오고 있었다. 테스의 예언이 적중했다! 그는 자리에서 벌떡 일어서면서 무기나 굴러다니는 돌을 찾고, 도망칠 수 있는 방편이나 그 자리를 피할 수 있는 방법이 무엇일까를 궁리했다. 바로 그때 가장 가까이 있던 남자가 그를 덮쳤다.

"선생님, 소용없어요." 그가 말했다. "이 평원에 우리 대원이 열여섯 명이나 깔려 있어요. 온 나라가 발칵 뒤집어졌어요."

"그냥 잠이나 마저 자게 두세요!" 그들이 포위해서 조여드는 동안 그가 낮은 소리로 간청을 했다.

그 순간까지 테스가 어디 있는지를 모르던 사나이들이 그녀가 누워 있는 곳을 보고는 이의를 제기하지 않았다. 그들은 주변의 돌기둥처럼 둘러서서 그녀를 지켜보았다. 그는 쓰러져 있는 돌기둥으로 가서 그녀의 가엾은 작은 손을 잡고는 그녀의 모습을 내려다보았다. 그녀의 숨결이 이제 빨라지고 작아졌다. 그것은 성숙한 여인의 숨결이 아니고 하등동물의 숨결 같았다. 모두가 밝아 오는 햇빛 속에서 기다렸다. 그들의 얼굴과 손은 은빛으로 물든 것 같았고 몸의 다른 부분은 검게 되어 있었다. 돌기둥은 초록빛 갈색으로 빛났으며 평원은 아직 거대한 그림자로 남아 있었다. 곧 햇빛이 강해졌다. 한 줄기 햇살이 아무것도 모른 채 자고 있는 그녀 몸 위에 쏟아지면서 눈꺼풀 아래로 들어가 그녀를 잠에서 깨웠다.

"에인절, 무슨 일이에요?" 놀라 일어나면서 그녀가 외쳤다. "날 잡으러 왔어요?"

"그래요." 그가 말했다. "그들이 왔어요."

"올 것이 왔네요." 그녀가 속삭였다. "에인절, 난 차라리 기뻐요. 그래요, 기뻐요! 이런 행복은 오래갈 수가 없었어요. 나에게는 너무 과분했어요. 이젠 충분히 행복을 누렸어요. 자기가 날 경멸하는 날까지 오래 살지 않게 되었어요!"

그녀가 일어나 몸을 턴 다음 앞으로 걸어갔으나 그들 중 누구도 움직이지 않았다.

"나, 준비되었어요." 그녀가 조용히 말했다.

59장

밝고 따뜻한 7월의 아침, 웨섹스의 옛날 수도인 아름다운 고도 원턴세스터가 햇살을 받으며 오목하고 볼록한 언덕 사이에 서 있었다. 박공을 붙인 벽돌집, 타일로 만든 집, 사암으로 만든 집들의 바깥 벽에 붙은 이끼가 계절에 맞추어 거의 말라 있었으며, 목장 사이로 흘러가는 시냇물도 수위가 많이 낮아져 있었다. 경사진 중앙로에서는 웨스트게이트웨이에서 중세 십자가가 세워진 곳까지, 다시 그 십자상에서 다리까지, 옛날 장날이 서는 날이면 늘 하는 한가로운 먼지 털기와 쓸어 내기 청소 작업이 진행되고 있었다.

원턴세스터 사람이면 다 알 듯이 중심가의 큰길은 웨스트게이트웨이에서 시작하여 정확하게 1.6킬로미터 거리의 길고 규칙적인 경사를 타고 인가를 서서히 뒤로하면서 올라갔다. 두 사람이 도시의 주변에서 나와 힘든 고갯길을 전혀 의식하지 못하는 듯 이 길을 빠른 걸음으로 올라가고 있었다. 그들이 고갯길을 의식하지 못하는 것은 기운이 넘쳐나서 그런 것이 아니고 무언가에 몰두해 있었기 때문인 듯했다. 그들은 조금 아래쪽에 있는 높은 담장의 빗장 달린 좁은 쪽문에서 나와 이 길로 들어섰다. 그들은 인가와 사람들의 시선에서 빠져나오고 싶은 듯했으며, 이 길이 그러는 데는 가장 빠른 방편으로 보였다. 그들은 젊은 사람들이었으나 고개를 숙인 채 걸었다. 그들의 근심에 찬 걸음거리를 햇빛은 무정하게 미소 지으며 비추고 있었다.

두 사람 중 한 사람은 에인절 클레어였다. 또 한 사람은 키가 크고 꽃봉오리처럼 피어나는 반은 아직 소녀이고 반은 여자 티가 나는 사람으로, 테스를 영적으로 옮겨 놓은 모습이었으나 그녀보다는 키가 조금 작으면서 똑같은 아름다운 눈을 지닌 클레어의 처제, 라이자 루였다. 그들의 창백한 얼굴은 원래보다 반으로 작아진 것 같았다. 둘은 손을 꼭 잡고 걸었으나 서로 한마디도 하지 않았다. 고개를 숙인 모습이 조토*의 그림 「두 사도」를 연상시켰다.

두 사람이 거대한 웨스트 힐 꼭대기에 도달했을 때 시내의 시계들이 일제히 8시를 쳤다. 두 사람은 그 소리에 깜짝 놀랐다. 그들은 몇 발자국을 더 앞으로 걸어가 야산으로 빙 둘러져 있는 초원의 녹색 언저리에 하얗게 서 있는 첫 번째 이정표에 도달했다. 여기서는 야산이 길로 통해 있었다. 그들은 풀밭 위로 들어갔다. 자신들의 의지력을 압도하는 힘에 제압된 듯 그들은 갑자기 걸음을 멈추고는 몸을 돌려 전신이 마비되는

---

* 조토 디 본도네, 1266년~1337년. 이탈리아의 화가이자 건축가.

듯한 공포에 질린 채 이정표 곁에 섰다. 그리고 기다렸다.

이 정점에서 보는 풍경은 끝이 없는 것 같았다. 그들이 떠나온 도시는 그 아래 있는 계곡 안에 있었으며 시내의 유명한 건물들이 등거리 도법 속의 그림처럼 펼쳐져 있었다 노르만식 창문과 엄청나게 긴 측랑(側廊)과 중앙부가 있는 대성당의 탑, 성 토마스 성당의 첨탑, 명문 고등학교의 뾰족탑이 보였으며, 오른쪽으로는 지금까지도 순례자에게 빵과 맥주를 베풀어 주는 유서 깊은 자선원(慈善院)의 탑과 박공도 보였다. 도시 뒤로는 성 캐서린 산의 둥그런 고원이 펼쳐져 있고, 그 너머로는 눈부신 태양 아래서 지평선이 사라질 때까지 풍경 너머 또 풍경이 이어졌다.

이렇게 길게 뻗어 간 시골을 배경으로 도시의 다른 건물들 앞에 우뚝 솟아 있는 커다란 붉은 벽돌 건물에는 수평으로 된 회색 지붕과 구치(拘置)를 뜻하는 짧은 쇠창살 달린 창문이 줄지어 있어 운치 있는 고딕식 건축 양식과 외형에서 커다란 대조를 이루었다. 그 건물은 주목과 상록수인 오크나무로 가려 있어 길을 지나면서는 잘 보이지 않았으나 이런 높은 위치에서는 환히 보였다. 두 사람이 조금 전에 나온 쪽문은 바로 이 건물의 벽에 붙어 있었다. 건물 중앙에는 끝이 납작한 팔각형 탑이 동쪽 지평선을 뒤로하고 솟아 있었다. 이 지점에서 건물의 그림자진 쪽을 햇빛을 배경으로 바라보면 도시의 아름다움을 훼손하는 하나의 오점 같았다. 그러나 두 사람의 시선이 향해 있는 대상은 도시의 아름다움이 아니고 바로 이 오점이었다.

탑의 꼭대기 위에 높은 막대기가 세워졌다. 그들의 시선이 그 막대기에 쏠렸다. 시간을 알리는 종이 울린 몇 분 뒤에 막대기 위로 어떤 물체가 서서히 올라가더니 바람에 나부끼기 시작하였다. 그것은 검은 조기였다.

'정의'가 행해지고 신들의 대수장(首長)이, 아이스킬로스*의 말대로 테스와 희롱을 끝낸 것이다. 그리고 더버빌 가문의 기사들과 귀부인들은 아무것도 모른 채 그들의 무덤 속에서 잠을 잤다. 말없이 그 광경을 지켜보던 두 사람은 마치 기도라도 하듯 땅 위에 몸을 구부려 꼼짝 않고 오랫동안 그대로 있었고 깃발은 계속 소리 없이 나부꼈다. 기운이 되돌아오자 그들은 땅에서 일어나 손을 잡고 가던 길을 계속 갔다.

---

* BC 525년~BC 465년. 고대 그리스의 비극 시인.

작품 해설

토머스 하디의 생애와 문학

1

하디가 1928년 팔십팔 세의 고령으로 작고하였을 때 영국 정부가 그의 시신을 웨스트민스터 대사원 안의 시인의 코너에 묻히도록 한 것은 영문학의 위대한 전통 속에서 그의 문학적 위상이, 그보다 그곳에 먼저 묻힌 셰익스피어, 초서, 밀턴 같은 대문호들과 동일한 서열에 선다는 것을 의미한다. 그가 1910년에 황실 훈장을 받고, 1913년과 1920년에 케임브리지와 옥스퍼드 대학교에서 명예 문학박사 학위를 받은 것은, 고등학교가 최종 학력인 그가 문학 발전에 끼친 업적을 영국 최대의 대학과 황실이 인정한 것으로, 그의 소설가와 시인으로서의 높은 위상이 공적으로 받아들여진 것이다.

이러한 만년의 명예와 명성은 하디의 출생과 극적인 대조를 이룬다. 그는 1840년에 영국 남서부 도싯 주(州)의 조그마한 시골 마을 하이어복햄턴에서 석공 토머스 하디의 장남으로 태어났다. 비록 일꾼 여러 명을 거느리고 건축업에 종사했지만 아버지 하디의 입지는 노무자와 별로 다를 것이 없었다. 건축업은 소규모의 가업으로 주로 교회나 기타 석조 건물을 개조 보수하는 일이었으며, 이미 할아버지 하디 대에서 시작되어 전수된 것이었다. 하디 자신이 열여섯 살에 고등학교를 마치면서 대학 대신 도체스터의 건축 사무실로 간 것도 가업을 잇는 의미가 컸다. 하디가 건축의 길을 택한 것은 대학에 진학할 만큼 집안이 넉넉하지 않았으며, 하디 가의 사회적 위치가 장인(匠人) 계급에 속했다는 사실을 뜻한다.

어머니 저미마 핸드가 결혼 전 도체스터 인근 마을의 여러 집에서 요리사로 일을 했다는 사실과, 그녀의 아버지 역시 하인으로 고용되어 있었다는 사실도 하디 집안의 사회적 위상을 말해 준다. 외가 쪽으로 이모들과 사촌들의 직업이 가정부, 재단사, 구두 수선공이며, 친가 쪽으로도 삼촌, 형제나 누이 대부분이 석공, 목공, 초등학교 교사였던 점은, 하디가 자신의 출신 성분에 대하여 민감한 콤플렉스를 지니는 원인을 제공했던 것이다. 그가 중산 계층 집안의 딸과(그의 부인 에마 기포드는 변호사의 딸이었다.) 결혼을 하면서도 결혼식에 하디 집안의 가족을 한 사람도 초청하지 않은 사실이나, 소설가로서 영국 내에서 명성을 확보한 이후 고향 도체스터에 대저택을 직접 지어 정착을 하고도 그곳과 멀리 떨어지지 않은 하이어복햄턴의 가족과 거래를 끊고 살았던 데서 증명되는 사실이다.

하디가 만년에 집안의 혈통에 예민한 관심을 표시한 것도 이러한 콤플렉스의 연장으로, 역사의 어느 시점에 번창했던 명문가의 몰락을 추적하여 하층 계급으로 떨어져 간 하디 가의 계보(系譜) 속에서 상처 받은 프라이드를 복원하려는 의도가 있었음을 쉽게 짐작할 수 있다. 하디 자신이 프랑스와 영국 중간에 있는 저지 섬의 명문가 '르 하디'에서 유래했으며, 16세기에 도체스터의 하디 스쿨을 세운 토머스 하디의 후예로, 트라팔가 해전에서 넬슨 제독이 전사할 때 그와 함께 있었던 토머스 하디 부제독이 집안의 조상이라고 말한 적이 있는 것으로 전해진다.

이러한 족보에 대한 관심과 묻혀진 조상의 영화를 현재의 몰락한 가세에 연결하려는 시도는, 하디의 소설 속에서도 반복된다. 사회의 밑바닥에 묻혀 사는 그의 소설 속 주인공들의 배경을 들춰 보면 출중한 조상들의 계보가 역사 속에 숨어 있는 것이다. 『이름 없는 주드』에서 비록 천애 고아이며 가난한 빵장사의 조수로, 돈 몇 푼을 더 벌기 위해 농부 트라우담의 밭에서 새를 쫓다가 매를 맞고 쫓겨 오지만, 선대에서는 주드의 선조가 트라우담의 선조를 고용했다는 사실을 밝히면서 역사의 아이러니를 암시하고 있다.

『테스』(원제: '더버빌 가의 테스')의 경우에서는 선대의 영광이 좀 더 구체적으로 부각되어 작품을 비극으로 발전시키는 계기가 된다. 행상을 하면서 근근히 살아가던 테스의 아버지에게 교구 신부가 더버빌 가의 선조는 프랑스에서 건너와 영국의 역사 만들기에 일조했던 귀족이었음을 귀띔하는데, 오히려 이것은 테스의 비극이 시작되는 역설적 의미를 갖는다. 하디는 테스가 탄생이라는 우연에 의한 명목상의 귀족이 아니라, 순수하고 고매한 성품을 지닌 인간으로서 귀족임을 강조한다. 테스가 범한 죄가 간음과 살인이라는 극악한 것임에도 불구하고, 소설의 부제에서 테스를 '순수한 여인'으로 강조하는 이유도 그녀의 본성이 티없이 깨끗함을 부각하는 데 있다. 그녀의 비극이 더욱 독자에게 충격적인 이유도 여기에 있다. 주드도 비록 계층적으로는 사회 밑바닥에 내던져진 사람이지만, 그리고 그의 가슴 아픈 비극적 죽음이 가난하고 비천한 신분 때문에 자초되지만, 하디는 두 사람이 탄생이라는 우연에 의하여 사회의 바닥에서 헤매는 것을 고발하고, 그들의 본성은 어느 귀족보다도 더 고매하다는 주제를 두 작품에서 제시한다.

소설가는 어쩔 수 없이 자신의 사적인 세계에서 소재와 영감을 받게 마련이다. 주인공들이 계층적으로 사회의 밑바닥에 짓눌려 사는 가난한 사람들이며, 비록 이들이 어려운 경제적 역경을 헤치고 나가야 하는 처지지만, 하디는 특유의 눈으로 이들의 세계에서 인생의 기쁨과 슬픔을 관찰한다. 비록 소설을 통하여 교회와 학제와 결혼 제도 같은 큼직한 사회적 모순을 고발하지만(그래서 기존하는 구세력으로부터 심한 공격을 받지만) 결코 계급투쟁을 하거나 반체제적 정치 선동을 하자는 것은 아니다. 하디는 도싯 주 주변에 사는 소박한 사람들의 목가적 생활을 사실적 기법으로 그리면서 생의 애환을 제시한다. 윌리엄 포크너의 '요크나파토파'와 같은 상상의 문학 세계를 '웨섹스'라는 이름으로 창조하여, 그가 살았던 고향 하이어 복햄턴과 도싯 주, 그리고 그 인근 도시들을 배경으로 이 지방 사람들의 생활을 재현한 것이다.

그러나 하디의 웨섹스 문학은 지방주의에 안주하지 않고, 지방색 속의 보편적 가치를 발굴하여 웨섹스의 진리가 곧 인간의 우주적 진리와 상통하도록 처리한다. 그래서 에그던히스의 레인배로 꼭대기에서 봉화를 켜는 유스테이시아는 욕정과 꿈과 사랑을 갈구하는 여인을 상징하며, 크라이스트민스터 주변을 맴돌며 진학의 기회를 기다리는 이름 없는 주드는 재수와 삼수의 고배를 마시며 와신상담하는 우리 청소년의 대명사이기도 하다. 하디 문학의 특징은 바로 웨섹스의 세계가 그 너머의 세계로 직결되는 데 있다. 웨섹스 지방 특유의 생활 관습과 방언을 그대로 옮겨 오고, 시와 소설의 목가적 소재가 『웨섹스 이야기들』, 『웨섹스 시편』에 영국과 세계의 상황 그대로 담겨 있다.

하디 개인의 생활은 하이어복햄턴과 도체스터에 국한된 것만은 아니었다. 그는 1862년 스물두 살 때 도체스터의 힉스 건축 사무소를 떠나 런던의 블롬필드 건축 사무소로 자리를 옮기며, 여기서 음악과 미술과 문학의 세계에 몰입하여 예술의 아름다움을 만끽한다. 런던으로의 이주는 하디가 문학청년으로서 수업을 시작하여 예술에 대한 면목을 확장하던 시기에 해당한다. 독학으로 라틴어, 프랑스어, 그리스어를 공부하고, 영문학의 고전을 탐독하던 도체스터의 건축사 도제 시절을 대학 시절로 본다면, 오 년간의 런던 시절은 그에게 대학원 시절에 해당한다고 할 수 있다. 1867년에 다시 도체스터의 힉스 사무실로 돌아온 하디에게는, 1870년 콘월 주의 남쪽 끝 시골의 세인트 줄리엇 교회에서 그 교회 신부의 처제인 에마 기포드를 만나기까지 사 년 동안, 두 가지 중요한 사건이 일어난다. 하나는 처녀작 『가난한 남자와 귀부인』을 쓴 것이다. 이 소설은 출판사에 보냈다가 당대의 대 소설가 조지 메러디스에 의하여 출판하지 말 것을 충고받지만, 소설가로서의 재질은 인정받아 좀 더 극적 요소를 갖춘 소설을 시도해 볼 것을 권유받는다. 출판사의 이러한 권유로 하디는 1871년에 『절망적 처방』을 우여곡절 끝에 출판하여 건축가로서의 장래를 포기하고 소설가로의 길을 걷는다. 특별한 창작 수업이나 문학을 하는 간절한 동기를 경험하지 않고 취미로 시도한 소설 쓰기에서 세계적 문호의 시발이 나온 것이다.

또 하나의 사건은 열여섯 살의 어린 처녀 트라이피나를 만나 사랑에 빠진 것이다. 트라이피나는 하디의 이종사촌이다. 트라이피나의 어머니 마리아가 하디의 이모였던 것이다. 하디는 이 무렵 사무실이 웨이머스에 있는 크릭메이 건축 사무소와 합병되어 항구도시 웨이머스에 하숙을 했는데 트라이피나도 이 무렵에 학교와 관계되어 웨이머스에 살고 있었다. 두 사람은 웨이머스의 해변에서 자주 산책을 했고, 나중에는 약혼하여 두 사람 사이에 아이까지 있었던 것으로 전해진다. 그러나 두 사람은 집안의 강한 반대에 부딪힌다.(일설에 의하면 하디와 트라이피나는 사촌이 아니라, 트라이피나 어머니 마리아의 탄생의 비밀과 얽힌, 삼촌과 조카 관계라고 주장한다.)

하디는 결국 트라이피나와의 관계를 청산하고 금세 세인트 줄리엇에서 미래의 아내를 만나지만, 트라이피나에 대한 마음은 그녀와 헤어진 이십오 년 뒤에 『이름 없는 주드』를 쓰는 영감이 되었을 만큼 애절했다. 그는 『이름 없는 주드』의 서문에서 한 여인의 죽음이 『이름 없는 주드』의 배경이 되었음을 밝혔다. 교육대학을 나오고 교사의 길을 간 트라이피나의 생애는 하디와의 혈연관계 외에도 수 브라이드헤드의 많은 것을 연상시킨다. 그녀가 죽었을 때 쓴 시 「피나를 생각하며 : 그녀의 죽음을 접하고」에는 잃어버린 사랑에 대한 애절한 그리움이 절절하다. 시는 "그녀가 쓴 글 한 줄도 나는 갖지 않았고 / 그녀 머리카락 하나도 없다"로 시작하여, 같은 구절의 반복으로 끝난다. 그의 대표 시 중 하나인 「중간적 음조」도 여러 비평가들이 트라이피나를 두고 쓴 것으로 간주한다. 두 사람의 약혼과 사생아에 대한 소문의 진위는 확인할 길이 없다. 그러나 두 사람이 연인 관계였던 점은 확실하다. 『이름 없는 주드』가 출간되었을 때 부인 에마 기포드는 극심한 배신감을 느꼈으며, 이 작품의 간행은 악화되어 가던 부부간의 관계를 완전히 절연하는 계기가 되었던 것으로 전해진다.

그러나 하디가 처음 에마를 세인트 줄리엇에서 만났을 때는 트라이피나와의 애절한 관계에도 불구하고 강한 매혹의 힘이 작용했던 것으로 알려져 있다. 에마 자신이 문학소녀였으며, 시를 좋아하는 젊은 남녀의 공통분모는 틴테이절 같은 아름다운 자연을 배경으로 곧 친밀해지는 계기를 만든다. 하디는 에마를 만난 이듬해인 1871년에 『절망적 처방』을 발표했고 연달아 다른 소설들을 발표하고 비평가들에게서 호평을 받았다. 1872년에 『녹음에서』, 1873년에 『푸른 두 눈동자』, 1874년에 『미친 군중으로부터 멀리』, 1876년에 『에델버타의 손』, 1878년에 『귀향』, 1880년에 『트럼펫 주자』, 1882년에 『탑 위의 두 사람』, 1886년에 『캐스터브리지의 시장』, 1887년에 『삼림지대 사람들』, 1891년에 『테스』, 1892년에 『사랑받는 사람』, 1895년에 『이름 없는 주드』를 발표하여 다작하는 작가로 알려지게 되었다.

에마를 만나고 사 년 뒤, 하디는 『미친 군중으로부터 멀리』

로 비평적 성공뿐만 아니라 상업적으로도 대성공을 거두는데, 이것은 하디에게 건축가의 길을 접고 오직 소설가로 몰두하는 길을 열어 주었으며 에마와 결혼을 하는 계기를 만들었다. 그러나 에마와의 결혼은 평탄하지 않았다. 결혼 초기의 열정이 곧 성격 차이와 여러 가지 이유 때문에 서서히 식으면서 두 사람의 관계는 멀어져 갔다. 문학 지망생이던 에마는 하디의 작가로서의 성공에 심한 질투심과 좌절감을 느꼈으며, 변호사를 아버지로 두고 형부가 신부인 집안을 자랑스럽게 생각하여 하디 집안의 사회적 입지를 얕보고 멸시하였다. 하디가 결혼식을 런던에서 올리면서 집안 식구를 부르지 않은 것이나, 고향 하이어 복햄턴에서 멀지 않은 곳에(약 4.8킬로의 거리) 대저택 맥스 게이트를 짓고도 부모 형제와 교류를 끊은 것에도, 이러한 에마의 계층에 대한 속물근성이 밑바닥에 깔려 있었음을 짐작할 수 있으며, 이것이 두 사람 사이에 긴장을 촉발하는 원인이 되었다. 하디와 에마 사이에 아이가 없었던 것도 집 안의 온기를 식히는 원인으로 작용하였다. 두 사람은 같은 집에 살면서도 오랫동안 층을 따로 쓰는 별거 상태에 있었다. 불행했던 하디의 결혼 생활은 그의 작품 속에 잘 나타난다. 그의 대표작 『귀향』, 『캐스터브리지의 시장』, 『테스』, 『이름 없는 주드』에서 하나같이 결혼은 행복의 종착역이라는 개념과 먼 거리를 두고 있다. 1912년에 사망한 에마는 결혼 후반기에는 정신착란 증세를 보였다.

이러한 관계에도 불구하고 하디는 에마의 사망 직후 두 사람이 처음 만났을 때 자주 갔던 곳을 찾아가 행복했던 옛날을 회상하며 많은 시를 썼다. 그중에는 「여행 다음에」 같은 수작도 있다. 비록 행복했던 애정의 순간이 환멸과 좌절의 관계로 옮아갔지만 하디는 추억의 현장에서 다시 한 번 전날의 열정을 되살리는 데 성공한 것이다. 하디는 장편과 단편집을 합쳐 거의 이십여 권의 소설을 썼다. 그러나 그는 근본적으로 시인이었으며, 그러한 위치는 시작(詩作)의 양과 질에서 증명된다. 그의 단편과 장편에도 시적인 기교와 영상이 넘쳐흐르며, 작품의 소재에도 시적 요소를 띤 것이 많다.

하디가 본격적으로 시인의 길을 걸은 것은 『이름 없는 주드』 이후 소설 쓰기를 그만두면서부터이다. 일반적으로는 『이름 없는 주드』에 대하여 사회가 쏟아 부은 비난 때문이라고 알려져 있다. 하디가 소설가로서 세계적 명성을 확고히 한 것은 『테스』와 『이름 없는 주드』를 출판하면서였다. 두 작품은 하디의 문학을 대표하는 대작이다. 그러나 이 두 소설에는 하디 특유의 사회적 주제가 강하게 담겨 있었는데 이것이 당시의 보수 진영의 견해와 일치하지 않았으며, 그런 이유로 심한 비난과 공격을 받았다. 『테스』는 하디가 제시한 처녀의 외형적 순결성이 그녀의 참된 내면적 순결과 다르다는 명제가 엄청난 사회적 물의를 일으켰고, 『이름 없는 주드』는 가난 때문에 사회적 계층 제도와 학제와 결혼 제도의 희생자가 되는 이야기를 주드의 역사를 통하여 고발하여 심각한 파장을 일으켰다. 『테스』에서부터 쌓인 하디의 비극적 인생관에 대한 기성층의 불만이 마침내 『이름 없는 주드』에서 폭발하여 웨이크필드 교구의 주교가 책을 공적인 장소에서 분서하는 일까지 일어나자, 스스로 소설을 그만두어야 하겠다고 공언하게 되는 것이다.

그러나 이것은 그가 시의 세계로 옮아가는 이유 중 하나일 수는 있지만 전부는 아니었다. 그는 시가 소설보다 더 훌륭한 예술적 장르라고 믿었으며, 예술가적 기질상 소설가보다는 시인에 가까웠던 사람이다. 그는 또 『이름 없는 주드』에 이르기까지 열다섯 권의 장편과 사십여 편의 단편에서 소설을 통해 하고 싶은 이야기는 다 쏟아 부은 예술가이기도 했다. 그래서 1898년 첫 시집 『웨섹스 시편』을 시작으로 그가 사망하던 해인 1928년까지 시집 여덟 권과, 나폴레옹 전쟁을 주제로 한 야심적 극시 『패왕』 1~3부를 발간하여 시인으로서 역량을 과시하였다.

하디는 불행했던 결혼 생활과 대표작 두 편을 통하여 받은 사회적 비난에도 불구하고 비교적 평범한 생애를 마친 사람이다. 열여섯 살에 고등학교까지의 학업을 끝내고 도체스터, 웨이머스, 런던에서 건축사로서 십팔 년간 순탄하게 근무하였으며, 『미친 군중으로부터 멀리』가 상업적 성공을 거두면서 소설가로서 명성을 꾸준히 쌓아올려 만년에는 영국 문단의 원로로서 황태자가 그의 저택을 예방하는 예우를 받았다. 부인에마가 1912년에 사망한 이후, 사십 세나 연하인 플로렌스 더 그데일을 처음에는 비서로, 나중에는 두 번째 부인으로 맞아 (1914) 그녀의 보호 속에서 안정된 여생을 보냈다.

그러나 그가 살아간 시대는 대단히 극적인 시기였다. 아일랜드에서는 인구 4분의 1이 나라를 등지는 감자 기근 사건이 일어났으며(1846) 빈부의 양극화가 마르크스와 엥겔스에 의한 '공산당 선언'(1848)으로 이어지는 일이 각각 하디가 여섯 살, 여덟 살 되던 해에 일어났다. 그가 열여덟 살 되던 해에는 그의 사상에 충격적인 영향을 준 다윈의 『종의 기원』이 발표되었고(1859) 그 당시 서구 기술의 극치였으며 서구의 열강들이 아시아를 지배하는 길을 연 수에즈 운하가 1869년에 개통되었다. 이미 1847년에는 과학과 기술의 발달이 런던에서 고향의 수도 도체스터까지 철로가 개통되는 상황으로 발전되어 있었다. 19세기는 1837년에 즉위하여 1901년에 서거한 빅토리아 여왕이 통괄하던 시기였지만 현대적 기운이 빅토리아 조 후반기부터 기반를 잡아 갔다. 하디는 19세기에 태어났으나 사망한 시기는 20세기였다. 그는 두 세기를 살아간 사람이며, 20세기 전반부의 중대한 사건들을 목격하고 자신의 시 속에 그것을 기록한 사람이다. 1912년 타이타닉호의 재난과, 1914년에서 1918년까지의 1차 세계대전의 충격을 모두 자신의 시 속에 담고 있다. 이런 점에서 많은 비평가들은 하디를 20세기 작가로 보고 있다.

하디가 살아간 19세기와 20세기는 기라성 같은 문인들이 왕성한 창작 활동을 하던 시기였다. 『허영의 시장』을 쓴 윌리엄 새커리(1811~1863), 『위대한 유산』을 쓴 찰스 디킨스(1812~1870), 『제인 에어』를 쓴 샬럿 브론테(1816~1855), 『폭풍의 언덕』을 쓴 에밀리 브론테(1818~1848), 『미들 마치』를 쓴 조지 엘리엇(1819~1880) 같은 대가들이 있었으며, 유럽 대륙에서는 플로베르(1821~1880)가 1857년에 『마담 보바리』를 발표하고, 입센(1828~1906)이 1879년에 『인형의 집』을 발표하였다.

빅토리아 여왕이 승하한 해가 1901년이지만 권위 있는 『노턴 앤솔러지』는 현대 영문학의 시작을 1890년으로 설정하고 있다. 하디의 『테스』가 1891년에, 『이름 없는 주드』가 1895년에 출판된 것을 생각하면, 『노턴 앤솔러지』의 1890년은 하디의 문학을 현대문학과 연결하는 근거를 마련한 것으로 볼 수 있다. 그러나 『테스』에서는 빅토리아 조의 가치관이 그 무렵 싹터 나온 현대적 몸부림을 억누르고 있어, 테스의 죽음과 함께 하디의 20세기적 사고방식을 후퇴시킨다. 이에 비하면 『이름 없는 주드』는 비록 주드가 비참하게 죽어 가지만 그의 일생은 19세기적인 체제와 인습에 대한 처절한 항거이며, 그의 죽음은 곧 그가 싸워 온 신념의 승리를 전제한다. 그런 뜻에서 『이름 없는 주드』는 현대 소설의 시작이기도 하다. 이것은 헨리 제임스의 『데이지 밀러』가 1879년에 발표되었지만 현대 소설인 것과 같다. 발랄한 미국 처녀 데이지 밀러가 유럽으로 왔다가 그녀의 발랄한 행동과 사고방식이 보수층에 밀려 결국에는 죽음으로 끝나지만, 그녀의 죽음은 19세기적인 인습에 대한 내밀한 승리를 뜻하는 것이다.

많은 비평가들은 헨리 제임스의 『대사들』(1903)을 현대 문학의 시작으로 보고 있다. 소설의 기교와 문체, 은유와 상징의 새로운 기법, 작품 속에 설정된 사회적 분위기 등, 새로운 문학 감각이 『대사들』의 특색을 이루는 것이 사실이다. 이후 하디가 사거하는 1928년까지 새로운 문학 작품들이 많이 등장하였다. 콘래드의 『암흑의 핵심』(1902), T. S. 엘리엇의 「황무지」(1922), 조이스의 『젊은 예술가의 초상』(1915)과 『율리시스』(1922), 버지니아 울프의 『댈러웨이 부인』(1925)과 『등대로』(1927), 로렌스의 『사랑하는 여인들』(1920)과 『채털리 부인의 연인』(1928) 등이 모두 20세기와 현대를 대표하는 작품들이다.

2

『테스』가 출간된 것은 1891년으로 하디가 오십일 세 되던 해였다. 이것은 이미 하디가 『미친 군중으로부터 멀리』, 『귀향』, 『캐스터브리지의 시장』 같은 대작을 출간하여 영국 문단에서 중진 작가로서의 위치를 확고히 한 다음이었다.

실제로 소설 집필은 1888년에 시작되었으나 작가 자신이 서문에서 밝힌 대로 우여곡절 끝에 주간지 《그래픽》에 연재가 시작된 것은 1891년 7월 4호부터였고 단행본으로 출간된 것은 1891년 11월 29일이었다. 체이스 숲에서 테스가 알렉에게 유린되는 11장과 테스가 자신의 아기를 한밤에 직접 세례하는 14장은 당시 영국 사회의 종교적, 도덕적 풍토에서는 환영받을 수 없는 내용이어서, 인습과 전통에 집착하는 보수 성향의 독자들을 대상으로 하는 《그래픽》지는 결국 테스가 알렉에게 유린되는 11장에서 체이스 숲 속의 장면을 빼고 대신 시내로 나가 테스가 위장된 결혼식을 치르는 내용으로 대체해야 했다. 작가 원래의 의도를 살려 11장과 14장이 처음 쓰였던 대로 복원한 것은 신문 연재가 끝나고 단행본으로 발간되면서였다. 문제의 두 장은 각각 독립된 스케치로, 11장은 《내셔널 옵저버》지의 특별 부록에, 아기의 세례를 다룬 부분은 《포트나이틀리 리뷰》지에 별도로 발표되었다. 그래서 하디는 1891년의 초판본을 간행하면서 서문에서 "소설의 몸체와 사지를 제 위치에" 붙인 것은 "예술적 형태"를 갖추려는 노력이었다고 밝히는 것이다.

그러나 "예술적 형태"를 위해서 "몸체와 사지를 제 위치"로 환원시킨 작업은 소설이 출간되면서 금세 전국적인 소요를 야기하는 결과를 가져왔다. 많은 비평가들이 빅토리아 조의 도덕적 규범을 넘어선 작품의 구도와 하디의 의도를 공격한 것이다. 테스는 당시 사회가 용납할 수 없는 미혼모이며, 남편을 두고 다른 남자와 동거함으로서 법적으로는 간통을 범한 사람이 되고, 다시 그 동거남을 찔러 죽인 살인자가 되어 결국 교수형을 받는 사람이었다. 그런 그녀에게 하디는 "순수한 여인"이라는 칭호를 부여하고 그 칭호를 소설의 부제로 사용할 뿐만 아니라, 테스를 "티끌 하나 없는 청순한 아름다움"과 "제왕 같은 위엄까지" 풍기는 여인으로 묘사하여 내면의 순수성과 정신적 순결을 강조했다. 이것은 19세기의 영국 사회를 지배하던 도덕률에 어마어마한 도전장을 던진 것이었으며, 그래서 교회와 비평가들이 하디의 매도에 한목소리를 내었던 것이다.

반면 교회와 보수적 비평가들의 혹독한 공격에도 불구하고 『테스』는 일반 독자층으로부터는 크게 환영을 받는 현상이 일어났다. 1891년 11월에 초판본 1000부가 인쇄된 이후 소설의 판매 부수는 계속 증가되어 일 년 사이에 무려 초판본의 스물세 배가 넘는 부수가 시중에서 판매되었던 것이다. 이것은 당시의 유통 사정을 고려하면 일반 독자 사이에서 『테스』가 파격적인 인기를 누렸음을 뜻한다. 대중이 이 소설에 열광한 것은 물론 테스의 애절한 인생 행보가 사람들의 심금을 울렸기 때문이었으나, 여주인공의 처절한 비극을 형성하는 배경에 빅토리아 조의 불합리한 종교적, 사회적 관행에 대한 고발이 들어 있어, 그것이 독자들의 뜨거운 호응을 받았던 것이다. 작가는 1892년에 출간된 5쇄본 서문에서 그의 작품은 "공격적"인 "논쟁"이 아니라 단지 자신의 "인상"일 뿐이라고 밝히지만, 소설은 처음부터 마지막까지 당대의 사회제도와 관행에 의하여 여주인공이 처절하게 부서지고 희생되는 과정을 그리고 있어, 하디의 의도가 빅토리아 조의 정신 구조를 형성한 종교적, 윤리적 모순과 부조리에 대한 고발에 초연할 수는 없었던 것이 분명하다. 비록 전면적인 "공격"이나 "논쟁"을 의도적으로 계획하지는 않았으나, 작가가 스스로 체험하고 느낀 체제의 잘못에 대한 "인상"(내지 느낌)을 상징적이고 시적인 기법으로 독자의 섬세한 반응에 호소한 것이 사실이다.

테스는 정말로 "순수한 여인"인가? 그녀가 진정으로 "순수한 여인"이라면 어째서 당대의 법정은 그녀에게 교수형을 내리는 것인가? 테스가 살인을 저지른 것은 사실이고, 살인에 대한 당대의 법적 형량은 교수형이었기 때문에 그녀에게 내린 극형이라는 처벌은 빅토리아 조의 관행에 의하면 당연한 것이었다. 그러나 우리는 이러한 혹독한 사회법과 테스의 참된 모습 사이에 먼 거리가 있음을 강하게 느낀다. 테스의 인생 드라마에서는 사회법이 너무나 가혹하고 부당하기에 독자는 그녀의 억울함을 아프게 느끼고 그녀 편에 서서 법의 잘못을 비난하게 되며, 바로 이것이 소설의 출판 초기부터 지금까지 100년을 훨씬 넘게 계속되는 인기의 비밀이기도 하다. 테스가 미혼모가 되기까지의 행적에서 우리는 그녀가 남자를 탐하고 쾌락을 즐기는 여자가 아니라 천성이 깨끗하고 인품이 순결한 사람임을 보게 된다. 알렉과의 관계가 형성되어 비극의 씨가 뿌려진 것은 전적으로 경제적인 이유 때문이다. 그녀의 곧고 바른 인품은 에인절의 청혼을 거절하고, 그러나 그의 끈질긴 구애 때문에 결국 그와 결혼을 하게 되었을 때 어머니의 애끓는 충고에도 불구하고 끝내 과거를 고백하는 용기에서 잘 나타난다. 그녀는 자신의 부끄러운 오점을 감추어 사랑하는 사람과의 결혼 생활을 거짓 속에서 꾸려 가는 대신 정직하고 당당하게 사는 길을 택하는 것이다. 그러나 순수한 마음에서 우러난 그녀의 올바른 선택은 에인절의 인습에 젖은 사고방식에 의하여 사정없이 짓밟히며, 그녀의 비극은 바로 여기서 시작된다.

그래서 하디는 소설 속에서 테스가 "사람들이 받아들인 사회법을 어긴 것이었으나" 인습이나 관행이나 전통에 근거한 이 사회법은 "도덕이라는 도깨비 떼"에 불과하여 "유감스럽고 잘못된" 것이라고 잘라 말하고 있어, 인간 사회 속의 관행법과 테스가 "순수한 여인"으로 남아 있는 자연 속의 법 사이에는 커다란 장벽이 있음을 강력하게 시사하고 있다. 어째서 테스는 인간 사회 속에서 조화를 느끼지 못하는 대신 자연 속에서 마음의 평온을 느끼는 것인가?

이런 시간에 숲으로 들어가면 그녀는 조금도 외로움을 느끼지 않았다. 빛과 어둠이 너무나 고르게 평형을 이루어, 낮의 압박과 밤의 긴장이 서로 중화되고 그래서 절대적 정신의 자유가 허용되는 정확한 저녁 순간을 그녀는 간발의 차이로 알고 있었다. 살아 있다는 불운이 최소한의 차원으로 축소되는 순간이 바로 이런 시각이었다. 그녀에게 어둠은 무서움의 대상이 아니었다. 그녀의 머릿속에 있는 오직 한 가지 생각은 인간을 ─집단으로 뭉치면 그렇게 무서우면서도 하나의 단위 속에서는 그렇게 보잘것없고 불쌍하기까지 한, 세상이라 불리는 냉랭한 집합체를─ 어떻게 피하는가 하는 것 같았다.

하디는 소설에서 테스가 분명히 "사람들이 받아들인 사회 법을 어긴 것이었으나, 그것은 자신이 변칙적인 인간이라고 생각하는 환경에서는"(즉 숲-자연-속에서는) "알려지지 않은 법이었다."라고 말한다. 이런 맥락에서 하디는 테스가 만약 사람이 아무도 없고 "세상이라 불리는 냉랭한 집합체"와 그들을 지배하는 '사회법'이 없는 "무인도에 혼자 있었다면 그녀는 자신에게 일어난 일 때문에 비참해했을 것인가?"라는 질문을 던진다. 대답은 "그렇지 않을 것"이다.

그녀가 막 태어나서, 이름 없는 아이의 어머니라는 사실 외에는 인생에 대한 경험이 전혀 없이, 배우자 없는 어머니라는 사실을 알게 되었다면, 그러한 상황이 그녀를 절망으로 빠트릴 것인가? 그렇지 않을 것이다. 그녀는 그런 상황을 조용히 받아들일 것이며, 거기서 기쁨을 발견할 것이다. 그녀가 느끼는 비참함은 대부분 인습적인 것으로 그녀 내면에서 느끼는 것이 아니었다.

"막 태어나" "인생에 대한 아무런 경험이 없이" 무인도에 혼자 있는 상황은 인간이 인위적으로 만든 법과 질서에서 해방되어, 인습과 관행에 의해서 행동과 사고의 표현을 제지당하지 않은 자연 상태를 뜻한다. 이 소설이 대중에게 커다란 지지를 받은 이유가, 바로 이러한 인간의 태생적 자유가 사회법에 의하여 억제되고, 그러한 상황이 테스로 대표되는 순수한 개인을 파멸시키는 당대의 모순된 현실을 고발하기 때문이었다. 당연히 테스에게 내려진 법적 극형은 하디가 사회법과 대비시키는 자연의 법칙 속에서는 대단히 잘못된 것이라는 명제가 강하게 암시되어 있다.

사회법은 생활의 질서를 유지하기 위해 만든 편법으로 시대와 장소에 따라 변하는 것이며, 하디에 따르면 그 법칙은 언제 어느 곳에서도 변하지 않는 자연의 법칙과 자주 적대적인 대조를 이루는 것이다. 작가는 테스의 비극을 통하여 보다 큰 우주적인 자연의 진리가 한시적인 사회법에 복속되는 이야기를 다룬다. 에인절이 테스의 고백을 들은 직후 그녀가 "죄를 짓기보다 당한" 것이라는 사실을 인정하면서도 신혼의 보금자리를 거절하고 별거를 선택하는 이유는 그의 머릿속에 깊이 뿌리박힌 빅토리아 조의 인습적 사고방식이 외형적 순결과 내면적 순결을 동일시한 데 근거하고 있다. 그래서 그는 사랑의 이름으로 용서를 비는 아내에게 "사회적 관습의 상호 관계에 대해 배운 것이 없는 무식한 농사꾼 여자"라고 몰아세우면서 "계층이 다르면 풍습이 다른 법"이라는 말로 사회법의 권위를 그녀에게 강요한다.

우리는 테스에 대한 에인절의 사랑이 그녀의 고백 직후 갑자기 식은 것은 아님을 알고 있다. 작가는 에인절의 사랑이 머릿속에 깊이 심어져 있는 사회적 관습에 의하여 일시적으로 가려지는 상황을 제시할 뿐이다. 에인절이 취하는 잔인하고 비정한 조치는 자신의 사랑을 부정하는 것이 아니고 오히려 테스에 대한 그 나름대로의 열정을 역으로 증명하는 예를 보여준다. 외면적 순결과 내면적 순결을 혼동하는 잘못된 인습적 사고방식과, 당대의 규범을 넘어선, 전혀 예측하지 못한 아내의 고백에서 받은 충격과, 정신적으로 아직 성숙하지 못한 그의 사고 체계 등, 모두가 밖으로는 영국의 신사 계급 특유의 초연한 태도에 의해서 가려지지만, 고백 직후 알렉의 생존 여부를 묻는 태도나 그 밖의 여러 언동에서 그의 강렬한 질투심이 바탕에 깔려 있음을 우리는 쉽게 짐작할 수 있다. 테스에 대한 그의 사랑은 몽유병 상태에 빠져 아내를 안고 나가 헤매는 그의 이상한 태도에서 더욱 부정할 수 없이 나타난다.

그가 절대적으로 옳은 것으로 신봉했던 당대의 도덕관이 잘못되었음을 깨우치고 또 테스를 향해 느끼는 사랑의 본질을 바로 인식하는 것은, 에인절이 지구의 끝까지 먼 길을 떠나 브라질의 사막에서 육체적 고통과 정신적 성장을 경험하는 과정을 거친 다음이다.(이러한 하디의 기법은 황야로 들어가 계시를 받는 예수의 방황을 연상시키는 대단히 상징적 처리이다. 에인절이 브라질의 오지에서 함께 여행하던 신비의 나그네로부터 자신의 참된 진로와 테스의 순수 지고한 사랑을 깨닫고, 그래서 인습을 초월한 새 출발을 결심하는 과정도 사막에서의 방황이나 상황과 같은 맥락에서 보아야 할 것이다.) 그러나 그가 귀국하여 테스를 찾았을 때는 이미 모든 것이 늦은 다음이었으며, 그러한 현실이 테스의 비극을 어쩔 수 없이 살인과 교수형으로 연결시켜 가는 데는 하디 특유의 비극 문학적 주제와 운명의 아이러니가 짙게 깔려 있다.

이 소설에서 사회의 인습과 관행에 의해서 희생된 사람은 테스뿐만 아니다. 그 사회법 안에서 전통과 규범을 지키려 했던 에인절까지도 희생자가 되었으며, 그 전통과 규범 속에서 도덕적 해이를 범하는 알렉도 희생자일 수밖에 없다. 그러한 의미에서 소설 속의 주인공과 그 주인공의 비극을 둘러싼 두 남자 모두 희생자의 운명을 피하지 못한다. 테스가 고대의 종교적 의식에서 제단으로 쓰던 스톤헨지의 석판 위에서 잠을 자다가 법을 집행하는 관원들에게 체포되어 형장의 길로 가는 하디의 기법에서 우리는 그 희생의 상징적 의미를 깊이 인식하게 된다.

그러나 테스의 희생은 외부에서 가해 오는 제재를 단순히 수동적으로 받아들이는 소극적 차원의 희생이 아니다. 이 소설은 단순히 애조로 가득 찬 멜로드라마가 아닌 것이다. 이 소설이 독자의 심금을 강하게 울리는 위대한 비극 문학으로 승화되는 이유는 테스가 조용히 사회적 압력을 받아들이면서도 어느 순간 그녀의 수동적 인종(忍從)이 격렬한 열정으로 폭발하기 때문이다. 그녀가 알렉을 살해하는 행위가 그러한 저항의 대표적 예이다. 오랫동안 외부가 강요한 압력에 말없이 순종하던 그녀가 한순간 내부의 힘의 폭발로 자신의 희생에 대한 반항을 가해자에게 주저 없이 표현한 것은 한 순수한 인간이 외친 마지막 절규이기도 하다. 역설적으로 테스의 살인은 그녀의 순수한 천성을 더욱 강렬하게 보여 주는 예가 되고 있다. 척박한 땅 플린트쿰애시로 가다가 전날 사냥꾼의 총에 맞아 고통스럽게 죽어 가는 꿩들의 절망적인 퍼덕거림에서 거대한 외부적인 힘에 의해서 부서져 가는 자신과 같은 희생자의 모습을 보고는 죽어 가는 꿩들의 목을 비틀어 그들의 고통을 덜어 주는 격정적인 행동도 희생의 아픔을 표현한 비극적 몸짓이다. 이런 의미에서 『토머스 하디 연구』를 쓴 소설가 D. H. 로렌스는 하디를 톨스토이와 같이 인간이 만든 '도덕적 체계와의 싸움'을 주제로 삼았던 비극 작가로 보고 있다.

하디 자신은 이러한 비극의 종말에 "'정의'가 행해지고 신들의 대수장(首長)이, 아이스킬로스의 말대로 테스와 희롱을 끝낸 것이다."는 말로 소설을 끝맺는다. 우리는 소설 속에서 시종 신의 존재를 부정하는 작가가(스톤헨지에서, 사후에 다시 두 사람이 만날 수 있겠느냐는 테스의 질문에 에인절이 대답을 하지 못하는 것이라든가, "어린 시절의 하느님이라고 분명히 분류할 수 없고 그렇다고 달리 이해할 수도 없는 막연한 윤리적 존재"라는 표현에서 하디의 기독교적 신학관은 투명하게 나타난다.) "신들의 대수장"을 기독교의 신이 아닌, 그러나 인간의 삶을 외부에서 통제하는 거대한 힘을 지칭하는 것으로 해석해야 할 것이다. 테스에게 '정의'를 내린 주체가 당시의 관행법과 그 법을 집행하는 계층인 점을 감안하면 하디는 사회법이라는 직설적인 용어 대신 "신들의 대수장"이라는 수사학적 은유를 사용하여 그 사회법의 막강한 힘을 간접적으로 암시한 것이다.

『테스』가 빅토리아 조를 넘어 20세기와 21세기에서 위대한 고전으로 남은 이유는 당대의 기준에 의하여 가려졌던 인간 내면의 진솔한 순수성이 시간과 장소를 초연하는 우주적 진리 속에서 처절한 비극의 세계를 넘어서는 참된 의미를 제시하기 때문이다.

작가 연보

1837년   빅토리아 여왕 등극.

1840년   6월 2일에 도싯 주 하이어복햄턴 마을에서 석공 토
머스 하디와 저미마 사이에 장남으로 태어났다. 하
디의 아버지와 할아버지는 가업으로 건설업에 종사
했으며, 그가 나중 건축에 종사하게 된 것도 가업
을 전승하는 계획의 일부였다. 아버지에게서 음악
에 대한 사랑을 배웠으며 어머니에게서 독서와 학
문에 대한 사랑을 전수받았다. 하디는 아버지에게
서 바이올린 연주법을 배워 어렸을 때부터 고향 마
을 인근에서 벌어진 결혼식과 파티에서 소년 악사
로 음악을 연주하였으며, 이것은 『미친 군중으로부
터 멀리』, 『귀향』 같은 그의 소설에 자주 등장한다.
가난한 집안에서 태어난 어머니는 자신의 학문에
대한 꿈을 아들에게 심어 그리스어, 라틴어, 프랑스

어를 공부하여 고전 문학을 탐독하게 하였다.

1846년　100만 명 이상이 기아로 사망한 아일랜드 감자 기근 발생.

1847년　노동자의 공장 근무 시간을 열 시간으로 제한하는 법이 의회에서 제정됨.

샬럿 브론테의 『제인 에어』와 에밀리 브론테의 『폭풍의 언덕』 출간.

1848년　지방 유지 줄리아 오거스타 마틴이 세운 초등학교에 입학.

마르크스와 엥겔스가 『공산주의 선언』 발표.

1849년　도싯의 수도 도체스터 소재 학교로 옮김.

1856년　고등학교 과정을 마치고 도체스터의 건축가 존 힉스의 사무실에 수습사원으로 입사.

1857년　플로베르의 『마담 보바리』 출간.

1858년　하디의 종교관에 심각한 영향을 준 다윈의 『종의 기원』 출간.

1862년　런던의 건축가 아서 블롬필드의 사무실로 옮김.

영문학 및 고전 문학에 대한 독학이 계속됨. 런던의 극장가와 음악회를 즐김.

1867년　도체스터로 귀향. 힉스 건축 사무소에서 교회 보수 업무 전담.

1868년　첫 번째 장편소설 『가난한 남자와 귀부인』이 완성되었으나 출판사에서 거절당함.

1869년　웨이머스 소재 크릭메이 건축 사무소에서 교회 보수 담당으로 자리를 옮김.

수에즈 운하 개통.

1870년   북부 콘월의 세인트 줄리엇 마을에 교회 보수 일로
갔다가 미래의 부인 에마 라비니아 기퍼드를 만남.

1871년   장편소설『절망적 처방』출간.

1872년   장편소설『녹음에서』출간.

1873년   장편소설『푸른 두 눈동자』출간.

1874년   장편소설『미친 군중으로부터 멀리』출간. 이 소설
의 문학적 상업적 성공은 건축업을 포기하고 문인
으로 전업하는 결심을 심어 줌.
에마 기퍼드와의 결혼에도 성공함. 결혼과 동시에
런던 근교의 서비턴에 정착.

1876년   장편소설『에델버타의 손』출간.

1878년   장편소설『귀향』발표. 런던 시내로 이주.『귀향』과
『미친 군중으로부터 멀리』의 성공은 소설가로서 하
디의 입지를 확고부동하게 하였으며, 많은 문인들과
활발한 교류를 하게 됨.

1879년   입센의『인형의 집』출간.

1880년   장편소설『트럼펫 주자』출간.

1882년   장편소설『탑 위의 두 사람』출간.

1883년   도체스터로 이주.

1885년   직접 설계한 도체스터 교외의 '맥스 게이트'에 정착.

1886년   장편소설『캐스터브리지의 시장』출간.

1887년   장편소설『삼림지대 사람들』출간.

1888년   단편집『웨섹스 이야기들』출간.

1891년   장편소설『테스』출간.『테스』의 출간은 하디의 소

설가로서 위치를 상승시켰으나, 작품 속에 나타난 성에 대한 그의 관점이 혹독한 사회적 비판의 대상이 됨.

단편집『한 그룹의 귀부인들』출간.

1892년 아버지 별세.

장편소설『사랑받는 사람들』출간.

1894년 단편집『생의 작은 아이러니』출간.

1895년 장편소설『이름 없는 주드』출간. 교육제도와 결혼제도에 대한 하디의 공격은 격심한 사회적 물의를 야기하여 그는 1928년 사거하기까지 소설을 절필함. 이후 삼십삼 년의 여생 동안 시작에만 전념.

1898년 『웨섹스 시편』출간.

부인 에마와의 사이에 생긴 긴장이 두 사람의 관계를 별거 상태로 발전시킴.

1901년 빅토리아 여왕 서거. 에드워드 7세 즉위.

『과거와 현재의 시』출간.

1904년 어머니 저미마 사망.

장편 서사시『패왕』1부 출간.

1905년 스물여섯 살의 플로렌스 더그데일을 만남. 플로렌스는 하디의 비서로 일을 하게 됨.

1906년 『패왕』2부 출간.

1908년 『패왕』3부 출간.

1910년 황실 훈장 받음.

1912년 에마 사망. 두 사람 사이에 오래 도사리고 있던 긴장 관계에도 불구하고 에마의 죽음은 하디에게 깊은 정신적 충격을 안겨줌. 하디는 두 사람이 처음 만났던 세인트 줄리엇과 에마가 탄생한 플리머스를 방문하여 그의 대표작에 속하는 추모 시를 씀.

1913년   케임브리지 대학에서 명예 문학박사 학위를 받음.
단편집 『변화된 사람과 그 밖의 이야기』 출간.
로렌스의 『아들과 연인』 출간.

1914년   1차 세계대전 발발.
『시 선집』 출간.
제임스 조이스의 『더블린 사람들』 출간.
비서 플로렌스 더그데일과 재혼.

1918년   1차 세계대전 끝남.

1920년   옥스퍼드 대학에서 명예 문학박사 학위를 받음.
로렌스의 『사랑하는 여인들』 출간.

1925년   브리스톨 대학에서 명예 법학 박사 학위를 받음.

1928년   1월 16일 맥스 게이트 자택에서 별세. 웨스트민스터 사원의 '시인의 코너'에 묻혔으나 유언에 따라 심장은 고향의 스틴스퍼드 교회에 매장됨.
시집 『겨울 언어』 출간.
하디는 죽기 몇 년 전 비밀리에 자선전 집필에 착수하여 탈고하였으며, 사후에 부인 플로렌스의 이름으로 자서전 『토머스 하디의 생애』 출간. 아울러 사적인 편지와 서류를 모조리 태워 없앰.

세계문학전집 **206**

테스 2

1판 1쇄 펴냄 2009년 4월 17일
1판 21쇄 펴냄 2024년 2월 13일

지은이 토머스 하디
옮긴이 정종화
발행인 박근섭, 박상준
펴낸곳 (주)민음사

출판등록 1966. 5. 19. (제 16-490호)
서울특별시 강남구 도산대로1길 62(신사동) 강남출판문화센터 5층 (우편번호 06027)
대표전화 02-515-2000 팩시밀리 02-515-2007
www.minumsa.com

ISBN 978-89-374-6206-1 04800
ISBN 978-89-374-6000-5 (세트)

* 잘못 만들어진 책은 구입처에서 교환해 드립니다.

세계문학전집 목록

세계문학전집은 계속 간행됩니다.